Sommaire

LES OPPOSÉS S'ATTIRENT

HARLEQUIN

HARPERCOLLINS FRANCE
83-85, boulevard Vincent-Auriol, 75646 PARIS CEDEX 13
Service Lectrices — Tél. : 01 45 82 47 47

www.harlequin.fr

ISBN 978-2-2804-1845-4

Ma nuit, ton jour

Mily Black

Chapitre 1

Pas un bruit, le silence presque absolu. Un frisson me parcourut le dos et se nicha dans ma nuque, comme un chaton paresseux. Qu'il était agréable de travailler environnée de tout ce savoir, dans un lieu où la paix règne du matin au soir, et où le respect n'est pas un vain mot !

A l'extérieur, une voiture passa, klaxonna… Encore un peu, et les insultes auraient été audibles. Quel dommage que ce lieu idyllique soit situé dans la capitale ! A quel autre endroit, sinon ? Un tel bâtiment n'aurait eu aucune raison d'être au milieu de la campagne, quant à une autre ville…

Des siècles durant, tout s'est concentré à Paris, autour des institutions parlementaires et du pouvoir politique, dont cet édifice, construit à la fin du XIXe. Les Français résidant en province étaient décriés, méjugés…

Je fermai les yeux pour ne plus penser à ces injustices qui se répétaient à l'heure actuelle à des échelles différentes, mais tout aussi préoccupantes. Qui étais-je pour jeter la première pierre ?

Je poussai le livre que je venais de glisser entre deux autres sur une étagère, et descendis de mon escabeau.

Après l'obtention de ma thèse en histoire, j'avais quitté Toulouse avec le sourire, heureuse de décrocher ce travail.

Mes parents avaient bien tenté de me retenir, arguant que la Ville rose me manquerait, que je ne tiendrais pas, si loin de ma famille et de mes amis…

De fait, la première année avait été dure.

Seulement, maintenant, j'avais une vie parfaite à tout point de vue. Mon poste de bibliothécaire me convenait et ma vie sociale, bien que réduite, était entièrement satisfaisante. Pour couronner le tout, j'avais déniché une friperie qui me fournissait en tenues vintage de bonne qualité pour un prix abordable.

Je lissai ma robe crayon, dernière acquisition du mois, et chassai une poussière imaginaire. L'un des boutons était légèrement éraflé, rien de catastrophique à mes yeux, mais ce petit défaut m'avait permis de marchander. Je souris en me rappelant l'exaltation que j'avais ressentie en l'essayant, dans la cabine de la boutique.

Poussant mon chariot dans la travée suivante, j'inspectai les codes sur les tranches des livres qu'il me restait à remettre en place. Plus que deux.

L'inconvénient principal des friperies, c'est la frustration qu'elles génèrent lorsque vous tombez sur un article qui vous plaît, mais qui ne correspond pas à votre taille. Cela m'était arrivé de nombreuses fois et, en voyant ce modèle, j'avais croisé les doigts pour qu'il m'aille.

D'un geste nerveux, je frottai mes manches courtes et redressai le nœud sur ma poitrine. Une paire de gants aurait sublimé ma tenue, mais mon style détonnait déjà suffisamment ici, au milieu de tous ces étudiants présents pour travailler.

Je repoussai mes lunettes sur mon nez, amusée par la coquetterie que je réussissais à placer dans ce simple geste. D'autant plus que ma vue était parfaite ! Elles m'évitaient uniquement d'atroces migraines à cause de l'ordinateur. Je veillais à ce que la monture soit assortie à la couleur de mes chaussures du jour ! Aujourd'hui, d'un blanc immaculé... Grâce à l'offre d'un opticien, j'en avais trois paires différentes pour accompagner mes escarpins blancs, noirs et rouges, selon la robe que je portais.

Je m'accroupis pour ranger un livre sur la posologie des antibiotiques, tout en veillant à ne pas trop en dévoiler sur mes sous-vêtements... qui n'avaient rien de sages.

Absolument rien, dans mes tenues, n'était laissé au hasard, et mon orientation professionnelle avait donc surpris plus d'une personne. Ma mère, la première, m'avait longtemps imaginée styliste pour une grande maison de prêt-à-porter.

Trop de stress, de bruit pour moi... Aucun endroit ne pouvait égaler le calme d'une bibliothèque centenaire telle que Sainte-Geneviève et la joie que j'éprouvais à y travailler !

Satisfaite d'avoir rangé en un temps record les livres qui nous avaient été rendus un peu plus tôt dans l'après-midi, je traversai le rez-de-chaussée en poussant devant moi mon chariot maintenant vide.

Marchant le plus discrètement possible avec des chaussures à talons, j'observai au passage les rangées de tables. Des livres étaient ouverts, des pages tournées et, pourtant, je sentais une légère tension dans les épaules de certains. Les examens de fin d'année approchaient avec leur lot de stress. Ce matin, un étudiant en pharmacie avait bien failli pleurer quand je lui avais appris que le livre qu'il désirait si ardemment pour réviser avait été emprunté. Quant aux candidats au concours d'entrée en école d'infirmiers, ils n'étaient guère mieux !

Je pinçai les lèvres pour contenir mon sourire.

Visionner de vieux films m'avait permis de découvrir les uniformes de divers corps de métiers, et celui des infirmières m'avait particulièrement... attirée, pour ne pas dire inspirée. Depuis, mon amour pour les pin-up ne se limitait plus à la mode, et influençait très sérieusement mes fantasmes. A tel point que je m'étais promis un petit jeu de rôle sur ce thème… une fois le partenaire idéal trouvé.

Mes précédentes *relations* toléraient mal que je m'habille comme une pin-up en toute occasion. L'un de mes amants pensait même que j'avais choisi ces tenues uniquement pour l'émoustiller, sans se douter un seul instant que je les portais par goût personnel. La dispute avait été épique et notre au revoir, brûlant… Rien de tel que le sexe après une bonne querelle !

Mes talons frappaient le sol avec régularité, attirant sur moi le regard de beaucoup d'hommes, parmi lesquels des habitués. Certains d'entre eux m'avaient donné leurs coordonnées pour *prendre un café*. J'avais accepté très peu de ces invitations, et la dernière m'avait fait comprendre que je devais choisir un autre terrain de chasse.

— Suzie, ton portable a vibré.

Ma collègue n'avait pas daigné lever le nez de son clavier pour me prévenir. Bien que très cordiales l'une envers l'autre, nous étions les deux opposés. Elle était costaude et s'habillait avec des vêtements passe-partout, alors que j'étais menue et toujours tirée à quatre épingles. J'aurais aimé dire que j'étais une gravure de mode, mais j'étais un peu trop grande pour les standards des années 1950, avec mon mètre soixante-dix.

J'ouvris le tiroir de mon bureau et en sortis mon téléphone portable, une de mes rares entorses à mon style pin-up. Un appel manqué de Virginie. Cela ne pouvait vouloir dire qu'une chose : notre descente à Toulouse était compromise. Restait à savoir à quel point !

— Ça ne te gêne pas si je prends cinq minutes de pause ? demandai-je pour la forme à ma collègue, qui pianotait avec vigueur sur son clavier.

Sans attendre sa réponse, je me levai et m'enfermai

dans une pièce qui nous servait de débarras. Je m'appuyai contre une étagère, songeant que cet endroit serait parfait pour un rendez-vous secret. Avait-il été pensé en ce sens ? Combien de couples y avaient passé du bon temps ?

— Bonjour, Virginie, dis-je en entendant ma cousine décrocher. Que voulais-tu me dire ?

— Suzie ! Je suis désolée…

Aux sanglots qu'elle tentait de refréner, je compris ce qui venait de se produire, et mesurai le bourbier dans lequel je me trouvais désormais.

— Laisse-moi deviner, repris-je en touchant mes lunettes, vous avez encore rompu.

Ma cousine et son copain étaient la reine et le roi des séparations houleuses. En trois ans, ils en étaient à plus de dix, dont une qui s'était terminée au commissariat de police. Deux jours après au plus tard, ils se réconciliaient horizontalement, se promettant monts et merveilles.

— Oui.

— Tu n'aurais pas pu m'expliquer tout ça dans la voiture ? demandai-je sèchement.

Aucune réaction.

— Tu ne viens pas, c'est ça ?

— Tu comprends, Suzie, que je ne peux pas me pointer au mariage de ma sœur, seule et les yeux bouffis…

— C'est ta sœur, relevai-je inutilement, puisque déjà elle poursuivait :

— Je ne peux pas faire face à la famille sans… Ils se moqueraient de moi, me diraient que je suis incapable de garder un homme…

Je la laissai pérorer. Notre famille n'était pas du tout ainsi. La propre mère de Virginie, ma tante donc, était contre le mariage et vivait *dans le péché* depuis trente-cinq ans. Mes parents avaient choisi de passer devant monsieur le maire uniquement pour *le cas où*. Et même si je n'avais jamais compris ce qu'ils entendaient par *le cas où*, je savais que mon célibat ne les dérangeait pas.

— Virginie, es-tu en train de me dire que je vais devoir conduire sept heures toute seule, parce que vous vous êtes disputés ?

— Suzie, tu ne comprends pas…

Mon pied se mit à battre la mesure sur le sol, et le bruit aiguillonna mes nerfs. Pour nous rendre au mariage de Véronique — qui avait lieu deux jours plus tard, à des centaines de kilomètres —, nous avions prévu de prendre ma voiture pour diviser les frais en trois et faire ainsi des économies.

— Virginie, tu ne vas pas manquer le mariage de ta propre sœur pour un prétexte aussi…

— Aussi quoi ? s'emporta-t-elle immédiatement, remplaçant les sanglots par les cris. De toute façon, tu es jalouse !

— Je refuse d'avoir encore une fois cette dispute avec toi ! m'exclamai-je, sachant très bien où elle voulait en venir.

— Tout ça, parce que c'est avec moi que…

— Stop ! hurlai-je, avant de me ressaisir. Je me débrouillerai pour y aller seule, mais il est hors de question que ce soit moi qui l'annonce à tes parents, encore moins à Véronique ! Rappelle-moi quand tu seras calmée !

Sans lui laisser le temps d'ajouter un mot, je raccrochai. A chacune de ses disputes avec son petit ami, Virginie me téléphonait. Au début, je pensais qu'elle cherchait du réconfort auprès de la seule personne de sa famille disponible géographiquement. Quelle naïveté ! En réalité, elle cherchait la bagarre.

Nous étions ensemble à une soirée quand elle l'avait rencontré. Cet abruti n'avait rien trouvé de mieux de lui avouer, au cours de la dispute numéro trois, que j'avais moi aussi flirté avec lui, avant qu'il ne marque clairement sa préférence. Depuis, cet élément me revenait tel un boomerang. Non que j'aie été affectée de ne pas avoir été l'élue ! Il était bien trop jaloux et castrateur. Me le rappeler était surtout pour Virginie une façon de se persuader qu'elle était mieux que moi.

— Quelle galère ! grognai-je, en réajustant nerveusement mon décolleté.

Sept heures de route.

Enfin, quatre ce soir, jusqu'aux environs de Limoges, où nous avions réservé la nuit dans un hôtel, puis les trois dernières demain matin. C'était faisable. Dans le pire des cas, je pourrais trouver un bus, un train ou un covoiturage pour rentrer. Mes parents garderaient ma voiture en attendant.

En retournant à mon bureau, je tentai discrètement de vérifier s'il n'existait pas un autre moyen de transport pour me rendre à Toulouse. Sans surprise, je constatai que tout était déjà complet, ou trop cher, ou encore que les horaires ne m'auraient pas permis d'arriver à l'heure. Les covoiturages pour Toulouse étaient rares en semaine, et les trains de dernière minute hors de prix. Le lendemain, nous devions aider à la mise en place pour le vin d'honneur ; Virginie étant sur le point de faire connaître son désistement, je ne pouvais pas annoncer que je viendrais plus tard.

Ma mère et ma tante ne m'en tiendraient pas rigueur… mais Véronique, elle, serait totalement paniquée à l'idée d'avoir deux personnes en moins pour l'aider.

Ce week-end ne se présentait pas sous les meilleurs auspices !

Chapitre 2

Mes essuie-glaces avaient beau frotter frénétiquement mon pare-brise, impossible pour eux de chasser l'eau plus rapidement qu'elle ne tombait ! Depuis plusieurs jours, la météo était loin d'être clémente mais, là, nous avions atteint le fin du fin : la mousson s'abattait sur la France !

Je fronçai les yeux dans l'espoir vain de mieux lire les panneaux, ou encore de voir les lignes blanches. Coincée à quatre-vingt-dix kilomètre/h sur l'autoroute, je songeai à réduire encore mon allure, voire à m'arrêter pour pleurer sur mon sort.

La pluie se fit plus fine, moins intimidante, tandis que je passai le péage de Saint-Arnoult, puis elle reprit de l'ampleur. J'étais apeurée, éreintée, et prête à faire demi-tour pour enfoncer mon escarpin jusqu'à la bride dans… Je déglutis avant de peser le pour et le contre : devais-je, ou non, remettre mes lunettes ?

Certes, aucun écran n'était à déclarer dans mon champ de vision, mais peut-être me permettraient-elles de…

— Zut ! hurlai-je en sentant ma voiture faire de l'aquaplaning.

Avec un sang-froid de guerrière, je réussis à maintenir ma trajectoire. Puis, d'une main tremblante, je tâtai ma coiffure. Ma queue-de-cheval était de travers et plusieurs mèches s'en étaient échappées. En gros, je ne ressemblais à rien.

J'avisai une aire d'autoroute… Parfait pour se refaire une beauté et tenter de recouvrer un semblant de calme ! Sauf qu'il me faudrait par deux fois braver les éléments…

— Je passe !

Pour conduire, j'avais remplacé mes escarpins blanc et noir par des ballerines. Les talons ne sont pas confortables pour appuyer sur les pédales, sans parler du risque de les érafler. Et il était tout simplement hors de question que je me montre quelque part sans être perchée sur dix centimètres au moins. Il était tout aussi impossible que je remette mes chaussures pour patauger dans des flaques et ainsi en ruiner le cuir.

A quelques kilomètres d'Orléans, je réalisai — un peu tard ! — que tous les signes étaient là pour que je reste tranquillement chez moi. Virginie ayant annulé sa venue, j'aurais dû moi aussi changer mes plans ! Il pleuvait encore peu, à mon départ de la bibliothèque mais, après les intempéries de ces derniers jours, il était à prévoir que les routes seraient glissantes… A aucun moment pourtant les présentateurs météo n'avaient parlé de pluies torrentielles !

— Et zut !

Je ralentis encore, pour ne pas risquer de perdre le contrôle de ma voiture, bien consciente d'être tout aussi dangereuse que ces fous du volant qui me dépassaient dans de grandes gerbes d'eau, et me raccrochai à l'espoir insensé d'une accalmie. A défaut, je baissai le volume de la radio qui diffusait la playlist de mon téléphone, composée exclusivement de chansons langoureuses.

Dix minutes plus tard, j'étais officiellement garée sur la bande d'arrêt d'urgence, mes warnings prévenant le monde entier de ma détresse, et la pluie martelant le toit de ma voiture. Devant moi, je devinais une flaque suffisamment profonde pour que l'eau pénètre dans l'habitacle par le bas des portes. Etait-ce possible ? Et si je noyais le moteur ? Cela pouvait-il arriver dans ce genre de cas ou existait-il des sécurités ? Que se passerait-il, si je calais ?

Découragée, j'appuyai mon front sur le volant et comptai jusqu'à dix pour retrouver mon calme. Peine perdue ! Mon cerveau ne pouvait faire abstraction du bruit de l'eau frappant la carrosserie. Dès que mes yeux perçurent de nouveau la mare — enfin, le lac — entre deux coups d'essuie-glaces, ma respiration s'accéléra. Et si l'eau venait à entourer ma voiture ? Combien de temps allais-je rester enfermée là, avant qu'on retrouve mon corps ?

Je me saisis de mon sac à main et pris mon téléphone. J'avais besoin d'entendre une voix rassurante me dire que non, la fin du monde n'était pas pour aujourd'hui, que Noé n'allait pas débarquer avec son arche et que, oui, j'allais m'en sortir comme une grande.

— Suzie ?

— Papounet ! m'exclamai-je, retenant un sanglot disgracieux.

— Que t'arrive-t-il, ma chérie ?

— J'avais besoin de t'entendre.

Pitoyable ! Moi qui me targue d'être une femme forte, me voilà courant dans les pantalons de papa au premier souci. Enfin, si tant est que ce déluge puisse être qualifié de *souci* !

— Nous sommes chez ta tante avec Véronique. Et vous, vous êtes en route ? me demanda-t-il, confirmant ma pire crainte : ma cousine n'avait pas eu le courage d'annoncer son désistement.

— J'ai dû m'arrêter à cause de la pluie.

— A Limoges ?

— Non, je suis près d'Orléans, mais il y a cette grosse flaque au milieu de la route et…

Ma voix se brisa. Des phares se rapprochaient dans mon rétroviseur. Pourquoi les autres osaient-ils braver cette étendue d'eau qui me terrorisait ? Ils ne craignaient donc pas que leur voiture leur fasse faux bond ?

Un break me dépassa et franchit l'obstacle, soulevant d'immenses gerbes d'eau des deux côtés. Rapidement cependant, la pluie me masqua ses feux arrière. Et voilà, j'étais de nouveau seule et dans l'expectative.

— Suzie, tu es toujours là ?

— Oui, papounet…

— Peut-être peux-tu passer le volant à Virginie, ou à son ami.

Là, plus moyen de feinter.

— Ils ne sont pas avec moi, grommelai-je.

J'entendis une exclamation, bientôt suivie par un bruit de chaise qu'on repousse. Mon père devait s'isoler pour me parler plus tranquillement, et ne pas être celui qui révélerait la terrible nouvelle : la sœur de la mariée était restée retranchée chez elle suite à une énième dispute avec son petit ami.

— Ma chérie, de là où je suis, je ne peux malheureusement pas t'aider, reprit-il. Tâche de sortir de l'autoroute et de te trouver un hôtel pour passer la nuit. Tu reprendras la route demain. J'expliquerai la situation à ta tante et à ta cousine.

— J'ai demandé à Virginie de les prévenir…

— Oui, oui… Appelle-moi quand tu seras à l'abri, d'accord ?

Je lui promis de lui envoyer un message et raccrochai, toujours angoissée. Il avait raison : si d'autres pouvaient le faire, j'en étais tout aussi capable ! Mais avant toute chose, je me recoiffai et sortis mes lunettes.

Je contrôlai mes rétroviseurs et avisai une voiture qui approchait.

Allez, après, j'y vais !

Elle passa, souleva une trombe d'eau qui s'écrasa en partie sur mon pare-brise, me démontrant — si c'était encore nécessaire — l'inefficacité de mes essuie-glaces. Depuis quand ne les avais-je pas changés ?

Le temps de me calmer, deux jeux de phares se reflétaient de nouveau dans mon rétroviseur intérieur. A un moment ou à un autre, il faudrait bien que je me lance, que je reprenne la route et que je franchisse cette flaque qui n'effrayait visiblement que moi.

Une première voiture me dépassa et mon courage me quitta. La deuxième paire de feux se révéla celle d'un camion qui se gara derrière moi.

Le chauffeur hésitait-il, lui aussi, à rouler dans l'eau ? Peut-être n'étais-je pas la seule à préférer attendre sur la bande d'arrêt d'urgence !

Eblouie par les phares, je ne vis pas tout de suite que quelqu'un descendait de la cabine et se dirigeait vers moi. La personne était au niveau de mon coffre quand je la remarquai. Une silhouette massive, immense, et… je me sentis minuscule. Deux petits coups sur la vitre finirent de me glacer le sang. Après le film catastrophe, je me trouvais dans un remake de *Duel,* de Steven Spielberg, où un camion poids lourd menace un citoyen lambda. Sauf que j'étais à l'arrêt, et non dans le désert californien !

Deux nouveaux coups se firent entendre alors que je me demandais si je ne pourrais pas redémarrer et mettre le plus de kilomètres possible entre cet individu et moi. Je dus bien vite me rendre à l'évidence : l'idée d'être découpée en rondelles par un psychopathe potentiel ne me donnait pas assez de force pour surmonter ma peur de conduire sous cette pluie infernale et traverser cette immense flaque d'eau. J'entrebâillai donc la vitre.

— Oui ?

— Vous avez un problème, madame ?

Voix rauque, sexy, et assurément masculine. Cette forme était donc un homme…

— Je ne suis pas certaine que ma voiture supporte de traverser ce lac, répondis-je, en lui montrant l'étendue d'eau devant nous.

— Vous ne pouvez pas rester ici…

Comme si je ne le savais pas !

Je me mis à pianoter nerveusement sur mon volant, cherchant un moyen de me transporter ailleurs.

— Sortez de votre voiture et venez dans mon camion !

— Pardon ?

— L'eau va continuer de monter et, si vous paniquez à l'idée de traverser ça, attendez de voir dans dix minutes !

Il n'avait pas tort. Autant me faire une raison, je ne pourrais jamais conduire jusqu'à la prochaine sortie, et dormir dans ma voiture serait idiot et dangereux. Vaincue, je coupai le contact et me penchai pour attraper mon sac à main. J'y rangeai mes lunettes, mon téléphone et mes escarpins. J'allais suivre un inconnu dans la nuit alors qu'une pluie diluvienne tombait sur moi…

Un mauvais film d'horreur !

J'ouvris la portière et sortis avec le plus de grâce possible. Effort totalement ruiné au moment même où ma ballerine, touchant le sol, s'enfonça dans l'eau. Je m'abritai aussitôt sous mon parapluie, dans une tentative perdue d'avance de ne pas mouiller ma robe. Une tenue totalement inadéquate pour un tel périple en voiture ! Pour la première fois de ma vie, je m'avisai qu'un jean taille haute et des bottes en plastique blanches à points noirs auraient fait mon bonheur. Avec mon chemisier blanc noué, cela aurait été parfait !

— Je dois prendre ma valise dans le coffre…

Je refermai ma portière et me dirigeai vers l'arrière

de ma voiture, suivie par le géant. Il se saisit de mon bagage, et je me chargeai de mon manteau.

Relevant le menton, je marchai jusqu'au camion, bien embêtée au moment d'en ouvrir la portière. Je calai mon sac sur mon épaule et passai la main sur la carrosserie pour trouver l'encoche de la poignée.

— Ici.

Je sursautai et fis un pas en arrière pour laisser cet homme montagne m'ouvrir la porte de son carrosse, tout en examinant mentalement le problème suivant : comment allais-je grimper là-haut avec ma robe crayon ? Nerveusement, mes doigts cherchèrent la branche de mes lunettes et ne trouvèrent que du vide.

L'homme jeta ma valise derrière le siège en un geste souple qui aurait dû m'agacer. Avait-il besoin de montrer qu'il était plus fort que moi ? Et de saccager mes affaires ? Ce fut seulement quand il se tourna vers moi que je notai un début de barbe au bas de sa mâchoire. Je le remarquai surtout parce que c'était l'unique partie de son visage que j'avais vue jusque-là.

Bizarrement, le contre-jour le faisait paraître encore plus grand, mais il me terrifiait moins que l'énorme flaque.

— Vous montez ?

Je me redressai et le toisai.

— J'aimerais bien vous y voir ! m'exclamai-je en désignant ma tenue.

Il laissa échapper un petit grognement avant de me saisir par la taille et de me hisser dans la cabine. Pour lui, je ne devais pas peser plus lourd qu'un fétu de paille. Troublée, je m'installai confortablement alors qu'il fermait ma portière.

Dans quoi m'étais-je fourrée ? Et quand reverrais-je ma voiture ? Est-ce que je devais appeler la gendarmerie ou la police pour les prévenir ?

Chapitre 3

De plus en plus anxieuse à l'idée de me retrouver seule avec un inconnu dans un espace confiné, j'observai l'intérieur de la cabine. Elle était relativement propre, et néanmoins chargée de testostérone. L'homme qui allait être mon compagnon de voyage pour les prochaines minutes n'avait a priori pas pris de douche depuis un certain temps ou avait oublié d'aérer.

J'en étais à l'étude des pare-soleil quand la portière côté conducteur s'ouvrit pour laisser entrer la *masse*. En l'apercevant dans mon rétroviseur, j'avais déjà eu la sensation étrange de ne pas avoir affaire à un homme de chair et de sang, mais là, alors qu'il s'asseyait, je songeai de nouveau aux Titans de la mythologie grecque.

Avec des gestes brusques, il repoussa la capuche trempée de son blouson, enleva son vêtement, et le lança derrière lui sans se soucier de savoir où il retombait. Puis il accrocha sa ceinture de sécurité sans que je ne puisse faire autre chose qu'ouvrir la bouche sottement. J'étais bien en présence d'un dieu, mais certainement pas de l'un des Titans, réputés pour leur laideur !

J'affectionnais habituellement les hommes propres sur eux et au mieux de leur séduction, mais je ne pouvais nier que celui-ci m'émoustillait sans avoir le moindre effort à faire. Il m'avait sauvée d'une terrible nuit et j'étais prête à l'en remercier !

— Vous vous attachez ?

Pour cela, il faudrait qu'il soit également intéressé.

— Oui, pardon !

Je m'exécutai, avant d'ôter mes ballerines. Elles étaient bonnes pour la poubelle, mais pourraient encore me servir au prochain arrêt. Et mon premier achat, le lendemain, serait des bottes en plastique ! J'étais prête à me contenter des premières venues pour ne pas avoir à abîmer mes précieux escarpins… Que ferais-je, si le mariage avait lieu sous la pluie ?

D'accord, Véronique était une cousine que j'appréciais sincèrement, mais pas au point de détériorer mes splendides chaussures !

— Pensez-vous que je doive prévenir quelqu'un pour ma voiture ? demandai-je, secouée par les à-coups du camion se remettant en route.

— Appelez la police, ils vous diront quoi faire.

Je m'exécutai aussitôt, dictant mon numéro de plaque d'immatriculation à un officier manifestement dépassé par les éléments.

— Nous vous contacterons dès que votre voiture sera accessible, conclut l'agent avant de raccrocher.

Après avoir rapporté le contenu de ma conversation à mon chauffeur, je laissai s'installer le silence. Devais-je tenter de le rompre ? S'attendait-il à ce que je le distraie, ou au contraire à ce que je me fasse le plus petite possible ? Cherchant la réponse à cet épineux problème, j'examinai de nouveau la cabine et avisai devant moi un feuillet portant une adresse qui m'était vaguement familière.

— Vous allez à Toulouse ?

— Oui.

Ma chance avait-elle tourné ? Ou alors, était-ce le

destin qui m'avait jetée dans les bras de… Observant son profil, je ne pus retenir un petit cri d'admiration.

Ses cheveux étaient trop longs à mon goût, mais je mourais d'envie d'y passer les doigts. Ses mâchoires recouvertes d'un début de barbe se crispèrent et la température, dans la cabine, monta aussitôt. Mon fantasme de l'infirmière venait d'être détrôné par celui de l'autostoppeuse et du chauffeur sexy. A la condition que le chauffeur en question soit bien celui qui se trouvait à l'heure actuelle à côté de moi…

Mes yeux glissèrent sur son cou, sa pomme d'Adam peu prononcée qu'il me plairait de voir s'agiter dans le feu de l'action. Je continuai mon inspection par son T-shirt noir, dont les manches longues moulaient des bras musclés.

— Pourquoi ?

Sa voix forte et rocailleuse me tira des pensées érotiques qui avaient envahi mon esprit alors que mon regard parvenait au niveau de sa ceinture. Il était taillé en V, mais avait-il aussi ces muscles du bassin qui invitaient la langue à les suivre pour aller voir plus bas ?

— Pourquoi quoi ?

Je reportai mon attention sur son visage et tentai de me composer une expression neutre.

— Pourquoi voulez-vous savoir si je vais à Toulouse ?

— C'est là aussi que je me rends…

Serait-ce stupide de lui demander de m'emmener ?

Après tout, ma voiture était bloquée sur un tronçon d'autoroute inondée. Mon unique chance de faire le voyage était qu'il me garde avec lui. Ou de payer un billet de train une fortune.

— Vous pensez que vous pourriez m'y déposer ? J'ai un mariage samedi et je dois aider à préparer la salle pour le vin d'honneur demain…

— Vous vous mariez ?

— Non, ma cousine !

Encore heureux, sinon je serais à deux doigts de tromper mon fiancé ! Je me tortillai sur mon siège pour trouver une meilleure position, espérant soulager un peu la tension qui naissait dans mon corps.

Avisant le panneau indiquant la prochaine sortie pour Orléans, je proposai :

— J'ai réservé un hôtel à Limoges, si vous voulez faire une pause…

Ses sourcils se froncèrent, et je le vis me jeter des petits coups d'œil.

— Vous me proposez de coucher avec vous ?

Mortifiée qu'il puisse penser… Merde, bien sûr que j'avais envie de coucher avec lui, mais jamais je ne me serais montrée aussi directe ! Pas dans les premières minutes d'un tête-à-tête.

— Je devais faire la route avec ma cousine, lui expliquai-je alors, mais elle a annulé. J'ai donc deux chambres à disposition…

— Votre cousine ne va pas à son mariage ?

— Sa sœur.

Le camion s'engagea sur la bretelle de sortie.

— Etes-vous toujours aussi floue ? me demanda-t-il sans quitter la route du regard.

— La sœur de la future mariée devait voyager avec moi… D'où les deux chambres à Limoges.

Je fouillai dans mon sac, en extirpai mes escarpins, les posai entre nous, puis repartis à la recherche de ma réservation. Elle devait bien être quelque part ! Je sortis mes lunettes que je calai dans l'une de mes chaussures et poursuivis mes recherches.

— Voilà ! m'écriai-je en retrouvant la pochette contenant, entre autres, mon plan de route imprimé, en cas de souci avec mon GPS.

Je lui donnai l'adresse de l'hôtel et n'eus en échange qu'un bref hochement de tête.

— Un problème ? demandai-je.

— C'est quoi ?

Il approcha la main de mes escarpins, mais se retint d'y toucher.

— Des chaussures, répondis-je en me mordant délicatement la lèvre.

Se pourrait-il qu'il soit sensible à ma garde-robe ? Il m'avait à peine jeté un coup d'œil depuis que nous étions dans la cabine. Oserais-je espérer…

— Alors, c'est d'accord pour Toulouse ?

— Ouais.

Satisfaite, je me calai confortablement dans mon siège et profitai du silence tout relatif. La radio était éteinte, et le va-et-vient des essuie-glaces créait une ambiance presque cosy qui me rendit vaguement nerveuse. J'étais en route vers Toulouse, enfin Limoges, avec un inconnu, dans une robe — n'ayons pas peur du mot — sexy… Et personne ne le savait !

— Vous pouvez me donner votre plaque minéralogique, s'il vous plaît ?

Ses sourcils se froncèrent de nouveau, ses yeux rencontrèrent les miens, et mes seins pointèrent. Je croisai les bras et relevai ainsi ma poitrine, attirant l'attention de mon chauffeur sur mon décolleté.

— Je m'appelle Suzie, au fait !

Par habitude, je lui tendis la main avant de réaliser l'incongruité de mon geste.

— Gabin.

— Comme l'acteur ! m'écriai-je. Savez-vous qu'il a tourné *Les Misérables* avec Bourvil ?

— Non.

— Et donc… votre plaque minéralogique ?

Il me l'énonça, avant de me demander pour quelle raison je voulais la connaître.

— Je la donne à mon père avec votre prénom…

Je pianotai sur mon téléphone et envoyai le texto avant de pousser ma chance et de le prendre en photo. Concentré sur la route, il ne le remarqua pas. Enfin, il ne l'aurait pas remarqué, si le flash n'avait pas illuminé la cabine.

— C'était quoi, ça ? Vous voulez provoquer un accident ? s'emporta-t-il.

— Bien sûr que non ! J'envoie juste votre photo à mon père et à ma mère.

Pour cette dernière, mon message fut bien plus léger :

Regarde donc qui me tient compagnie ! ! !

Autant qu'elle profite, elle aussi, de mon aventure, et puis, vu les cris que devaient pousser ma tante parce que sa deuxième fille n'allait pas être présente au mariage de la première, ma mère aura bien besoin d'un *remontant* !

Au moins, mes parents pourraient montrer le portrait de l'homme avec lequel j'avais voyagé, si je disparaissais. Tendue à l'idée d'avoir fait une erreur en montant dans ce camion, je me murai dans le silence, me sermonnant sur mon habitude de porter des robes en toute occasion. Ce qui ne m'empêcha pas de faire la grimace en me visualisant dans un pantalon. Je n'aimais pas ce genre de vêtement. Je ferais bien trop XXIe siècle, avec !

Un mouvement à ma gauche attira mon attention. Gabin, le regard toujours fixé devant lui, alluma la radio sur une station d'informations spéciale autoroutes. Je remarquai alors au niveau de son poignet, à la lisière de sa manche, une courbe noire qui n'avait rien à voir avec du tissu. Un tatouage !

Non contente d'être montée dans le camion d'un

inconnu qui tenait plus de l'ours que du gentleman, j'étais tombée sur un tatoué ! Je déglutis et tentai de me rassurer : tatoué ne voulait pas dire dangereux, ni repris de justice. Gabin était juste un esthète qui considérait la mutilation comme un art et son corps comme le support idéal.

Déception !

J'avais eu un amant tatoué, une fois, et j'avais trouvé cela si vulgaire que j'avais gardé les yeux fermés jusqu'à la délivrance. Délivrance que j'avais précipitée en simulant outrageusement.

— Vous avez entendu ? demanda-t-il tout à coup, l'air préoccupé.

Je me tournai vers lui et tendis l'oreille pour saisir des bribes d'informations à la radio.

— L'autoroute est fermée entre le péage de Saint-Arnoult et Orléans, annonça-t-il. Il semblerait que nous soyons parmi les derniers à avoir pu passer.

— Je crois que je dois encore vous remercier de m'avoir poussée à sortir de ma voiture…

— Ou vous excuser.

Je le fixai un instant sans comprendre.

— Pour quoi donc devrais-je m'excuser ?

— Vous avez envoyé mon numéro de plaque d'immatriculation et une photo de moi à vos parents !

— Je tenais à ce qu'ils sachent à quoi ressemblait leur futur gendre…

— Hein ?

Ce fut à son tour de ne pas comprendre, et j'en ressentis une joie intense.

— Désolée, j'ai la fâcheuse habitude de m'essayer à l'humour quand je suis nerveuse. Reconnaissez que, de mon point de vue, vous n'êtes pas la personne la plus rassurante au monde !

Il poussa un grognement pour toute réponse, ce qui ne fit que confirmer sa ressemblance avec un ours. Un grizzly tatoué, pour être exacte. Bizarrement, je commençais à me détendre.

Chapitre 4

Quatre heures et demie après avoir quitté Paris, Gabin garait son camion sur le parking d'un relais routier, non loin de l'hôtel. Malgré un siège confortable et une ambiance détendue, il me tardait de sortir de cette cabine et de mettre de la distance entre mon compagnon de voyage et moi. Et j'aurais pu le faire bien plus facilement, si je n'avais eu ma splendide robe crayon !

Gabin avait sauté sur le macadam dès le moteur arrêté, et m'attendait à quelques pas de son véhicule. Je ne pouvais voir son visage, dissimulé par sa capuche et faiblement éclairé par un lampadaire, pourtant j'étais prête à parier qu'il s'amusait de la situation. Ma fierté, toute féminine et mal placée, m'avait conduite à ne pas m'excuser des mesures de précaution que j'avais prises à son encontre. Après tout, il pouvait me chanter sur tous les airs qu'il n'avait aucune arrière-pensée, je ne le connaissais pas !

Et voilà que je me retrouvais piégée dans la cabine. J'avais bien songé à me laisser glisser jusqu'au sol, mais je risquais de déchirer ma robe.

Remarquant qu'il ne pleuvait plus, j'enfilai mes escarpins, prête à aller au combat, et mis mon manteau, présageant qu'accalmie ne signifiait pas températures caniculaires. J'inspirai, ouvris la portière et interpellai Gabin :

— Pourriez-vous m'aider à retrouver le plancher des vaches, s'il vous plaît ?

Un nouveau grognement me répondit. Sans être une pipelette insupportable, j'aimais discuter et qu'on me réponde avec de vrais mots, pas des sons caverneux. Refusant de m'emporter, je lui fis un grand sourire avant de réaliser que lui présenter mes excuses l'inciterait sans doute à me prêter main forte.

— Je suis désolée de vous avoir considéré comme un homme potentiellement dangereux, et d'avoir envoyé votre plaque d'immatriculation à mon père.

— Et ma photo !

— Elle est très réussie. Elle fait ressortir votre côté chaleureux et altruiste.

Il secoua la tête et revint au camion. Puis il tendit les bras pour me saisir, et, avec autant de facilité qu'il en avait eue pour m'aider à grimper, il me déposa sur le sol. Il fit un pas en arrière. Ses yeux se plissèrent, puis glissèrent le long de mon corps pour finir sur mes chaussures. Quand son regard remonta vers mon visage, ma respiration s'accéléra. Il était dangereux, sensuellement dangereux, et ce en dépit de son tatouage. En avait-il un seul ? Peut-être que d'autres, cachés par ses vêtements, s'étalaient sur son torse, son dos, ses cuisses…

Moi qui appréciais les années 1950, leur élégance et leur culture, je me retrouvais sottement à fantasmer sur un homme qui, à l'époque, aurait tout eu du voyou !

— Allons-y !

— Oh ! Ma valise…

Il fit un pas vers moi, me bloquant entre son camion et son torse.

— Pardon, dit-il en se reculant, mon bagage à la main.

Etourdie par cette récente proximité, je ne compris pas de quoi il s'excusait.

— De ?

Ma voix était faible, rendue incertaine par le trouble qui refusait de me quitter. Comment réussissait-il à perturber ainsi mes sens ?

— Je n'ai pas eu le temps de…

Il claqua la portière et s'éloigna vers l'entrée de l'hôtel sans prendre la peine de terminer sa phrase. Il n'avait pas eu le temps de quoi ? Etait-il donc incapable d'avoir une conversation avec un autre être humain, ou étais-je la seule à bénéficier de ce *privilège* ?

— Gabin, vous savez qu'il peut paraître incorrect de ne pas finir une phrase ?

— Ça fait trois jours que je n'ai pas pris de douche… Suzie.

Déstabilisée par sa brusque franchise, je ne répondis pas et laissai mon esprit divaguer de « douche » à *nu*, à eau ruisselant sur son corps. Soudain, mon pied ripa sur quelque chose et je trébuchai comme une godiche. Ma robe et moi-même ne dûmes notre salut qu'aux excellents réflexes de Gabin.

— Vous devriez faire attention où vous marchez, avec de tels talons, grogna-t-il en relâchant mon coude.

Ne pouvant lui expliquer que mes chaussures n'étaient pas le problème, mais bien les images qui ne cessaient de se former dans mon esprit, je le remerciai, avant de reprendre mon chemin. Une douleur à la cheville m'empêcha d'aller bien loin.

Réfléchissons ! Dans deux jours, j'assistais au mariage de ma cousine Véronique dans un coin de campagne, et j'avais déniché pour l'occasion une tenue splendide et les escarpins *ad hoc*. Et voilà que je ne pouvais plus poser le pied par terre sans ressentir un terrible élancement.

Pitié, non ! Je n'allais quand même pas me présenter à la noce avec de vulgaires ballerines !

— Vous venez ?

Je redressai les épaules et le menton pour franchir les quelques mètres qui me séparaient de Gabin et de la porte d'hôtel. Allez, encore dix minutes au maximum à tenir, et je serais dans une chambre, une poche de glace sur la cheville !

En claudiquant, je me dirigeai vers la réception pour retirer les deux jeux de clés.

J'en tendis un à Gabin qui le refusa.

— Je vais dormir dans mon camion, pour m'assurer que tout se passe bien…

— Vous n'allez pas prendre une douche ?

— Je…

— Et puis, vous avez certainement faim ! ajoutai-je, tout en ayant conscience que ma question était un brin méchante.

Nerveuse à l'idée qu'il parte, je me tournai vers la femme derrière le comptoir pour lui demander s'il était possible de manger dans les environs.

— Oui, le relais routier sert vingt-quatre heures sur vingt-quatre.

— Allez prendre une douche, m'empressai-je de dire, et je vous paie le dîner pour vous remercier !

Il se passa la main dans les cheveux, et ses yeux gris sondèrent les miens.

A la lumière chaude du hall d'hôtel, il me parut plus séduisant. Son air bougon et sauvage lui donnait un charme qui trouvait écho en moi. J'en voulais plus. J'avais déjà eu des aventures d'une nuit avec des hommes rencontrés par hasard. Seulement jamais, jusqu'à ce jour, je n'avais été à ce point subjuguée. Coucher avec les autres avait été la conclusion logique d'une soirée de flirt. Avec Gabin, c'était du désir brut, sans artifice. Comme lui.

— D'accord.

Mais au lieu de se diriger vers les ascenseurs, il retourna sur ses pas. Il allait franchir le seuil de l'hôtel quand je l'interpellai.

— Je vais chercher mon sac, m'expliqua-t-il. Rendez-vous dans quinze minutes, ici.

Et il disparut.

— Bah…

Je me tournai vers l'hôtesse d'accueil, qui sursauta en me voyant encore devant elle.

— Pardon, je ne voulais pas…, bafouilla-t-elle. Il est… impressionnant.

— Et vous n'avez pas passé plus de deux heures à côté de lui dans un espace confiné !

Elle ouvrit de grands yeux qui reflétaient son envie. Ravie, je boitillai jusqu'à l'ascenseur.

— Attendez !

En deux enjambées, la réceptionniste se planta devant moi et me tendit un tube d'Arnica.

— Pour votre cheville.

Je la remerciai chaleureusement, tout en saisissant la crème qui m'éviterait le lendemain un pied de Schtroumpfette.

Une fois dans ma chambre, je me laissai immédiatement tomber sur mon lit pour défaire ma chaussure et vérifier que je ne m'étais pas fait une entorse. Après avoir appliqué une couche généreuse d'Arnica, je téléphonai à mon père pour le prévenir de mon arrivée à Limoges.

— Bonsoir, papounet !

— Suzie ! Je commençais justement à trouver le temps long !

— Le déluge a forcé Gabin à réduire sa vitesse. Nous venons tout juste d'arriver à l'hôtel.

Je l'entendis répéter, certainement pour ma mère.

— Tu pourrais peut-être prendre le train, demain ?

me suggéra-t-il. Ça ne me rassure pas que tu voyages avec un inconnu. Par les temps qui courent…

— Je sais, l'interrompis-je en sentant venir le sermon. Mais Gabin n'est pas comme ça !

— Ce n'est pas parce qu'il a une gueule d'ange qu'il n'est pas mauvais, objecta ma mère d'une voix inquiète.

— Bonsoir, maman, dis-je en comprenant qu'elle avait pris le téléphone des mains de mon père. Fais-moi confiance…

Que dire de plus ? Gabin avait peut-être une gueule d'ange sur une photo faite à la va-vite dans la semi-obscurité d'un camion, il en allait tout autrement dans la réalité. Il dégageait une aura animale qui m'attirait et m'effrayait à la fois. Quant à ses yeux… Comment avais-je fait pour ne pas me rendre compte plus tôt qu'ils étaient… hypnotiques ?

— Suzie ?

Mince !

— Suzie, je te fais confiance, mais tu ne connais pas cet homme ! reprit ma mère. Et je t'ai appris à te méfier de tout ce qui brille…

Gabin, briller ? Si elle savait que nous avions à peine échangé trois mots et qu'il était tout juste poli en ma présence, elle cesserait aussitôt de penser qu'il faisait partie des gens *trop beaux pour être honnêtes*. Au contraire, il n'avait pas cherché à enjoliver quoi que ce soit et, même si son physique était agréable, son attitude était à la limite du grossier.

— Maman, s'il est d'accord, je ferai le reste du voyage avec lui.

— Tu comptes arriver chez ta tante en camion ? Dois-je te rappeler qu'elle habite une impasse ?

— Je vous préviendrai dans la matinée de l'endroit où il me déposera.

Elle poussa un long soupir et, cinq minutes plus tard,

je raccrochai enfin. Avisant l'heure, je me décidai à aller dans la salle de bains remettre de l'ordre dans ma coiffure et mon maquillage. Après toute une journée à arpenter les allées de la bibliothèque et ce voyage nerveusement éreintant, j'aurais préféré prendre une longue douche, mais j'avais rendez-vous avec…

Je détaillai mon reflet dans le miroir, au-dessus du lavabo.

Comment définir Gabin pour lui rendre justice et montrer toute son essence ? Il n'était pas seulement un homme, il était l'homme. Rude, ombrageux… Serviable. Comment oublier la manière dont il m'avait aidée à monter dans son camion ? Ou à en descendre ? Et puis, combien de personnes s'étaient arrêtées pour savoir ce que je faisais, garée sur le bord de l'autoroute, sous ce torrent de pluie ?

Après une dernière retouche de rouge à lèvres, je quittai ma chambre. La douleur à ma cheville n'était plus qu'une petite gêne, un rappel que, sous son côté sauvage, mon compagnon de voyage pouvait être attentionné.

Chapitre 5

Lorsque les portes de l'ascenseur s'ouvrirent sur le hall de l'hôtel, je vis instantanément le changement. Les cheveux coiffés en arrière et encore mouillés, Gabin observait un tableau comme le ferait un homme qui réfléchit au meilleur moyen de s'enfuir sans en avoir l'air. Ressentait-il cette invitation comme une obligation pénible ? Peut-être n'aurais-je pas dû insister…

— Je suis là, dis-je en m'approchant.

Il se retourna et j'eus du mal à respirer. Pendant ces quinze petites minutes, il avait pris soin de se raser également. Sa mâchoire était lisse et, pendant un instant, cette peau imberbe m'appela. Mes doigts frémirent à l'idée d'un contact, d'un simple effleurement.

Je m'arrêtai à une distance raisonnable de lui, et ce fut au tour de mon nez d'être assailli. Le parfum de son gel douche, conjugué à l'atmosphère feutrée du lieu, finit de me séduire. Cet homme était à tomber et ne semblait pas s'en préoccuper le moins du monde ! Un cocktail détonnant.

— Allons-y, alors.

A l'extérieur, j'ouvris mon parapluie tandis qu'il relevait sa capuche. La petite bruine me remit les idées en place et me permit de me concentrer sur mes pas, à défaut de faire la conversation.

Tous les hommes que j'avais fréquentés pour des raisons diverses n'avaient jamais laissé le silence s'installer entre nous. Ils m'avaient au contraire abreuvé de commentaires, pas toujours pertinents, qui ne m'avaient pourtant pas dérangée sur le moment. Mais ce soir, j'appréciais ce calme. Gabin n'avait pas envie de parler pour ne rien dire, et je trouvais cela divin.

— Comment va votre cheville ? me demanda-t-il alors que nous prenions place à une table du relais routier.

— La réceptionniste m'a donné de l'Arnica, ça va un peu mieux, je vous remercie.

Il émit alors ce petit grognement que je savais dorénavant être sa manière de dire… beaucoup de choses.

Pendant que la serveuse prenait commande de nos boissons, je notai sa façon de se tenir, de parler. Il était naturel, sans artifice. Pas de sourire en coin pour obtenir un privilège quelconque ou un rabais, pas d'œil qui traîne sur le corps des femmes. Enfin, sauf peut-être sur le mien. Avais-je droit à un traitement de faveur ?

Je frissonnai à l'idée de l'avoir séduit sans le moindre effort. Pour couper court à mes divagations, je posai la première question qui me vint à l'esprit :

— D'où veniez-vous ?

Il fronça les sourcils, et je me sentis obligée d'ajouter :

— Votre livraison…

— Pays-Bas et Belgique.

Je voulais bien qu'il ne soit pas bavard, mais il allait devoir se montrer un peu plus coopératif, s'il espérait que je comprenne.

— Je devais apporter quelque chose aux Pays-Bas et reprendre une machine en Belgique. Seulement, les Hollandais ont mis du temps à décharger, j'ai dû m'arrêter sur une aire d'autoroute et n'ai pu récupérer la machine que ce matin.

— D'accord.

— Rouler à vide est une perte d'argent, mais ne pas respecter les délais coûte aussi, poursuivit-il.

— Vous auriez dû arriver cet après-midi.

— Oui, mais la pluie ne m'a pas aidé à rattraper mon retard.

Je hochai la tête, avant de me décaler pour laisser la serveuse déposer devant moi une assiette de bœuf bourguignon. Le fumet réveilla mon estomac, me faisant prendre conscience que je mourais de faim. Je m'attaquai donc avec appétit à mon plat.

Profitant de ce que l'attention de Gabin était concentrée sur autre chose que moi, je l'observai couper sa viande et en porter un morceau à sa bouche. Je laissai échapper un gémissement alors que ses lèvres se refermaient sur sa fourchette.

Ses yeux trouvèrent aussitôt les miens, et je demandai :

— Vous êtes célibataire ?

Question culottée, sortie trop vite, et que je ne pouvais malheureusement plus effacer.

— Vous êtes une drôle de femme, dit-il, sans me quitter du regard.

— Et vous, un homme fascinant.

Je piquai dans un bout de pomme de terre et le glissai entre mes lèvres d'une manière très sensuelle, clairement sexuelle, même. Le message passa. Ma bouche parut le subjuguer, au point qu'une légère chaleur se répandit sur mes joues. D'habitude, je me contentais de suivre, jamais je n'avais déclenché moi-même un jeu de séduction.

Mais, ce soir, j'étais prête à aller jusqu'au bout.

— Pourquoi portez-vous ce genre de vêtements ?

Prise à mon propre piège, je l'observai boire une gorgée de bière. Même si je n'étais pas fan de cette boisson, je me surpris à vouloir y goûter à mon tour, être à la place de son verre…

— Suzie, pourquoi votre robe semble tout droit sortie des années 1930 ?

— 1950.

Il fronça les sourcils, et ce simple mouvement me ramena sur terre.

— J'aime les années 1950 et la mode de cette époque, repris-je. Les robes étaient moins courtes, plus élégantes. Enfin, c'est mon avis.

— Vous ne portez que ce genre de robes ?

— Oui et non. Mes tenues sont fortement inspirées de ces années-là. Et les accessoires qui vont avec également.

Ses mâchoires se crispèrent un bref instant, signe que quelque chose l'énervait.

— Un problème ? demandai-je, posant ma main sur la sienne.

— Mon… ex était aussi une…

Je le vis chercher ses mots, grimacer, puis dire :

— … *fashion victim*.

Pas la peine de perdre mon temps sur ce terrain-là, cette femme lui avait de toute évidence laissé un mauvais souvenir.

— Un de mes ex voulait à tout prix que je change de garde-robe, avouai-je à mon tour. Il a même insisté pour que je ne mette mes robes qu'en sa présence.

— Jaloux ?

— Crétin.

Je bus un peu de vin et m'expliquai :

— Une femme choisit d'être fidèle ou non, et les vêtements n'ont rien à voir dans l'affaire ! Mais lui pensait qu'avec ce genre de tenues je le tromperais dès qu'il aurait le dos tourné…

— Il avait tort ?

Je me raidis sur mon siège et lui lançai un regard noir.

— Etes-vous fidèle ? répliquai-je.

— Oui.

— Croyez-vous que ça ait un rapport avec vos vêtements ?

Il secoua la tête, avant de me surprendre avec une dernière confidence :

— Mon ex voulait que je change de métier. Elle ne supportait pas de rester seule la semaine.

Devais-je comprendre qu'elle avait fini par trouver quelqu'un pour combler le vide ? Mais quel homme pouvait avoir sa chance, après Gabin ?

Préférant ne pas parler plus longuement de cette femme qui l'avait visiblement blessé, je l'interrogeai sur les raisons qui l'avaient poussé à devenir chauffeur routier, et découvris un autre monde, constitué de grands espaces, d'asphalte et d'une liberté… toute relative.

Le reste du repas, en dépit d'une conversation en pointillés, se passa d'une façon détendue. Gabin n'était pas du genre bavard, peut-être à cause de la solitude qui allait de pair avec son travail, ou alors était-ce ce travail qui était parfait pour lui. Néanmoins, il avait fait des efforts pour combler les blancs, relancer la discussion…

J'avais alors découvert un homme plus sensible et attentionné que l'idée que je m'étais faite de lui. Il me décrivit son appartement en plein centre de Toulouse, qu'il avait rénové du sol au plafond. Il n'avait visiblement rien laissé au hasard, pensant à ses proches ou à ses amis qui pourraient y séjourner. Mais ce furent ses intonations tendres, tandis qu'il me parlait de sa sœur cadette ou encore de sa mère, qui firent naître des frissons sur mon corps.

De retour à l'hôtel, il m'accompagna jusqu'à la porte de ma chambre, où il brisa le silence qui s'était installé entre nous depuis notre départ du restaurant d'un « Bonne nuit ».

Je le vis esquisser un pas en arrière, signe de retraite. Il n'en était pas question ! Ma soirée n'allait pas se terminer sur cette note frustrante où je serais forcée de trouver seule mon plaisir.

Le regarder savourer sa part de moelleux au chocolat, tout en parlant avec passion des villes qu'il avait visitées, n'avait pas aidé ma libido, qui demandait à être satisfaite. Et la condition *sine qua none* était qu'il soit présent, consentant et (très) actif.

Et puis, je n'avais toujours pas de réponse, pour ces muscles en V, les obliques si mes souvenirs étaient bons.

Sans plus réfléchir, je l'attrapai par le blouson et l'attirai à moi. Planté dans le sol, il ne bougea pas d'un millimètre, alors que j'y mettais plus de force. S'il tentait de me prouver qu'il était le plus fort, il remportait la manche. Mais j'allais me faire une joie de lui rabattre son caquet, une fois que nous serions nus tous les deux !

Comprenant qu'il ne s'approcherait pas, je fis le pas qui nous séparait et me plaquai contre lui. Son odeur et sa chaleur m'enveloppèrent aussitôt.

— Embrasse-moi, murmurai-je.

— Suzie…

Je nouai les mains derrière son cou. Il se raidit, tenant à distance ses lèvres des miennes. Qu'attendait-il ? Je savais que je lui plaisais, son regard ne pouvait mentir, pas plus que son corps : j'étais collée contre lui, et une certaine évidence s'imposait.

— … mon camion…

— Ils ont un maître-chien, des caméras…

Je me frottai délicatement à son bassin, songeant aussitôt que je devais lui paraître terriblement audacieuse. L'image qu'il allait se faire de moi ne serait pas flatteuse, mais je voulais savoir jusqu'où m'emporterait cette attirance entre nous. Feu d'artifice ou pétard mouillé ?

Curieuse, je profitai de sa réflexion pour passer les doigts sur sa nuque, lui grattant doucement la peau. Il frissonna et son menton s'abaissa, laissant néanmoins sa bouche encore inaccessible.

— Gabin…

Je n'en pouvais plus. Il fallait que je sache !

Soudain, sa main se posa sur ma joue tandis que son pouce effleurait ma peau, près de mes lèvres. Instinctivement, je le suçai, jouant avec ma langue et mes dents. Je le prenais entièrement, avant de le laisser sortir, pour recommencer inlassablement le même va-et-vient.

Pour ce qui était de mes mains… L'une d'elles s'était posée sur son poignet pour m'assurer qu'il n'éloignerait pas son pouce et ne mettrait ainsi fin à ma démonstration. L'autre glissait le long de son torse, s'arrêtant à la taille, pour finir sa route sur le bas de son dos.

— Suzie…

Je levai les yeux vers lui pour le trouver le souffle court, sa bouche enfin à ma portée. Je laissai son pouce et l'embrassai. Mes lèvres se posèrent sur les siennes plus durement que je ne l'aurais souhaité, mais je ne m'y arrêtai pas. Ma langue entra en action, effleurant, appuyant, taquinant, avant de se laisser dominer par la sienne.

Dès qu'il prit les commandes du baiser, une vague de désir me submergea, et je m'accrochai à lui. Il mêlait délicieusement douceur et dureté, caressant mes lèvres avant de les mordiller.

Sa main libérée vint se poser sur ma nuque. L'autre me débarrassa de mon manteau, avant de trouver sa place sur mes reins et bientôt sur mes fesses. Il les malaxa avec une rudesse qui acheva de m'exciter. Mon corps réclamait son dû, là, tout de suite, dans ce couloir, devant ma chambre ! Si je n'avais porté cette robe, j'aurais sauté dans ses bras, entouré ses hanches de mes jambes pour que nos sexes...

— Gabin, soufflai-je.

Son visage était venu se nicher dans mon cou et, s'il continuait ainsi, je devrais utiliser une bonne dose de fond de teint pour cacher un suçon des plus disgracieux.

D'une main tremblante, je cherchai la carte de ma chambre et me retournai pour ouvrir. Aussitôt, un grand corps chaud se colla à mon dos et se frotta à moi langoureusement.

— Ma robe... la fermeture Eclair...

Il me fallut trois tentatives pour réussir à déverrouiller ma porte, mais il n'en fallut qu'une seule à Gabin pour que le tissu, autour de moi, se relâche. Il se baissa pour ramasser mon manteau, puis me poussa à l'intérieur, avant de refermer derrière nous.

Je laissai ma robe glisser jusqu'au sol et, d'un mouvement que j'espérai sexy, je quittai mes chaussures pour me retrouver en sous-vêtements.

— Suzie...

Son ton n'était plus celui d'un ours. Gabin était désormais un homme des cavernes qui ne cachait plus son désir. D'un geste sec, il me retourna face à lui, prenant le temps de me détailler de la tête aux pieds. Par deux fois, il déglutit avec difficulté, troublé par la dentelle de mon soutien-gorge et de mon shorty.

J'en profitai pour lui ôter son blouson, puis tout le reste, jusqu'à ce qu'il soit torse nu devant moi. Le regard braqué sur son tatouage tribal, j'en suivis toutes les courbes, m'extasiant sur la finesse de certains traits, la complexité des motifs et la beauté de l'ensemble. Soudain, le dessin prit vie alors que Gabin tendait les bras vers moi, me sortant de ma contemplation.

— Je ne veux pas te faire peur.

Je relevai les yeux et le trouvai penché vers moi, me dévorant littéralement du regard.

— Pourquoi aurais-je peur ? lui demandai-je, en m'occupant nonchalamment de son pantalon.

— Je ne suis pas…

Il grogna, fermant les yeux, comme ma main se glissait dans son caleçon.

— Tu n'es pas quoi ? le taquinai-je.

— Je ne suis pas le genre d'hommes que tu côtoies habituellement…

Il stoppa là. Mes doigts venaient de s'enrouler autour de son membre.

— Que sais-tu des hommes que je côtoie habituellement ?

— Je ne suis pas un gentleman, Suzie.

Croyait-il réellement que je n'avais rencontré que des hommes pouvant se qualifier de la sorte sans mentir ?

— Gabin, je n'ai pas envie d'un gentleman. Quoi que ça puisse vouloir dire pour toi. C'est toi que j'ai envie de sentir sur moi, sous moi, et surtout en moi.

Il recula un peu.

— Alors déshabille-toi… entièrement.

Sans prendre la peine de défaire ses lacets, il ôta ses chaussures et, d'un mouvement brusque, enleva jean et caleçon. Nu et en érection, il me toisa alors avec une avidité qui me fit frissonner.

Tout en faisant un pas en arrière, je dégrafai mon soutien-gorge. Je le laissai tomber sur la moquette, et fis glisser mon shorty le long de mes jambes. A peine redressée, je me sentis attirée par les hanches contre un torse bouillant. Le choc fut doux. Ses lèvres cajolèrent mes épaules pendant que ses mains effleuraient mon ventre, ma poitrine.

Je savourai les sensations qu'il faisait naître en moi. Rendue impatiente par la langueur de ses caresses, je me retournai dans ses bras pour lui embrasser le cou, la mâchoire et enfin la bouche.

Le baiser fut profond et mon désir s'exacerba. Je voulais savoir à quel point il pouvait m'embraser. Je m'accrochai à son cou et me dressai sur la pointe des pieds pour en profiter au maximum.

Soudain, je sentis un léger pincement sur la pointe d'un de mes seins. Je laissai échapper un gémissement et réalisai que nous étions à présent allongés, mais toujours en train de nous embrasser. Son sexe frottait contre ma hanche, le mien contre sa cuisse. Un nouveau pincement et un éclair. Pas de douleur. Non. Je jouis, alors que les choses sérieuses n'avaient pas encore commencé, alors que ses mains ne s'étaient pas aventurées plus bas que mes hanches.

Une fois de nouveau maîtresse de mon corps, je lui caressai le dos, le griffant légèrement. Un râle accueillit mon initiative tandis qu'il enfouissait le visage dans mon cou. Il éloigna de moi son bassin, et je compris qu'il tentait de reprendre le contrôle.

— Tu as ce qu'il faut ? demandai-je, tout en continuant à le toucher.

— Dans mon portefeuille… dans mon pantalon.

Il se défit de mon emprise, s'assit au bord du lit et se passa la main dans les cheveux.

— Qu'est-ce qu'il y a ? murmurai-je à son oreille, avant de lui en mordiller le lobe.

— J'ai l'impression qu'un simple courant d'air pourrait me faire jouir comme un ado précoce.

Alors comme ça, lui aussi était dans un état de combustion imminente ?

Je me levai et partis lui chercher son pantalon. Il sortit trois sachets en aluminium de son portefeuille. J'en pris un et l'ouvris.

— Donne !

Il tendit la main vers moi, et je me sentis frustrée à l'idée de ne pas pouvoir lui mettre moi-même le préservatif. Je l'avais bien caressé en arrivant dans la chambre mais, depuis, il avait encore grossi et paraissait aussi dur que…

— Suzie ! Ne me regarde pas comme ça et donne-moi cette putain de capote que je puisse…

Te baiser. Il n'eut pas besoin de finir sa phrase pour que je le comprenne. Peut-être aussi parce que c'était exactement ce dont j'avais envie : le baiser. Un sourire flotta sur mes lèvres. Il n'était effectivement pas un gentleman, et cela m'excitait énormément.

Je lui tendis la protection et l'observai la placer correctement. Ses doigts sur son sexe me subjuguaient tant qu'à peine ses mains écartées je vins m'asseoir sur ses cuisses. Il m'agrippa à la taille pour m'éloigner.

— Prends-moi, Gabin…, ronronnai-je, tout en ondulant légèrement.

Pensait-il réellement que je voulais d'un homme autre que lui ? Plus policé, plus maniéré ? Son ex lui avait-elle jeté ça au visage ?

— S'il te plaît.

Il le fit enfin, avec délicatesse, puis avec passion.

Chapitre 6

Allongée sur le lit, je contemplais le plafond tout en revenant à moi. Coucher avec Gabin s'était révélé mieux que tout ce que j'aurais pu imaginer. Comme pour ses baisers, il alliait avec brio délicatesse et force, m'entraînant avec lui dans un torrent de volupté. L'orgasme avait été dévastateur, et il me tardait de remettre ça.

La porte de la salle de bains s'ouvrit, laissant apparaître un corps d'homme digne d'un mannequin pour lingerie masculine. Gabin avait bien ces muscles en forme de V au niveau du pubis et, comble de joie, il n'avait pas que ça ! Une tablette de chocolat légère mais présente, des pectoraux fermes et réactifs…

Même son tatouage, qui s'étendait du milieu de son torse jusqu'à son poignet, m'avait excitée ! Il était loin des hommes que je fréquentais habituellement, et cela le rendait plus attirant à mes yeux. Contrairement à ces derniers, il n'avait pas cherché à me cacher son désir, ses envies et sa jouissance. Pour la première fois, je n'avais pas un amant gentleman et j'adorais ça !

Je le vis regarder autour de lui et s'arrêter sur son pantalon, jeté sur un dossier de chaise. Comptait-il déjà repartir ? Pourtant, si mes souvenirs étaient exacts, nous avions encore deux préservatifs et une infinité de jeux possibles pour occuper le reste du temps.

Je me tournai sur le ventre, brusquement embarrassée d'être encore nue et alanguie, alors qu'il souhaitait visiblement partir. Mon mouvement l'interpella, et ses yeux vagabondèrent de mon visage à mes épaules puis à mes reins.

— Merde !

— Qu'y a-t-il ? demandai-je, en m'asseyant.

En une grande enjambée, il fut devant moi, un genou sur le lit, ses doigts effleurant ma hanche.

— Désolé…

Suivant son regard, j'aperçus sur ma peau cinq petites traces violacées. Même chose de l'autre côté. Pris dans la passion, il avait serré trop fort et laissé son empreinte. Je frissonnai, excitée à l'idée de porter sa marque.

— J'aurais dû faire plus attention…

— Gabin, le coupai-je. Ce n'est pas grave !

— Il te reste de la crème ?

— Quelle crème ?

— Celle pour ta cheville, répondit-il en cherchant autour de nous.

Je bloquai son visage entre mes mains, m'approchant de lui jusqu'à frôler son nez du bout du mien. Je fondis en constatant qu'il s'en voulait réellement de m'avoir *blessée*, lui qui ressemblait à un ours la plupart du temps.

— Ce n'est pas grave, lui répétai-je.

— Suzie, tu as la trace de mes mains sur ton corps !

Je gémis et me mordis la lèvre pour m'empêcher de lui sauter dessus.

— Tu me fais penser à une poupée, si fragile, et pourtant…, dit-il, passant les doigts dans mes cheveux.

— Tu sembles si fort, et pourtant… J'ai aimé chaque seconde avec toi, et pour te le prouver, je suis prête à recommencer à l'instant.

Un vague sourire illumina son visage, avant de disparaître.

— Nous sommes si différents, murmura-t-il contre ma bouche. Je suis chauffeur routier…

Je l'arrêtai d'un doigt sur ses lèvres.

— Tu es un homme bien, c'est tout ce qui m'importe.

— Qu'est-ce qui te fait croire que je suis un gars bien ? se moqua-t-il. Tu ne me connais que depuis quelques heures !

— Tu m'as vue terrifiée, et tu n'as pas profité de la situation.

— Nous venons de coucher ensemble…

— Ah oui, et tu as aussi donné de ta personne pour que j'aille mieux ! répliquai-je, avant de lui voler un baiser.

Solidement accrochée à ses épaules, je me laissai aller en arrière, l'entraînant avec moi sur le matelas. Il me surplombait, en appui sur ses coudes posés de part et d'autre de ma tête. J'étais si bien, là, avec un homme que je ne connaissais pas, dans une ville où je ne m'arrêterais pas plus que quelques heures.

Et soudain, comme un éclair dans le noir, j'eus envie que ça se reproduise. Que notre nuit ne soit pas unique. Quelle folie !

— Ça t'arrive souvent ? demanda-t-il.

Je plongeai les yeux dans les siens : il faisait un travail de forçat, seul dans un engin de plusieurs tonnes dont il pouvait assurer la maintenance, et il était capable de me regarder comme la plus belle chose au monde !

— De coucher avec un inconnu ou le premier soir ?

— Les deux.

— C'est la première fois mais, si c'était à refaire, je te sauterais dessus dans la cabine de ton camion.

— C'est un de tes fantasmes ?

Son bassin frotta légèrement contre le mien, et je répondis sans même songer à la portée de mes mots :

— Mon fantasme du moment ne ressemble pas à ça…

— A quoi, alors ?

Nouvel effleurement. S'il voulait jouer, je me ferais un plaisir de lui montrer de quoi j'étais capable ! Je poussai sur ses épaules pour qu'il s'allonge et m'assis à califourchon sur lui. Le contact de mon sexe sur sa peau me fit gémir, mais je ne me laissai pas distraire.

— Celui, tout simple et commun, de l'infirmière.

Je griffai doucement son torse, finissant sur son ventre qui se contracta. La deuxième fois, des frissons agitèrent sa peau, me confirmant qu'il aimait ça.

— Et ça inclut quoi ? se renseigna-t-il, en posant sagement ses mains sur mes cuisses.

Amusée par le tour que prenait la conversation, je me penchai vers lui pour lui chuchoter à l'oreille :

— Du bouche-à-bouche…

Je l'embrassai avec lenteur pour le frustrer et faire monter la pression. Je m'écartais dès que je me sentais perdre contrôle, revenais, pour repartir aussitôt. Je le taquinais du bout de la langue, lui frôlais le nez avec le mien. Je poursuivis ce manège jusqu'à la première caresse de ses mains remontant sur mes cuisses.

Je me redressai et secouai la tête, comme déçue.

— Le malade n'est pas en état de bouger.

Il releva un de ses sourcils, mais ne répliqua pas. Au contraire même, il se prêta au jeu et croisa les mains sous la nuque, me laissant le champ libre. Je retournai donc à ses lèvres, intensifiant mes baisers. A bout de souffle, je m'écartai légèrement de lui, sans savoir ce que je désirais faire ensuite.

Qu'il était étrange de réaliser un scénario à peine ébauché dans son esprit, et plus surprenant encore de le faire avec un inconnu ! Quand je baissai la tête vers lui, je le vis fixer mes seins. Sa langue passa sur ses lèvres, et je sus… il fallait que je le laisse me toucher là. Non ! Me sucer.

J'approchai ma poitrine de son visage. Après un léger signe de ma part, qu'il interpréta comme une autorisation, il prit la pointe de mon sein entre ses dents et le taquina, avant de s'occuper du second. Je gémis, creusant les reins, créant une friction entre nos deux sexes. Le plaisir qui me submergea me rappela le but de tout cela.

— C'est tout, chuchotai-je, à bout de souffle.

Il grogna, mais reprit sa position initiale.

— Je dois vérifier maintenant qu'il n'y a pas de blessures…

Mes mains partirent alors en balade sur sa peau. Je m'intéressai tout d'abord à son torse, jouant avec ses mamelons tendus. Du bout des doigts, je les contournai une fois, deux fois, m'en rapprochant pour mieux m'en éloigner. Quand je compris que la torture avait atteint un point suffisant, je descendis vers ses abdominaux et ce V qui me fascinait tant.

Ses muscles étaient fermes ; il les contractait par à-coups, sans doute dans l'espoir de maîtriser ses réactions. Il me laissait réellement le contrôle de la situation, alors que je n'étais pas de poids à lutter contre lui. S'il désirait vraiment mettre fin à ce petit jeu, ce serait fait en un mouvement.

Je jetai un coup d'œil à son sexe qui se dressait fièrement à quelques centimètres de moi. Ce serait pour après… Je me décalai sur le côté pour poursuivre mon exploration… Cuisse gauche, genou, puis cuisse droite.

— Suzie…

— Je devrais peut-être prendre ta température, dis-je en remontant mon visage au niveau du sien.

Je l'embrassai franchement, profondément, tout en saisissant un préservatif. Puis je m'assis sur mes talons, les sens chavirés. Il se redressa à son tour, la main sur ma nuque.

— Prendre ma température ?

Incapable de répondre, je lui souris, et posai mes lèvres sur les siennes. C'était si bon ! Il tira délicatement sur mes cheveux, me faisant ployer le cou en arrière.

— Je préférerais…

Je le vis fixer ma mâchoire, puis plus bas, oubliant qu'il cherchait à me dire quelque chose. Ses pupilles étaient dilatées et sa pomme d'Adam ne cessait de tressauter, signe qu'il était à bout. Mais il me restait encore une envie à assouvir…

J'entourai son sexe de ma main et le pressai doucement. Ses yeux se fermèrent et, au premier aller-retour, il relâcha tout l'air de ses poumons. Au deuxième, il s'allongea, serrant les draps dans ses poings. J'en taquinai le bout avec mon pouce, changeai de rythme, avant de l'abandonner pour ouvrir la protection et la lui enfiler. Puis je le portai à mes lèvres et me délectai du grognement sauvage qu'il poussa.

Jamais une fellation ne m'avait autant excitée. Il était entièrement en mon pouvoir, et ne cachait pas qu'il appréciait. Quand sa main glissa dans mes cheveux pour m'indiquer le rythme, je n'en fus pas choquée. Mes précédents amants n'avaient jamais paru à l'aise, ils cherchaient à écourter. Là, non. Gabin en profitait, et j'étais heureuse d'être à l'origine de ce déferlement de plaisir.

Soudain, il se dégagea.

— Reste ainsi !

Essoufflée et tremblante de désir, je l'observai se lever et se placer derrière moi. Il caressa mon dos, s'attarda sur mes hanches, certainement là où se trouvaient les marques violacées, et me fit relever les fesses. A quatre pattes sur le lit, j'attendais avec impatience la suite, le soulagement ultime.

Mais, au lieu de ça, il se contenta de passer la main entre mes cuisses. Il effleura mon clitoris, ce qui envoya une décharge dans tout mon corps, puis me pénétra légèrement d'un doigt, puis de deux. Je sentis enfin son sexe entrer en moi, continuer son chemin jusqu'au bout, dans un claquement de hanches qui me fit gémir. Il ressortit avec lenteur, avant de revenir à l'assaut, de plus en plus fort, de plus en plus vite. Jusqu'à ce que mes bras cèdent, terrassés par l'orgasme.

— Le plus important, c'est l'uniforme d'infirmière ! dis-je, une fois ma respiration redevenue régulière.

— Toi et tes fringues !

— Je suis persuadée que les chaussures te plairaient !

Je me surélevai sur un coude pour le voir, souriant. Il était au-delà de toute expression à ce moment précis. Il irradiait de bonheur, et je fus émue à l'idée d'être responsable de sa joie. Il paraissait si heureux que j'aurais aimé le prendre en photo pour l'observer tout à loisir… Qu'est-ce qui m'arrivait ?

— Donc, tu as vu à quel point tes chaussures me fascinaient.

— Si tu veux, pour le prochain round, je les mets.

Son rire emplit la chambre, et quelque chose remua au plus profond de moi.

Chapitre 7

J'entrai dans la salle de bains avec ma trousse de maquillage. Vu mon programme de la journée, il n'était pas question pour moi de perdre trop de temps pour ma *mise en beauté*. Après tout, mes efforts seraient saccagés par la transpiration avant le début de l'après-midi. J'allais m'occuper de la décoration d'une salle, et non déjeuner tranquillement avec ma famille !

— Suzie ?

— Tu attends quelqu'un d'autre ? demandai-je, en regardant vers la cabine de douche où Gabin se trouvait.

Après notre deuxième round, monsieur était retourné dans son camion, s'excusant trop peu à mon goût. Mais je n'avais pas boudé, ni fait ma femme enfant. Un homme soucieux de son matériel professionnel était digne de confiance, et autrement plus séduisant qu'un bœuf qui s'endort une fois l'affaire bouclée.

Et puis, il était revenu…

Ce matin, avant que mon téléphone ne sonne, je l'avais retrouvé nu sous le drap, à s'occuper de moi… Sa langue m'avait tout fait oublié, dont mon ressentiment. Quant à la suite… Ma démarche était un rappel criant de la passion que nous avions mise dans cette dernière étreinte.

— Un problème ?

Je revins au moment présent et à l'eau qui devait couler le long de son corps, sur ses pectoraux, son tatouage, ses abdominaux, son sexe. Etait-il au repos ou prêt ? Une bouffée de chaleur bloqua ma respiration alors que je réalisais que j'étais insatisfaite. Comment allais-je faire, si je n'étais qu'une boule de frustration sur talons ?

— Je dois me maquiller, répondis-je en concentrant toute mon attention sur mon reflet au-dessus du lavabo.

La cata !

Un léger suçon ornait mon cou, une irritation colorait le dessus de ma poitrine et mon œil brillant trahissait mes orgasmes multiples. Si mes parents ne comprenaient pas à quoi j'avais employé la nuit, ma cousine n'allait certainement pas passer à côté !

Gabin sortit à ce moment-là de la douche et s'essuya sans se préoccuper de l'eau qu'il répandait sur le sol. Il n'y avait pas à dire, il était magnifique !

— Tu ne te maquilles pas ?

Je secouai la tête et continuai à le détailler, me régalant de la vue, alors qu'il se penchait pour s'essuyer. Ses mains sur ses cuisses… La serviette sur son entrejambe… Mon sang bouillait ! Il était un appel permanent à la débauche, créé spécialement pour moi.

— Il nous reste combien de temps ? me renseignai-je.

Il s'approcha de moi et consulta son téléphone.

— Trois quarts d'heure.

Quarante-cinq minutes. C'était bien suffisant pour…

— On n'a plus de stock, Suzie.

Je souris, ravie qu'il ait eu la même idée que moi. Enfin, qu'il ait lu dans mes pensées.

— Il y a d'autres façons…

Il secoua la tête et mit son boxer, tuant tous mes espoirs.

— Si on retourne dans ce lit, je vais être en retard et perdre mon taf.

Je grognai pour la forme, me rappelant que son

dévouement était une qualité et non un défaut. Combien de mes amies se plaignaient des hommes paresseux et sans ambition sur lesquels elles étaient tombées ? J'avais la chance d'en croiser un travailleur, honnête… Restait maintenant à comprendre pourquoi je ne cherchais pas à le revoir. Gabin m'avait montré de nombreuses facettes séduisantes, et je ne faisais rien pour le garder dans ma vie. Pourquoi ?

Parce que vous êtes trop différents, se moqua une petite voix, en pointant tout ce qui nous éloignait. Il ne supportait pas de rester au même endroit, j'adorais le confort de mon appartement. Il voyageait à longueur de semaine, je me contentais de faire Paris-Toulouse occasionnellement. Il était naturel et peu porté sur l'apparence, ma garde-robe aurait pu remplir une pièce entière si j'en avais eu les moyens.

— C'est moi qui ai fait ça ?

Sa main toucha le haut de ma poitrine avant de remonter dans mon cou.

J'acquiesçai, tout en me retenant de lui rappeler que ma taille était ornée de plusieurs marques violacées. Avec un autre, je me serais sans doute livrée au petit jeu de la culpabilité, pour obtenir ce que je désirais de lui, mais pas là. Je voulais qu'il garde un bon souvenir de cet intermède, qu'il songe encore à moi quand il aurait trouvé une femme pour partager sa vie.

— Embrasse-moi, dis-je en me rapprochant de lui.

— Suzie…

Il ferma son pantalon et saisit son polo.

— Je vais me maquiller, l'interrompis-je en l'attrapant par la ceinture. C'est notre dernière possibilité avant…

Avant quoi ?

Il n'y aurait pas d'autre instant comme celui-ci. S'il ne m'embrassait pas maintenant, dans cette salle de bains, nous n'aurions pas de baiser d'adieu. Il manquerait alors un point final à cette histoire.

Ses lèvres frôlèrent les miennes sans s'y arrêter, sans me laisser le temps de lui voler plus que ce contact fugace.

— Je t'attends au camion.

Quelques secondes plus tard, la porte de la chambre se refermait derrière lui. Je relâchai enfin tout l'air contenu dans mes poumons et fixai un point au loin. Ça ne devait être qu'une aventure d'une nuit, un agréable moment entre adultes consentants, sans prise de tête ni prolongation. Alors, pourquoi avais-je l'idée stupide que j'allais passer à côté de quelque chose si je ne me bougeais pas ?

Quarante minutes plus tard, vêtue d'une robe moins cintrée, je grimpais dans la cabine sans aide, après avoir placé ma valise derrière mon siège. J'avais retourné la question dans tous les sens, et m'étais persuadée que mon état de nerfs venait de l'imminence du mariage de Véronique. Peut-être étais-je comme toutes ces femmes, une envieuse inconsciente du bonheur des couples autour de moi ?

— Prête ! m'exclamai-je, après avoir bouclé ma ceinture de sécurité.

Sans un mot, Gabin démarra et prit la direction de l'autoroute. De mon côté, j'envoyai un message à mon père pour le prévenir que nous repartions et que, si tout se passait bien, nous serions à Toulouse dans un peu plus de trois heures.

— C'est quoi, ton rêve ? demandai-je au bout de quinze minutes de silence.

— De faire un road trip en Australie en camping-car.

Je me redressai sur mon siège, surprise. En posant cette question, je n'avais aucun a priori, même si je me doutais qu'il me parlerait certainement de voyage. Mais si loin !

— Pourquoi l'Australie ?

— Les grandes étendues, la faune… Quand j'étais

petit, j'étais subjugué par les kangourous. A dix ans, j'ai demandé à ma mère de m'inscrire dans un club de boxe.

Je souris, tentant d'imaginer un mini-Gabin, les gants sur l'épaule, sautillant sur le chemin pour aller à son entraînement. Je regardai son nez, notant une petite déviation, peut-être le souvenir d'un combat.

— Et puis, j'ai trouvé un livre de voyage sur le bush australien.

— Et depuis, tu économises, conclus-je.

— Presque. Et toi ?

— Moi ?

— Oui, je t'ai parlé de mon rêve, maintenant à ton tour.

Je me détournai vers la fenêtre pour lui cacher mon visage. Après avoir entendu son rêve, le mien me paraissait si superficiel ! La veille, il avait ri de ma passion pour la mode, mais en serait-il de même aujourd'hui si je lui montrais à quel point j'aimais les vêtements ?

— Suzie ?

— Petite, je voulais monter un institut pour…

Je laissai le silence s'installer, puis je repris :

— J'ai toujours accepté de ne pas être faite pour le XXIe siècle, et pensé que j'aurais été plus heureuse dans les années 1950. Ce que tout le monde prend chez moi pour une passion pour la mode est en réalité… Ce sont les seuls vêtements dans lesquels je me sens *moi*.

Je lâchai un petit rire nerveux.

— C'est ridicule, hein ?

— Non.

Il me jeta un coup d'œil avant de reporter toute son attention sur la route.

— J'aurais aimé monter un institut pour aider les gens mal dans leur peau à trouver une garde-robe en adéquation avec eux-mêmes.

— Pourquoi avoir choisi d'être bibliothécaire, alors ?

— Parce que les livres sont un autre moyen d'aider

ces gens… De plus, j'adore l'odeur et le calme des bibliothèques… Et puis, je n'ai jamais songé à mon rêve comme à quelque chose de *réalisable*.

— L'été prochain, je passe un mois en Australie. Alors, si ton rêve ne comprend pas de licornes, il est tout aussi réalisable.

— Des licornes ? m'esclaffai-je. Je ne t'imaginais pas fan de licornes.

Ses lèvres s'ourlèrent, appelant les miennes.

— Je t'aurais plutôt vu en admiration devant des Pégases, pour voyager autour du monde.

Il hocha la tête, mais resta silencieux. Alors je fis de même, observant le paysage.

A quoi pouvait ressembler le bush australien ? Je cherchai dans mes souvenirs des photos glanées sur Internet, ou encore dans des livres de géographie. Ne me rappelant que de vagues étendues désertes, je m'ingéniai à trouver un film tourné là-bas. Rien, mis à part des images floues et l'envie de le voir par moi-même.

Trois heures plus tard, Gabin se garait sur le bas-côté de la route, et enclenchait ses warnings. Le voyage était fini, j'allais retourner à ma réalité, où les routiers sont des hommes à l'opposé de celui qui se tenait sur le siège conducteur et mes tenues, plus essentielles que de visiter le monde à dos de licorne.

— Au revoir, Suzie.

Ma gorge se serra et je sus que je ne pouvais pas partir ainsi.

— Tu pourrais venir au mariage, demain.

— Je ne pense pas que ce soit une bonne idée.

Pourquoi ne me regardait-il pas ? Pensait-il que j'allais user de mes charmes, ou encore pleurer, pour le faire changer d'avis ?

— Tu rigoles ! Tu m'as sauvé la vie en me proposant de monter dans ton camion !

— Suzie, on n'invite pas des inconnus au mariage de sa cousine…

— Mais je ne veux pas te dire au revoir.

— Ton père s'impatiente.

Mon regard quitta son profil pour tomber sur mon père, garé un peu plus loin. Les sourcils froncés, il devait se demander pourquoi je ne sortais pas de ce camion tel un diable de sa boîte.

Je reportai mon attention sur Gabin, notant sa mâchoire crispée. Il s'était renfermé ; toute tentative de ma part serait vouée à l'échec. Je lui donnai alors l'heure et le lieu de la réception, espérant qu'il changerait d'avis, puis je partis.

Chapitre 8

La gorge nouée, je me dirigeai vers mon papounet, l'homme de ma vie. Je ne connaissais Gabin que depuis quelques heures, mais savoir que je ne le reverrais pas me minait. Je comblai toute la distance me séparant de mon père, m'arrêtant devant lui sans un mot.

— Qu'y a-t-il, ma chérie ? me demanda-t-il aussitôt. Il t'a fait du mal ?

— Si seulement…

Dans mon dos, j'entendis le moteur du camion se remettre en route, l'enclenchement de la vitesse. Bientôt, il passerait à ma gauche, comme pour me narguer une dernière fois. Moi, d'habitude si forte, si posée, je me trouvais aux prises avec un tourbillon d'émotions et un horrible sentiment de gâchis.

— Suzie ?

Malgré la promesse que je m'étais faite de ne pas le regarder s'éloigner, je me tournai vers la route. Je l'aperçus de profil, absorbé par la conduite. Qu'il était beau ! Et ce nœud à mon estomac qui ne cessait de croître rendait le moment encore plus chargé en émotions. Sur la bâche de la remorque, je remarquai alors le nom de son entreprise, mais surtout un numéro de téléphone. Oserais-je ?

Brusquement, je sortis de ma catatonie pour attraper

mon portable tout en me répétant le numéro. Telle une litanie, les chiffres envahirent mon esprit et refusèrent de le quitter. Ne trouvant pas mon téléphone, je m'accroupis et vidai le contenu de mon sac à main sur le sol. J'écartai les papiers de chewing-gums, les tickets de caisse et saisis enfin l'appareil. D'un geste impatient, je déverrouillai mon écran et cliquai sur mon répertoire.

— Suzie…

Je secouai la tête pour lui interdire de me déconcentrer. Une fois le dernier chiffre inscrit et le nouveau contact enregistré, je me redressai et serrai mon père dans mes bras à l'étouffer.

— Il a été parfait, papounet ! lui avouai-je ensuite. Je veux le même quand je serai grande…

Il me fixa un instant, jugeant certainement de ma sincérité, avant de me reprendre contre lui.

— On verra ça plus tard, alors !

Je pouffai de rire, laissant s'échapper un peu de ma tension. J'avais un numéro de téléphone. L'appellerais-je ? Oui, peut-être… Je ne savais pas encore. J'étais toujours sous le coup de l'émotion. Mais quelle émotion ? Comment une rencontre éphémère pouvait-elle ainsi bouleverser mes repères ?

— Je l'ai invité au mariage de Véronique, dis-je en rangeant mes affaires étalées à mes pieds. Pour le remercier.

— On n'invite pas un inconnu au mariage de sa cousine, Suzie !

Nouveau petit rire de ma part.

— C'est marrant, il m'a dit exactement la même chose !

Je dépassai mon père et mis ma valise dans le coffre de sa voiture. Pour éviter à Gabin d'être trop en retard dans son planning, nous avions décidé qu'il me déposerait sur le parking d'un centre commercial. Papounet avait tout de suite accepté de m'y retrouver, soulagé que je sois bientôt avec lui.

Je m'assis sur le siège passager, et observai mon père faire ses manœuvres pour sortir de sa place de stationnement.

— Virginie a téléphoné ce matin, m'apprit-il. Finalement, elle viendra avec la voiture de…

J'acquiesçai, amusée qu'il n'ait toujours pas réussi à retenir le prénom du petit ami de ma cousine au bout de trois ans.

— Dois-je comprendre qu'ils se sont rabibochés ?

Il hocha les épaules, s'abstenant de commenter cette énième réconciliation.

— Mais par où vont-ils passer ? L'autoroute A10 doit toujours être fermée.

— Aucune idée, mais tu devrais pouvoir remonter sur Paris avec eux. Enfin, s'ils arrivent à ne pas se séparer de nouveau ce week-end !

Oui… mais quitte à espérer quelque chose, j'espérais plutôt revoir Gabin. Laissant le silence s'installer dans la voiture, je notai pour la première fois les similitudes entre mon père et mon routier préféré. Tous les deux aimaient le calme, pouvaient être des ours avant de devenir de gros nounours…

— Que penses-tu de l'Australie ? demandai-je.

— Que ça doit être un pays magnifique, pourquoi ?

— Pour rien.

Je retournai à la contemplation des maisons que nous dépassions. Tous ces jardins bien entretenus, ces familles heureuses en façade… A vingt-sept ans, je n'avais pas l'envie de m'installer, de sacrifier mes aspirations et ma liberté pour un homme. Il y avait tant de choses à faire, à voir, avant de s'enfermer dans une routine !

Et, pour la première fois de ma vie, j'avais rencontré quelqu'un qui partageait mon point de vue. Quelqu'un qui serait sur la route une partie du temps. Qui rêvait de grands espaces, et non d'un pavillon de banlieue plein d'enfants. Quelqu'un qui accepterait probablement mes choix sans vouloir les nuancer ni les changer totalement.

Je parcourus l'allée de ma tante en faisant claquer mes talons avec application dans l'espoir, vain, d'évacuer mon mal-être. Ma robe noire ornée de cerises d'un rouge soutenu était l'une de mes préférées. Associée à un jupon, elle avait cet effet bouffant qui me faisait d'autant plus ressembler à une femme des années 1950. J'étais dans mon élément, maquillage et coiffure inclus.

Je toquai à la porte et entrai sans attendre. Nous étions à la veille d'un mariage et, même si ma tante pouvait se montrer très respectueuse des codes de politesse, elle comprenait que le temps était compté. D'autant plus que nous avions deux paires de mains en moins, avec le désistement de Virginie et de son petit ami.

— Suzanne, quelle joie de te voir !

Ma tante se leva et m'embrassa sur les joues, faisant claquer ses baisers dans l'air pour ne pas me laisser de trace de rouge à lèvres. Si mon style pouvait être considéré comme excentrique, le sien était… fleuri. L'une de ses robes m'avait littéralement éblouie quand j'étais petite. J'étais incapable de la regarder quand elle la portait, tant l'imprimé était chargé de couleurs chatoyantes et bigarrées.

Elle était aussi la seule personne qui ne comprenait pas mon aversion pour mon prénom entier.

— Tes parents ont de la chance de t'avoir, ajouta-t-elle en me tenant à bout de bras.

— Surtout moi, s'écria Véronique en arrivant de la cuisine. Quel dommage que ma sœur ne soit pas aussi fiable que toi !

Elle m'embrassa à son tour, avant de laisser sa place à Wilfried, l'heureux futur marié.

— Toujours aussi élégante !

Je le remerciai et saluai enfin ma mère qui avait

continué pendant ce temps à préparer des fleurs en papier. Il y en avait de toutes les couleurs et de toutes les tailles sur la table.

— Que puis-je faire ?

— Viens avec moi, Suzie, répondit ma cousine. Nous allons installer les nappes et les décorations.

J'opinai et la suivis jusqu'à sa voiture.

Contrairement à sa sœur, Véronique était une personne digne de confiance. Jamais elle ne m'aurait plantée un jeudi soir avec sept heures de voiture et un mariage à la clé ! Elle aurait plutôt fait preuve de patience et d'un sang-froid à toute épreuve. Bon, après, elle ne se serait certainement pas disputée avec Wilfried.

— Alors, ce voyage ? me demanda-t-elle tandis qu'elle s'arrêtait à un feu.

— Humide ! plaisantai-je alors que le visage de Gabin me revenait à l'esprit.

— Oui, j'ai cru comprendre que ça avait été épique.

Je me mordis la lèvre, tentée de tout lui raconter de ces fabuleuses heures en compagnie d'un inconnu.

— J'ai invité Gabin, le routier, à ton mariage.

Elle hocha la tête.

— Je ne savais pas que Virginie avait changé d'avis… Du coup, pour moi, il y avait deux places libres, ajoutai-je.

— Ne t'en fais pas ! Vu le service qu'il t'a rendu, il était normal de lui proposer de se joindre à nous.

— Toi aussi, tu penses qu'il ne va pas venir ?

— Tu aimerais qu'il vienne ?

— Oui.

Je fermai les yeux et me rappelai ma peur en apercevant pour la première fois cette masse haute et épaisse, qui m'avait paru inhumaine sur le moment. Puis la chaleur de ses mains quand il m'avait hissée dans sa cabine pour que je n'abîme pas ma robe, le calme, sur la route, et le repas que nous avions partagé. Bien sûr, la nuit avait été magique, mais il ne s'agissait pas uniquement de ça.

— Il a été aussi bon que ça ?

— Tu n'as pas idée ! grommelai-je.

Véronique rit, tout en se garant sur le parking d'un grand hôtel de la région.

Elle m'expliqua qu'elle avait réservé plus d'un an auparavant, mais qu'aucune de leurs propositions pour son vin d'honneur ne lui convenait.

— J'aurais peut-être dû céder pour nous éviter tout ce travail supplémentaire, dit-elle en refermant sa voiture.

— Et ne pas avoir le mariage de tes rêves ? m'exclamai-je en me rappelant nos conversations d'enfants, au cours desquelles elle me décrivait les moindres détails de sa robe blanche.

Nous entrâmes dans le hall, dont la moquette étouffa le bruit de mes talons. Le faste de l'endroit me fit tourner la tête et, bientôt, je compris que Véronique avait réussi : elle allait avoir le mariage de princesse qu'elle désirait.

Une femme en tailleur vint à notre rencontre et serra chaleureusement la main de ma cousine. Elle me salua à mon tour, tout en continuant de parler menu et service. Nul doute que nous étions face à la responsable de l'hôtel en charge des événements, et qu'elle était très professionnelle.

— On commence par quoi ? demandai-je, une fois de nouveau seule avec ma cousine.

— J'ai envie de boire un verre…

— Pas le temps, il nous faut décorer tout ça ! Je m'occupe des nappes, et toi du reste.

Pas le temps non plus de me poser des questions sur Gabin, nos retrouvailles… Je devais aider ma cousine à concrétiser son rêve de petite fille.

Chapitre 9

La cérémonie à la mairie se déroula très bien. Dès la sortie, je me précipitai vers la voiture de Véronique pour foncer à l'hôtel et vérifier que tout était bien en place. Elle m'avait donné des instructions très précises, que j'avais pris soin de noter pour ne rien oublier. Tout allait être parfait, foi de Suzie !

— Suzanne ! cria ma tante. Je vais venir avec toi !

Je tournai ma langue sept fois dans ma bouche avant de lui demander, le plus poliment possible, la raison de ce changement de programme.

— Tu pourrais avoir besoin d'aide et, comme je n'ai aucune confiance en Virginie, autant que ce soit moi qui t'accompagne.

Je souris et poursuivis mon chemin vers le parking. Le week-end était particulièrement ensoleillé après cette affreuse période de pluie, et le centre-ville de Toulouse avait été pris d'assaut, forçant les invités à se garer plus ou moins loin de la mairie. Le frère de Wilfried avait distribué son numéro de téléphone à tous les convives pour s'assurer de ne perdre personne entre la mairie et le lieu de la réception. Il conduisait également la voiture-balai flanquée de ballons.

— Parfois, je me demande comment je peux avoir deux filles si différentes ! murmura ma tante.

Virginie était arrivée juste à temps pour la noce. Habillée avec une tenue de tous les jours, elle avait menacé d'attenter à la virilité de son petit ami pour une raison qui m'échappait, mais qui semblait être la cause de leur retard. Un vaudeville grandeur nature, qui s'était conclu par la fugue de ce dernier et les larmes de la première !

Par chance, Véronique n'en avait pas pris ombrage, enfin dans le cas improbable où elle avait été mise au courant de cet éclat. Ma tante l'avait tenue éloignée le plus possible de ces deux hurluberlus tandis que mon père et moi tâchions de maintenir un semblant de calme et de régler l'affaire à l'abri des regards indiscrets.

— Comment fais-tu pour t'entendre avec elle ? s'exclama ma tante, avant de monter dans la voiture.

Je haussai les épaules et priai pour qu'elle n'insiste pas. Je ne tenais pas à me trouver mêlée à une crise familiale d'envergure. Virginie était une cousine que j'appréciais, même si son abandon de jeudi soir me pesait. J'aimais les gens sur qui on pouvait compter et il était clair qu'elle n'en faisait pas partie.

Malheureusement, ma tante continua de pérorer sur sa deuxième fille, « instable et totalement hors de contrôle », pendant tout le trajet. Adepte de l'exagération à outrance, elle faisait les questions et les réponses, sans se soucier le moins du monde de mon manque de réaction. Tout à son monologue, elle ne remarqua pas mon sursaut tandis que j'apercevais un camion de la même société que… J'inspirai un grand coup, tâchant de ne pas penser à Gabin. Depuis mon réveil, je ne cessais de me demander s'il viendrait, si nous allions nous revoir. J'avais par ailleurs établi plusieurs plans de bataille pour prendre contact avec lui par le biais de la société qui l'employait. J'étais ridicule mais décidée à ne pas le laisser disparaître de ma vie si facilement.

— J'espère qu'elle saura se tenir !

— Qui ? demandai-je sans réfléchir.

— Virginie ! s'écria ma tante en me lançant un regard noir. Il ne manquerait plus qu'elle gâche la réception !

— Elle ne ferait pas ça à Véronique, arguai-je en souhaitant être dans le vrai.

— Avec un peu de chance, elle sautera sur ce routier que tu as invité, et il l'emmènera loin de nous.

— Pas question ! dis-je à ma tante.

Au feu suivant, je jetai un coup d'œil dans sa direction ; elle me fixait avec attention.

— Pas question que je continue à dénigrer ma fille, ou qu'elle parte avec cet homme ?

— Les deux, répondis-je en redémarrant.

— Suzanne, je ne sais pas qui il est, et quelque chose me dit que tu n'en sais pas beaucoup plus que moi, alors fais attention à toi.

J'acquiesçai et choisis de ne pas relancer la conversation. Malheureusement, ma tante reprit la parole, et je compris rapidement que la suite allait me mettre mal à l'aise.

— Le fils de notre voisin est là, peut-être pourrais-tu faire plus ample connaissance avec lui. Il est médecin…

— Je gère seule, l'interrompis-je. Et j'ai quelqu'un en vue.

— Ce routier ? fit-elle dédaigneusement. Suzanne, sans même le rencontrer, je peux te dire que vous n'avez rien en commun ! Tu es titulaire d'une thèse en histoire et tu travailles comme bibliothécaire dans l'une des plus belles bibliothèques de France. Pourquoi…

— Ne finis surtout pas cette phrase ! m'emportai-je. Gabin est un homme bien, et ses qualités me plaisent. Enormément.

Le reste du trajet se fit dans le silence. Je quittai ma tante à la porte de l'hôtel, préférant m'éloigner avant que son snobisme ne me pousse à lui dire ce que j'avais sur le cœur.

Tout le monde discutait sur la terrasse. Quelques aventuriers avaient bien tenté de marcher sur la pelouse, avant de faire demi-tour : elle était bien trop détrempée ! L'ambiance était bon enfant et les rires s'élevaient çà et là. Je m'isolai entre un mur et l'une des tables où l'on avait installé le buffet pour le vin d'honneur, afin d'observer tout à loisir les invités. Les deux familles se connaissaient plus ou moins depuis des années, de même que les amis des mariés. Tous se mêlaient donc avec convivialité autour d'une coupe de champagne et des amuse-bouches.

De leur côté, Véronique et Wilfried s'étaient éclipsés pour se prêter au jeu du photographe engagé pour l'occasion, tout en échangeant des sourires complices.

— Suzie, pourrais-tu m'aider ?

Virginie portait un énorme panier de fleurs et tentait visiblement de trouver un endroit propice à accueillir ce cadeau encombrant.

— Il y a une table à ta gauche, dis-je. Laisse-moi juste le temps d'enlever la coupe de champagne vide !

— Tu ne voudrais pas plutôt le prendre ?

— Pourquoi donc ? Tu te débrouilles comme une chef, m'exclamai-je, revancharde.

Mademoiselle avait fait une arrivée remarquée, le matin même, le teint frais et l'œil vif, malgré sa tenue inadéquate. Tout le contraire de moi. La préparation de la salle et du vin d'honneur s'était terminée relativement tard, pour un lever aux aurores afin de conduire Véronique chez le coiffeur, puis l'esthéticienne… J'avais à peine eu le temps de m'habiller et de me maquiller pour cacher les effets d'une mauvaise nuit, agrémentée de rappels incessants de Gabin, que nous avions dû manger, puis partir récupérer des invités à la gare.

Ce n'était pas mon mariage, Véronique n'était pas ma sœur, mais j'avais donné de ma personne et je comptais bien me venger sur Virginie ! Même si cette dernière tentait de tout mettre sur le dos de son ex. En dépit d'une réconciliation sur l'oreiller, elle m'avait expliqué que sept heures de trajet en tête à tête avec lui avaient eu raison de sa patience, et des bienfaits des orgasmes de la nuit précédente.

Elle posa enfin le panier et remua les bras dans tous les sens.

— Je ne les sens plus, m'expliqua-t-elle, tout en observant les invités.

Je redressai quelques fleurs.

— Oh ! mon Dieu ! Je veux le même !

Je me tournai vers elle dans un sursaut ; elle fixait un point au loin.

— Le même quoi ?

— Mec !

Sans aucune discrétion, elle me prit par les épaules pour me faire faire demi-tour. Je vis d'abord mes parents, qui chuchotaient près d'un arbuste et paraissaient plus amoureux que jamais. Ma tante vint les rejoindre, bientôt suivie par mon oncle qui regardait partout, manifestement à la recherche de quelque chose, ou quelqu'un.

— Tu l'as repéré ?

Bien certaine que ce n'était pas la vue de son père qui la mettait dans cet état, je continuai à scanner la foule à la recherche de l'homme responsable de tant d'excitation.

— A côté de l'arbre, au fond ! Celui où vous avez accroché des boules avec des plumes dedans. Oh putain, il dénoue sa cravate…

Je trouvai enfin l'oiseau rare, pratiquement à l'autre

bout du parc. Grand et bien bâti, il finit de dénouer sa cravate, puis se passa la main dans les cheveux. Sa veste de costume suivit le mouvement, accentuant l'impression que j'avais de visionner une publicité pour un parfum. A quel moment apparaîtrait la femme magnifique digne de…

Gabin !

Impossible de ne pas reconnaître sa démarche alors qu'il s'avançait vers nous, vers moi.

Sans me soucier de Virginie, qui bavait littéralement sur lui, je partis à sa rencontre. Mon excitation montait en flèche et je dus faire un effort surhumain pour ne pas courir me jeter dans ses bras.

Arrivée devant lui, je ne sus quoi faire. Le saluer, lui serrer la main, lui faire la bise ? Pouvais-je le tutoyer, le toucher ? Au lieu de tout cela, je croisai les bras sous ma poitrine et le regardai en souriant bêtement. Son costume lui allait à la perfection, tout comme sa chemise, dont le premier bouton avait sauté. Quant à la cravate… reposant négligemment autour de son cou, elle le rendait encore plus sauvage, plus attirant.

— Tu t'es rasé, dis-je enfin, en remarquant ses joues lisses.

— Il faut se faire un minimum civilisé, pour paraître à un mariage.

Un minimum… Rasé de près et dans cette tenue, il était loin de l'idée que je me faisais de l'homme civilisé, de tous ceux avec qui j'avais dîné dans l'espoir d'une relation plus sérieuse, pour finalement comprendre que ça ne collerait pas. Peut-être parce que je savais que ce n'était pas lui que j'avais devant moi, mais une version *festive* et endimanchée.

— Mes chaussures te plaisent ? demandai-je innocemment.

Il baissa les yeux lentement, prenant le temps d'observer mon décolleté, ma robe, mes jambes, pour finir sur mes escarpins noirs. Hypnotisée, je suivis les allers-retours de sa pomme d'Adam, avant de me décider à me rapprocher un peu plus de lui.

— Rassure-moi, ce soir, je rentre avec toi, hein ? murmurai-je en me coulant contre lui.

— Ta famille…

— Ils me voient dépérir depuis hier. Ils seront heureux de faire ta connaissance.

— Tu dépérissais ?

J'acquiesçai, me mordis la lèvre, et portai l'estocade finale :

— Nous n'avons pas parlé de ton fantasme.

Chapitre 10

— Gabin, je dois y aller…

Vers 3 heures du matin, nous avions quitté la fête. Véronique m'avait remerciée un nombre incalculable de fois de l'avoir aidée à tout mettre en place. J'avais eu beau lui répéter que ce n'était pas grand-chose, elle s'était entêtée, disant à qui voulait bien l'écouter que j'étais la meilleure cousine au monde. Ce fut quand elle tenta d'embrasser Gabin, parce qu'il ne m'avait pas laissée seule sur cette autoroute inondée, que nous avions compris qu'elle avait un peu trop forcé sur l'alcool.

— Je repasse par Paris demain…, chuchota-t-il à mon oreille.

Je fermai les yeux et savourai l'ardeur qu'il mettait à me convaincre de rester plus longtemps avec lui. Seulement, j'avais promis à Virginie de rentrer en voiture avec elle. Et, moi, je n'étais pas du genre à la planter au dernier moment.

— On pourra se voir alors, dis-je en lui faisant face.

Je caressai son torse encore nu.

— Je n'aurai pas le temps de m'arrêter…

Ses mains encadrèrent mon visage.

— Au retour ! souffla-t-il, sans que ses yeux ne quittent les miens.

Je fronçai les sourcils.

— J'ai un ami qui pourra garder mon camion une nuit et…

Un frisson me remonta le long du dos à l'idée que d'ici à quelques jours, nous pourrions reprendre là où nous en étions. Je me mis sur la pointe des pieds pour lui voler un baiser qui s'éternisa. Quand nos bouches se séparèrent, j'étais essoufflée et très certainement décoiffée.

Je m'écartai pour saisir mon sac à main, mais je me sentis tirée en arrière.

— J'ai une condition, déclara-t-il en me faisant pivoter vers lui.

— Laquelle ?

— C'est toi qui t'occupes du stock de capotes.

— Quel romantisme !

— Je ne suis pas…

Je mis un doigt sur ses lèvres, me rappelant leur effet sur mon corps. Je me doutais de ce qu'il allait me dire, et qu'il ne soit pas romantique ne me dérangeait pas plus que ça. Il était mon opposé sur bien des points, mais nous nous complétions. *Parfaitement* ? Je ne le savais pas encore. Mais il était clair maintenant que nous allions voir où tout cela nous mènerait.

— Tu m'appelles ? demandai-je, en reculant.

— Et toi, tu me préviens quand tu es arrivée ?

Je fis un pas vers lui pour caresser sa joue bleuie par sa barbe naissante.

— Tu as déjà essayé le sexe par téléphone ? murmurai-je, excitée par avance à l'idée de me toucher au seul son de sa voix.

— Ce soir, grogna-t-il.

Je déposai un tendre baiser sur l'arête de sa mâchoire et m'enfuis, avant de ne plus avoir le courage de le quitter. La nuit avait été mouvementée, et son appartement du centre-ville un pur lieu de débauche, dont je portais les marques. Je lui avais pourtant expliqué que je marquais facilement… Il n'avait rien voulu entendre et s'était appliqué à embrasser, sucer et cajoler toutes les parties endolories de mon corps.

— Salut, cousine, tu es resplendissante ! s'exclama Virginie, par-dessus le toit de la voiture.

La veille au soir, elle avait tenté sa chance auprès de mon cavalier. Armée de compliments, d'œillades et de contacts furtifs mais pas innocents, elle avait surtout poussé Gabin à se montrer plus proche de moi, pour mon plus grand bonheur. Il n'avait cessé de me couver du regard, de discuter avec moi ou encore de me sourire, tout simplement.

Mon père nous avait rejoints pour bavarder, accaparant l'attention de Gabin avec une vieille voiture qu'il tentait de remettre en état pendant son temps libre. Même ma mère avait semblé sous le charme, et ce malgré le tatouage qui dépassait des manches retroussées de mon chevalier servant.

L'image de cet homme magnifique en pantalon à pinces, son tatouage apparent, me revint et je dus me retenir de courir le rejoindre. Jamais je ne me serais doutée que mon opinion sur ces mutilations allait changer du tout au tout.

— Si j'avais su, jeudi, je ne t'aurais pas laissée partir seule !

Je secouai la tête et accrochai ma ceinture de sécurité.

— Vous allez vous revoir ? me demanda-t-elle.

— Je l'espère.

Je me tournai vers la vitre pour dissimuler un sourire. Normalement, dès la semaine prochaine…

Parfaitement imparfaite

Emily Blaine

— Merde, c'est quoi le code déjà ? marmonnai-je.

Mon sac de voyage en cuir noir glissa de mon épaule et atterrit à mes pieds dans un bruit sourd. Je passai une main sur mon visage fatigué et tentai de faire comme si ma tête ne bourdonnait pas. Après six mois de tournée, dormir dans un lit — de préférence le mien — était devenu un fantasme. J'adorais vivre avec le groupe, mais cette semaine de vacances, de calme et de solitude était plus que bienvenue.

Du moins, si je parvenais à retrouver le code pour entrer dans mon immeuble.

J'essayai de rassembler mes derniers neurones sobres et combatifs et tâtai mes poches à la recherche de mon téléphone. Dépité, je lançai un regard sévère à mon sac de voyage. Quelque part entre mes chemises froissées, mes jeans et mes santiags se cachait mon portable. Evidemment.

Et dans ce portable se cachait mon code d'accès. Evidemment.

Jouer à cache-cache avec son téléphone à 5 heures du

matin, en plein centre de New York : une autre idée du bonheur d'être une rock-star.

Je grommelai un juron et réprimai un bâillement. Je tapai à nouveau un code, espérant gagner le gros lot. En vain. A la quatrième tentative, le clavier se verrouilla et une lumière rouge me signifia que j'étais désormais un intrus devant mon immeuble. Je tapai mon front contre la lourde porte en bois, et ma migraine se propagea à ma nuque. Je ravalai un grognement de frustration et frottai ma barbe de la main, me souvenant de la raison d'être de ce digicode : notre agent, Grant, avait exigé que les immeubles dans lesquels nous résidions disposent d'un accès sécurisé pour éviter toute intrusion de fans ou de journalistes.

Bonne nouvelle : le mien était parfaitement hors d'atteinte. Y compris pour moi. Grant allait être ravi de l'apprendre.

Je me grattai la tête, à la recherche d'une nouvelle solution. Défoncer la porte était exclu, sauf si je voulais me démolir l'épaule et cesser de jouer de la guitare pendant des mois. Le clavier affichait toujours cette lueur rouge démoniaque. Hormis le camion des éboueurs derrière moi, la rue était déserte. Un nouveau soupir las m'échappa. Je m'accroupis devant mon sac, l'ouvris, puis fouillai frénétiquement à l'intérieur.

— Je veux rentrer chez moi, rageai-je en éparpillant mes vêtements autour de moi, sur le trottoir humide.

Je retrouvai mon téléphone au fond d'une de mes santiags, mais ma joie ne dura qu'une courte seconde : l'appareil était éteint et, malgré tous mes efforts, refusa de revenir à la vie.

— Bordel, Grant, je vais te tuer ! grognai-je en jetant mon téléphone de colère au milieu de la rue.

Furieux, je remballai mes affaires maintenant bonnes à être lavées et lorgnai sur le clavier d'accès. La situation ne m'offrait maintenant qu'une seule solution : sonner. Sonner et espérer que quelqu'un accepte à 5 heures du matin d'ouvrir à un parfait inconnu se présentant comme un voisin. De toute évidence, la chance n'était pas de mon côté cette nuit.

J'appuyai sur la première touche, comptai jusqu'à 5 et retentai ma chance. L'immeuble disposait de vingt-cinq appartements ; vingt-cinq chances de pouvoir rentrer chez moi. Mes quinze premières tentatives échouèrent : dans le meilleur des cas, j'entendais une voix ensommeillée me proposant poliment d'aller voir ailleurs. Les moins sympathiques m'encouragèrent à aller visiter le peuple grec, les plus graveleux suggérèrent que j'aille me faire foutre.

Je sonnai à nouveau et entamai mon compte à rebours. A 3, et avant que je puisse expliquer ma situation désespérée, une voix féminine répondit :

— Je t'ouvre, chéri !

La serrure de la porte se déverrouilla dans un bip métallique et le clavier prit une couleur verte. J'étais enfin autorisé à rentrer chez moi.

— Merci, soufflai-je, sans prendre le temps de la détromper sur le « chéri ».

J'attrapai la sangle de mon sac en cuir, la calai sur mon épaule et poussai la porte pour entrer dans le hall. Je récupérai les clés de mon appartement dans le fond de la poche de mon jean et appelai l'ascenseur. Encore une des merveilles due à l'obsession de Grant pour la sécurité : il fallait une clé pour accéder aux étages les plus élevés. Quand je vis mon reflet dans le miroir, je grimaçai : des cheveux hirsutes, sales et trop longs, une chemise bleue maculée de café, un jean usé jusqu'à la corde et informe, des cernes noirs, des yeux vitreux et une barbe non taillée depuis deux bonnes semaines. On aurait dit que le camion des éboueurs de tout à l'heure m'était passé dessus.

Je reniflai ma chemise et grimaçai de dégoût. On aurait dit que j'avais même *vécu* dans ce fameux camion.

En entrant dans l'appartement, je fus soulagé de constater que Callie, ma sœur, avait fait le ménage pour moi. En mon absence, elle se chargeait de garder mon appartement propre et de remplir le réfrigérateur. Ma sœur était une fée maniaque et hyper organisée, et je bénissais le ciel chaque jour pour ces adorables et si pratiques défauts.

Sans prendre la peine d'allumer la lumière, je balançai mon sac dans le grand salon aux murs blancs. Le parquet grinça sous mes pieds pendant que je me débarrassais de ma chemise. Je retirai mes bottes, puis mes chaussettes, tout en me dirigeant vers ma chambre. Je déboutonnai mon jean et le retirai tout en marchant, puis mon boxer vola dans le couloir à l'instant où je tournais le robinet de la douche. Sans prendre le temps de vérifier la température, je me glissai sous le jet et poussai un grognement de satisfaction.

Chez moi. Enfin.

L'eau chaude m'aida à relaxer mes muscles endoloris par le vol… Et par six mois de tournée à un rythme effréné. En sortant de la douche, je ressemblais un peu moins à une ombre. Je me séchai rapidement et retrouvai ma chambre. Un lit, des draps frais et la perspective de pouvoir dormir tranquille pendant douze heures d'affilée, c'était tout ce que je demandais ; qui a dit que les rock-stars étaient des divas ? Je m'allongeai sur le ventre, fourrai mes bras sous l'oreiller et sombrai dans la seconde.

Enfin chez moi, bordel !

*
* *

Quand je rouvris les paupières, le soleil perçait difficilement à travers les rideaux opaques. Je bâillai et m'étirai, avant de me frotter les yeux. Mon corps se rebella et une crampe détestable parcourut ma cuisse gauche.

— Bordel, grognai-je.

Je me tournai et frottai furieusement ma cuisse pour dissiper la douleur. Je finis par abdiquer et me levai ; je ne parviendrais sûrement pas à me rendormir de toute façon. Mon corps subissait le décalage horaire officiel et absorbait le décalage horaire officieux : commencer ses nuits à 3 heures du matin, souvent ivre et parfois tout habillé, avait forcément des conséquences. A chaque tournée, je me promettais de ne plus suivre Ty dans ses soirées à rallonge et alcoolisées. A chaque tournée, je tenais deux jours avant d'être embarqué dans un bar, dragué par deux filles tout droit sorties d'une agence de mannequins, et me retrouvais incapable d'affronter Grant le lendemain matin, quand il me présentait la une des journaux affichant nos frasques nocturnes.

Je passai une main dans mes cheveux trop longs, songeant vaguement à leur faire un sort, tout en remontant le couloir qui débouchait sur la cuisine. Ma barbe me piquait, j'allais aussi régler ce problème dans la journée. La lumière du jour m'éblouit une courte seconde. J'ouvris la porte de l'immense réfrigérateur et me ruai sur une bouteille d'eau fraîche. Je refermai la porte et me retrouvai nez à nez avec… une femme.

Pendant une longue minute de stupéfaction, nous nous dévisageâmes. Vêtue d'un jogging informe, chaussée de chaussons pelucheux et les cheveux relevés dans un chignon improbable, elle était loin du genre de femmes que je croisais habituellement à mon réveil.

La plupart de mes conquêtes étaient grandes, longilignes, blondes, habillées de robes qui tenaient comme par magie sur leurs frêles silhouettes, et perchées sur des talons aiguilles qui pouvaient servir d'armes en cas de problème.

Celle qui se tenait devant moi était le parfait contre-exemple de mon type de femme : des rondeurs localisées sur les hanches, une poitrine généreuse que j'estimai aussitôt naturelle, une peau délestée de tout camouflage cosmétique. Elle respirait l'Amérique profonde, saine et élevée au grand air, de celles que vous croisiez avec crainte au fin fond de l'Arkansas.

Définitivement pas mon genre.

Définitivement une intruse dans mon monde.

Dans un élan de pudeur, je rouvris la porte du réfrigérateur et me planquai derrière. Inutile de donner une excuse à Grant pour débarquer ici, en brandissant le dernier exemplaire de *People* et demandant des comptes.

— Bordel de merde, mais qui êtes-vous et qu'est-ce que vous foutez chez moi ? !

— Je... Euh... Je suis venue nourrir le chat, murmura-t-elle, les joues écarlates.

— Va falloir faire mieux que ça : je n'ai pas de chat.

— C'est un chaton, en fait.

— Ni chat ni chaton. Qui êtes-vous ? Vous êtes une fan, c'est ça ? Qu'est-ce que vous voulez ? Une chemise ?

— Une fan ? Mais non... Mais vous, qui êtes-vous d'abord ? s'emporta-t-elle.

— Je suis chez moi ! Et c'est moi qui pose les questions !

— Callie vit dans cet appartement, affirma-t-elle.

Elle croisa les bras sur sa poitrine et s'appuya sur le chambranle de la porte. Je résistai péniblement à l'envie de reluquer ses seins — dont la taille était inédite pour moi — et refermai ma main un peu plus fort sur la poignée du réfrigérateur. Elle me toisait avec assurance, parfaitement convaincue d'être en droit de pénétrer chez moi et de poser des questions.

— Callie ne vit pas dans cet appartement. Je l'héberge quand elle vient sur New York !

Son beau visage confiant s'effondra sous mes yeux et son regard bleu ciel se voila pour prendre une teinte orageuse. Elle se redressa, réalisant peu à peu sa méprise. Elle ouvrit la bouche, sans qu'aucun son n'en sorte, avant de me pointer de son index.

— Vous êtes…

— Peter, son frère, finis-je, exaspéré.

— Evidemment. Son frère. Merde.

— Son frère nu, complétai-je pour lui faire comprendre son impolitesse.

Interdite, elle se figea dans l'encadrement de la porte et balada son regard un peu partout dans la pièce. Son visage était toujours rose, ses seins toujours aussi gros et intrigants, mais son assurance avait disparu.

— Ça vous dérangerait de me dire ce que vous fichez ici ? dis-je en claquant des dents.

Les fesses dans le réfrigérateur, je commençais à avoir froid. Cette fille n'était pas une fan, semblait connaître Callie et avait l'air assez normal. Et, après tout, j'étais chez moi. Je refermai donc la porte du réfrigérateur, révélant ma parfaite nudité.

— Oh merde, fit-elle en braquant ses yeux sur mon anatomie transie de froid.

— Je vais aller enfiler quelque chose et, ensuite, vous et moi allons avoir une grande conversation.

Elle hocha la tête, puis riva les yeux au sol. Ses joues se parèrent à nouveau d'une coloration coquelicot qui m'arracha un sourire. Je retournai à ma chambre et enfilai un boxer propre et un jean neuf. Dieu bénisse Callie : un jean neuf et une fille — certes intrusive et pas vraiment mon genre, mais une fille apparemment fort bien pourvue — dans ma cuisine pour mon retour, c'était un beau comité d'accueil.

— Alors, expliquez-moi ce que vous faites chez moi ? hurlai-je en revenant dans la cuisine.

A genoux sur le sol, elle passait sa main sous un des meubles, comme si elle cherchait quelque chose. Elle avait libéré ses cheveux, dont les pointes caressaient le sol. Inconsciemment, elle me présentait ses fesses rondes que moulait son survêtement. Dans un bar, je serais passé près de cette fille sans même lui jeter un regard mais, puisqu'elle me présentait ses meilleurs attributs, j'étais prêt à faire une entorse à mon régime habituel.

Elle ne remplissait pas vraiment les critères de la sexytude, j'imaginais donc qu'elle ne devait pas crouler sous les propositions. Cette fille serait ma bonne action du mois.

Par politesse, je reluquai donc sans bouder mon plaisir ses fesses.

J'envisageai brièvement de changer mon programme de la journée : faire l'amour sur le carrelage de la cuisine devait être une activité agréable.

— Je vous en prie, faites comme chez vous, ironisa-t-elle, en me prenant en flagrant délit.

— Je suis chez moi. Et c'est vous qui êtes à quatre pattes sur le sol de ma cuisine.

Je croisai les bras sur mon torse, assez fier de la tournure de notre conversation. Si elle attendait de moi que je me prive du spectacle, elle se trompait lourdement.

— Mais, je vous en prie, faites comme chez vous, dis-je avec un sourire graveleux.

Elle eut une seconde de réflexion, semblant envisager la scène de mon point de vue — point de vue tout à fait agréable et qui méritait sûrement de s'y pencher plus avant —, puis me lança un regard sévère.

— Je vous l'ai dit : je cherche le chat.

— Je vous l'ai dit : je n'ai pas de chat. Ecoutez, je ne suis pas vraiment « du matin », alors si vous et votre fessier pouviez décamper de mon appartement et ne plus revenir, ça me ferait vraiment plaisir !

— Il est 14 heures passées, me fit-elle remarquer en se relevant.

Cette fille cherchait les ennuis. Son regard s'arrêta sur moi, s'attardant sur le dessin d'un tatouage le long de mon bras. Elle continua son inspection minutieuse, caressant de ses yeux azur mon estomac — tatoué lui aussi — puis mes pieds nus. Soudain, elle tressaillit et se mit à courir pour sortir de la cuisine, me bousculant violemment au passage.

— Mais qu'est-ce que…

— Il est là ! s'écria-t-elle.

Je penchai la tête, observant d'un œil dubitatif et consterné une jeune femme que je ne connaissais pas pourchasser mon caleçon de la veille. Elle parvint à le saisir, en sortit une boule de poils miaulante, et jeta négligemment derrière elle mon sous-vêtement. Elle n'avait apparemment pas conscience qu'une centaine de femmes dans ce seul pâté de maisons auraient vendu corps et âme pour toucher furtivement ce bout de tissu.

— Le chat, m'expliqua-t-elle sur un ton condescendant, tout en me désignant la bestiole.

Le chat était en réalité une bestiole grise et ridiculement petite, tenant dans le creux de sa main. Callie avait toujours adoré recueillir des animaux errants — et cela incluait son petit ami actuel. Plus ils étaient hideux et échevelés, plus elle adorait — là encore, cela incluait son petit ami actuel. A bien y regarder, ce chaton avait des poils hirsutes et emmêlés ; avec ma chance habituelle, il trimballait sûrement des puces.

— Je sais ce qu'est un chat. Même à 14 heures, ajoutai-je pour adoucir notre conversation.

— Callie l'a trouvé dans la rue et elle n'a pas eu le cœur de l'amener dans un refuge.

Elle s'approcha de moi et m'adressa un sourire chaleureux. Le chat jouait avec le bracelet de perles en bois roses et vertes qu'elle portait autour de son poignet. Elle éclata de rire, un rire sonore et sincère qui me surprit, en retirant les petites pattes du bijou, puis retourna dans la cuisine. Elle déposa le chat sur l'îlot central et ouvrit la porte du réfrigérateur.

— Je vous en prie, faites à nouveau comme chez vous, ironisai-je.

— C'est aussi ce qu'a dit Callie. Elle a juste oublié de me prévenir que son frère habitait ici.

— Ça m'arrive. Callie loge ici quand elle a besoin de travailler sur ses toiles ou quand elle a rendez-vous chez un galeriste. Et elle s'occupe de l'appartement quand je suis absent.

Elle dévissa la bouteille de lait et ouvrit un placard à la recherche d'un bol. Après trois tentatives infructueuses, je finis par avoir pitié d'elle et lui donnai une des tasses suspendues sous un placard. Elle me remercia d'un sourire qui révéla une fossette sur sa joue gauche.

— Votre métier vous fait voyager ?

— Oui. En effet, répondis-je, surpris.

— Callie ne m'a pas parlé beaucoup de vous. Jolis tatouages, surtout la partition sur votre bras droit.

Elle remplit la tasse de lait, la déposa sur l'îlot, et le chat vint immédiatement y mettre ses moustaches. Elle le caressa quelques instants et le silence dans la pièce fut à peine troublé par les ronronnements de l'animal. J'étais sous le choc : cette fille ne me connaissait pas !

Même si mon ego en était froissé, même si notre attachée de presse allait frôler la crise cardiaque à cette annonce, j'en étais plutôt ravi. Avoir une conversation normale avec une femme était devenu rare et j'appréciais que notre relation ne soit pas biaisée dès le départ à cause de ma célébrité.

— Puisque vous êtes chez vous, je vais pouvoir vous laisser les clés, et vous prendrez soin du chat.

— Je n'ai aucune idée de comment…

— Je suis certaine que vous vous en sortirez très bien. Il est encore fragile et petit, donc vous risquez de subir un ou deux accidents.

— Accidents ?

— D'ailleurs, à votre place, je jetterais votre caleçon. Je ne pense pas que ce soit récupérable.

Le chat lapait son lait avec frénésie et quelques gouttes maculaient déjà l'îlot. Je ne bénissais plus Callie : son âme de sauveuse de bestioles allait me compliquer la vie. Je me souvins que, petite déjà, elle avait trouvé un crapaud dans le jardin et l'avait ramené à notre mère, qui avait manqué défaillir en le voyant.

La jeune femme posa les clés près du chat et se dirigea vers la porte. Passé le moment de surprise, je courus derrière elle et saisis sa main pour lui rendre les clés.

— Je ne suis quasiment jamais là, gardez les clés. Ou mieux, gardez le chat !

Je n'étais jamais à l'appartement. Garder ce chaton était une hérésie. Callie n'avait pas réfléchi une seule seconde aux conséquences de son geste. Le chat, cette fille. A la fois une bonne et une mauvaise surprise.

— Apparemment, il vous aime bien, dit-elle en désignant le bas de mon jean auquel le chaton tentait de s'agripper.

Je baissai les yeux vers la bestiole, et la jeune femme en profita pour ouvrir la porte de l'appartement. J'attrapai la boule de poils avec rudesse et, en trois enjambées, rejoignis la porte à mon tour.

— Je suis ravie de vous avoir rencontrée, Peter.

Elle me tendit aimablement la main et je pris certainement une seconde de trop pour réagir et la prendre dans la mienne. Cette femme me déroutait : je pouvais admettre qu'elle ne me reconnaissait pas, mais elle agissait avec une distance curieuse et inédite. Cela faisait des lustres qu'une femme ne m'avait pas serré la main.

— Gardez les clés, proposai-je à nouveau. Je repars d'ici la fin de la semaine.

— J'habite juste à côté, vous pourrez me les rendre le jour de votre départ. Et je m'occuperai du chat, ajouta-t-elle en grattant la tête de l'animal allongé sur mon avant-bras.

Elle me fit un dernier sourire pendant que ses yeux fixaient à nouveau mes tatouages. Elle s'éloigna dans le couloir et se dirigea vers la porte du fond. Du regard, je suivis sa silhouette tout en rondeur — ses hanches trop rondes, ses cuisses trop épaisses, ses fesses trop imposantes —, mais je décelai tout de même une forme de grâce dans sa façon de se mouvoir. Son téléphone sonna et elle décrocha.

— Oui, chéri ?

Le son mélodieux et enthousiaste de sa voix me fit sourire. Je connaissais maintenant l'identité de celle qui m'avait permis de rentrer chez moi au petit matin. Sans même un dernier regard pour moi, elle ouvrit sa porte et disparut dans son appartement. Hébété, je retournai dans mon salon, caressant d'un air absent le chat endormi entre mes bras.

J'avais rêvé de calme et de solitude : je me retrouvais avec un chat et une voisine. Voisine dont je ne connaissais même pas le prénom, mais qui avait une merveilleuse paire de seins et des fesses qui ne demandaient qu'à être empoignées.

— Quel con ! jurai-je en m'effondrant dans mon canapé.

*
* *

Le chat fourrageait dans ma chevelure, prêt à s'en faire un coussin moelleux pour dormir. Allongé sur le canapé, les yeux rivés sur la télévision, je ne pris même pas la peine de le chasser et tendis le bras pour l'attraper. La pauvre chose émit un miaulement plaintif et je la posai sur mon torse. Il tendit le museau vers mon nez, avant de passer sa langue râpeuse dessus.

— Tu dois avoir faim, dis-je en me relevant.

Le chaton grimpa sur mon épaule pendant que je me dirigeais vers la cuisine. Je lui versai une nouvelle tasse de lait, la posai sur l'îlot et plaçai le chat devant. Je me préparai un en-cas, puis traversai le salon pour gagner ma chambre. Je ne pouvais pas rester sans téléphone, aussi j'envoyai un mail à Grant pour qu'il fasse le nécessaire. Le connaissant, le problème serait résolu d'ici deux heures.

On sonna à la porte vers 20 heures. J'enfilai un pull blanc en laine et ouvris la porte. Le coursier avait encore son casque de vélo vissé sur le crâne. A la façon dont ses yeux s'arrondirent, je compris qu'il m'avait immédiatement reconnu.

— Ça vous ennuierait de me signer un autographe ? demanda-t-il à l'instant où je glissais un billet de vingt dollars dans sa main.

— Aucun problème.

Je pris le colis d'entre ses mains et il me tendit un papier et un stylo. Au même moment, la porte de l'appartement au bout du couloir s'ouvrit et la jeune femme aux yeux bleus en sortit. Son regard se porta immédiatement sur le papier que j'étais en train de gribouiller d'un air absent. Elle fronça les sourcils et cala la sangle de son sac à main sur l'épaule.

— Merci, Peter, c'est vraiment cool, s'enthousiasma le coursier.

— Avec plaisir.

Je lui adressai un sourire factice, plus intéressé par

la présence de ma voisine. Je serrai la main du garçon avec force et il s'éclipsa, ravi.

— Salut, lançai-je alors à ma voisine.

Surprise, elle sursauta et, au même instant, la lanière de son sac lâcha et le contenu se répandit sur la moquette. Elle soupira d'exaspération et s'agenouilla au sol. Je la rejoignis et l'aidai à rassembler quelques-unes de ses affaires : un rouge à lèvres, un carnet et deux photos d'elle avec un homme.

— Merci, murmura-t-elle.

— J'ai réalisé ce matin que je ne vous avais même pas demandé votre prénom.

— Grace, dit-elle en souriant.

— Je me demandais si vous voudriez... prendre un verre.

Elle étouffa difficilement un rire, et une légère contrariété m'envahit aussitôt. Habituellement, je n'avais même pas envie de leur demander leur prénom. A mes yeux, leur offrir un verre était presque déjà une relation suivie. Cette fille aurait dû se sentir honorée que je parle avec elle. Honnêtement, elle n'était même pas mon type mais, heureusement pour elle, je me sentais d'humeur très charitable... et j'étais aussi très en manque de sexe. Sa réaction n'était pas du tout cohérente : à ses yeux, j'aurais dû représenter le Saint Graal !

— Ça aurait été avec plaisir, mais je dois aller travailler.

Après le crochet du droit, voilà que je prenais un uppercut. La dernière fois qu'une fille avait refusé un verre avec moi, je devais être au collège, affublé d'un appareil dentaire et doté d'une coupe de cheveux approximative et ringarde. Grace me fixait droit dans les yeux, pleine d'assurance. Encore une chose inédite : mes plans drague habituels baissaient toujours les yeux devant moi, faussement intimidées, avant de grimper sur mes cuisses pour marquer leur territoire. Ma voisine me toisait avec sincérité et une pointe de mépris. Avant que je puisse réagir, elle me contourna et se dirigea vers l'escalier.

— Demain alors ? tentai-je.

Je détestai la pointe d'espoir qui faisait vibrer ma voix. J'avais ma fierté — une fierté de rock-star, ça prend de la place — et je me devais de lui soutirer un « oui ». Même furtif, même contraint. Un « oui » murmuré et honteux aurait suffi à chasser la sensation désagréable que je ressentais actuellement.

— Peter, j'ai déjà quelqu'un dans ma vie.

Quelque part dans mon crâne, une âme charitable commençait le décompte avant l'annonce du K-O. Grace avait décidé d'en finir avec moi… avant même d'avoir commencé à jouer. Cela ne me plaisait pas : j'étais celui qui fixait les règles et qui décrétait quand le jeu se terminait.

— Et, honnêtement, je ne crois pas que nous ayons grand-chose en commun, ajouta-t-elle sans se départir de son sourire.

Je souris à mon tour. Elle voulait m'impressionner ; et elle y parvenait.

— Qu'en savez-vous au juste ? demandai-je.

— Voyons, regardez-vous… et regardez-moi ! Si j'en crois Callie, vous êtes plutôt du genre vite fait-bien fait avec une femme que vous pouvez soulever contre un mur.

— C'est un peu exagéré.

— Vous voulez dire, comme la une de *People* ? Ou comme le reportage qui est passé le mois dernier ?

— Je vois que Callie s'est chargée de combler les blancs.

— En effet. Internet regorge de récits de vos exploits. Surtout avec des blondes. Encore une bonne raison pour vous de passer votre chemin ! rappela-t-elle en triturant une mèche de sa chevelure.

— Grace, je ne sais pas ce que vous imaginez, mais je veux juste vous offrir un verre. En voisin.

— Callie m'a dit que vous feriez ça, aussi : sauver

la face à tout prix ! C'est quoi votre plan ? Tester ce que ça donne de coucher avec une femme de plus de quarante kilos ?

Sa remarque me piqua vif. Avant que je ne puisse réagir, elle s'engouffra dans l'escalier et je restai planté dans le couloir.

— Vous n'êtes même pas mon genre, hurlai-je, dépité.

— Vous n'êtes pas le mien non plus !

J'entendis son rire sardonique résonner dans la cage d'escalier. Super.

Je grommelai dans ma barbe, enfonçai mes mains dans mes poches et rentrai chez moi. Dans le salon, le chaton griffait consciencieusement le dos de ma guitare. Je le pris dans ma main et le posai sur un coussin, avant de m'effondrer sur le canapé. Pourquoi cette fille ne réagissait-elle pas comme toutes les autres ?

— Tu fais quoi ? hurla Ty, hilare au téléphone.

— Je cours.

— Tu cours ? Dehors ?

Son rire redoubla et je l'entendis partager sa découverte avec Claire. Je levai les yeux au ciel et repositionnai mon oreillette correctement. Après presque une heure de footing, j'étais à bout de souffle et trempé de sueur. Un jour ou l'autre, je devrais arrêter de fumer. Mes poumons me brûlaient et mon corps tout entier était entré en rébellion après cinq minutes de course. Je ralentis et remontai l'avenue jusqu'à mon immeuble.

— Claire demande si Grant est au courant.

— S'il est au courant, je saurai donc qui tuer, plaisantai-je.

Je rivai les yeux au sol et enfonçai ma casquette jusqu'aux sourcils. J'avais l'habitude qu'on me reconnaisse et qu'on m'aborde mais, en ce moment, j'avais plutôt besoin de calme, de vivre un peu à l'écart. Dans le pire des cas, je finirais en une d'un tabloïd avec un T-shirt douteux et une légende humiliante remettant en cause mon endurance.

— Et c'est nouveau, cette addiction au sport ?

— Ce n'est pas une addiction. J'avais juste besoin de m'aérer.

— On s'est aérés pendant six mois, rétorqua Ty.

— Vivre dans des hôtels, boire des bières éventées et te regarder roucouler avec Claire n'est pas ce que j'appelle « s'aérer », grognai-je en poussant la porte de mon immeuble.

— Tu as oublié « se taper des filles » et « baiser dans la piscine » dans ta liste.

— Je n'ai pas baisé dans cette piscine. Juste sur le transat, corrigeai-je.

Un raclement de gorge me fit relever les yeux. Je repoussai la visière de ma casquette et souris en découvrant Grace devant moi. Habillée d'une robe rouge qui mettait en valeur sa poitrine pulpeuse et ses hanches dessinées, les cheveux relevés et maquillée, elle me toisait d'un air contrarié. Je remarquai qu'elle était pieds nus et qu'elle tenait ses ballerines noires à la main.

Apparemment, quelqu'un avait ruiné les plans de ma voisine pour la soirée.

Elle me tourna le dos et monta la volée de marches jusqu'à l'ascenseur. Un parfum de mauvaise humeur l'enveloppait. Après ma déconvenue de la veille avec elle, cela me tira un rire nerveux. Je la suivis, retins in extremis la porte de l'ascenseur et m'engouffrai avec elle dans la cabine. Elle poussa un soupir de mécontentement, tandis qu'un sourire satisfait s'étirait sur mes lèvres. Grace m'avait envoyé sur les roses hier, je refusais qu'elle réédite son exploit aujourd'hui. Ma fierté de rock-star cicatrisait à peine et ne survivrait pas à une nouvelle attaque frontale.

— Je dois te laisser, dis-je à Ty, déterminé à gagner cette manche.

— Blonde ? demanda-t-il.

— Appétissante, répondis-je avant de raccrocher.

Je parvins à capturer le regard bleu et colère de Grace. Les bras croisés sur sa poitrine, les traits tendus, les lèvres pincées, elle n'avait plus rien de la jeune femme souriante et embarrassée de la veille. Hier, alors qu'elle était d'humeur joyeuse, elle m'avait déjà planté dans le couloir ; je craignais donc qu'aujourd'hui elle ne m'assassine d'un coup de ballerine.

— Vous faites quelque chose ce soir ? demandai-je avec un sourire séducteur.

— Un appétissant — elle appuya sur l'adjectif volontairement — plateau télé devant une rediffusion d'*Arabesque*.

Son visage se durcit un peu plus et, dans un geste rageur, elle retira l'épingle qui maintenait ses cheveux en un chignon. D'instinct, je fis un pas en arrière, redoutant une attaque vengeresse. Un idiot lui avait posé un lapin, et j'allais payer pour toute la gent masculine.

— Et pas sur un transat, précisa-t-elle.

J'ignorai le fiel de sa remarque et affichai un sourire confiant. Son regard se voila et une lueur de malice éclaira ses iris. Elle jouait avec moi. Elle me défiait. Et elle me dirait non, je le savais. Non pas par envie, mais pour le plaisir de me torturer et de briser mes rêves. Cette fille était le vice incarné.

— Un dîner, ça vous intéresse ?

— Avec vous ? s'esclaffa-t-elle en croisant les bras sur sa poitrine.

Nouveau regard sévère, rehaussé d'une pointe d'ironie. Je connaissais à peine cette fille et pourtant j'étais déjà sous le charme. Peut-être parce qu'elle ne ressemblait en rien aux autres femmes que je côtoyais, parce qu'elle osait me regarder avec sincérité et colère. Lui arracher un « oui » devenait maintenant nécessaire. Je voulais la connaître mieux, éventuellement la questionner sur l'homme qui l'avait plantée et, surtout, la voir nue.

Pas forcément dans cet ordre. Cette fille était le péché. Voire plusieurs, si j'ajoutais la gourmandise à l'envie.

— Je pensais avoir été suffisamment explicite ce matin, reprit-elle.

— Vous étiez limpide, en effet. Alors ce dîner ?

Elle rit de nouveau et ouvrit la bouche, prête à répliquer, mais je la pris de court.

— Je sais que vous allez dire non. Je sais que vous cherchez une bonne raison de refuser mon invitation. La seule chose que je ne sais pas, c'est pourquoi vous vous obstinez à refuser.

— Je vous l'ai dit : vous et moi n'avons rien en commun.

Sa voix vibra, et elle riva les yeux au sol. Je passai une main dans ma chevelure trop longue, observant distraitement l'affichage des étages de l'ascenseur. Il me restait moins de dix secondes pour la convaincre.

— Ecoutez, vous avez l'air contrariée et vous êtes très élégante. Si vous daignez renfiler vos ballerines, je serai plus qu'heureux de vous faire passer un bon moment et de vous faire oublier ce qui vous tourmente.

— Sur un transat ?

— Peut-être plus tard, si vous êtes sage.

— Etre sage ne m'a jamais porté chance. Et le transat risquerait de céder ! remarqua-t-elle avec amertume.

L'ascenseur s'arrêta dans une secousse et un ding retentit. Le signal de mon dernier round. J'avais perdu le premier, j'espérais remporter celui-ci. Elle me jeta un regard agacé, avant de détailler ma tenue.

— Je vais aller prendre une douche, dis-je précipitamment.

Le vice. Le péché. Son regard bleu azur balaya mon corps, comme si elle pesait sa décision. Entre mon sweat trempé de sueur et son affolante robe rouge, je devais admettre qu'elle avait raison : nous n'avions effectivement pas grand-chose en commun en ce moment.

— Et je mettrai une chemise. Une chemise propre.

Elle arqua un sourcil et se pinça les lèvres, retenant un nouveau rire. Combien de femmes avais-je draguées depuis le lancement du groupe ? Des centaines. Et cette fille arrivait à me faire douter de mes capacités en un regard sévère et un sourire glaçant. Je parvins à me reprendre et m'éclaircis la gorge alors qu'elle sortait de l'ascenseur.

— Si être sage ne vous a jamais porté chance, pourquoi ne pas jouer le rôle de l'aventurière ce soir ?

Un sourire triste barra son visage, et une pointe de culpabilité me piqua l'estomac. Ma tentative d'humour venait de se heurter à un iceberg. Je ne savais plus comment faire pour que cette femme cède une once de terrain. Elle haussa les épaules et prit une profonde inspiration.

— Si je vous dis oui pour ce soir, je présume que vous allez ensuite me harceler pour décrocher une autre invitation, dit-elle en retenant la porte de l'ascenseur.

J'osai un sourire victorieux. Depuis notre rencontre, je guettais une faille dans sa parfaite armure ; je cherchais à contourner son désagréable entêtement. Son regard s'adoucit et je décelai un changement dans son humeur. Grace avait enfin perdu sa mine revêche, et ma confiance remontait en flèche.

Je me redressai, lui lançai un regard de braise — auquel elle resta parfaitement indifférente — et réduisis l'espace entre nous. Dans un élan de vaillante inconscience, je posai ma main sur la sienne. Ses doigts étaient glacés et elle les recroquevilla aussitôt pour limiter notre contact. Ma victoire avait été de courte durée, mais je décidai de jouer le tout pour le tout. Cette fille me plaisait, c'était au-delà d'une simple attirance physique.

— Si vous me dites oui pour ce soir, je pense que c'est vous qui allez ensuite me harceler pour décrocher une autre invitation.

— Pendant une seconde, j'ai bien cru que vous n'alliez pas entrer dans la case « Arrogant et prétentieux ».

— Et elle trouva finalement une nouvelle excuse pour refuser mon invitation, soupirai-je dramatiquement. Je suis un peu déçu, vous êtes une femme très prévisible en fait, Grace.

Je libérai sa main, passai près d'elle pour rejoindre mon appartement. J'avais tenté la drague ouverte, puis une tentative plus subtile et, maintenant, une forme de psychologie inversée que je n'étais pas certain de maîtriser totalement. J'ouvris ma porte et rattrapai le chaton prêt à s'évader. Je le calai sur mon épaule, ignorant ses griffes juvéniles heureuses de se planter dans mon cou.

— Bonne soirée, Peter, lança-t-elle avant de se réfugier chez elle.

— Bonne soirée, Grace.

Le lendemain matin, alors que je sortais pour aller courir, je trouvai Grace devant sa porte, fouillant dans son sac avec énergie. Elle sursauta quand je fis volontairement claquer la porte derrière moi.

— Salut !

— Comme si ma journée n'était pas suffisamment merdique, ragea-t-elle.

J'ignorai sa remarque et m'approchai d'elle. Je décelai de la tension dans ses épaules et elle bougea sa tête pour assouplir sa nuque. Un soupir agacé lui échappa, et elle se remit à fouiller avec frénésie dans son sac pour dénicher finalement ses clés.

— Un problème ? demandai-je.

— J'ai oublié un dossier et je suis déjà en retard à un rendez-vous client en plein centre-ville. Alors, je n'ai pas franchement le temps de vous faire la conversation.

— Je vais rejoindre le groupe en studio, je peux peut-être vous déposer quelque part ?

Elle entra en trombe dans son appartement, dans lequel j'eus le temps d'apercevoir une pile de cartons. J'entendis du bruit, puis Grace réapparut, un épais dossier bleu sous le bras.

— On y va alors ? fit-elle.

— Oh ! vous êtes… d'accord ? m'étonnai-je.

— Ce dossier va sûrement financer ma prime de fin d'année. Alors disons que j'accepte votre proposition uniquement pour avoir un peu d'argent.

— J'ai cru naïvement que c'était pour mon sourire angélique que vous vous intéressiez à moi.

— Et vous vous intéressez à moi pour mon physique de sirène, peut-être ? Allons-y !

Elle accéléra le pas et je la suivis. J'appuyai sur le bouton de l'ascenseur. Ce n'est qu'après avoir appuyé sur la touche « garage » que je réalisai que je n'avais pas conduit ma voiture depuis des mois et que j'allais certainement faire le coup de la panne à une femme qui n'avait qu'une idée : m'échapper à tout prix.

Brillant.

J'eus une pensée émue pour mon père, qui aurait pris soin de faire lustrer la voiture, l'essayer dans l'après-midi, avant d'envoyer des roses avec un doux message du type « Soixante roses… une pour chaque minute qui nous sépare de notre dîner ».

Oui, mon père aurait fait ça.

— On prend la rouge ? demanda Grace.

— La rouge ? Vous connaissez mon garage ?

— Vous êtes le genre de type à avoir une voiture rouge, imposante et bruyante. A votre image donc.

— Je vais être honnête, j'ai arrêté le décompte quand vous meniez dix à zéro. Comme vous avez accepté que je vous dépose, j'ai estimé que, malgré vos dix points d'avance, j'avais finalement vaincu par K-O. Il faut croire que je me suis trompé. De fait, je propose que nous fassions la trêve.

Elle arqua un sourcil, mais je vis clairement une pointe d'amusement éclairer son regard azur.

— Vous savez, j'avais un vrai doute. Mais, maintenant, je suis certaine que vous avez bien une voiture rouge. Cabriolet ?

— Coupé cabriolet, admis-je, penaud.

Elle éclata d'un rire sonore et irrésistible. Je me surpris à sourire de son sens de la repartie. Notre relation déroutante et froide comme l'hiver me maintenait en éveil. Grace n'était pas une fille facile à séduire et qu'elle remette en cause aussi facilement mes capacités en matière de drague me poussait à me surpasser.

Nous rejoignîmes le garage et je me dirigeai vers la zone où je garais tous mes véhicules. Ma première voiture — rouillée, hors d'âge et en panne — trônait parmi mes nouvelles acquisitions. Galamment, j'ouvris la portière passager de mon coupé rouge. Les mains moites et le cœur en plein marathon, je m'installai ensuite derrière le volant, priant comme jamais pour que mon bolide démarre du premier coup. La dernière fois que j'avais été dans cet état, c'était lors de mon premier concert dans ma ville natale. La boule au ventre, j'avais enchaîné des accords ratés.

La clé dans le contact, je pris une profonde inspiration, dispensai un sourire crispé à Grace et tournai la clé. La voiture toussa bruyamment, le moteur se mit à tourner, avant de s'arrêter net. Près de moi, ma voisine s'éclaircit la gorge, retenant sûrement un nouveau sarcasme tonitruant. Je fis une nouvelle tentative, ma main gauche serrée sur le volant pour la punir. Je refusais de fournir de nouvelles munitions à Grace.

— Vous n'allez tout de même pas me faire le coup de la panne ? demanda Grace.

— Uniquement si vous m'invitez à boire un dernier verre plus tard.

— Pour avoir un dernier verre, il faut en avoir eu un premier, non ?

— En cherchant bien, je dois avoir une flasque de whisky quelque part dans cette voiture, répondis-je en tournant à nouveau la clé dans le contact.

Le moteur se mit à vrombir, et je soufflai de soulagement. J'adressai un sourire à Grace, qui retenait difficilement un rire. Son apparence glacée était en train de se fendiller lentement, se réchauffant à mon contact.

— Pas de panne, commentai-je.

— Pas de dernier verre alors.

Elle posa ses mains à plat sur ses cuisses, et je remarquai ses ongles manucurés. Elle portait un tailleur élégant, noir, plutôt classique ; je la trouvais de plus en plus attirante et féminine. Grace était franche et naturelle : elle me regardait droit dans les yeux, me remettait à ma place, ne passait pas son temps à m'aguicher. Un charme subtil se dégageait de son sourire, et je lorgnai ostensiblement son décolleté généreux.

— Je comprends que vous ne devez pas en voir des si imposants habituellement, mais pourriez-vous regarder devant vous ?

— Oh. Euh. Oui. Bien sûr.

Le trajet se fit dans un silence tendu, et je déposai Grace à son rendez-vous. Je ne pus m'empêcher de la suivre du regard pendant qu'elle marchait d'un pas vif sur le trottoir. Elle portait de petits talons, et ses hanches voluptueuses qui se balançaient à chaque pas étaient un vrai appel au crime.

Je clignai des yeux plusieurs fois, avant de comprendre ce qui me tenaillait le creux de l'estomac : je désirais cette femme.

C'est en ouvrant la porte au livreur de pizza que je croisai Grace à nouveau. Elle avait manifestement commencé à vider ses cartons et les déposait maintenant à plat, dans le couloir, devant sa porte.

Elle avait retiré son maquillage et s'était attifée d'un jean élimé et d'un sweat trop large qui ne la mettait pas du tout en valeur.

— Ça vous dirait de manger une part ensemble ? proposai-je après avoir réglé ma commande.

Elle braqua son regard sur la boîte et secoua la tête.

— Je peux enlever les olives et le pepperoni si vous voulez.

Nouvelle hésitation de sa part. Son regard passa de la pizza à moi, puis à ses cartons empilés, avant de revenir à moi.

— Ecoutez, je ne suis jamais là. Demain, je serai peut-être reparti en tournée, en studio, ou Dieu sait où. Vous vous êtes fait votre avis sur moi, et je ne doute pas que vous avez sûrement trouvé des tonnes de photos compromettantes de moi mais, croyez-moi si vous voulez, je ne leur propose jamais de dîner avec moi.

— Et pourquoi ça ?

— Vous voulez la vraie raison ?

— C'est vous qui jouez la carte de la sincérité, me fit-elle remarquer en s'appuyant contre le chambranle de sa porte.

— Les filles que je fréquente... Bon, disons qu'elles sont pas trop du genre à manger de la pizza.

Et l'oscar de la goujaterie est attribué à…

Je baissai la tête sur mon carton à pizza, honteux. Mais qu'est-ce qui me prenait d'être aussi débile avec cette fille ! Lui faire remarquer qu'elle aimait visiblement manger était d'une élégance meurtrière.

— D'accord, dit-elle finalement, me surprenant tout à fait.

Elle ferma sa porte et entra chez moi. Le chaton se rua sur elle pour lui souhaiter la bienvenue, et elle le prit dans ses bras.

— J'espère qu'il te nourrit bien. Toi aussi, ajouta-t-elle en levant un sourcil à mon attention.

Je posai ma pizza sur la table basse et invitai Grace à s'asseoir.

— Oh ! et on garde le pepperoni, précisa-t-elle.

Un large sourire barra mon visage. Grace y répondit avec chaleur, et je me mis à espérer la fin de l'ère glaciaire entre nous. Je sortis deux assiettes et nous servis une part chacun. Grace replia ses jambes sous elle et s'enfonça sur le canapé. Ça n'avait rien d'un dîner romantique, ni d'un verre de champagne tiède échangé dans un bar mal éclairé et surchauffé. Pourtant, à mes yeux, c'était la meilleure soirée possible : discuter avec quelqu'un qui n'était pas prêt à me baiser les pieds uniquement parce que mon image tapissait des murs de chambres d'adolescentes.

Je nous servis du vin et observai ma voisine embrasser la pièce du regard. Les murs étaient nus et le salon, simplement meublé.En constatant que les yeux de Grace s'attardaient sur le Disque d'or qui y était exposé, je décidai de prendre mon courage à deux mains.

— Donc Callie t'a tout dit ? Je veux dire à mon sujet ? demandai-je, passant volontairement au tutoiement.

— Elle m'a dit quelques trucs. Je serais étonnée qu'elle sache tout, non ?

— En effet. Mais ce qui se dit dans la presse est faux.

Grace leva un sourcil.

— La plupart du temps, corrigeai-je. Chaque minute de vie privée préservée est une chance. Mais je me disais juste que c'était sympa de parler avec quelqu'un, sans « ça ».

— C'est moins sympa maintenant que je sais que tu es une célébrité richissime ? plaisanta-t-elle en prenant une nouvelle part de pizza.

— C'est différent. Je ne suis pas habitué.

— Oui, je sais. Je suis une femme qui mange, soupira-t-elle.

— Ce n'est pas ce que je voulais dire. Et, puisque tu abordes le sujet, je te trouve attirante.

Elle se tourna vers moi, mâchant avec consternation un morceau de sa pizza. Elle retint un rire, puis, après quelques secondes, répondit :

— Callie ne m'avait pas parlé de tes problèmes de drogue !

— Me rembarrer ne marchera pas continuellement, Grace. Je te trouve attirante. Je ne vais pas te dire que je n'en suis pas surpris, mais j'aime beaucoup ta façon de me regarder. C'est très… franc. Brut. Je ne sais pas trop, c'est inhabituel pour moi et pas désagréable.

Ses joues se parèrent de rouge et, pour la première fois depuis notre rencontre, Grace se retrouva muette de stupeur.

— Et si je veux être tout à fait honnête, ta façon même de me parler me plaît. Tu ne cherches pas à me séduire ou à flatter mon ego. La normalité, c'est hyper sexy, dis-je en ponctuant ma remarque d'un clin d'œil.

— Euh… merci. C'est très déroutant, en fait.

— La normalité ?

— Le côté sexy. Je ne me suis jamais envisagée dans

cette catégorie. La case est un peu trop… petite, expliqua-t-elle en désignant son corps.

— Etre sexy ne se résume pas à l'apparence physique. Tu es sexy.

Elle rougit un peu plus, embarrassée.

— Il serait de bon ton que tu me rendes le compliment, plaisantai-je.

— Contrairement à moi, tu n'as pas besoin de moi pour savoir que tu es… séduisant. Et puis, je t'ai déjà vu nu, le mystère est donc totalement levé.

— Je suis certain que je peux encore te surprendre.

Nous échangeâmes un sourire entendu et je lui resservis un verre de vin. Elle en but une gorgée, ses yeux pétillants plongés dans les miens.

— D'ailleurs, je te dois un service : c'est toi qui m'as ouvert un matin vers 5 heures.

Elle se rembrunit immédiatement et posa son verre délicatement sur la table basse. Un petit soupir lui échappa.

— C'était donc toi. J'ai cru que c'était… Je suis mariée. Enfin, officiellement, je le suis toujours.

Sa voix baissa d'un ton et se fendilla de tristesse. Elle baissa les yeux sur ses jambes, chassa une poussière invisible du plat de la main, et laissa le silence s'installer entre nous.

— Séparés donc ? l'interrogeai-je.

— Oui. On… on devait essayer de sauver notre mariage, mais que Glenn ne soit pas venu à notre dîner doit sûrement signifier qu'il n'y a plus rien à sauver.

— Peut-être que…

— A ses yeux, je ne suis pas sexy, me coupa-t-elle. Mais sa collègue de bureau entre impeccablement dans la fameuse case.

— Tu… Enfin… Tu es toujours amoureuse de lui ?

— Comment savoir ? Il me manque, c'est sûr. Mais vivre sans lui n'est pas si pesant que je l'imaginais.

Elle passa une main sur son visage et afficha un sourire forcé.

— Je fais exactement la même tête quand les paparazzis me tombent dessus dans la rue, dis-je pour détendre l'atmosphère.

— Ça arrive souvent ?

— Dès que je sors de ma tanière. Je dois admettre que dîner avec toi a un côté pratique : tu es juste à côté, je n'ai pas besoin de privatiser un restaurant ou de lancer des fausses pistes pour que les paparazzis se dispersent aux quatre coins de la ville.

— Je suis ravie d'être si… pratique, dit-elle avec un sourire. Finalement, je dois reconnaître que dîner avec toi est assez pratique aussi. Tu payes le dîner, tu achètes du vin, tu me dis que je suis sexy…

Elle s'arrêta net dans sa phrase et se redressa brutalement. Elle me fixa longuement, un peu ahurie, avant de s'éclaircir la gorge.

— Un problème ? demandai-je.

— C'est… Ce n'est pas un rendez-vous ?

— Ça peut. C'est à toi de voir.

Elle se leva d'un bond et renversa son verre de vin dans la seconde suivante. Elle se précipita au sol pour éponger le vin avec une serviette en papier. Je la rejoignis, espérant désamorcer l'agitation qui la dominait. En un instant, l'ambiance amicale et chaleureuse avait viré au désastre et à la panique. Grace essuyait frénétiquement, et je finis par l'arrêter en posant ma main sur la sienne.

J'effleurai ses doigts, espérant que cela passerait pour un geste hasardeux. Grace se figea immédiatement et nos regards se trouvèrent.

— Ce n'est pas grave, la rassurai-je.

Elle se releva dans un geste précipité et frotta ses mains nerveusement contre son pantalon. Je me redressai à mon tour, fixant ses lèvres entrouvertes et tentantes.

— J'ai passé une bonne soirée, Peter, merci.

Ce qui était le code pour « restons bons amis... ou bons voisins ».

— Grace, on peut encore...

— J'ai des tas de choses à faire, se justifia-t-elle en filant vers la porte.

Je lui emboîtai le pas, espérant qu'elle me donne une explication plausible à son changement d'humeur. Même si je ne savais pas vraiment pourquoi elle m'intriguait, ni pourquoi j'étais fasciné par son corps voluptueux, je savais qu'elle me plaisait.

Dans le couloir de notre étage, elle se tourna vers moi.

— Merci pour cette soirée, vraiment.

— Est-ce que je tente ma chance pour un dernier verre ?

— Peter, je... je ne suis pas vraiment libre, tu le sais. Et je pense sincèrement que nous n'avons rien à faire ensemble. Tu es une rock-star et...

— Je ne me résume pas à ça ! Et même si je ne suis pas le type le plus disponible du monde, j'aimerais...

— Ce n'est pas une bonne idée, Peter. Ni ce soir ni un autre soir.

Mon cœur manqua un battement. Je réalisais seulement maintenant que cette soirée, pour elle, ne signifiait rien d'autre qu'une pizza entre voisins. Pour moi, c'était complètement différent : le temps d'une part de pizza, je m'étais senti bien, normal, écouté. Je ne voulais pas que cette soirée se termine et que Grace reparte. J'essayais de toutes mes forces de cesser de la regarder comme si elle allait disparaître pour de bon. Je pouvais concevoir qu'elle m'évite, qu'elle soit à un autre, mais l'idée qu'elle ne fasse que traverser ma vie furtivement me rendait malade. J'avais toujours moqué le lien fusionnel entre Ty et Claire. Bien avant d'être en couple, ils se regardaient et parlaient un langage silencieux qu'eux seuls comprenaient. Ils se connaissaient par cœur et partageaient le moindre secret, les mêmes expressions, la même façon de bouger.

Je comprenais maintenant qu'ils n'avaient jamais pu lutter contre ce lien, qu'ils avaient vécu avec pendant des années, sans savoir trop quoi en faire, au point même de se faire mutuellement du mal, avant de comprendre qu'ils s'aimaient véritablement.

C'était ce que je vivais maintenant avec Grace. J'observais ses sourires, je décortiquais chacun de ses gestes, je sentais son regard sur moi, comme une présence chaude et apaisante, loin de mon tourbillon coutumier. J'avais besoin d'elle.

— Bonne nuit, Peter, murmura-t-elle sur le seuil de sa porte.

Sa voix trahissait une pointe de regret, mais je refusais d'aller plus loin. Je voulais qu'elle ressente pour moi ce que je ressentais pour elle, malgré ses mystères et ses secrets.

— Bonne nuit, Grace.

Le chaton profita de ce moment de flottement pour se faufiler entre mes jambes et se ruer hors de l'appartement. Avant que je ne puisse réagir, il fit deux bonds dans le couloir, entama un slalom entre des obstacles imaginaires et se précipita dans l'appartement de Grace.

— Merde, marmonnai-je.

— Comment il s'appelle ? demanda Grace.

— Le chat ? Je ne lui ai pas encore choisi de nom.

Grace entra dans son appartement et j'en profitai pour la suivre. Dans le salon s'amoncelaient une dizaine de cartons de déménagement ainsi que deux imposantes valises. J'entendis Grace claquer de la langue pour appeler le chat et me dirigeai au bruit. Je traversai la cuisine, encore vide et où régnait une odeur de café, avant de remonter un petit couloir et de déboucher sur sa chambre.

Je retrouvai Grace à quatre pattes, la main sous son armoire, cherchant à atteindre le chat. Comme lors de notre première rencontre, je ne baissai pas les yeux et m'attardai sur ses fesses.

— Fais comme chez toi, se moqua-t-elle en se redressant.

— J'aimerais bien. Où est-il ?

— Contre le mur. Mais impossible de l'attraper. Je pense qu'il va falloir attendre qu'il se lasse de la poussière.

Elle s'assit par terre, le dos appuyé contre son lit. Je l'imitai et nous restâmes ainsi face à l'armoire, guettant la sortie du chaton.

— Sinon, il passe la nuit ici et tu me le ramènes demain, dis-je.

— Ma vie à moi se résume à ça, fit-elle en désignant la pièce vide et triste autour d'elle. Un mari absent, une vie terne… et maintenant un chat récalcitrant planqué sous mon armoire.

— Comment l'as-tu rencontré ?

— A l'hôpital. C'était un patient. On s'est mariés après un an de vie commune et, maintenant, nous sommes séparés. Réaliser après deux ans de mariage que votre mari ne vous désire plus, ce n'est pas nécessairement partageable. Il les aime plutôt minces, blondes, et sous son bureau. Je ne suis ni mince ni blonde… et je donne plutôt dans le genre très sage.

Elle me lança un regard, avant de rougir de timidité. Son mari était un crétin absolu.

— Il doit aimer les transats, ricana-t-elle.

— Honnêtement, ce n'est pas très confortable. Faire l'amour dans un lit reste un must, déclarai-je d'un ton léger pour détendre l'atmosphère. Et tu es une très belle femme, Grace. Je te l'ai déjà dit.

— Arrête…

— Sinon, je ne passerais pas mon temps à te reluquer sans cesse.

— Tu ne m'as pas vu nue ; je me sens… hideuse. Grosse.

Large. Imposante. Je ne dois pas vraiment ressembler à tes conquêtes habituelles.

— Le jour où je te verrai nue, tu comprendras que tu n'es pas hideuse. Encore moins grosse. Tu as des seins superbes, sûrement un cul merveilleux et des courbes affolantes. Laisse-moi t'offrir deux ou trois déshabillés pour sublimer ce corps.

— Je ne suis pas ce genre de femme.

— Quel genre ?

— Déshabillée et… Tu dois être un des rares hommes à m'avoir matée depuis six mois.

— Qu'est-ce que j'y peux, moi, si les autres sont aveugles ? plaisantai-je.

Je parvins à lui tirer un rire, et le chat en profita pour montrer le bout de son museau. Je tendis le bras pour l'attraper, mais il reprit la fuite et retrouva sa planque parfaite. J'en étais presque heureux : me retrouver seul avec Grace était une bénédiction. Elle remonta ses genoux, enroula ses bras autour et tourna la tête vers moi.

— Tu risques de passer la nuit ici, commenta-t-elle.

— Tu me laisserais faire ?

— Je me dis que si mon futur ex-mari débarque, tu peux toujours te montrer torse nu et lui déclarer ce que tu viens de dire au sujet de mes courbes affolantes, répliqua-t-elle en souriant.

— Avec plaisir. Et juste après, je lui en collerai une.

Nouveau sourire, suivi d'un bâillement mal réprimé. Grace se redressa, et un silence s'imposa dans la chambre. Je pensai furtivement à Callie et à sa manie de recueillir tous les animaux qu'elle croisait sur son chemin. Grâce à elle, j'avais trouvé un moyen de forcer la porte de ma voisine et de prolonger la soirée.

— Avec Callie, quand nous étions plus petits, nous partagions la même chambre, dis-je, nostalgique. On avait un jeu, qui consistait à nous inventer une histoire improbable à partir d'objet dans la pièce.

Grace fronça les sourcils, sans comprendre.

— Par exemple, elle me prenait une de mes guitares et disait que c'était un cadeau inestimable de Jimmy Hendrix. Ou elle enroulait une feuille de papier et annonçait que j'avais gagné le prix Nobel de guitare.

— Et tu veux jouer à ça ?

— Pourquoi pas ? Attends, laisse-moi une minute pour faire le tour de la pièce.

Des yeux, je balayai l'endroit et repérai quelques objets personnels. Je voulais que Grace me parle d'elle, se libère de ce qu'elle ressentait, et qu'elle s'ouvre à moi.

— Cette photo sur le mur. Avec ta mère, je pense. Tu devais avoir cinq ans et elle t'a appris à faire du vélo toute seule, dans votre jardin. Tu as dû te vautrer, parce qu'il te manque une dent.

Grace éclata de rire et s'apprêta à répondre, mais je posai mon index sur ses lèvres pour la faire taire. Surprise par mon geste, elle eut un mouvement de recul instinctif.

— Ce chevet : je dirais un achat récent. Le genre de truc auquel on ne pense pas, mais tu as réalisé que pour poser les livres que tu lis le soir, ça serait tout de même plus pratique.

Grace fit la moue, dubitative.

— Et enfin, ce châle.

Je me levai et récupérai le vêtement posé sur le dossier d'une chaise. Je le glissai sur ses épaules, la sentant frissonner à ce contact, et me réinstallai près d'elle. Je regrettais que son crétin de mari soit parvenu à la faire douter d'elle-même. Elle transpirait de féminité et de désir. Qu'elle en doute la rendait encore plus fragile et plus attirante.

— Un cadeau. Je dirais même un cadeau de ton mari. Tu devais certainement lui piquer ses pulls. Et vu que c'est un crétin égoïste, il a préféré t'offrir ce châle plutôt que de te laisser continuer à prendre ses vêtements.

— Je déformais ses chemises, expliqua-t-elle.

— Je vais te prêter une de mes chemises et je t'ordonne de la déformer, Grace. Alors, je suis loin de la vérité ?

— Pour la photo, c'était Halloween. La dent n'est pas cassée, juste noircie. Oh, et c'est mon père qui m'a appris à faire du vélo. Pour le chevet, c'est un meuble que j'ai récupéré quand j'étais étudiante. Je n'avais pas un rond. Même pas de quoi acheter un livre.

Elle baissa les yeux, et je posai ma main sur sa joue. Un nouveau frémissement la parcourut pendant que son regard affolé trouvait le mien. La toucher, l'embrasser, la sentir. Je voulais tout. Je la voulais elle, surtout, avec son corps rond et généreux, ses hanches trop larges, ses doutes et son air perdu.

J'approchai doucement ma bouche de la sienne et y déposai un baiser délicat. Elle ferma les yeux et retint sa respiration, comme si elle devait contenir son plaisir. Je recommençai, doucement, avec précaution, pour ne pas l'effaroucher. Elle se laissa faire, sans bouger d'un pouce, puis, à ma troisième tentative, ses lèvres bougèrent et elle répondit discrètement à mon baiser.

Je souris contre ses lèvres et attirai son visage contre le mien. Je picorai sa bouche par petites touches légères, puis je fis glisser le bout de ma langue entre ses lèvres. Un gémissement lui échappa, chaud et brûlant de désir. Entre mes mains, je la sentis se détendre, comme si elle acceptait ce qu'elle ressentait. Mon cœur s'emballa et une violente salve d'adrénaline parcourut mon corps. Quand je pressai à nouveau ma bouche contre la sienne, elle m'accueillit avec enthousiasme. Sa langue caressa timidement la mienne pendant que je penchais son visage pour mieux l'embrasser. Ses mains agrippèrent le haut de ma chemise, avant de s'enrouler autour de ma nuque.

Notre baiser fut doux, plein de retenue, comme bridé par ses doutes.

Je n'avais jamais pris autant de plaisir à embrasser une femme. Mes mains quittèrent son visage et se promenèrent le long de son corps voluptueux. Quand j'atteignis ses hanches, Grace se recula et, hors d'haleine et les lèvres gonflées, se redressa brutalement. Mon excitation retomba en flèche et ma frustration fit le chemin inverse.

— Je… je pense que tu devrais rentrer.

— Grace, ce n'est pas…

— S'il te plaît. Je ne suis pas… Je ne suis pas ton genre de fille, je ne suis pas ce genre de filles. Et… Ecoute, Peter, ton mode de vie et le mien… Bref, tu devrais rentrer.

— Tu cherches une excuse pour me virer ? demandai-je en me relevant.

— Une *bonne* raison. J'ai des quantités de bonnes raisons. Rentre, s'il te plaît. Je te ramènerai le chat dès demain, si tu veux.

Elle était affolée et avançait vers moi pour mieux me pousser vers la sortie de son appartement. Son châle glissa de ses épaules sans qu'elle s'en rende compte tandis qu'elle me jetait dehors.

— Grace, on peut tout à fait…

— Pars, s'il te plaît, Peter.

Je me retrouvai à la porte de son appartement, frustré et dépité. J'avais cherché à apprivoiser Grace toute la soirée et j'avais la sensation d'avoir provoqué l'effet inverse en l'embrassant.

— Je te l'ai dit, nous n'avons rien en commun. Il vaut mieux… en rester là.

— Mais…

Elle claqua la porte de son appartement derrière moi, me laissant avec le souvenir de ses lèvres contre les miennes.

*
* *

Ma nuit fut courte et hachée. je m'étais repassé en boucle le film de notre soirée : le dîner agréable, l'épisode du chat, ses confidences dans sa chambre, notre baiser… A quel moment avais-je commis une faute si lourde que j'avais mérité de prendre la porte ?

Au matin, je décidai d'aller toquer chez elle, mais elle fit sourde oreille.

— Grace, il faudra bien que tu sortes de cet appartement ! la prévins-je à travers la porte.

Le surlendemain, j'entendis le chaton gratter à la porte de mon appartement. Je l'ouvris précipitamment, espérant croiser Grace. Sans succès. Sa porte était close et mes tentatives pour lui parler furent des échecs. J'accueillis le chaton chez moi et m'en occupai pour me changer les idées. Ty organisa une séance au studio, et je m'y précipitai, trop heureux d'avoir un exutoire à mes pensées sombres.

Il me tortura de questions au sujet de ma voisine. Quand je lui avouai finalement que je n'avais aucune nouvelle, il se contenta de me tapoter amicalement l'épaule.

— Tu en trouveras d'autres…

J'aurais aimé pouvoir le croire, j'aurais alors accepté la situation. Mais ce que je ressentais pour Grace allait au-delà de l'attirance physique. Sa fragilité, ses doutes, son corps généreux, sa façon de me remettre à ma place, tout cela m'attirait vers elle. Je n'en voulais pas « d'autres », je la voulais elle.

Dans son regard sincère, j'étais Peter. Pas le guitariste, pas la rock-star, pas la star riche. Juste Peter. Et j'aimais cette femme parce qu'elle ne voyait que Peter en moi.

Après trois jours et à la veille d'un long retour en studio, je décidai que la situation avait assez duré. Je pouvais accepter qu'elle me rejette, qu'elle me repousse ou qu'elle trouve que nous n'avions rien à faire ensemble, mais qu'elle m'ignore et fasse la morte m'était insupportable.

J'étais à deux doigts d'appeler mon père pour faire appel à son éventail de solutions romantiques... avant de me souvenir qu'il avait justement usé de tout cet éventail pour embarquer ma mère en croisière.

En désespoir de cause, je fis une dernière tentative : je retournai frapper à la porte de Grace, en demandant à lui parler.

— D'une manière ou d'une autre, tu finiras par venir me voir, assurai-je.

Je tendis l'oreille et entendis distinctement du mouvement derrière la porte. Elle était sûrement là.

— Grace ? Ecoute, on peut au moins en discuter ? J'ai adoré t'embrasser. Et à la première occasion que j'aurai de te voir, je le referai. Grace ?

Je tambourinai contre la porte, espérant susciter assez d'agacement pour qu'elle me réponde.

— Grace ?

Aucune réponse. Pourtant, j'en étais certain, elle était là.

Je retournai dans mon appartement et l'arpentai de long en large à la recherche d'une solution. Je fus tentée d'appeler Callie et de lui faire jouer le rôle de médiatrice. Mais la seule idée de la flopée de questions indiscrètes qui suivraient ma demande me fit abandonner ce projet.

Ce fut en fin de journée, alors que la nuit tombait presque, que je me résolus à exécuter le plan diabolique qui me trottait dans la tête depuis deux jours. Une idée folle, stupide et irresponsable ; Grace n'allait pas apprécier. Mais j'étais prêt à tout pour la revoir, même quelques minutes.

A tout. Même au pire, et ce fut avec fierté que je mis mon plan à exécution, sous les yeux médusés du chaton. Grant allait me tuer, Tyler se foutre de moi pendant des siècles, mais je m'en fichais. Il avait été en taule pour Claire ; moi, j'allais seulement créer quelques dégâts mineurs pour Grace. D'ici à deux heures, elle toquerait à ma porte et nous aurions enfin une discussion.

Normalement… Et si le mur qui séparait ma cuisine de sa salle de bains ne finissait pas par s'effondrer.

Une heure trente plus tard, alors que je grattais ma guitare d'un air absent, j'entendis des coups contre ma porte. Je ravalai mon sourire satisfait et tentai de me composer un masque d'agacement.

— Qu'est-ce que tu as fait ? ! hurla Grace.

Elle était trempée de la tête aux pieds. Son T-shirt était plaqué sur sa poitrine généreuse, son jean gouttait à ses pieds, et ses cheveux trempés collaient à son visage.

— Grace. Quelle… ?

— Qu'est-ce que tu as fait ? Tu as touché à la plomberie pour me faire venir ici ? Le plombier dit que quelqu'un a volontairement cogné contre une canalisation et a provoqué une fuite.

— Et tu penses que c'est moi ? m'offusquai-je.

— Je *sais* que c'est toi ! Il n'y a que nous deux à cet étage, et tu es assez cinglé pour provoquer ce genre de catastrophe juste pour avoir gain de cause.

— J'appelle ça forcer le destin. C'est ce que tu fais aussi en refusant de me voir.

— Peut-être, mais moi je n'ai pas ruiné ton appartement. Tout est trempé dans le salon. Mes fringues, mes cartons. Tout ! Tu as tout saccagé !

Ses yeux furibonds avaient pris une teinte sombre. J'avais envie de lui dire que j'étais désolé, mais la découvrir ainsi, humide et transparente devant moi, me donnait plus envie de la plaquer contre un mur et de lui faire l'amour dans l'instant.

— J'ai dû couper l'arrivée d'eau. Et si j'en crois le

plombier, j'en ai pour cinq jours ! Comment je fais, moi, pour vivre sans eau… ?

— Tu peux venir vivre ici.

— Tu es obsessionnel, tu le sais ?

— Tu es butée. Et hyper sexy, ajoutai-je en désignant sa poitrine.

Elle demeura silencieuse un court instant, et j'en profitai pour enrouler mon bras autour de sa taille et l'attirer dans l'appartement. Un cri de surprise lui échappa, et il se termina en gémissement de plaisir quand mes lèvres trouvèrent la peau de son cou.

— Désolé. Mais je voulais te voir et tu ne répondais pas…

— Peter…

Sa résistance fondit entre mes mains. Je caressai ses hanches et m'égarai volontiers sur ses fesses rebondies. C'était nouveau pour moi de sentir des courbes affirmées sous mes mains, mais c'était délicieux, comme une gourmandise sucrée sur laquelle on fantasme avant de pouvoir croquer dedans. Son T-shirt mouillait le mien et sa peau était froide, mais c'était sans importance. Grace frissonna et, quand ma bouche trouva la sienne, elle abandonna toute lutte.

— Tu es un crétin, Peter, chuchota-t-elle sur mes lèvres.

— Oui. Surtout que je suis incapable de réparer la fuite que j'ai causée. Tu vas devoir vivre ici, répondis-je entre deux baisers.

— Mon armoire a pris l'eau aussi.

— Laisse-moi régler ce problème.

Je pris sa main dans la mienne et l'attirai dans ma chambre. Je fouillai dans mes placards et en sortis une chemise blanche. Grace la prit, me regarda fixement, puis ses yeux affolés se perdirent dans la pièce. Apparemment, se mettre nue devant moi était encore impensable pour elle. J'allais devoir déployer des efforts considérables pour la pousser à s'accepter.

— Je te laisse te changer, en attendant je vais nous servir un verre de vin, dis-je en quittant la pièce.

Quelques minutes plus tard, Grace réapparut dans le salon, vêtue d'une de mes chemises. Quelques gouttes d'eau maculaient le vêtement ici et là, et je pouvais affirmer avec certitude qu'elle était la femme la plus sexy que j'avais pu voir, loin devant les mannequins maigrichonnes qui peuplaient habituellement mon lit.

Je lui tendis son verre, mon regard détaillant sa silhouette appétissante. Elle camoufla son rougissement en rivant les yeux au sol. Dans ma poitrine, je sentais mon cœur battre à un rythme fou. Il y avait le désir, oui, mais aussi autre chose. Quelque chose de plus profond, qui me bouleversait, quelque chose dans son regard incertain, dans son corps tout en courbes, dans sa façon même de se tenir maladroitement face à moi.

— Abandonne ton appartement et viens vivre ici, proposai-je.

— Peter, tu sais que c'est voué à l'échec. Ma vie, la tienne…

— Tu es dans ma chemise, Grace. Dans mon appartement. Je ne vois pas ce qui ne pourrait pas aller.

— Toi. Je n'ai rien à voir avec ton monde. En début de semaine, je ne savais même pas qui tu étais.

— Maintenant, tu sais : je suis le fou furieux qui déclenche des inondations pour te voir. C'est le truc le plus romantique que j'aie jamais fait !

Elle éclata de rire et elle enroula une mèche de cheveux humide égarée sur son visage autour de son index. Son verre dans l'autre main, elle se dirigea vers le cadre accueillant mon Disque d'or. Elle le fixa de longues secondes, puis pivota vers moi, un sourire amusé sur les lèvres.

— Raconte-moi tout ça.

— Tout ça quoi ? Le groupe ?

— Toi. Je présume que tu as une vie en dehors des tournées et des fans ?

Elle déambula dans la pièce, me laissant admirer son épaule dénudée. Peu importait l'issue de notre soirée, je décidai dans l'instant que cette chemise serait désormais la sienne. La transparence du tissu associée à l'humidité persistante sur sa peau laissait entrevoir son soutien-gorge bleu nuit. Ses cuisses étaient dissimulées par le tissu et je risquai un sourire en fixant ses pieds nus s'enfoncer dans le tapis moelleux du salon.

— C'est ton truc de marcher pieds nus ?

Elle pivota vers moi et son regard azur s'éclaira de malice, avant de faire la moue.

— Tu as épuisé ton stock de questions. Où as-tu rencontré Ty ? enchaîna-t-elle.

— Dans…

— Attends, non. Laisse-moi imaginer votre rencontre : il était assis à un bar, il a dit qu'il cherchait un guitariste et, au bout de deux bières, l'affaire était réglée ?

Elle se pinça les lèvres pour retenir un rire pendant que je me redressai pour la rejoindre. Son regard se para d'une pointe de panique au fur et à mesure que j'effaçais la distance entre nous. Elle fit un pas en arrière et se heurta à la table basse. J'appréciai ce changement de comportement : elle perdait peu à peu son contrôle et son masque d'indifférence pour dévoiler maintenant une touchante vulnérabilité. Je lui plaisais et elle savait que cette soirée allait changer notre relation.

— J'ai rencontré Ty dans le bureau de mon père, il était convoqué pour avoir sécher ses examens, expliquai-je en prenant son verre d'entre ses mains.

— Ton père était… le doyen ?

— Exactement. Quand Ty lui a dit qu'il abandonnait

l'université pour se consacrer à la musique, mon père m'a fait venir et il s'est chargé des présentations.

Mon père nous avait ensuite tendu nos dossiers scolaires, nous souhaitant bonne route dans un rire d'autosatisfaction sarcastique. Dans le bureau du doyen de l'université de New York trônaient désormais un Grammys et une photo de lui, en coulisse, prenant la pose avec ma guitare.

Je bus une gorgée de son vin et lui rendis son verre. Nos doigts se frôlèrent, et Grace retint son souffle. Se yeux plongèrent dans les miens et je sentis un doux picotement parcourir mon corps.

— Tes tatouages, murmura-t-elle.

— Ce n'est pas vraiment une question, répondis-je en posant ma main sur sa hanche.

Elle cilla et parvint à se dégager de mon étreinte.

Je pris à nouveau son verre d'entre ses mains et le déposai sur la table près de moi. Elle suivit mon geste du regard, partagée entre l'inquiétude que révélaient ses lèvres pincées et le soulagement que trahissait son sourire fébrile.

— Une simple précaution, expliquai-je.

Ses yeux se braquèrent sur mon torse dénudé et, cette fois, quand je posai ma main sur sa hanche, elle ne s'esquiva pas. Au contraire, elle poussa un petit soupir satisfait et ferma les yeux. Je pris sa main et la portai à mes lèvres. Dans un silence religieux, j'embrassai délicatement chacun de ses doigts. Elle rouvrit les yeux et je constatai que le bleu azur de son regard avait pris une teinte plus sombre. La bouche entrouverte, comme si elle était hors d'haleine, elle me fixa avec un désir flamboyant, anéantissant mes bonnes résolutions.

Il n'y avait aucune chance que nous puissions atteindre la chambre. Nos corps se trouveraient ici, s'enchevêtreraient sur ce tapis, et le désir oppressant que nous ressentions l'un pour l'autre finirait par être libéré dans cette pièce. Le souffle court, je lâchai sa main et tentai de canaliser l'envie bouillonnante qui coulait dans mes veines. Mon sexe gonflé et dur patientait difficilement dans mon pantalon.

— J'aimerais essayer. La guitare, ajouta-t-elle en désignant l'instrument derrière moi.

Elle m'adressa un sourire tremblant, comme pour s'excuser de prendre son temps. Elle pouvait prendre tout le temps qu'elle voulait, j'étais décidée à l'attendre. Grace n'était pas une groupie qui fantasmait sur moi, elle n'était pas une de ces filles faciles et sans saveur qui émaillaient ma vie de guitariste. Je ne voulais plus de ce genre de filles, je voulais Grace, la femme brillante, drôle et trempée jusqu'aux os qui s'était présentée à ma porte en m'injuriant.

— Tu as déjà joué d'un instrument ? demandai-je en décrochant la guitare de son support.

— Jamais. Mais j'aimerais essayer, si cela ne te dérange pas.

Elle la prit entre ses mains avec délicatesse pendant que je l'aidai à enfiler la sangle. Avec ma guitare, je la trouvai encore plus désirable. Ses mains caressèrent le manche en bois vernis, puis elle pinça une corde sur la table d'harmonie en grimaçant de concentration.

— Ne la maltraite pas, dis-je en posant ma main sur la sienne.

— C'est ta guitare de scène ?

— Une de mes guitares de scène. Je change parfois en cours de concert en fonction des chansons, expliquai-je en passant derrière elle.

Je défis sa queue-de-cheval, repoussai ses cheveux sur son autre épaule et plaçai ma tête près de la sienne. Je repris sa main dans la mienne et la posai sur le manche.

— Douceur et délicatesse, lui rappelai-je.

— Tu ne casses pas de guitare sur scène ?

— Non. Jamais. Je ne brise pas ce à quoi je tiens.

Ma main reposa un instant sur la sienne. Un frisson la parcourut et ses épaules se tendirent brutalement. Je retirai ma main, et un froid glacial et impénétrable sembla s'insinuer entre nous. Malgré la situation, malgré ce que nous ressentions en ce moment, Grace n'était pas encore prête à s'abandonner à son désir… et à moi. Je devais encore attendre qu'elle abaisse ses dernières barrières.

— Ton autre main sur la caisse, expliquai-je patiemment en guidant sa main.

Elle se laissa faire et, en collant mon torse contre son dos, je constatai que la tension qui l'avait subitement gagnée disparaissait peu à peu.

— Je peux ? demandai-je dans le creux de son oreille.

Elle hocha la tête, la respiration lourde de désir et pleine de retenue. Placé derrière elle, je rectifiai la position de ses doigts glacés sur le manche. Elle m'observa furtivement, comme si elle craignait d'être surprise en flagrant délit de plaisir.

— Détends-toi, lui intimai-je en libérant sa main.

— Je suis détendue !

— Relâche tes épaules.

Elle soupira et bougea sa nuque et le haut de son corps pour s'assouplir, tout en m'adressant un regard agacé. Puis elle arqua un sourcil, me défiant de faire mieux. Pour toute réponse, je posai mes mains autour de sa nuque et, des pouces, décontractai ses muscles. Un nouveau soupir lui échappa, du soulagement rehaussé de plaisir, qu'elle se dépêcha de ravaler. Je risquai un sourire, auquel elle répondit à contrecœur.

Cette femme avait une volonté d'acier ; elle frissonnait de plaisir, et je la savais prête à lâcher prise, pourtant elle se retenait avec une détermination admirable. Je ne la voulais que davantage.

— Mieux ? demandai-je.
— Mieux, admit-elle.
— Tu pinces les cordes ici. Et ici, tu les frottes avec douceur…
— … et délicatesse. On dirait un slogan pour du papier toilette, rit-elle.

Je lui adressai un regard noir, sans aucun effet sur son hilarité. Après avoir tenté par tous les moyens de la dérider, je n'arrivais pas à lui en vouloir de se moquer de moi. Elle frotta son pouce contre les cordes, et le son de la guitare vibra autour de nous. Je repassai derrière elle et changeai la position de ses doigts sur le manche.

— Nouvel accord, chuchotai-je contre sa peau. Essaye d'enchaîner les deux positions.

Elle pencha la tête, se concentrant intensément sur ce que je lui demandais. Le son de la guitare résonna à nouveau, et un sourire satisfait s'épanouit sur ses lèvres que j'eus immédiatement envie de goûter. Elle réitéra son mouvement, enchaînant les deux accords.

— Un dernier ? proposai-je.

Elle hocha la tête joyeusement, et je sentis ses doigts se réchauffer au contact des miens. Quand elle fut en position, je posai mes mains sur ses hanches et attirai son corps contre le mien. Peut-être était-ce dû à la guitare, mais Grace ne se rebella pas. Ma tête posée sur son épaule, j'observai ses gestes hésitants et concentrés, ses doigts fins caressant subtilement les cordes.

Lentement, j'approchai mes lèvres de sa peau. Son épaule dénudée était de plus en plus tentante. Je devinai la trace d'un parfum à base de vanille pendant que le son mélodieux de la guitare vibrait entre nos deux corps. Ma bouche effleura lentement la courbe de son épaule et remonta jusqu'à sa gorge. Un frémissement la parcourut, puis la musique nous enveloppa, nous isolant du reste du monde.

Grace bascula la tête, me laissant un libre accès à sa gorge. Mes doigts agrippèrent le tissu de la chemise et s'enfoncèrent dans ses hanches. Mon sexe endolori se révoltait et je frôlai l'implosion quand Grace bougea ses fesses.

Elle joua un dernier enchaînement, très lentement. Elle rata la dernière note, à l'instant où je suçais la peau fine de son cou. Un gémissement de plaisir s'échappa de ses lèvres, et elle abandonna la guitare. Je la fis pivoter face à moi et la débarrassai de mon instrument. Le souffle court et les joues rouges, elle se contenta de suivre mes gestes des yeux.

— Fini la douceur et la délicatesse, la prévins-je en posant ma guitare sur son support.

Je pris son visage en coupe, et son cri de surprise mourut sur mes lèvres.

Je pressai ma bouche contre la sienne et sentis ses joues se réchauffer au contact de mes paumes. Ses mains glissèrent le long de mes côtes et ses pouces crochetèrent le haut de mon jean pour m'attirer un peu plus contre elle. Sa langue se faufila entre mes lèvres, et j'en oubliai le contact désagréable de la chemise humide contre mon torse nu. Je resserrai ma prise sur son visage et dévorai ses lèvres. Sa langue avait encore le goût fruité du vin.

Du bout des doigts, elle remonta avec légèreté le long de ma colonne vertébrale. J'imprimai la cadence à notre baiser : je voulais le déguster, prendre mon temps, lui faire comprendre que je tenais à elle. Si notre relation devait s'arrêter après cette étreinte, à moi de faire en sorte qu'elle dure le plus longtemps possible. Mes mains abandonnèrent son visage et je glissai ma main sous ses cheveux humides pour enserrer sa nuque. Je quittai sa bouche à contrecœur et embrassai la ligne de sa mâchoire jusqu'à son oreille.

— Laisse-toi faire, lui intimai-je.

Je la vis fermer les yeux et je nous entraînai sur le tapis, à genoux l'un face à l'autre. Je passai une main dans ses cheveux, mes yeux rivés aux siens. Cette coloration sombre et pleine de désir lui allait parfaitement. Elle ne ressemblait plus à une femme en colère. Elle était enfin elle-même, prête à m'accepter dans sa vie.

Au moins pour ce soir.

— Et que signifie celui-ci ? demanda-t-elle en posant sa paume contre le tatouage qui ornait mon torse.

— Une boussole. Pour me souvenir d'où je viens. Et là, je sais parfaitement où je dois aller, ajoutai-je en suivant le contour de sa bouche de mon index.

Un faible sourire flotta sur ses lèvres et ses mains accrochèrent l'un des boutons de la chemise qui masquait sa poitrine.

— Tu peux la garder, dis-je en fixant son geste avec gourmandise.

— Comme un souvenir ?

— Comme un trophée.

Elle défit un bouton, laissant apparaître sa peau diaphane. Je distinguai la dentelle de son soutien-gorge, et une nouvelle vague de désir brut et sauvage déferla en moi.

— J'ai donc gagné, conclut-elle.

— Gagné, oui. Tout. Y compris moi.

Le deuxième bouton sauta. Sa poitrine apparut, entravée par son dessous. La dentelle masquait à peine ses seins et j'en distinguai les pointes dressées et tentantes. C'était un supplice de la laisser prendre son temps, de la laisser se dévoiler peu à peu, alors que je rêvais de la prendre nue sur ce tapis jusqu'à lui faire oublier son nom. Mon sexe dressé se révolta à nouveau ; mon corps tout entier était tendu et réclamait silencieusement qu'on le soulage.

La chemise glissa de ses épaules, et elle la posa au

sol. Grace saisit la bretelle de son soutien-gorge, mais je l'arrêtai immédiatement. Je ne pouvais plus attendre.

Ma bouche, avide et conquérante, retrouva la sienne. Je laissai parler mon désir, explorai son corps à moitié nu de mes mains, savourant ses réactions et les frissons qui la parcouraient. Je me délectai de ses formes généreuses, de sa peau douce et de sa chair tendre qui m'appelait à la posséder. J'enfonçai mes doigts dans ses hanches et la maintins contre mon érection. Bordel, aucune femme ne m'avait jamais autant excité.

Elle enroula ses bras autour de ma nuque et m'attira contre elle, sur le tapis. Allongée contre moi, elle releva les genoux et se cambra pour épouser parfaitement mon corps.

Sa respiration heurtée et ses ongles plantés dans mes épaules m'indiquèrent ce que je brûlais de savoir : elle me voulait tout autant que je la voulais. Un désir puissant et incontrôlable nous habitait, comme si, soudain, nous toucher était devenu vital. Des lèvres, je caressai sa gorge. Mes doigts galopèrent sur ses côtes, son ventre, et effleurèrent son intimité. Elle laissa échapper un gémissement plaintif et abandonna ma nuque pour étirer les bras au-dessus d'elle. Je passai une main dans le creux de ses reins, la forçant à se cambrer un peu plus. Son intimité frotta douloureusement contre mon sexe, et je ravalai un grognement.

Ma bouche atteignit sa belle poitrine, longeant la fragile dentelle bleue. Sa respiration était de plus en plus saccadée et lourde. J'embrassai furtivement la pointe de son sein droit à travers le tissu pendant que mon pouce passait sur l'autre aussi doucement que sur les cordes de ma guitare. Son cœur tambourinait dans sa poitrine, violent et à contretemps.

— Douceur et délicatesse, répétai-je contre sa peau.

— Tu vas me tuer.

— Tu m'en vois ravi, assurai-je en repoussant le tissu qui masquait sa poitrine.

Je traçai des cercles avec ma langue, cheminant inexorablement vers la pointe tendue et gonflée. Grace remuait sous moi, agitée, impatiente et demandeuse. Quand j'atteignis enfin la pointe de son sein, elle poussa un gémissement de plaisir indécent. Cela devait être inédit pour elle, car elle se tendit et se tut l'instant suivant.

— Laisse-toi aller. Tu es très excitante quand tu te laisses aller.

— Je… Je ne sais pas si…

— Cesse de te poser des questions.

— Peter, je…

Je plaquai ma bouche contre son sein et en aspirai durement la pointe. Un léger cri fendilla le silence de la pièce, et Grace pressa son bassin contre le mien. Je repoussai ses limites, la torturant de plaisir : j'attisai la pointe de son sein avec ma langue, puis tirai dessus avec mes dents, avant de le caresser d'un souffle discret. Grace se tordait contre moi, récompensant mes efforts de gémissements indécents. Après plusieurs minutes de douce torture, j'abandonnai son sein et m'occupai de l'autre, que je libérai. Le sous-vêtement glissa sur son ventre ; du bout des doigts, je parvins à le détacher et à la jeter derrière moi.

— Tu peux le garder, murmura Grace alors que ma bouche explorait son ventre.

Je relevai les yeux vers elle, observant son visage transformé par le plaisir. Ses traits étaient détendus, ses cheveux éparpillés autour de son visage lui donnaient un air sauvage et indomptable, son regard bleu foncé trahissait son excitation. Sa poitrine se soulevait à un rythme rapide et semblait encore plus imposante d'où j'étais. Elle n'était que tentation et désir.

— Comme un souvenir ? demandai-je en retenant un sourire.

— Comme un trophée, murmura-t-elle hors d'haleine pendant que je roulais sa culotte sur ses hanches.

Elle souleva le bassin et je fis descendre le bout de tissu le long de ses jambes. Je le jetai derrière moi, et mes doigts remontèrent lentement en partant de sa cheville jusqu'à son entrejambe. Je n'entendais plus que son souffle pendant que sa peau se parait de chair de poule à mon contact.

— Maintenant, je sais que tu es vraiment guitariste.

— Douceur et délicatesse.

— Non. Le bout de tes doigts. C'est un peu rugueux.

Je poursuivis ma route, mon corps recouvrant progressivement le sien. La sentir aussi réactive et sensible à mes caresses attisait mon désir. Je n'avais jamais eu autant de satisfaction à faire l'amour à une femme : elle était à moi, elle s'offrait corps et âme, à même le sol. Je pianotai du bout de mes doigts contre son bras, et un sourire heureux s'épanouit sur ses lèvres. Les yeux clos, elle remua le bassin, accentuant le contact entre nos deux corps.

— Un nouvel accord, murmurai-je à son oreille en pressant délicatement mon index et mon majeur sur son bras.

De ma main libre, je caressai ses côtes puis descendis plus bas. Grace ouvrit plus largement les cuisses et poussa un soupir de soulagement quand ma paume se posa sur son intimité brûlante et chaude. Ma bouche retrouva la pointe dardée de son sein, et elle se cambra un peu plus contre moi. Ses lèvres s'entrouvrirent, comme à la recherche d'un nouveau souffle. J'enfonçai mon majeur dans son sexe, et un cri rauque emplit la pièce.

— Encore ?

Elle hocha la tête timidement, comme si elle quémandait

une gourmandise interdite. Je sortis mon majeur pour mieux le glisser en elle. Un nouveau cri lui échappa, suivi d'un « oui » soupiré qui, à lui seul, récompensait ma longue lutte pour la conquérir. J'aspirai une dernière fois son téton entre mes lèvres, alternant les mouvements de mon doigt en elle et ceux de ma bouche. J'imposai un rythme lent, progressif, faisant doucement monter la pression pour la voir s'enflammer complètement. J'abandonnai son sein et mes lèvres descendirent le long de son ventre, embrassèrent ses hanches et trouvèrent finalement son sexe trempé.

En sentant mon souffle sur elle, Grace se raidit. Je retirai mon doigt et déposai un baiser sur son intimité. Ses cuisses se refermèrent brutalement autour de ma tête. Je grognai un peu et, d'une main, parvint à lui faire écarter les genoux.

— Détends-toi, lui intimai-je.

— Tu piques.

— Je sais.

L'instant suivant, ma langue courait lentement le long de son sexe. J'entourai ses cuisses de mes mains et la soulevai légèrement. Je plaquai son sexe contre ma bouche et la pénétrai de ma langue. J'étais au supplice : j'aurais pu jouir rien qu'en entendant les gémissements indécents qui sortirent de la bouche de ma voisine.

C'était exactement ce que je voulais : qu'elle cesse de se contenir, qu'elle abandonne ses beaux principes pour vivre enfin.

Je taquinai son clitoris gonflé, et Grace empoigna ma chevelure et bougea le bassin pour épouser mes mouvements.

— Peter, chuchota-t-elle, en alerte.

J'aspirai son clitoris dans ma bouche et murmurai son prénom contre sa peau. Son corps trembla contre le mien. Elle devait sentir les prémices d'un orgasme violent.

— Peter, je ne sais pas si…

Sa phrase mourut à l'instant où mon majeur reprit possession d'elle. Elle se cambra une dernière fois, et je relevai les yeux pour admirer son visage. La bouche ouverte, les yeux clos, elle irradiait de plaisir et de joie. Je léchai son sexe une dernière fois pendant que, lentement, son corps se détendait, satisfait et repu.

— Tu ne sais pas si quoi ? demandai-je en embrassant son ventre.

Je remontai le long de son corps et déposai un baiser sur ses lèvres. Nos regards se trouvèrent, et je risquai un sourire fanfaron.

— Tu ne sais pas si quoi ? répétai-je.

— Si je peux tenir.

— Intense ?

— Bestial. Agréable. Fulgurant. Et… intense, oui.

— Tu es très belle quand tu jouis.

— Peter et l'art du compliment… Evite de dire ce genre de choses en public.

— J'adore te faire jouir, d'ailleurs. J'aimerais bien recommencer.

— Recommencer ? paniqua-t-elle.

Je pris sa main et la posai par-dessus mon caleçon, à l'endroit même où mon sexe tendu militait pour sa libération.

— Je veux recommencer, répétai-je en enfouissant mon visage dans mon cou. Je veux te sentir autour de moi et te faire jouir encore. Et je recommencerai ensuite, jusqu'à épuisement. Et jusqu'à demain.

Je pris son sein entre mes mains, encore sensible de mon récent traitement. Grace tressaillit contre moi, et je fis rouler la pointe de son sein entre mon pouce et mon index. Un doux gémissement d'assentiment vibra contre mon corps. Sa main se resserra autour de mon sexe, et je grognai contre elle, frustré par la barrière de tissu entre nos deux peaux.

Timidement, elle souleva l'élastique de mon caleçon et y glissa la main. Elle empauma mon sexe et le fit coulisser entre ses doigts. Un frisson me parcourut. Je soudai mon front au sien, plongeant dans son regard, évacuant toute autre sensation que le contact de sa main sur mon sexe. Une once d'hésitation subsistait dans son geste, mais je la rassurai d'un sourire.

Elle accentua le rythme et la pression de sa main. Je pris une profonde inspiration, mobilisant tout mon sang-froid pour éviter d'exploser trop tôt. Je voulais jouir en elle et la faire jouir à nouveau. Le souffle court, je fermai les yeux, tentant de graver dans ma mémoire la sensation de bien-être et de plaisir que je ressentais.

— Jouir dans ta main serait vraiment sympa… mais pas ce soir.

Je me redressai et tendis la main pour la faire lever à son tour. Elle eut une seconde d'hésitation, avant d'accepter.

— On va dans ma chambre, expliquai-je. Je veux te faire l'amour dans mon lit.

— J'étais bien sur le sol, gloussa-t-elle.

— Je sais. Mais tu seras encore mieux dans mon lit.

Je remontai le couloir et poussai la porte de ma chambre. Je libérai la main de Grace et filai jusqu'à ma salle de bains pour récupérer un préservatif. Je retirai mon caleçon et plaçai la protection sur mon sexe impatient. Je voulais cette femme comme jamais aucune autre avant.

Je retrouvai Grace nue dans ma chambre. La vision de ses fesses rebondies et de sa chevelure cascadant dans son dos fit affluer l'adrénaline dans mes veines.

— J'ai changé d'avis, dis-je d'une voix forte.

Elle se tourna vers moi, les joues encore roses de notre étreinte à même le sol. J'avançai vers elle, capturai sa main dans la mienne et l'entraînai vers le miroir fixé au mur.

— Qu'est-ce que…

— Laisse-moi faire, lui recommandai-je en plaçant son corps nu face au miroir.

D'instinct, elle croisa les bras sur sa poitrine imposante et baissa la tête. Ses cheveux formèrent un rideau sur son visage, m'empêchant de croiser son regard. Je me plaçai derrière elle, mon torse contre son dos, et, d'un geste de la main, la forçai à se regarder.

— Il n'y a rien de honteux dans ce que nous faisons, murmurai-je contre sa peau. Tu es une très belle femme.

Je fis glisser mes paumes le long de son buste, puis remontai vers sa poitrine. J'empaumai ses seins magnifiques, la sentant se détendre peu à peu à mon contact. Je repoussai sa chevelure sur son épaule.

— Et j'ai très envie de te faire l'amour.

Un frémissement la parcourut, et nos regards se croisèrent à travers le miroir. Elle semblait surprise et dubitative. J'éprouvai une haine féroce envers l'homme qui avait réussi à ruiner sa confiance en elle.

— Je ne brise pas ce à quoi je tiens, lui rappelai-je.

Elle opina timidement, me donnant ainsi son accord pour aller plus loin. Je pris ses mains dans les miennes et les lui fis poser à plat contre le miroir. Un hoquet de surprise lui échappa pendant que, du pied, je lui faisais écarter les jambes.

— Garde les yeux ouverts. Je veux que tu te voies, comme moi je te vois, Grace.

— Et comment me vois-tu ?

Je posai mes mains sur ses hanches et attirai ses fesses contre mon sexe tendu. Elle creusa les reins, bouche entrouverte et regard ardent. Je fis glisser mon sexe contre son intimité et fus récompensé d'un gémissement plaintif. Elle était prête pour moi, prête à s'abandonner tout entière.

— Tu es fantastique, murmurai-je. La seule femme

au monde qui parvient à m'exciter même quand elle m'insulte copieusement.

Son rire léger retentit dans la pièce. Lentement, je poussai mon sexe en elle. Tout son corps se tendit pendant que je me régalai de la sensation de son sexe enserrant le mien, de ses fesses frottant contre le haut de mes cuisses, de ses hanches généreuses qui appelaient au vice.

— Intelligente. Et drôle, ajoutai-je, en faisant courir mes doigts le long de sa colonne vertébrale.

— Peter…

Mon autre main s'égara sur ses fesses, et j'enfonçai mon sexe un peu plus loin dans le sien. Un frisson la parcourut, et je tirai fortement sur ses hanches. Elle se redressa et se retrouva debout contre moi. Dans le miroir, je vis ses seins ronds se gonfler de plaisir. Ses joues prirent une coloration rouge pendant qu'elle enroulait ses bras autour de ma nuque.

— Et tu as un superbe cul, murmurai-je contre sa nuque. Tes seins sont magnifiques. Gros, parfaits. Et j'attends avec impatience le moment où je vais faire l'amour à tes seins.

Je passai mes mains sur sa poitrine, effleurant de la paume ses tétons tendus. Grace ondulait contre moi. Elle bougeait les hanches à un rythme régulier, ses yeux rivés au miroir, pendant que je l'observai s'enivrer de son plaisir.

— Et tes hanches. Bon sang, Grace, la façon dont tu bouges contre moi pourrait me faire jouir dans la seconde.

Elle gémit, et tout son corps fut parcouru d'un frisson.

— Plus vite, soufflai-je.

Grace s'exécuta. Sa respiration chaotique répondait à la mienne. Mon cœur frappait dans ma poitrine à un rythme fou. Mon plaisir coulait dans mes veines, chaud, brûlant, incontrôlable. Cette femme déclenchait des sensations inédites. Ce n'était en rien une de ces étreintes sauvages et irresponsables dont j'avais l'habitude. Avec Grace, je voulais plus : je la voulais elle, avec ses doutes, avec son rire, avec sa façon désarmante de me prendre de court.

— Encore, l'encourageai-je. Et regarde-toi.

Son regard flamboyant s'enflamma un peu plus. Ses bras se resserrèrent autour de ma nuque, au point que nos deux corps ne firent plus qu'un, dansant dans une chaude pénombre. Je taquinai son clitoris, alternant caresse tendre et douce pression. Une vague de plaisir m'envahit brutalement, ravageant mes dernières barrières. D'un coup sec, je m'enfonçai une dernière fois dans son sexe chaud et je jouis dans un grognement. Du bout des doigts, Grace agrippa ma chevelure et se cambra contre moi. Son corps, tendu comme un arc, fut parcouru de frissons, et son sexe m'emprisonna en elle.

Elle murmura mon prénom dans une supplique plaintive, avant de s'abandonner dans mes bras. D'une main, elle se retint au miroir tandis que j'entourais sa taille de mes bras.

— Superbe.

— Pas mal, rétorqua-t-elle avec une pointe d'ironie.

Je me retirai et nouai le préservatif avant de le jeter dans la poubelle. Je répondis d'un sourire joueur et l'attirai vers le lit dont je repoussai les draps. Elle me rejoignit pour s'y glisser, seulement vêtue de son sourire mutin. Quand je m'allongeai près d'elle, elle prit ma main dans la sienne, puis se tourna vers moi. Je lorgnai automatiquement ses seins, envisageant vaguement d'en faire mon oreiller.

— Intense, murmura-t-elle.

— Et tu n'as encore rien vu ! Je pense que je vais faire installer un miroir au plafond et, ensuite, tu me chevaucheras en amazone.

— Oh. Je vais devoir passer une deuxième nuit avec toi ?

— Evite de le dire comme si c'était une punition. Ne serait-ce que pour épargner mon ego… Laissons-nous au moins dix nuits pour décider de notre sort.

— Dix ?

— Dix. Plus que neuf, donc.

— Plus que neuf.

Je nichai ma tête dans son cou et respirai son parfum gourmand rehaussé d'une fragrance sauvage de sexe. Je promenai ma main sur elle, sur ses courbes généreuses, sur ses bras chauds. Elle enroula ses bras autour de ma nuque et j'en profitai pour la faire basculer au-dessus de moi. Un petit cri de surprise lui échappa, et ses seins furent à la parfaite hauteur pour mes lèvres.

— Combien de filles ont eu le droit d'entrer dans cette chambre ?

Son sourire trembla. Elle tentait de toutes ses forces de garder une expression détendue, mais je pouvais voir un voile d'inquiétude troubler ses beaux yeux bleus.

— Ma sœur et toi. Et tu es la seule qui a pu jouer de ma guitare.

Je me rapprochai d'elle et repoussai sa chevelure. Je déposai un baiser sur son épaule, puis un second, avant de prendre son menton entre mon pouce et mon index pour l'embrasser sur les lèvres.

— Et tu es la seule que j'ai fait jouir contre mon miroir et la seule avec qui j'ai bien envie de passer dix nuits consécutives.

Son souffle chaud caressa mon visage, et elle ferma les yeux. Un frisson la parcourut et, malgré toutes ses réticences, malgré les murs qu'elle était parvenue à construire autour de son cœur, je sentis son corps flancher.

— Et pour commencer, une première nuit ensemble. Maintenant, tentai-je.

Je l'attirai contre moi. J'aurais aimé lui dire que tout irait bien, que je gérais la situation et que, dans tous les cas, je ne lui ferais jamais de mal. Mais elle effleura un de mes tatouages — un cœur enflammé —, et je n'eus pas le cran de lui faire une promesse qui dépendait d'un avenir incertain.

La nuit était tombée et je n'avais aucune idée de ce que nous serions au lever du soleil.

A mon réveil, ce que j'avais imaginé s'était produit : Grace avait pris la fuite, me laissant seul dans mon lit. Je n'étais pas surpris. Ma voisine, malgré les apparences, n'avait baissé ses défenses que pour un temps. Elle m'avait autorisé à la toucher, à lui faire l'amour, à lui confier des pensées intimes, mais ce n'était qu'une parenthèse agréable et furtive.

J'avais obtenu une nuit et je devrais m'en contenter.

J'avais obtenu une nuit, et Grace m'avait échappé, insaisissable et mystérieuse.

J'avais obtenu une nuit.

Encore neuf, et elle serait à moi, songeai-je, un sourire aux lèvres.

— Demain ? hurlai-je dans le téléphone. Mais pourquoi demain ?

— Tournée promotionnelle. On fait juste deux dates, me répondit Tyler. Grant va t'envoyer un taxi dans la soirée.

— Ecoute, Ty, ce n'est vraiment pas le moment, je suis…

— Embarque Grace avec toi, coupa-t-il.

— Bordel, je commence à peine à me rapprocher d'elle, et tu veux m'envoyer à l'autre bout du pays ?

— C'est l'idée. Pour Grace, demande à Grant d'envoyer des fleurs sinon.

Je fulminai de rage. J'adorais mon métier, la vie en

concert et la musique. Mais, aujourd'hui, je voulais juste retrouver Grace et lui faire comprendre que ses fuites continuelles commençaient à me désespérer. Son appartement était inutilisable, et pourtant elle était introuvable. Cette tournée imprévue n'aurait pas pu tomber plus mal.

— Ty, ce n'est pas ce genre de filles.

— Je sais, mec. Mais il faut vraiment qu'on y aille. Le vol est à 23 heures. A ce soir !

Je raccrochai avec la sensation désagréable de faire une énorme idiotie. Tous mes efforts m'avaient enfin permis de me rapprocher de Grace pour une nuit mais je savais très bien que nous pourrions retourner à la case départ extrêmement vite.

Elle ne devait pas être allée loin avec ses vêtements encore humides. Je décidai de préparer ma valise et de lui laisser une clé sous le paillasson.

J'accrochai un mot sur la porte, lui expliquant mon urgence professionnelle. Je me détestais de laisser Grace seule ici, alors que je savais qu'être avec elle était la meilleure des choses qui me soit arrivée. Mais je n'avais pas le choix : même si je ne me présentais pas à l'embarquement ce soir, Grant trouverait le moyen de me faire prendre cet avion. Parmi les choses que je détestais dans mon métier, il y avait ce mot : « obligations ».

Partir sans la revoir et m'expliquer me paraissait très risqué mais je n'avais aucune idée d'où elle travaillait, je n'avais pas son numéro de téléphone, ne connaissais aucun de ses amis qui auraient pu m'aider. J'appelai finalement Callie et tombai sur sa messagerie. Je lui expliquai la situation, avant de donner à manger au chat pour au moins trois mois.

Lui aussi allait se retrouver seul.

J'étais désemparé et, quand mon taxi se présenta en début de soirée, mon désarroi se mua en tristesse profonde. Je ne voulais pas que mon départ détruise tout ce que je m'étais efforcé de construire avec Grace.

Plus que tout, j'avais peur qu'elle ne sorte de ma vie aussi rapidement qu'elle y était entrée. Quelques baisers et une nuit de passion : voilà ce que nous avions pour l'instant partagé. Ça, et la sensation d'avoir été heureux au moins quelques heures. J'espérais juste qu'il ne s'agissait pas d'une passade.

Ce qui me troublait, c'était ce pincement au cœur redoutable que j'éprouvais. Penser à Grace, penser à son corps doux et chaud, penser à son regard sincère qui trouvait toujours le mien provoquaient des émotions diffuses en moi. De la joie, oui. Des souvenirs, aussi. Un sourire parfois. Et puis, lentement, ma joie se muait en tristesse, mes souvenirs se teintaient d'amertume, mes sourires se transformaient en grognements de frustration.

Une nuit, c'était à la fois trop et pas assez. J'avais goûté à elle, senti son corps vibrer à l'unisson du mien et, maintenant, je me sentais vide, comme en manque d'elle. J'en voulais plus. Je voulais découvrir sa vie, la voir au réveil, savoir si elle prenait du thé ou du café, connaître ses goûts en matière de films, trancher sur le pop-corn salé ou sucré.

Je la voulais elle, avec sa vie et ses détails même infimes, son corps qu'elle détestait et qui était pourtant le plus puissant des aphrodisiaques.

Les deux dates se transformèrent en quatre semaines.

Les quatre semaines devinrent trois mois.

Dans les jours qui avaient suivi mon départ précipité de New York, j'étais resté collé à mon téléphone. En vain : je n'avais eu aucune nouvelle de Grace. J'en étais vite venu à la conclusion que notre nuit ne resterait... qu'une nuit. Pas de suite, pas de conséquences, pas de paparazzis à semer. Callie ne me donna guère plus d'explications, avant de lancer un laconique « ta vie est tellement compliquée, Peter ».

Oui, elle l'était. Mais j'avais secrètement espéré que Grace tiendrait assez à moi pour surmonter cet obstacle. Me dire que ma passion pour la musique m'empêchait d'envisager une relation avec une femme me rendait amer. Cependant, je comprenais son choix : vivre avec le groupe impliquait un défaut total d'intimité, supporter les fans demandait du self-control, se confronter aux journalistes exigeait une confiance en soi absolue. Grace se préservait.

Trois mois sans aucune nouvelle d'elle. Si les autres membres du groupe perçurent mes états d'âme, aucun ne m'en tint rigueur.

Claire me couvait du regard, comme si j'étais un animal blessé. C'était ce que je ressentais, comme si on m'avait arraché une partie de moi-même. Ou pire, comme si on m'avait fait le plus beau des cadeaux pour ensuite me le reprendre.

Grant se réjouissait, lui, que je sois rentré dans le droit chemin : les musiciens en couple étaient bien plus difficiles à gérer en termes de planning. J'enchaînais les concerts, mais la passion n'y était plus. Je jouais mécaniquement, vide, sans énergie. Même la foule ne me galvanisait plus.

— Tâche au moins de répondre aux journalistes, me conseilla Claire juste avant une conférence de presse.

Elle pressa mon épaule d'un geste chaleureux et m'adressa un sourire complice.

— Elle finira par se manifester.

— Je ne crois pas que cela changerait quoi que ce soit.

Grace avait abandonné notre histoire avant même qu'elle commence véritablement.

Heureusement, les questions des journalistes n'étaient pas très originales, et je parvins à faire des réponses acceptables.

A Baltimore, alors que le concert était terminé, je restai

sur scène pour ranger mes instruments. La plupart du temps, les équipes techniques s'en occupaient. Mais je ne voulais plus que l'on touche à la guitare dont Grace avait joué. Toucher à cette guitare, c'était la toucher, elle.

Sentir les cordes, c'était sentir son corps bouger contre le mien.

Jouer un accord, c'était revivre notre étreinte.

Je ne voyais plus qu'elle, déambulant dans ma chemise, pieds nus et désirable.

Pourtant, je lui en voulais de garder le silence et de ne pas donner de nouvelles. Je lui en voulais de m'avoir rendu si misérable et si triste, d'avoir envoûté chaque parcelle de mon corps et de mon âme. Surtout, je lui en voulais d'avoir pris la fuite et de m'avoir volé notre nuit, d'avoir fait passer ses doutes avant ce que j'éprouvais pour elle.

Je lui en voulais pour tout, pour les nuits sans sommeil, pour les gestes d'affection de Claire pour Ty qui me rappelaient ce qui me manquait, pour ma solitude, pour mon absence de vie. J'étais éteint et, peu à peu, je n'avais plus goût à rien.

Oublier Grace était donc la meilleure chose à faire. Restait à savoir comment y parvenir.

— Ça va ?

Ty me surprit pendant que je rangeais mon matériel. Je débranchai ma guitare et la déposai dans son étui.

— C'est Grant qui t'envoie ? Il a peur pour la semaine prochaine en studio ?

— On s'en fout de Grant ! Je t'ai demandé comment tu allais.

Je lui jetai un regard noir en guise de réponse ; la fatigue n'améliorait pas mon humeur. Je continuai à ranger mes instruments, ignorant mon ami.

— Quand Claire est partie, j'ai cru que j'allais finir par disparaître.

— J'étais là, je sais. Mais je n'irai pas passer une nuit en prison juste pour le plaisir !

— Une idée comme une autre, se justifia-t-il en haussant les épaules. Peut-être que tu devrais… trouver un stratagème toi aussi.

— Ce n'est pas aussi simple.

— Et pourquoi ?

— Parce que je n'ai aucune idée de ce qu'il se passe.

— Fut un temps où tu disais clairement ta façon de penser aux gens qui t'entourent ! remarqua Ty en se frottant la mâchoire.

— Tu méritais cette raclée. Claire était partie et tu es resté sans rien faire, comme un abruti.

— Et qui est l'abruti maintenant ?

— C'est différent. Claire et toi avez exactement la même vie, la même façon de penser. Vous vouliez tous les deux être ensemble. Grace et moi… Elle a pris la fuite.

— Peter…

— Ty, j'ai juste besoin qu'on me laisse tranquille, d'accord ?

Ma voix se teintait d'agressivité et je fermai un autre étui à guitare avec plus de force que nécessaire. Je n'avais pas besoin de Ty pour gamberger davantage. Ce dernier battit en retraite et me laissa seul avec ma colère.

Il pleuvait quand nous arrivâmes à l'hôtel. Tyler et Claire sortirent de la voiture en premier, je les suivis d'un pas traînant. Quelques fans patientaient près de l'entrée de service, mais je n'avais même pas envie de leur jeter un œil. Je n'aspirai qu'à prendre une douche et à m'enfoncer la tête dans un oreiller.

— Salut.

Je reconnus cette voix immédiatement. Je me tournai, et découvris Grace, trempée de pluie, les mains enfoncées dans une veste, qui se balançait nerveusement d'un pied sur l'autre.

— Je... Callie m'a donné une place, mais je suis arrivée trop tard, s'excusa-t-elle, penaude.

Nous nous tenions à distance, dans une ville inconnue, sous une pluie glaciale. J'aurais tout donné pour la serrer dans mes bras, mais ma colère m'en empêchait. Elle avait fait tout ce chemin et n'était même pas arrivée à l'heure. Sa présence aurait dû me faire plaisir mais, au contraire, cela m'agaça qu'elle ait loupé le concert. Si elle n'était même pas capable de respecter un horaire pour moi, comment pourrait-elle s'investir vraiment dans notre relation ? Elle se fichait de moi et ne s'impliquait pas dans notre histoire.

— Peut-être que tu aurais dû rester à New York, dis-je d'une voix tranchante.

— J'avais besoin de te voir et de m'expliquer.

— Tu es partie et tu n'as donné aucune nouvelle.

La pluie redoubla, et Grace frissonna. Ses cheveux trempés collaient sur son visage et, malgré la pénombre, je distinguais son regard azur.

— Tu es parti et tu n'as donné aucune nouvelle, dit-elle à son tour.

— Je pensais avoir été clair sur ce que je voulais. Que tu partes après notre seule nuit ensemble m'a semblé être ta réponse. Je t'ai laissé un mot, mon numéro ! Mais tu es restée à distance. Encore.

Je lui tournai le dos, prêt à entrer dans l'hôtel. J'étais en colère, tellement en colère contre elle. Elle avait ruiné notre histoire avant même de lui donner une chance.

— Peter, mets-toi à ma place deux minutes ! Tu es... Toutes ces filles n'attendent que toi, dit-elle finalement en désignant les quelques fans devant la porte. Je travaille dans un bureau, je n'ai aucune idée de ce qu'est un brushing, je n'ai aucune robe de créateur. En ta présence, je me sens ridicule, comme si tu m'avais sauvé du chenil par pitié.

— Par pitié ? répétai-je, stupéfait. Je n'ai jamais fait l'amour à une femme par pitié.

Elle pencha la tête, pesant mon explication.

— Je t'ai fait l'amour parce que je le voulais. Parce que je te désirais. Bordel, ouvre les yeux et regarde-toi : tu es magnifique ! Accepte-toi, accepte ton corps. Et quand bien même il ne te plairait pas, tu ne te résumes pas à ton apparence ou à tes hanches et tes seins, Grace. Comme, moi, je ne me résume pas à mon métier ou à des habitudes que j'ai eues pendant une période de ma vie !

Elle écarquilla les yeux, et je réalisai que j'avais crié. Ce n'était pas mon but, mais j'avais laissé mon amertume prendre le dessus. Je levai les mains devant moi, prêt à me justifier :

— Pardon, je ne voulais pas te crier dessus.

— Je sais.

— Ta tendance à fuir et à chercher des excuses me rend dingue.

— Je… j'ai eu la trouille, cette nuit-là. Tu m'as fait ressentir des émotions nouvelles. Je me suis sentie belle et… aimée. Et j'ai eu peur. Nos vies sont vraiment aux antipodes et j'ai cru qu'il fallait que je me protège avant que ça n'aille plus loin. J'ai cru que je pourrais faire sans toi. Et puis, je devais régler mon mariage. Enfin, mon divorce plutôt, et j'avais besoin de temps. De faire le point, de prendre du temps.

— Et ?

— Et en trois mois, personne ne m'a matée comme tu l'as fait ! expliqua-t-elle, entre rires et larmes.

— Puisqu'on en est aux aveux, j'ai failli écrire une chanson baptisée « Fucking Grace ».

— Oh. Bien.

— Je t'avais bien dit que c'était toi qui me supplierait

pour une nouvelle soirée, lui rappelai-je en caressant son visage.

— Cette case « Prétentieux » est un peu étroite pour toi, non ?

— Pourquoi es-tu venue ici alors ?

Elle haussa les épaules. Une nouvelle fuite en avant ? Peut-être avais-je été trop loin. Je réduisis l'espace entre nous et me plantai devant elle.

— Pourquoi ? murmurai-je en la forçant à me regarder.

— Pour toi.

Un sourire — le premier depuis des semaines — fleurit sur mes lèvres. Je ne sentais presque plus la pluie, ni l'humidité de mes vêtements. Je ne percevais que son souffle court caressant mon visage dans une douce chaleur.

— Et pour manger une pizza, compléta-t-elle nerveusement.

— Ça devrait pouvoir se faire.

— Avec du pepperoni.

Sa voix trembla d'émotion, et je pris son visage en coupe. Son regard se voila d'affolement, comme si elle me craignait. Elle se tordit les mains, et je soudai mon front au sien.

— Une pizza, pour commencer, proposai-je. Ça nous fera une deuxième nuit.

J'entamai un savant calcul mental : plus que huit.

— Je ne sais pas encore… Disons… Enfin, je suis venue sur un coup de tête et je n'ai absolument rien… Et…

— Et nous avons tout notre temps. D'accord ?

Elle hocha doucement la tête, clignant des yeux pour chasser les gouttes de pluie qui se nichaient dans ses cils.

J'enroulai mon bras autour de ses épaules et l'entraînai vers l'entrée de service de l'hôtel. Elle était trempée jusqu'aux os et grelottait de froid. Nous gagnâmes ma chambre et je fermai la porte sur une Grace toujours hésitante.

— Avant la pizza, tu devrais prendre un bain, suggérai-je. Et avant que tu dises quoi que ce soit, j'ai un immense jacuzzi dans ma chambre, bien assez grand pour nous deux.

J'approchai d'elle, ma bouche à proximité de son oreille, pendant que, d'une main, je descendais la glissière de sa veste.

— Parce que j'ai vraiment hâte de te toucher là, avouai-je en passant mes mains sur ses fesses. Et là aussi, ajoutai-je en faisant courir mes doigts sur ses hanches. Et ailleurs.

Elle hocha la tête. Du temps, il lui fallait du temps. Encore et toujours. Je la conduisis à la salle de bains et ouvris les robinets. Elle observa furtivement son reflet dans le miroir en pied de la pièce, avant de se réfugier dans un coin. Je sortis, espérant malgré tout qu'elle fasse un premier pas vers moi.

Après dix minutes de patience — une pizza commandée, du vin, et une fouille rapide de ma valise à la recherche d'une chemise et d'un jean à lui donner —, Grace apparut devant moi. Je me figeai devant cette apparition : enroulée dans une serviette blanche qui dessinait les courbes de sa poitrine volumineuse, les joues rosies par la vapeur d'eau, ses cuisses à peine cachées, elle était sublime.

— Tu viens ? demanda-t-elle d'une petite voix.

— Où tu veux.

— Dans la salle de bains. Pour commencer.

Un sourire illumina son visage, et elle tendit la main vers moi. Sa serviette glissa au sol, et je la ramassai avant elle, la jetant le plus loin possible.

— Devant moi, ce n'est pas utile. Maintenant, passons cette seconde nuit ensemble.

— Plus que huit, répondit-elle dans un sourire.

— Plus que huit. Huit nuits, et tu ne pourras plus te passer de moi. Définitivement.

Échanges de bons procédés

Ève Borelli

Certaines filles ont peur des araignées, pourtant, elles succombent au charme de Spiderman.

Chapitre 1

Il y a des cinglés, sur Internet, qui adorent les araignées.

Je repose le script sur la table, à bonne distance ; je n'ai pas le courage d'en lire plus. La première page a suffi à m'achever, mais il faut croire que je suis maso, puisque je ne peux m'empêcher de parcourir à nouveau l'Abomination.

Scénario de l'épisode 300 de ***Amour-passion-trahison Méditerranée***

Diffusion : vendredi 19 juillet 2016
EPISODE SPECIAL « TINA S'EN VA »
Intérieur snack — vers 20 heures
TINA — serveur — clients

Installée seule dans le coin le plus sombre du restaurant, Tina a les yeux dans le vague. Pour une fois, son visage n'exprime pas la cruauté. Un serveur lui apporte un hot-dog géant, triple saucisse sauce moutarde, et le dépose sur la table. Elle ne le remercie pas, toujours plongée dans ses pensées. Elle s'empare du hot-dog, croque dedans. A ce moment-là, elle devient blême et tousse. La bouchée passe mal : elle s'étouffe. S'agrippant à son siège, elle lève faiblement le bras pour demander de l'aide. Personne ne

la remarque. Son teint vire au rouge (ou bleu => à voir avec l'équipe make-up). Elle parvient à s'extraire de la banquette sur laquelle elle est assise, mais tombe. Elle rampe un peu sur le sol graisseux. Puis elle meurt dans d'affreux gargouillis.
CLIENT 1 *(se retournant et réalisant ce qui se passe)* : Mon Dieu ! Cette dame s'étouffe ! De l'aide ! Vite ! Une ambulance !
AUTRES CLIENTS : HAAAA ! HOOOO ! HIIII ! QUELLE HORREUR ! *(cris hystériques)*
SERVEUR *(en aparté)* : Elle n'a pas dit merci, le petit Jésus l'a punie…

Non, décidément, ça ne passe toujours pas. Comme la saucisse de Tina.

J'avale ma salive, produisant au passage un bruit de hamster dont la queue se coince dans la roue, mais je m'en balance. Je meurs. Enfin, Tina, le personnage que j'incarne depuis deux ans, meurt, mais c'est du pareil au même. Et c'est impossible.

Prostrée, consternée, je me ronge les ongles avec frénésie en fixant le feuillet devant moi. Soudain, je respire à nouveau. Illumination dans les hauts sommets de mon cerveau. Une blague ! Mais bien sûr ! C'est une bonne vieille blague ! Une sorte de bizutage au trois centième épisode. Pourquoi n'y ai-je pas songé avant ?

Je lève les yeux du script pour observer l'équipe installée autour de la table de travail. La plupart font semblant d'être plongés dans leur lecture. J'étouffe un rire. Bande de fripons d'acteurs ! Il faut reconnaître qu'ils sont convaincants, avec leur air atterré. Fastoche, ils sont en train d'appliquer le fameux Pense-à-l'extinction-des-baleines-dans-le-monde-pour-garder-ton-sérieux, technique fiable et approuvée par des générations de comédiens.

— Vous avez bien failli m'avoir ! Mort par hot-dog ! Elle est excellente ! Qui a eu l'idée ? Teddy ? Vous ?

Mes collègues ne bronchent pas. Certains regardent nerveusement en direction de la porte. D'autres esquissent une moue apitoyée. Aucun ne rit. Du coup, je doute. Et perds tout espoir quand Britney, la plus jeune d'entre nous, alias Marianne dans la série, l'adolescente mythomane qui se scarifie au coupe-ongles, éclate en sanglots.

— Ils ne peuvent pas te faire ça ! s'écrie-t-elle en dégainant un mouchoir. C'est dégueulasse !

Sa tirade est accueillie par un silence de mort.

Impossible… C'est impossible.

Mon cœur cesse un instant de battre et tombe lourdement de ma poitrine dans mes orteils. J'ai le souffle coupé, pourtant je sens mon pouls jouer à la corde à sauter au creux de mon poignet. J'ai à peine conscience des larmes qui s'écrasent sur mes joues.

Alors, c'est vrai ? Ma Tina crève pour de bon dans un snack cheapos, en bouffant un repas indigne d'elle ?

Un gros sanglot me secoue les épaules. Immédiatement, tous m'entourent. On me presse la main, on me file un verre d'eau. On compatit et on s'indigne. Chacun y va de son commentaire révolté pendant que, moi, je désespère.

— On protestera, ne t'inquiète pas !

— S'il le faut, on se collera en grève ! Ouais ! Grève de tournage !

— Grève de la faim !

— On mettra tout en œuvre pour que tu ne meures pas !

— Techniquement, Faustine ne *meurt* pas. C'est Tina qui passe l'arme à gauche.

Vanessa, bien entendu…

Je lève la tête et l'aperçois, postée en retrait, souriante. Elle ne se donne même pas la peine d'afficher un air contrarié.

Garce !

Je la hais. Elle me hait. Je l'horripile. Elle me sort par les trous de nez. A tel point qu'un sursaut de colère m'étreint et que j'imagine les pires châtiments que je pourrais lui infliger, là, tout de suite, si je me transformais en psychopathe de première. Planter une aiguille dans ses seins regonflés au bistouri, histoire de voir si tout ça crève comme un pneu. L'agripper par son chignon parfait et la balancer par la fenêtre après l'avoir fait tournoyer trois fois au-dessus de ma tête, en mode Hulk au féminin. Lui piquer un escarpin et lui enfoncer le talon dans la rétine afin qu'elle ne darde plus jamais sur moi ses prunelles de hyène. Le tout sur la BO de *Psychose,* bien sûr.

C'est comme ça entre nous depuis le cours Florent. Tout a commencé quand le prof d'art dramatique lui a demandé de prendre exemple sur moi pour pleurer sur commande. Elle s'est vexée. En réalité, je n'étais pas meilleure qu'elle : je me trimballais juste pile-poil à ce moment-là une abominable allergie au pollen. Il suffisait que j'effleure mes paupières, et hop ! les grandes eaux. Elle l'a *vraiment* mal pris et a transformé mes années d'études en enfer. Pire que ça, même : l'enfer, à côté, c'est un barbecue entre amis. Cette fille est folle à lier. Elle m'a piqué mon mec, a collé du gratte-cul dans mes costumes, et fait croire à toute l'école que j'avais des champignons vaginaux.

Des *champignons.*

Vaginaux.

On me surnommait « le CV » : C pour champignon. V pour vaginal. Le top du top.

Quelques années plus tard, nous nous sommes retrouvées pour le casting d'*Amour-passion-trahison Méditerranée.* Je n'en menais pas large ; elle, elle la jouait carrément détendue en attendant l'audition. Il faut dire que le rôle de Tina, l'horrible nana qui fait de la vie de son entourage un enfer, c'était du sur-mesure pour elle. Contre toute attente, j'ai été prise, alors qu'elle était choisie pour incarner Margarita, la concierge de l'immeuble dans lequel crèchent tous les personnages de la série. Margarita a son côté fourbe, certes, mais elle n'est rien à côté de Tina, capable de harceler un enfant, de tuer un lapin nain ou de faire du chantage aux pauvres mémés sans défense.

Elle me déteste plus encore depuis ce coup-là. Et maintenant, elle jubile. Si Tina est zigouillée, qui deviendra LA super-méchante du show ? Elle. Margarita reprendra le flambeau, et cette quiche enfarinée tiendra sa revanche.

Je plisse les paupières, lui décoche un regard de killeuse et m'apprête à répliquer vertement quand la porte s'ouvre, me stoppant sur ma lancée. C'est Teddy, notre scénariste. Il est écarlate et n'en mène pas large devant la dizaine d'œillades assassines qui l'accueillent.

— Heu... Vous avez lu le script de la semaine prochaine ? demande-t-il en grimaçant.

A ton avis, triple connard ? Si ce n'était pas le cas, je ne serais pas là, à pleurer comme une Madeleine.

Retour des commentaires indignés :

— Tu ne peux pas faire ça à Faustine !

— Techniquement, c'est Tina, et non Faustine qui..., commence-t-il.

— C'est impardonnable de la virer comme ça ! l'interrompt Tony, le beau gosse de la bande.

— On envisage sérieusement de ne plus bosser, si tu ne changes pas le script, renchérit Britney.

Teddy lève les mains dans un geste apaisant et tente de calmer les foules. Echec total. Mes collègues sont déchaînés (excepté Vanessa, qui attaque tranquillement un des beignets framboise-caramel que j'ai apportés ce matin). Je les laisse faire, complètement sonnée, incapable de prendre part à l'agitation qui règne.

— ÇA SUFFIT ! hurle Teddy au bout d'une dizaine de minutes.

Il ne s'énerve jamais. Du coup, ça provoque un effet bœuf : tout le monde se tait. Après un instant de malaise, il se tourne vers moi et m'adresse un sourire penaud.

— Faustine, pouvons-nous parler en privé, s'il te plaît ?

Je hoche la tête, me lève et le suis en mode zombie dans le bureau attenant. J'entretiens encore le très faible espoir qu'il ouvre grand les bras en hurlant « Patate crue ! Tu m'as cru ! », et que tout ça ne soit qu'une farce. Mais quand je le vois prendre place dans son fauteuil de ministre et arborer une mine contrariée, j'admets enfin la cruelle réalité.

On me vire. On me tue.

Il m'invite à m'asseoir. Je refuse alors qu'une vague d'affolement s'empare de moi.

— Tu ne peux pas me renvoyer ! Je… je suis toujours à l'heure ! J'offre des triples cappuccinos à tout le monde ! Je connais mes textes sur le bout des doigts ! Je n'ai pas de poussées d'acné !

— Je sais…

— Mais alors pourquoi ? POURQUOI ?

— Tout simplement parce qu'il est temps de mettre fin aux agissements de Tina : elle est ignoble, sans scrupules ! C'est une méchante. Et les méchants, on les veut morts. De façon ridicule, si possible.

— Tu te trompes ! Les spectateurs adorent détester les méchants. Le dernier sondage *Téléstar* montrait une belle cote de popularité pour Tina !

Il reste un instant silencieux, se gratte l'oreille, se regratte l'oreille, et lève les yeux vers moi, embarrassé, un peu effrayé aussi. Il faut dire que j'ai posé les mains à plat sur son bureau et que je me suis penchée vers lui comme si j'allais lui arracher la peau du crâne avec les dents.

— Il n'y a pas que ça, Faustine, reprend-il en me repoussant doucement.

— Quoi, alors ?

— C'est toi. Tu es ingérable.

— Ingérable ? !

Nous nous défions du regard… Et je comprends.

J'ai besoin de m'asseoir.

— Ton arachnophobie, Faustine. Il y a quinze jours, nous n'avons pas pu tourner la scène de la cave, parce que tu avais peur. Même après que le sous-sol a été passé au peigne fin. Le mois dernier, nous avons dû faire douze prises pour un baiser. Dois-je te rappeler pourquoi ? Tu étais terrifiée à l'idée qu'une araignée te tombe dessus dans les sous-bois. Ton partenaire s'est plaint : il avait les lèvres gercées.

— Tu me vires, en fait ?

J'en suis abasourdie.

— Je n'aime pas ce mot. Mais c'est plus ou moins ça, effectivement. Je te jure que c'est à contrecœur. Je n'ai pas le choix, à moins que tu ne trouves une solution pour vaincre ta peur d'ici une semaine, date du tournage du trois centième épisode.

— Tu es sérieux ?

— Malheureusement, oui, répond-il en faisant glisser vers moi une grosse boîte de Haribo.

Celle qu'il réserve aux coups durs.

Je serre les dents, dépitée.

— Comment veux-tu que je me débrouille pour…

— Je l'ignore. Mais si tu y parviens, je te promets que je change le scénar, que je décale de quelques jours la date du tournage, et que je te relance pour trois ans minimum. Si ce n'est pas le cas, je serai obligé de t'écarter.

— OK, dis-je piteusement. C'est tout vu, quoi.

Il se lève, contourne la table, m'aide à m'extraire de mon siège et me claque une bise encourageante. Je le laisse faire, même si je n'ai qu'une envie : le gifler à toute volée, à lui enfoncer la mâchoire dans les cloisons nasales.

— Je suis sûr que tu peux y arriver, Faustine.

— Et moi, je suis certaine du contraire.

Voilà. Je vais finir terrassée par un hot-dog triple saucisse sauce moutarde. Lorsque je déboule dans la rue, je n'ai qu'une envie : me jeter dans le premier bar venu et ingurgiter une tonne de vodka pour oublier cette triste perspective. Mais ce serait pathétique : il n'est que 10 heures du mat'. Je compose donc le numéro d'Alex, mon agent, accessoirement mon ex, accessoirement mon ex devenu gay (mais pas par ma faute, il me l'a assuré), accessoirement mon meilleur ami.

— Chère madone du petit écran ! lance-t-il en guise de salut.

— Remballe ton compliment, Alex.

Et j'ajoute, d'une voix atterrée :

— On me tue.

— Ils te tuent ?

— Ils me tuent.

— Toutes mes condoléances. Quand ? Comment ?

— La semaine prochaine. Lamentablement.

— Mais encore ?

— Etouffée en boulottant un hot-dog.

Il pouffe.

Sympa. Vive la compassion.

— Tu ris ?

— Pardon. Mais tu devais te douter que ce genre de choses arriverait.

— Pas de cette manière ! Ils auraient pu faire mourir Tina dignement ! Je ne sais pas, moi… Une noyade, alors qu'elle plonge dans le fleuve glacé pour sauver un chien ! Un truc un peu classe ! Mais non, je suis censée agoniser en bouffant un hot-dog : obstruction des voies respiratoires. Pile au moment où je commençais à être sympa.

— Faustine, ton personnage est horrible.

— Tu exagères. Elle se bonifiait avec le temps.

— Episode 33, saison 2, elle tente de tuer sa grand-tante en collant de la mort au rat dans son café du matin, histoire de récupérer son héritage.

— Un coup de tête ! Elle change d'avis quand la grand-tante l'émeut en lui parlant de son arthrite et du grand amour de sa vie décédé au combat, pendant la Seconde Guerre mondiale.

— Episode 36, saison 2 toujours, elle dit aux parents de bébé Tobby qu'il est atrocement laid.

— Ce bébé *était* laid, avec sa tronche de pépé constipé.

— Episode 2, saison 3, elle…

— Ça va, arrête ! Je n'ai pas besoin que tu m'enfonces.

— OK, je bascule en mode compatissant, promis. Qu'est-ce que je peux faire pour toi ?

— M'aider à vaincre mon arachnophobie en une semaine. Ils me virent aussi parce que Teddy me considère comme une plaie, lors des tournages.

Alex pousse un grognement. D'approbation ?

C'est vrai, après tout… Je suis une croix qu'on traîne, avec mes terreurs débiles.

— Je sais qu'il a raison, mais c'est incontrôlable… Enfin voilà, si j'arrive à ne plus craindre les araignées en sept petits jours, il modifie le scénario. Comme si c'était possible !

— Et pourquoi pas ? réplique Alex après un moment de silence. Viens à la maison. On va voir ce qu'on peut faire.

Une demi-heure plus tard, me voilà chez lui. C'est Anthony, son mari, qui m'ouvre la porte et me tend direct une vodka-pomme- petits pois. Cet homme est un dieu. En plus d'être furieusement beau, il sait ce dont j'ai besoin.

— Il n'est que 11 heures, mais j'ai pensé que tu en aurais envie, souffle-t-il, la mine compatissante.

— Merci, Ant'. C'est pile ce qu'il me faut !

— Viens vite, Faustine ! crie Alex. J'ai trouvé quelque chose !

Je lance un regard interrogateur à Anthony qui me sourit mystérieusement, rejoins Alex et m'affale à ses côtés sur leur immense canapé.

— Grâce à ton obligé, tu vas te soigner illico et récupérer le rôle de bitch auquel tu tiens tant ! s'enorgueillit-il. Vise ça !

Il me tend l'ordinateur portable pour que je parcoure la page affichée sur l'écran. J'y jette un œil, et un haut-le-cœur me saisit. J'écarte brusquement le PC alors que la première rasade de vodka me remonte dans la gorge.

— Tu veux ma mort !

Je crois que je vais vomir…

Il est censé être mon meilleur ami et il me colle sous le nez une araignée en gros plan ? EN GROS PLAN ! J'ai détourné la tête hyper vite, mais j'ai pu voir ses pattes tout droit sorties de l'enfer ainsi que ses mandibules cauchemardesques…

Quelle horreur !

— Tu m'avais dit que tu avais progressé et que tu pouvais désormais regarder des photos !

— Des images, Alex ! Des IMAGES ! Style l'araignée Gypsi ! Pas ce genre de trucs !

Il lève les yeux au ciel.

— Mon pauvre Alex, lance Anthony qui nous rejoint. Je t'aime mais, parfois, tu n'es pas finaud finaud.

Il s'empare de l'ordinateur, l'ouvre, et pianote un instant sur le clavier.

— La zone est dégagée, me dit-il alors tranquillement. Tu peux regarder. Il y a seulement un dessin, mais je pense que tu pourras le supporter.

Je lance une œillade furibonde à Alex et gratifie aimablement Anthony d'un :

— Merci pour ta délicatesse…

Bienvenue sur la page d'Alvaro Soleidad

Biologiste, université de Toulouse.
Spécialiste en arachnologie.
Secrétaire adjoint de la Société européenne d'arachnologie.
Maître de conférences au Musée d'histoire naturelle de Madrid.
Collaborateur au Musée d'histoire naturelle de Paris.

« J'aime l'araignée […]
Pour peu qu'on leur jette un œil moins superbe,
Tout bas, loin du jour,
La vilaine bête et la mauvaise herbe
Murmurent : Amour ! »

Victor Hugo exprime bien ma passion pour ces êtres méprisés, mais ô combien magnifiques, que sont les araignées.

Sur ce site, vous trouverez toutes les actualités de mes recherches, ainsi qu'une foule d'informations sur ces créatures magiques qui remplissent mes journées et sont l'objet de mon travail depuis cinq ans.

Je me tiens également à la disposition de ceux qui en ont peur pour les familiariser avec ces merveilleuses créations de la nature. En quelques jours seulement, je vous garantis que vous vous débarrasserez de votre crainte et que vous succomberez comme moi à leur charme. Prendre contact pour tout renseignement ou rendez-vous.

C'est quoi, ce site ? Ce mec est UN MALADE MENTAL ! C'est un fou, un maboul, un taré ! Comment peut-on considérer ces bestioles immondes comme… comme quoi, déjà ? Ah oui, « des créatures magiques » ?

— Ce type est zinzin.

— Ce type est ton sauveur, objecte Alex.

— Pardon, mais il n'a pas l'air bien net. Et son truc d'inciter les gens qui ont peur des araignées à venir le voir… C'est bizarre. Si ça se trouve, c'est un pervers qui attire les pauvres filles comme moi dans son antre et les laisse se faire dévorer par une horde de mygales. Ce genre de délire l'excite et…

— J'ai fait des recherches. C'est un biologiste réputé. Il a aidé avec succès un bon nombre de personnes comme toi.

— Tu veux que je le voie ? Tu plaisantes ?

— Pas le moins du monde. J'ai déjà passé un coup de fil à Teddy pour lui signaler que tu étais en route afin de rencontrer le grand Alvaro Soleidad, et que tu allais régler tous tes soucis. Il était enchanté.

— Tu as *quoi* ? Enfin… Je m'en fous. Je ne peux pas.

— Si, tu peux.

— Hors de question !

— Tu vas au moins lui envoyer un mail. Ou l'appeler. File-moi l'ordi, que je trouve ses coordonnées.

Alex cherche un moment avant de pousser un soupir agacé.

— Il n'y a rien ! Ce mec est un scientifique surdiplômé, et il ne pense à indiquer ni son mail ni son téléphone !

— Donne-moi ça ! ordonne Anthony en s'emparant de l'ordinateur pour s'y coller à son tour. Voyons… Il y a tout de même son adresse. Il vit au Boulou, un petit bled de rien du tout à la frontière espagnole.

— Toulouse-Le Boulou, c'est plié en un rien de temps par l'autoroute ! se réjouit Alex. Une heure de voiture tout au plus, Faustine !

— Non, je ne peux pas.

— Dans ce cas, tu perds Tina.

— Je commence à croire que c'est le destin.

— Tu iras, affirme Anthony d'une voix impérieuse.

Je pivote vers lui, sous le choc.

Il est de mon côté, d'habitude !

— Tu iras, sinon tu peux faire une croix sur le rôle que tu adores, poursuit-il. Tu iras pour vaincre la peur qui t'habite depuis toujours…

— Techniquement, ce n'est pas depuis toujours. En fait…

Mais son regard sévère me force à la boucler.

— Tu iras parce qu'on t'aime, mais qu'on en a notre claque de venir te débarrasser des araignées à toute heure du jour et de la nuit. Tu iras, sinon je t'assure que je ne te préparerai plus jamais de vodka-pomme-petits pois. Tu sais que j'ai un ingrédient secret. Tu pourras essayer de l'imiter, tu ne l'égaleras jamais.

Alex siffle, admiratif.

— Ce que tu es sexy quand tu la joues autoritaire ! commente-t-il.

Je les laisse se dévorer du regard et cale la tête sur le dossier pour réfléchir. Quelque part, j'ai conscience qu'ils ont raison. C'est ce que je devrais faire. Prendre enfin ma vie en main. Terrasser le dragon. Il est temps.

Oui… Mais si je n'y arrive pas ? Si je me dégonfle ?

Si tu te dégonfles, me souffle une petite voix, *tu feras demi-tour. Tu rentreras chez toi en priant fort pour ne pas croiser d'araignées et pour retrouver un rôle aussi passionnant que celui de Tina.*

Ce qui ne sera pas de la tarte…

— Vous vous occuperez d'Exter et Minator ?

— Tes abominables plantes carnivores seront en sécurité avec nous, m'assure Alex.

OK. J'ai compris. Je n'ai plus le choix. Je dois rencontrer cet illuminé.

Chapitre 2

Il y a des types, sur le perron de leur porte, qui ne sont pas super sympas.

19 heures. Nous y voilà. Enfin, m'y voilà. Désespérément seule, devant la porte du bureau d'Alvaro Soleidad, flippant comme une dingue. J'hyperventile, j'ai des bouffées de chaleur. Si l'on ajoute à ça mes mains extra-moites et les auréoles de transpiration qui décorent ma robe sous les bras, on peut considérer que je suis l'image vivante de la décontraction et du glamour… Malgré une généreuse dose de Nivea-anti-transpirant-48 heures, je me doutais que je finirais dans un sale état : je stresse depuis le moment où mes fesses ont touché le siège de ma voiture, lors du grand départ (j'ai tout de même mis sept heures à me décider). Anthony a dû recourir à la force pour me coller dans ma Fiat : je refusais d'y entrer, paralysée en songeant aux araignées que j'allais rencontrer. D'énormes araignées noires, et velues et véloces. Je me demande comment j'ai réussi à conduire jusqu'ici. Heureusement que j'avais Alex en kit mains libres pour m'encourager tout au long du trajet.

Merde, merde, merde…

Impossible de frapper : ma main ne veut pas obéir à mon cerveau. Ça doit faire quinze minutes que je suis plantée là, devant cette maudite porte. Tentant de chasser de mon esprit les monstres qui m'attendent, je me concentre sur Alvaro Soleidad. A quoi peut-il bien ressembler ?

Option 1 : intello maigrichon à lunettes (verres bien épais, voire opaques), bègue à ses heures. Il me prendra de haut parce que je suis une actrice de sitcom et emploiera une tonne de mots super compliqués.

J'ai envie de fuir.

Option 2 : pépé passionné, genre « je vais d'abord vous offrir un thé glacé et des petits-beurre. Ensuite, nous parlerons de votre problème, chère demoiselle ».

Pas mal. Réconfortant. Rassurant.

Option 3 : Spiderman. Super sexy. Super héros. Super tout.

Peut-être, qui sait ?

Pour le découvrir, il va falloir que tu te manifestes au lieu de végéter ici, ma vieille…

Allez. Pensées positives… Je m'aide à coups d'images de chatons à collier rose et miaulements choupitrognons. Oui. Je peux le faire. A trois, c'est parti.

Un… deux… trois.

Je souffle un grand coup et frappe enfin, me félicitant pour mon courage.

Un instant… une minute… cinq minutes s'écoulent sans que j'obtienne de réponse. La lâcheté me rattrape alors au vol. Il n'est pas là. C'est peut-être ma chance ?

Je vais me barrer d'ici et ne plus jamais revenir !

Une curieuse déception teinte cependant le soulagement qui s'est emparé de moi. Je tenais l'occasion de sauver Tina de son hot-dog meurtrier. Et de me sauver aussi, même si j'avoue que je suis sceptique : comment un type pourrait-il soigner ma phobie en deux jours ? Alex m'a lu des témoignages d'arachnophobes qui ont rencontré Christine Rollard, le pendant féminin d'Alvaro à Paris, et vaincu leur peur en une journée, pourtant je ne peux pas gober ça. Si ça se trouve, on a payé ces gens pour prétendre qu'ils craignaient les araignées et…

Des éclats de voix interrompent mes profondes réflexions. Des éclats de voix qui viennent de chez Alvaro. Il est donc là. Je vérifie que la rue est vide puis, poussée par la curiosité, je colle mon oreille contre le battant.

— Mina, si tu m'aimais vraiment, tu le ferais, lance un homme à l'accent espagnol *muy*, *muy* sexy.

— C'est justement parce que je t'adore que je refuse. Tu veux que je passe demain ?

— Non, ce ne sera pas la peine.

Super. J'arrive pendant une querelle d'amoureux.

La porte s'ouvre à la volée, et je manque de tomber à la renverse. Une main puissante me rattrape. Je lève les yeux sur mon sauveur : un homme d'une trentaine d'années, beau à en mourir. Tobey Maguire peut aller se rhabiller : c'est de la crotte de bique à côté de ce spécimen-là. Mon Spiderman à moi est un million de fois plus canon. OK, il a l'air furax, mais j'en fais abstraction pour me concentrer sur l'essentiel : sa peau brune, sa haute stature, ses larges épaules, ses muscles fins, sa tenue décontractée — jean brut, T-shirt gris chiné —, mais parfaitement coupée… Et son visage ! Un nez trop fort, une bouche trop charnue, une barbe de… heu ? Six jours ? Bref, des traits imparfaits absolument parfaits. Et surtout, ses yeux bordés de longs cils épais sont à tomber à la renverse, cul par terre sur le trottoir : ils sont si noirs qu'on n'en distingue pas la pupille.

Miam !

Un frisson de pur plaisir me parcourt, et je me tortille, gênée. Ça fait un sacré moment que je n'ai pas frétillé de la culotte. Dix mois, exactement, qu'un homme ne me l'a pas ôtée pour me câliner. J'ai des circonstances atténuantes, cela dit : je ne fréquente que des acteurs toilettés comme des caniches — antithèses de la virilité brute — ainsi qu'Alex et Anthony. J'ai fini par croire que mon clitoris ne s'enflammerait plus jamais. Et là… en quelques secondes à peine…

Je me redresse.

— Bonjour… Heu… désolée, j'ai frappé, mais…

Il me lâche, fronce ses sourcils épais, et me dévisage.

— Mais vous avez pensé que ce serait plus intéressant d'écouter, complète-t-il froidement.

— Pas du tout ! Je tentais juste de savoir de quel bois est faite votre porte. Ebène ?

Je fais mine de caresser le montant d'un air passionné et soupire :

— J'adore l'ébène !

Je ne vais sûrement pas lui avouer la vérité : nous devons partir sur de bonnes bases. Ce mec est censé être mon sauveur, après tout.

Il lève les yeux au ciel, de toute évidence agacé. Il ne me croit pas. Et moi qui pensais être une actrice brillante ! Je pique un fard et baisse la tête, ignorant comment réagir. La femme à laquelle il s'adressait nous rejoint. Elle est superbe. Moi, je me sens pouilleuse avec ma transpiration et mon mensonge à deux balles. Elle me salue d'un signe de la tête, jette un œil embarrassé à Alvaro et tend le visage vers lui pour l'embrasser. Il se détourne.

Grosse querelle, donc.

— Tant pis, dit-elle avant de sortir et s'éloigner.

Me voilà en tête à tête avec Alvaro. Un silence gênant s'installe.

— Alors ? Pourquoi est-ce que vous m'espionniez ? demande-t-il, suspicieux.

— Espionner… Espionner ! C'est un bien grand mot. Je ne suis pas de la CIA, je vous le jure. En fait, je suis…

— Je sais qui vous êtes. Faustine Taillefer.

Oh ? ! Un fan de la série !

— Génial ! Vous regardez *Amour-passion-trahison* ?

Etonnamment, ma motivation pour vaincre ma phobie se renforce.

Hors de question que ce beau gosse, si désagréable soit-il, me voie m'étouffer à coups de hot-dog !

Il éclate d'un rire… pas très sympa. En analysant bien son timbre, je le qualifierais même d'ironique. Je suis vexée. Mon Spiderman serait-il finalement un spiderconnard ? Une espèce de spider-intello méprisant ce genre de séries, et par la même occasion ses actrices ?

— Vous n'êtes pas un fan, visiblement…

Je voudrais paraître indifférente ; mon ton pincé me trahit.

— Moi ? Absolument pas ! Ma grand-mère, oui, par contre. Mais nous nous éloignons du sujet. Que faites-vous ici ? Vous n'êtes pas censée vous trouver… sous le feu des projecteurs ?

Ironie. Encore. Son visage *transpire* l'ironie ! Non, mais le mec, quoi ! Est-ce que je me fous de sa passion tarée pour les arachnides, moi ? En plus, il ne m'a pas l'air bien malin…

A ton avis, qu'est-ce que je fabrique dans ce bled pourri, loin de mes studios chéris ?

— Je viens vaincre mon arachnophobie.

— Les gens prennent généralement rendez-vous, rétorque-t-il sèchement.

Là, il me gonfle !

— Pour que les gens prennent rendez-vous, on indique généralement une adresse mail ou un numéro de téléphone sur son site.

— Vous ne vous êtes pas dit que si j'avais supprimé ces infos de ma page, c'est que, justement, je ne souhaitais pas être contacté pour le moment ?

Esprit de Tina, entre en moi pour que je lui colle une repartie cinglante dans le pif…

Mais alors qu'il m'observe des pieds à la tête, faisant une longue pause sur les auréoles de ma robe, mon assurance s'envole. Et je me décourage.

Qu'est-ce que je fous ici, à me faire enguirlander par un biologiste de mes deux ?

Je serai au chômage. Tant pis. Je me casse.

— Laissez tomber !

Je fais volte-face pour partir comme une princesse : menton haut, mouvement désinvolte de l'épaule, cheveux qui tournicotent, histoire d'ajouter un peu de magie à tout ça. Grande sortie.

Tandis que je m'éloigne, deux jeunes hommes arrivent dans ma direction. Ils ralentissent et me scrutent. Ils m'ont reconnue. Je m'apprête à les saluer quand le commentaire de l'un deux fuse :

— C'est la nana de cette série débile, ou je rêve ?

— Mais carrément ! répond l'autre. Vive la téloche, hein. Ses cuisses sont moins grosses à l'écran.

— Et surtout, elle ne transpire pas !

Ils ne se donnent même pas la peine de parler bas. Au contraire, ils rient maintenant grassement de leur blague. L'abattement me saisit. J'ai envie de pleurer. Mais je ne leur accorderai pas ce plaisir.

J'inspire profondément, colle un sourire hitchcockien sur mon visage et me plante devant eux pour leur barrer le chemin.

— Peut-être que j'ai un tout petit peu de cellulite *légèrement* photoshopée à l'écran mais, au moins, moi, je n'ai pas…

Je les détaille avec attention avant de poursuivre :

— … Une acné sévère… et un cou de poulet.

Ils échangent un coup d'œil. L'un deux s'apprête à

répliquer, mais la voix d'Alvaro interrompt notre combat verbal :

— Mademoiselle Taillefer ?

Merde, il est resté sur son perron. Il a assisté à mon humiliation. Va-t-il en rajouter une couche ?

Je me tourne vers lui. Les bras croisés sur son torse de rêve, il m'adresse un sourire en coin.

— Revenez d'ici une demi-heure. Je serai prêt à vous recevoir.

Son regard se pose ensuite sur mes bourreaux.

— Franchement, les gars, elle n'a pas tort, à votre sujet. J'ajouterais même, Jason, qu'en plus d'un cou de poulet tu as de sacrées grosses jambes.

Décontenancé, le fameux Jason crache sur le trottoir et, furax, prend son copain par le bras et l'entraîne plus loin.

Waouh ! Spiderconnard a laissé jaillir le héros qui sommeillait en lui ! Il leur a cloué le bec !

Je m'apprête à le remercier, mais il a déjà fait volte-face et rentre chez lui.

Ce n'était qu'une brève étincelle. Il est toujours aussi antipathique, en fait.

— Attendez ! Vous sauriez où je pourrais trouver un hôtel ? Je suppose qu'on ne se débarrasse pas de cette phobie en quelques heures ?

— Dans deux jours, grand max, vous pourrez repartir. Première à droite. Ma grand-mère en est la propriétaire. Elle sera ravie de vous voir, *elle*, réplique-t-il avant de claquer la porte.

Lorsque je pousse la porte de l'hôtel, après avoir récupéré mes bagages dans la voiture, j'aperçois, au bout d'un étroit couloir, une vieille dame derrière un comptoir. La grand-mère d'Alvaro. Qui d'autre ? Elle a le teint mat, comme son petit-fils, et son épaisse chevelure grise est ramassée en un haut chignon piqué d'une fleur rouge.

Quand je m'approche, je note qu'elle n'est pas seule : elle a les pieds posés sur les cuisses d'une adolescente visiblement de mauvais poil, qui lui masse les orteils en maugréant.

— C'est bon, Paloma ? Je peux arrêter ? Ça fait trente minutes que je te tripote la voûte plantaire, je meurs, là ! J'ai les doigts en feu !

— Il ne fallait pas voler dix euros dans la caisse, *querida* ! C'est ton châtiment et il prendra fin quand je l'aurai décidé.

Elle a exactement le même accent qu'Alvaro…

— Je te les rembourserai ! Je te jure que…

— *Mama mía !* l'interrompt Paloma en se redressant. Ne jure pas ! C'est vilain dans une si jolie bouche !

J'avance en me raclant la gorge pour signaler ma présence. Toutes deux se tournent vers moi. Paloma ouvre de grands yeux ronds, alors que la jeune fille, libérée de sa mission, dégaine son portable et se concentre dessus.

— *Dios mío ! No lo creo !* Tina ? s'exclame Paloma avec un sourire ravi.

Enfin un accueil chaleureux ! Elle devrait filer des cours de convivialité à son petit-fils…

— Faustine Taillefer, en fait, réponds-je avec enthousiasme. Mais je suis effectivement l'actrice qui interprète Tina !

— Ah ouais… La super méchante, commente l'adolescente, toujours aussi morne, toujours aussi rivée à son téléphone.

— C'est bien ça !

— *Fabuloso !* continue Paloma, qui a contourné le comptoir pour me serrer contre elle dans une étreinte chaleureuse. Je suis Paloma, et voici Rosa, la petite-fille de ma meilleure amie. Je suis enchantée de te rencontrer, *mi amada* ! Je regarde *Amour-passion-trahison* tous les jours ! Je ne rate aucun épisode !

Elle se tourne vers Rosa avant de poursuivre :

— *Querida*, va chercher ta grand-mère !

— *Abuelita !* hurle alors Rosa, sans se donner la peine de se lever.

— *Que perdió sus pies ?* Bouge-toi et ramène-moi Concepción, au lieu de brailler !

Rosa s'exécute en traînant des pieds et, quelques instants plus tard, la dénommée Concepción apparaît. Elle a l'air nettement moins sympa que Paloma, avec son balai braqué sur moi comme une arme et son monosourcil froncé à mort.

— Tina ? gronde-t-elle.

— En fait, je suis Faustine, mais…

— Tu as voulu empoisonner ta grand-tante, alors que la famille, c'est sacré !

— Techniquement, il s'agit de mon personnage. Je suis une actrice et…

— On ne peut pas aussi bien jouer les *perra* sans en être une. Méfie-toi, Paloma, ajoute-t-elle en plissant les paupières. Si j'étais toi, je ne la prendrais pas sous notre toit.

Paloma lève les yeux au ciel et étouffe un rire.

— Mais enfin, Concepción, elle ne fait qu'interpréter un rôle !

— Ne te fie pas au *diablo*, siffle cette dernière en reculant, sans me lâcher du regard. Je t'aurai prévenue.

Sur cet avertissement, elle disparaît dans la pièce attenante et claque la porte derrière elle.

Le diable ? Carrément ? C'est plutôt elle qui fait peur !

— Ne t'en fais pas, *amada*, elle n'est pas méchante, me souffle Paloma. Elle a juste quelques papillons dans la tête depuis un moment. Du coup, elle vit ici. Mais elle est un peu sauvage, comme Rosa !

Elle lance une œillade moqueuse à l'adolescente qui soupire bruyamment, avant de poursuivre :

— Alors ! Quel bon vent t'amène ?

— Je voudrais une chambre pour une nuit. Ou quelques nuits. En fait, je n'en ai aucune idée ! Je suis venue rencontrer votre petit-fils pour qu'il soigne mon arachnophobie. C'est lui qui m'a conseillé votre hôtel. J'ignore combien de temps je resterai.

— Tu as peur des araignées ! *¡ Pobrecilla !* Tu verras : Alvaro réglera ça rapidement et agréablement. Cet *hombre* ! Ce qu'il est charmant !

Charmant, charmant… Vu son attitude à mon arrivée, je n'emploierais pas ce terme…

— Trop canon ! approuve Rosa, qui semble soudain sortir de sa léthargie.

Puis ses yeux se perdent dans le vague, et elle rougit.

Ah ! Charmant dans ce sens ! Là, pas de doute, je valide.

J'acquiesce donc avec enthousiasme, mais j'ai apparemment commis une bourde. La jeune fille serre les lèvres et me foudroie d'un regard encore plus impressionnant que celui de sa grand-mère.

— Vous n'allez pas le draguer, quand même ?

— Je…

— *Querida*, tes manières ! intervient Paloma. N'écoute pas cette mal élevée. Tu sais quoi ? Je vais te donner la meilleure chambre : typique et pleine de charme. Viens avec moi ! Rosa, je te laisse l'accueil.

Je la suis dans un dédale de couloirs, puis nous pénétrons enfin dans ma chambre, et l'effroi me saisit.

De la moquette. Des meubles poussiéreux. Et pour couronner le tout, une tête de cerf empaillée. LE combo idéal pour les araignées. Je les imagine déjà blotties dans l'oreille de ce maudit cerf, ou planquées dans un tiroir de l'une des commodes, attendant leur heure pour me boulotter… J'ai envie de fuir à l'autre bout du monde, mais je prends sur moi. Paloma m'observe, et je fais donc appel à tous mes talents d'actrice pour m'extasier.

— C'est… magique !

Bon, ça sonne faux, mais ouf !, ma logeuse ne s'en rend pas compte : elle sourit, l'air heureux.

— Je vais te laisser t'installer, maintenant. Si tu as besoin de quoi que ce soit, tu me le fais savoir. Tu es mon invitée d'honneur ! se réjouit-elle avant de quitter la pièce.

Une fois seule, je consulte ma montre. Il me reste quinze minutes avant de rejoindre Alvaro. Je n'ai pas le temps de m'attarder sur les monstres tapis sous les meubles. J'ouvre mon sac et dégaine ma tenue de combat : jean-bottes-T-shirt à manches longues. OK, il fait une chaleur à crever, mais on ne sait jamais : peut-être que M. Araignée voudra m'en coller dessus, histoire que j'aime « ces merveilleuses créations de la nature » autant que lui. Au moins, je serai protégée !

Chapitre 3

Il y a des biologistes qui cachent, chez eux, des monstruosités.

Une demi-heure plus tard, me voilà à nouveau devant chez Alvaro, plus effrayée que jamais, plus en sueur que jamais. Mes pieds bouillent dans mes bottes. Mes cuisses vont finir par enflammer la toile de mon pantalon. Mais le pire, c'est le stress intense que je ressens. C'est l'enfer.

Me faisant violence, je toque à la porte. Lorsqu'il m'ouvre, Alvaro me contemple de la tête aux pieds, et éclate de rire.

Nous sommes donc passés de l'ironie à la moquerie pure et simple.

Génial.

— Vous avez froid, Faustine ?

Je n'ai aucune envie d'entrer dans son petit jeu.

— Non, je me protège.

— Les araignées ne sont pas des sauterelles. Elles ne bondissent pas.

— On ne sait jamais.

Il rit encore.

Ben voyons, rajoutons une couche à mon humiliation…

Je lui lance un regard maussade tandis qu'il s'efforce

de reprendre son sérieux. Mais la fossette, sur sa joue, continue à se creuser.

— On n'est jamais assez prévoyant, lance-t-il d'un ton aimable, avant de s'effacer pour me laisser passer. Entrez !

C'est étrange qu'il soit si sympa, d'un coup.

Soit il est schizophrène, soit il a une idée derrière la tête, comme me plonger le nez dans un seau rempli d'araignées…

Quoi qu'il en soit, je suis là. Alors autant foncer. J'esquisse un pas, mais ne parviens pas à enchaîner. Je voudrais le suivre, vraiment, mais un truc se passe au niveau de la gravité : je suis scotchée au trottoir, dans l'incapacité totale de bouger. Alvaro patiente quelques secondes, puis m'adresse un sourire encourageant. Un vrai sourire qui illumine son visage et le rend deux fois plus beau, si c'est possible.

— Ecoutez, je m'excuse, dit-il doucement. Nous sommes partis d'un mauvais pied. Vous êtes arrivée au mauvais moment. J'étais en colère. Mais je vous assure que, d'habitude, je ne suis pas un homme désagréable. Et je suis totalement calmé : une petite demi-heure avec Rosalita, et tous mes soucis s'envolent.

Rosalita ?

— Vous avez peur d'entrer ?

Je rêverais de faire la fière et de lui rétorquer que je suis une *warrior* de première, mais je n'en ai pas le courage. A la place, je hoche la tête piteusement.

Il s'adosse à la porte.

— OK, on va y aller en douceur. Détendons-nous. Si on se tutoyait ? Vous voulez bien ?

— D'accord.

— Les Espagnols n'ont pas l'habitude du « vous ». Je n'ai jamais réussi à m'y faire. Pareil pour ma grand-mère. Tu l'as rencontrée ?

J'essaie de maîtriser le tremblement de mes mains.

— Oui. Elle est adorable.

— Elle doit être ravie de ta visite, non ?

— Tout à fait ! Concepción par contre…

— Concepción devient *loca*. Ne t'en offusque pas. Elle vire parano. La dernière fois que je l'ai vue, elle a cru que je complotais contre elle pour récupérer son héritage.

Je pouffe et mon cœur se libère de l'étau qui le broie. Alvaro semble le sentir, puisqu'il tend la main vers moi.

— En avant ?

Je hoche la tête, mais reste figée. Alors il sort, me saisit par le bras et m'entraîne à l'intérieur, dans un grand couloir. A ma gauche et à ma droite se trouvent plusieurs portes fermées ; au bout, un salon illuminé par une immense baie vitrée.

— C'est ici que je travaille et que je vis, m'explique-t-il. Viens.

Il ouvre une porte et me précède dans un bureau, au milieu duquel se dresse une table qui disparaît presque sous des dossiers éparpillés pêle-mêle. Puis il m'invite à prendre place dans un large fauteuil. J'obéis, dans un état second, les nerfs à vif, la tête prête à exploser.

— Faustine, je vais t'aider à ne plus avoir peur. En fait, la peur est un mécanisme simple : elle naît souvent de ce qu'on ne connaît pas. Nous attaquerons donc avec une thérapie choc. Je t'exposerai au contact des araignées, tout en te donnant des infos sur elles. Tu constateras que tu entretiens une tonne de préjugés qui voleront en éclats.

Je reste bloquée sur « contact avec des araignées ». J'avais raison. C'est un grand malade.

Si mes jambes n'étaient pas si faibles, je partirais en courant.

Ne semblant pas avoir conscience de ma panique, Alvaro s'installe à la table, juste en face de moi.

— Commençons par parler de toi : comment se manifeste ta phobie ? Quel est le pire épisode que tu aies vécu ?

Fastoche. Il y en a eu plein, mais…

— Une araignée énorme, noire et velue, s'était pointée sur mon tapis et…

— Tu es certaine qu'elle était velue ? Je ne veux pas te contredire, mais les araignées, en France, le sont rarement.

Je réfléchis un instant. Non. En toute honnêteté, elle ne l'était pas.

— Peut-être pas… mais elle était affreuse. J'étais seule. Je me suis calfeutrée dans les toilettes pendant une heure. Puis je me suis dit que je devais m'en débarrasser, sinon elle vivrait à tout jamais chez moi et me grimperait dessus pendant mon sommeil. Pire, je pourrais l'avaler en dormant !

— C'est impossible. Statistiquement, il n'y a aucune chance qu'une araignée soit là pile au moment où tu ouvres la bouche. Qu'est-ce que tu as fait, alors ?

— Je suis finalement sortie des toilettes. Elle était toujours sur le tapis. Chaque fois que j'approchais, elle se déplaçait. Je suis contre la torture animale, et je signe toutes les pétitions concernant leur défense… Mais dans ce cas précis, c'était elle ou moi. Je lui ai lancé mon gros *Robert* dessus. Elle semblait super entraînée, parce qu'elle a esquivé. Je l'entendais presque ricaner. Alors, j'ai fait tomber un torchon sur elle pour pouvoir l'écraser.

— Un torchon ?

— Pour ne pas que mon pied la touche !

Logique, non ?

Alvaro hoche la tête en pinçant la bouche. Ses fossettes se creusent de plus en plus. *C'est pas vrai !* Il a le fou rire toujours imminent, ce mec, ou quoi ? Je continue tout de même sans faiblir. Je dois aller au bout de ma grande confession. Je dois lui prouver que ses bébêtes chéries sont des tueuses en puissance.

— Finalement, je n'ai pas réussi à m'approcher. J'ai donc dégainé mon aspi et, quand elle a émergé de sous le torchon, hop, je l'ai aspirée. Sauf qu'elle est ressortie au moment où je rangeais mon matos, et elle a remonté le manche ! Tu ne vas pas me dire après ça que les araignées sont inoffensives !

— Mais si ! Ce n'est pas elle qui voulait te tuer, mais bien toi qui t'acharnais à la détruire. Elle tentait de sauver sa peau !

Pff… J'étais sûre qu'il la défendrait !

— Par curiosité, comment s'est terminée cette affaire ? demande-t-il, les yeux pétillants.

— Je suis sortie de chez moi en hurlant comme une possédée. Les voisins sont sortis, eux aussi. L'un d'eux, va savoir lequel, mais je soupçonne qu'il s'agit de M. Simeone, m'a photographiée et a balancé le cliché sur Internet. Bien sûr, je suis en robe de chambre et pantoufles, le cheveu en berne. Ne parlons pas de mon visage, qui fait peur. Il y a eu des rumeurs sur moi, ensuite. On a raconté que j'étais folle. Ou alcoolique. Ou droguée. Crois-moi, il a fallu un moment pour qu'on prenne mes démentis au sérieux.

Ça y est, Alvaro ne peut plus se retenir : il éclate de rire.

Je fronce les sourcils…

Mais c'est vrai qu'à bien y réfléchir…

Avec du recul…

Je glousse de concert.

— Est-ce que tu sais quand cette phobie a commencé ? reprend-il.

— Mon cousin Auguste m'a enfermée dans le grenier quand j'avais douze ans. J'ai eu la frayeur de ma vie, dans le noir. Je me suis imaginé toutes ces araignées qui pourraient me grimper dessus si elles en avaient envie.

— Parfait. C'est plus facile quand l'origine de la peur est identifiée.

Il écarte soudain sa chaise et se lève.

— Bien. Nous allons commencer par quelques photos.

Je m'affole.

— Tu es sûr ? Parce qu'on peut continuer à parler, si tu préfères. Tiens, de toi ! D'où t'est venue cette passion bizarre des araignées ?

— D'une, ce n'est pas une passion bizarre, et de deux… arrête d'essayer de gagner du temps, me contre-t-il, amusé.

Il sort un gros dossier et me le tend.

— Ouvre-le. N'aie pas peur. Ce ne sont que des clichés. Ça ne mord pas. D'ailleurs, les araignées ne mordent pas.

— Ah bon ?

— Evidemment ! 80 % des araignées sont petites. Leurs chélicères, ou leurs crocs, si tu préfères, ne font pas le dixième de leur taille. Il est donc impossible qu'elles percent ta peau.

C'est plutôt rassurant… Mais ce qui ne l'est pas, en revanche, c'est l'épais album posé devant moi. Je réprime un frisson de terreur. Ce grimoire maudit renferme mon arrêt de mort. Si j'affronte ces trucs, je quitte ce monde.

Mais si tu abandonnes, Tina passe à la trappe…

Alvaro m'observe quelques secondes, puis s'empare de sa chaise, qu'il fait rouler pour la placer juste à côté de moi. Il s'assied. Sa cuisse frôle la mienne et je sens son parfum, une délicieuse odeur musquée.

Cette fois, ce n'est pas la terreur qui m'arrache un frisson…

— Courage ! Va en première page.

Je m'exécute en tremblant, les yeux résolument fermés.

— Regarde.

J'ouvre un œil, tombe sur une bête minuscule, rose et dorée, et je me détends un peu.

— C'est une araignée, ça ?

— Bien sûr ! Elles ne sont pas toutes noires, velues et grosses !

— On dirait une coccinelle déguisée en princesse, c'est mignon.

— N'est-ce pas ? approuve-t-il d'une voix grave, pleine de tendresse. Allez, on continue. Tourne la page.

La deuxième est légèrement plus costaude, mais verte et grise. Assez sympa. Elle a un air de parenté avec la mascotte des Serpentard, dans *Harry Potter*.

— Tu vois, celle-là, c'est une arachnide du Brésil. Elle se cache toujours, c'est une peureuse. Mais après une semaine de recherches, nous avons mis la main sur elle. La suite ?

Je hoche la tête. Une dizaine de questions me viennent à l'esprit.

Comment vivent-elles ?

Certaines sont-elles vraiment mortelles ?

Pourquoi ta présence à mes côtés me trouble-t-elle à ce point ?

Voilà une heure, au moins, que nous feuilletons des albums en bavardant. Alvaro est incollable sur le sujet, et moi, j'apprends. A force de contempler ces horreurs, je commence presque à m'y habituer. Mais lorsque je m'apprête à tourner la dernière page du dernier album, Alvaro stoppe mon geste.

— Attention, celle-là va te paraître impressionnante. Tu es prête ? Il s'agit d'une mygale. Sache qu'on n'en trouve pas en France, donc tu ne risques rien. En réalité, il y en a bien quelques-unes, mais ce sont des maçonnes : elles se cachent sous la terre, dans la forêt. Et tu habites en ville, non ?

Je hoche la tête et tourne cette maudite page. Me voilà face au monstre de mes cauchemars.

Je hoquette, mais Alvaro s'entête :

— Pose ta main sur la feuille. Elle ne prendra pas vie.

Je tends un index tremblant, puis me ravise. Alors, il s'empare de mon poignet et, dans un geste très doux, guide ma paume jusqu'à l'album. J'attends la crise cardiaque… Il ne se passe rien. Mon cœur se la joue sprinteur, mais pas plus.

Un immense soulagement m'envahit et, sans savoir comment ni pourquoi, je me mets à pleurer comme une Madeleine, morve incluse. Alvaro se tourne vers moi et me relève le menton.

— Tu peux être fière ! Certains fuient déjà lors de cette première étape.

— Merci ! Mais je t'avoue que, là, je boirais bien une triple vodka pour me remettre, parviens-je à articuler entre deux sanglots.

Il m'observe un instant, me sourit.

— Une bière, ça t'irait ? Je n'ai que ça.

J'acquiesce, et murmure un « merci » reconnaissant.

J'ai droit à une récompense !

Chouette…

Agit-il ainsi avec tous les gens qui viennent le voir, ou seulement avec moi ?

Arrête, Faustine, tu bascules du côté obscur du fantasme. Il est en couple. Et il te reçoit de manière professionnelle.

— Suis-moi.

Il me conduit dans le grand salon que j'ai aperçu tout à l'heure. Puis il passe derrière un long bar en chêne, sort deux bières du frigo, et m'entraîne sur une immense terrasse. Il pointe du doigt la balancelle ; nous nous asseyons. Le sentiment de fierté que je ressens, le bouleversement d'avoir regardé presque sans ciller toutes ces araignées… et sa proximité me chamboulent. Encore une fois, je hume son odeur. Encore une fois, nos cuisses se frôlent…

— Alors, Faustine ? Qu'est-ce qui t'a décidée à me rencontrer ? demande-t-il en décapsulant ma bouteille, avant de me la tendre.

La première gorgée est un délice.

— La perte de mon rôle. Le scénariste me fait mourir parce que je suis trop difficile à gérer.

— A cause de ta phobie ?

— Oui. A part ça, je suis une fille plutôt gentille !

— Une gentille fille au sacré caractère ! Belle façon de moucher ces deux grands cons, tout à l'heure…

Il me lance un clin d'œil et boit une gorgée. Un instant, je rêve d'être le goulot.

Gifle mentale. *Arrête ça tout de suite !*

— Tu tiens à ce rôle, alors ?

— Enormément. Je sais que, pour beaucoup, cette série est un soap débile mais, moi, j'adore y jouer. J'aime ces histoires complètement irréalistes et tordues, ces coups de théâtre. J'ai hâte de retrouver l'équipe chaque semaine. Ça me plaît, même si mon personnage est détestable.

— Elle a ses bons côtés…

Je me tourne vers lui, et le scrute, sourire aux lèvres.

— Comment ça, « elle a ses bons côtés » ? Je croyais que tu ne suivais pas la série ?

Il soutient mon regard sans ciller.

— De temps en temps. Quand je rends visite à ma grand-mère.

— Tu es un FAN ! Avoue ! Un arachnologue accro à *Amour-passion-trahison* !

— Une actrice qui se fait des films ! me contre-t-il en riant. Je te rappelle que ma case « Fan de » est déjà remplie par les araignées.

— Comment ça t'est venu ?

— Quand j'étais petit, je préférais les observer plutôt que jouer au foot. Je détestais les cris et les bousculades.

— Tu as pourtant le corps d'un sportif.

Oups, c'est sorti tout seul.

— Je fais de la boxe. J'ai changé en grandissant, mais l'amour des araignées est resté.

Je pique un fard en l'imaginant sur le ring, torse nu…

Vite, une idée anti-glamour, histoire que je redescende de mon petit nuage !

Heu…

Heu…

Il paraît qu'un gant de boxe cocotte plus encore qu'une chaussette sale.

Voilà.

Peine perdue. Je le trouve toujours aussi sensuel, aussi beau, aussi attirant, et tout ce qui s'ensuit.

Allez, enchaîne, enchaîne…

— Je faisais du footing. Beaucoup. Je n'aime pas courir en ville, mais dans la campagne. Malheureusement, ma phobie a peu à peu pris le dessus et j'ai arrêté. C'est tellement débile, cette peur irraisonnée.

— Tout le monde a ses peurs, Faustine. Et tout le monde cherche à les fuir.

Je hoche la tête et bois une gorgée de bière, pensive. Que pourrait craindre un homme comme lui ?

Je veux devenir comme ça. Libre.

Je demande, soudain décidée à en finir :

— On continue ? Quelle est la prochaine étape ?

— Se nourrir. Il est déjà 21 heures.

Non ? ! J'ai joué à la nana qui s'incruste…

— Désolée. Je n'ai pas réalisé qu'il était si tard. Je vais te laisser, dis-je en me levant.

— Tu as faim ? demande-t-il en m'imitant.

Quoi ? Il m'invite ?

Il a une copine…

Ce mec serait-il un indécrottable dragueur ?

C'est nul…

Mais ce qui l'est plus encore, c'est que je succomberais à ses charmes, s'il me faisait des avances.

— Ne me dis pas que tu es comme toutes ces actrices

qui s'affament ? se moque-t-il, se méprenant sur mon silence.

— Ne me dis pas que tu es comme tous ces intellos qui entretiennent de bons vieux clichés sur les actrices ?

Il rit. J'avoue :

— J'adore manger, en fait. Le gras, tout particulièrement. Le gras surmonté de gras, même !

— Alors tu acceptes ma proposition ?

— Est-ce que tu peux m'indiquer les toilettes, d'abord ? J'ai bien conscience que ma demande est anti-glamour, mais ma vessie menace d'exploser, et j'ai besoin d'un instant de calme pour prendre ma décision.

— Deuxième porte à gauche.

Dans le couloir, je pense soudain à Alex et Anthony, à qui j'avais promis des comptes rendus fréquents. J'attrape donc mon téléphone dans ma poche et leur textote rapido :

Arachnologue sexy comme pas permis. Araignées moins effrayantes que prévu ! Je vous appelle demain.

J'ouvre machinalement la porte, pénètre dans les toilettes et allume la lumière.

Choc.

Musée de l'horreur, vision cauchemardesque.

Des araignées. Des araignées PARTOUT, sous différentes formes : des macchabées conservés dans du formol, d'autres, bien vivantes, grouillant dans des cages transparentes. C'est trop pour moi. Mes tempes battent sourdement à mes oreilles. Sans m'en rendre compte, je lâche mon téléphone et me jette hors de la pièce en hurlant.

Une fois dans le couloir, je vacille, secouée par une nausée terrible. J'entends à peine les pas précipités d'Alvaro. Il me redresse. Je tangue à droite, à gauche. Ses grandes mains se posent sur mes hanches et me retiennent. Je plonge mon regard dans le sien.

— Je me… Je me suis tromp… trompée…

Impossible de produire une phrase correcte. La panique ne me quitte pas. J'éclate en sanglots bruyants. Alvaro me prend alors dans ses bras et me caresse les cheveux en me soufflant des mots rassurants, jusqu'à ce que je me calme. Peu à peu, mes larmes se tarissent et les battements de mon cœur s'apaisent.

— Ça va mieux ? demande-t-il en s'écartant doucement.

Non, ça ne va pas mieux.

Parce que c'était une illusion de croire que je me débarrasserais de cette foutue peur. Et aussi parce que, blottie contre lui, au plus mal, je me suis sentie étrangement bien. Plus que bien. Avec les jambes flagada et le cœur ramollo. C'est dingue ! Bien trop rapide, et bien trop fort.

Je ne dois pas ressentir ça. Il est pris. Il agit en pro.

Je secoue la tête, fonce dans le salon ramasser mon sac, récupère mon téléphone, qu'Alvaro me tend d'un air désolé, et quitte sa maison en murmurant une excuse bidon.

Chapitre 4

Il y a des hommes, dans la rue, qui vous font un effet bœuf.

Tout va de travers. J'étais censée vaincre ma phobie avec panache ; j'ai viré hystérique. J'étais censée tomber sur un biologiste anti-sexy : j'ai rencontré un de ces beaux mâles tout droit sortis d'une comédie romantique.

Extra-hot.

Extra-cool.

Extra-pris.

La vie est une fête ratée, et je crève d'envie que ça se passe à la sauce *Quatre mariages et un enterrement* : il pleut, il me rattrape, il m'avoue qu'il m'a désirée au premier regard et hop, il me donne un baiser de la mort-qui-tue sous l'œil des badauds émerveillés par tant de passion.

Mais on est loin du compte : il fait une chaleur à se mettre à poil. La rue est déserte. Alvaro m'a laissée partir.

Et moi, je rêve de sa bouche, de sa peau dorée et de ses prunelles sombres.

Le monde est dégueulasse !

Dépitée, agacée, encore effrayée, je pénètre dans l'hôtel. Il n'y a personne à l'accueil, et c'est tant mieux. J'apprécie beaucoup Paloma, mais n'ai aucune envie de discuter le bout de gras pour le moment. Je fonce dans ma chambre, essayant de me sortir Alvaro et ses araignées de la tête, et de trancher : vais-je vraiment laisser tomber la thérapie choc ?

J'ouvre la porte, bien décidée à dresser une liste des pour et des contre. Une enveloppe rouge, par terre, attire mon regard. Qui l'a glissée là ? Ce doit être une attention de Paloma. Cette femme est une déesse du réconfort !

Je ferme derrière moi, m'empare de l'enveloppe, la décachette...

MERDE, MERDE, MERDE !

Je la lâche en glapissant. Une monstrueuse araignée noir et dorée en jaillit pour courir à la vitesse de Speedy Gonzales sous une commode.

C'est un cauchemar !

Je ne bouge pas d'un poil, terrorisée. Cela dit, cette fois — chose étrange et merveilleuse —, mon cerveau reste en état de marche. Et il mouline, tentant avec vigueur de me faire reprendre pied.

OK, le monstre est ici, et quoi ? C'est du jus de pipi de chat à côté de ce que tu as vu chez Alvaro. Tu as survécu à la chambre des horreurs, tu peux gérer une pauvre créature à huit pattes.

J'inspire, expire profondément et, tout en gardant un œil sur son refuge (sait-on jamais, si elle décide que le coin ne lui convient pas), je m'empare prudemment de l'enveloppe pour découvrir le message qu'elle contient :

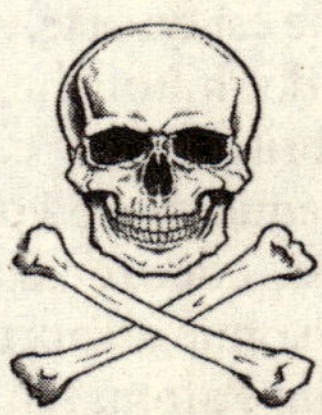

SURPRISE !

J'en reste bouche bée.

Qui m'en veut à ce point ?

Complètement sonnée, je me laisse tomber sur mon lit. Je ne suis pas dans *Quatre mariages et un enterrement*. Non, j'ai basculé dans *Pretty Little Liars*. On souhaite ma mort. Mais je ne dois pas me laisser impressionner. Je dois ré-flé-chir. C'est ce que ferait Tina. Elle identifierait le coupable et fomenterait une vengeance aux petits oignons.

Suspect numéro 1 : Concepción. Alvaro et Paloma ont précisé qu'elle était *loca*. Elle m'a menacée de son balai. M'a traitée de *diablo*. Elle veut me chasser et a mis en place cette manœuvre abjecte pour me faire dégager.

Mais est-elle capable de monter un tel truc toute seule ? Je doute. La carte est imprimée, et je ne l'imagine pas se débrouiller avec un ordinateur.

Ce qui fait de Rosa mon suspect numéro 2. Elle a été vexée quand elle a constaté que je trouvais Alvaro canon. C'est une midinette amoureuse… et la petite-fille de Concepción ! A-t-elle hérité de son grain de folie ?

Ou alors, elles se sont carrément liguées contre moi.

A deux, on est toujours plus fortes.

A moins que ce ne soit une mauvaise plaisanterie de Mister Acné et Cou de poulet, les deux types qui ont traité mes cuisses de boulottes…

Plus je réfléchis, plus mes théories virent fantaisistes : Alvaro, pour me tester… Paloma, qui, sous ses airs de mama adorable, est en fait démente…

Qui ? Qui ? QUI ? !

Je ne cesse de cogiter, effrayée à l'idée de m'endormir en compagnie de l'araignée. Peu à peu, cependant, mes paupières deviennent lourdes… Alors que je bascule dans un demi-sommeil, je constate que j'ai progressé. Avant, j'aurais bondi hors de ma chambre… Là, je stresse, OK, mais il y a du changement. Et je peux faire mieux encore : je vais passer la nuit avec cette araignée. Je me remémore les paroles d'Alvaro. « Elles ont peur de toi. Elles préfèrent se tenir à l'écart. Elles ne peuvent pas te mordre. Tu ne peux pas les avaler. Tu peux être fière de toi. »

Je peux être fière de moi.

Mon cœur fait boum boum quand je repense à son regard pétillant, à son charme et à sa gentillesse... A ses fesses, aussi.

Et, sans même m'en rendre compte, je glisse dans un sommeil profond.

Alvaro enlève son T-shirt d'un geste brusque... Vibrante, je contemple son torse doré aux abdominaux bien dessinés, puis plante mon regard dans le sien. J'y lis un désir, une urgence qui me font frémir. Un éclair de plaisir contracte mon ventre alors qu'il me plaque contre lui et que je sens son sexe dressé tout près de mon intimité, son souffle sur ma peau.

— Tu as des préservatifs ? je demande, haletante, mourant d'envie de l'accueillir en moi.

Il en attrape un dans la table de chevet juste à côté, et l'enfile. Je pose les yeux sur son membre viril... Et mes tétons durcis par l'excitation dépointent illico. La chaleur que je ressentais au cœur de mes cuisses baisse de trente degrés, d'un coup d'un seul. On atteint le pôle Nord, à vrai dire.

Il a dégainé une capote motif araignée.

Une CAPOTE MOTIF ARAIGNEE !

— Laisse-moi insérer ma grosse mygale en toi, *querida*...

Non ! Non, non, non !

Je me réveille en sursaut, et jette un œil à la pendule sur le mur. 8 heures. Encore sous le choc, je me remémore les événements de la veille : ma rencontre avec

Alvaro, l'hôtel, l'album, la bière partagée, le labo et, surtout, la lettre.

Immédiatement, je me redresse dans mon lit pour passer mes vêtements et mes draps au peigne fin : pourvu que l'araignée ne se soit pas incrustée… Je fouille, farfouille. Rien. Pas de trace de mon ennemie.

Je scrute le sol. Rien à signaler non plus.

J'abandonne prudemment mon matelas et gagne la salle de bains : RAS. Vite, une douche ! Habillage rapide ensuite. J'ai hâte de fuir cette chambre mais, lorsque je jette un œil dans le miroir, mon visage défait me force à ralentir le mouvement. Mon esthéticienne a raison : le non-démaquillage est le pire ennemi de la femme. Je répare tout ça lestement et, une fois que je suis présentable, je quitte enfin la pièce.

Ma décision est prise : j'ai survécu à cette nuit, je suis donc une super héroïne, moi aussi. J'irai voir Alvaro et poursuivrai mon combat antiphobie jusqu'au bout. Mais pas avant d'avoir pris un bon petit déj'. J'ai une faim de loup et je donnerais mon gri-gri pour un *latte* au sucre vanillé.

Encore une fois, Paloma n'est pas à l'accueil.

Si ça se trouve, c'est elle, la coupable : elle a déposé l'araignée, un spécimen mortel, dans ma chambre. Puis elle a eu peur que le monstre passe sous la porte et se pointe dans sa propre chambre pour la tuer. Du coup, elle a quitté l'hôtel et…

C'est n'importe quoi.

Tu as vraiment besoin de ta dose matinale, pauvre fille !

Je dégote un PMU dans la rue juste à côté. Ils ne servent certainement pas de *latte* au sucre vanillé, mais je me contenterai d'un café noir : mon corps hurle à la caféine. J'entre pour commander et, à ma grande surprise, je tombe sur Cou de poulet, avachi derrière le comptoir.

Tiens, tiens, comme on se retrouve…

Je lui lance un regard dur, auquel il oppose une œillade bovine, et j'attaque :

— Trois croissants, un café allongé et… un aveu.

— Quoi ? grogne-t-il en se curant le nez.

Il ne semble vraiment pas piger ce que je lui demande.

— C'est vous qui vous êtes amusés à déposer du courrier sous ma porte, toi et ton petit copain ?

Il me dévisage comme si j'étais folle à lier. Je le blanchis sans hésiter. Je sais reconnaître un acteur quand j'en vois un et, là, il ne joue pas.

— Laisse tomber.

Il hoche la tête et prépare ma commande en chantonnant *La Danse des canards*.

Non, définitivement. Ce mec-là n'est pas mon corbeau.

Après trois croissants et trois cafés, je me sens mieux : idées claires, détermination au top. Je m'apprête à rendre visite à Alvaro quand je le vois passer sur le trottoir d'en face, son journal à la main. Je le hèle. Il m'aperçoit et m'adresse un large sourire. Puis il traverse la rue d'un pas rapide.

Ce qu'il est canon, avec sa démarche féline…

Un homme comme lui serait incapable de dégainer un préservaraignée.

— Faustine ! Ça va ? me salue-t-il en se plantant devant moi. Je me suis inquiété pour toi. Je peux m'asseoir ?

Tu peux même m'embrasser si tu veux… ou me faire l'amour sur cette table.

— Bien sûr ! Désolée pour hier. Je ne sais pas ce qui m'a pris. Enfin, si, mais…

— C'est moi qui suis désolé que tu aies vu mon labo. Ce n'était pas censé se produire.

— J'aurais dû faire gaffe. Deuxième porte à droite, ce n'est pourtant pas compliqué !

— Est-ce que tu veux qu'on continue quand même ? demande-t-il.

Je ne sais pas si c'est la joie d'avoir bu du café qui me fait délirer, mais je crois déceler une étincelle d'espoir dans ses grands yeux bruns.

Le reflet du soleil, ma fille. Le reflet du soleil…

— J'en ai plus que jamais besoin. Surtout après ce que j'ai trouvé, en regagnant ma chambre.

Il fronce les sourcils.

— Il s'est passé quelque chose ?

— Oui. On a glissé ça sous ma porte.

J'extrais l'enveloppe de mon sac à main et la lui tends. Il l'ouvre, lit la carte et me contemple, perplexe.

— C'était quoi, la surprise qui accompagnait cette charmante missive ?

— Une araignée.

Il me lance un regard stupéfait.

— Une araignée ? De quel type ?

— Aucune idée.

— Décris-la-moi.

— Noir et dorée, avec de longues pattes.

Il blêmit.

— Qu'est-ce qui était doré ? Le dos ?

— Je ne sais plus. Je crois que oui…

— Faustine, dit-il d'un ton grave, si c'est le cas, il peut s'agir d'une espèce tropicale extrêmement dangereuse, qui vient tout droit de mon labo.

— Comment aurait-on pu entrer dans ton labo ? Nous étions chez toi, hier soir !

— Je laisse toujours la fenêtre ouverte… Elle donne sur le jardin.

Il semble nerveux tout à coup, et ça ne me rassure pas du tout du tout. Quand il se lève — d'un signe, il m'engage à l'imiter —, je sens mon pouls s'accélérer.

— Nous allons vérifier ça tout de suite, conclut-il.

Sur le chemin, je lui expose mes théories sur les coupables.

— Tu penses vraiment que Concepción serait capable de voler une araignée chez moi ? Je sais qu'elle n'a plus toute sa raison, mais quand même !

— Si Rosa l'a aidée, c'est bien possible…

— Mais pourquoi est-ce que Rosa ferait ça ?

Je rougis, hésite à poursuivre et me lance enfin, alors que nous atteignons le perron.

— Parce que nous avons parlé de toi.

— De moi ?

— Oui. Elle a dit que tu étais canon et… j'ai approuvé.

Alors qu'il s'apprête à ouvrir la porte, Alvaro se fige un instant. Un sourire absolument craquant étire ses lèvres. Il darde sur moi un regard pétillant.

— Je suis flatté, murmure-t-il, clin d'œil à la clé. Mais en quoi ça la pousserait à coller une araignée dans ta chambre ?

— Elle m'a demandé si je comptais te draguer…

Il lève un sourcil interrogateur.

Je me défends aussitôt, gênée :

— J'ai dit non, bien sûr ! Mais je pense qu'elle ne m'a pas crue.

Il m'observe un instant, et moi, je sens ce frisson désormais familier me traverser le corps. Puis il se détourne et ouvre la porte.

— Elle irait jusque-là ? s'étonne-t-il en entrant. Elle n'a que quinze ans. On ne s'amourache pas d'un vieux comme moi à cet âge-là.

— J'ai été ado et je confirme : on s'amourache d'un vieux comme toi à cet âge-là.

Il laisse échapper un rire alors que nous arrivons devant son laboratoire.

— Je t'épargne les visions d'horreur. Va t'asseoir dans le salon. De mon côté, je vérifie si l'araignée est là.

Je m'exécute et m'installe sur le canapé moelleux. Mes pensées devraient se focaliser sur cette histoire d'enveloppe rouge, mais je ne peux empêcher mon esprit de bifurquer en direction d'Alvaro. Alvaro et sa sexytude. Alvaro et son efficacité. M'a-t-il trouvée canon, lui aussi ?

Avec tes auréoles « vive la transpi » ? Mouarf. Tu n'es pas trop mal, dans ton genre, mais à côté de la bombe avec qui il sort...

Alvaro, qui revient en poussant un soupir de soulagement, ne me laisse pas finir mon petit monologue intérieur.

— La mienne est toujours ici, mais on va tout de même vérifier que celle qui squatte ta chambre n'est pas dangereuse. Je n'y crois guère. Et en supposant que Concepción et Rosa soient les coupables, elles n'ont pu utiliser qu'une araignée inoffensive. Il y en a un paquet dans le bois, à côté. Elles ont dû se servir là-bas.

Il s'assied à mes côtés et soupire.

— En tout cas, je n'en reviens pas, reprend-il. Concepción, passe encore... Mais Rosa ! Est-ce qu'elle pense vraiment avoir une chance avec moi ? Tout ça parce qu'elle avait peur que tu me dragues ? C'est dingue !

Heu... Pas tant que ça. J'aurais bien tenté le coup, moi !

— D'autant que tu es en couple.

Il se tourne vers moi, étonné.

— En couple ?

— Oui, quand j'écoutais à ta porte, j'ai entendu votre dispute...

— J'avais raison, alors ! Tu m'espionnais ! lance-t-il d'un air taquin.

Je confirme en rosissant tandis qu'il ajoute :

— Non seulement la curiosité est un vilain défaut, mais elle peut te faire avaler des choses pas possibles.

— Ah bon ?

Légère accélération des battements de mon cœur.

Est-ce que je crois qu'il se passe ce que je crois qu'il se passe ?

Mon Spiderman serait-il célibataire ?

Je m'enjoins à rester immobile, alors que j'ai envie de sautiller comme une dingue sur son canapé, en couinant de bonheur.

— Mina est ma cousine et ma meilleure amie. Je suis le parrain de son fils.

Un soupir de soulagement m'échappe.

Merde…

Je tente de le camoufler en une grosse toux, mais ne parviens à produire qu'une quinte ridicule.

Si seulement j'étais fumeuse…

Cela dit, ça semble assez convaincant, puisque Alvaro s'inquiète.

— Ça va, Faustine ?

— Très bien ! dis-je en stoppant mon manège. Merveilleusement bien, même !

Je souris tellement que j'ai le sentiment que mes lèvres, légèrement gercées, se craquellent. Je dois avoir l'air d'une illuminée.

Mais en pleine euphorie, un doute m'assaille.

— Je t'ai quand même entendu lui dire : « Tu m'aiderais si tu m'aimais vraiment. »

Là, je deviens lourde. Tant pis.

— Ouïe étonnante et excellente mémoire ! commente Alvaro, qui a l'air de bien s'amuser.

— Qualités indispensables à une actrice !

Il hésite un instant avant de reprendre la parole, et ses traits redeviennent sérieux.

— Je te le répète, Faustine, tout le monde a ses peurs. Moi, par exemple, je suis un maître de conférences… terrifié à l'idée de donner des conférences.

— Comment ça ?

— Supporter les regards braqués sur moi. M'exprimer devant tout un parterre de gens… C'est l'horreur.

La fameuse faille du héros.

— Tu ne sembles pourtant pas timide !

— Pas du tout, en effet… quand je n'ai pas à me taper un discours en public. Mina, qui est également ma collègue, a assuré à ma place mes trois dernières conférences. Quand tu es arrivée, je lui mettais la pression pour qu'elle prenne en charge la prochaine, dans une semaine. Mais elle en a sa claque. Et je ne peux pas lui en vouloir. Je lui ai fait un petit chantage stupide. Je me suis senti con dès qu'elle est partie… Je l'ai appelée dans la foulée pour m'excuser.

Mais…

— Tu n'étais pas avec Rosalida ?

— Si. Rosalida ne m'empêche pas de passer des coups de fil, figure-toi, puisqu'il s'agit d'une créature à huit pattes, bien velue.

Tout doute étant écarté, je peux me réjouir à mort, fantasmer à mort, et tout mettre en œuvre pour séduire mon Spiderman… On ne sait jamais, peut-être que je lui plais !

Et si je le sauvais, moi aussi ?

C'est bien connu : on tombe toujours amoureux de celui qui vous a sorti du merdier, non ? En tout cas, c'est ainsi dans tous les films d'action que j'ai vus. Et j'en ai regardé une tripotée !

— Je peux t'aider, tu sais ! Tu as devant toi une spécialiste du trac ! J'ai plein de trucs pour gérer le stress : la respiration du faucon aviné, l'inspir-expir du petit chien qui accouche. Pas mal aussi d'imaginer les gens en face de toi aux toilettes. Ça détend.

Il éclate de rire.

— Donnant-donnant, alors ?

— Donnant-donnant. Tu m'aides avec mes araignées, je t'aide pour ta conférence.

— ¡ *Trato hecho* !

— Marché conclu ?

— C'est ça ! confirme-t-il, en me tendant la main.

Je la lui serre, et nous restons ainsi un petit moment, yeux dans les yeux, ma paume bien au chaud dans la sienne. Mon ventre se contracte, mon cœur bat la chamade.

— On va vérifier ce qui se terre dans ta chambre ?

A regret, je lui lâche la main, et acquiesce.

Chapitre 5

Il y a des héros, dans la vraie vie, qui savent vous venger.

Paloma et Concepción sont confortablement installées à la réception, occupées à boire un café en regardant les clips de M6. Quand elle nous voit, Paloma se lève et nous serre dans ses bras en nous adressant une œillade complice.

— Tu n'es pas rentrée, hier soir, *amada* ?

Oh ! Elle croit que nous avons passé la nuit ensemble ! Si seulement…

— Si, mais vous n'étiez pas là. Ni ce matin, d'ailleurs, quand je suis sortie.

— Ah…, fait-elle, l'air déçu, avant de se tourner vers Alvaro pour le saluer.

— Bonjour, *abuelita*, lance-t-il en l'embrassant. Et… bonjour Concepción !

Il pivote vers la vieille dame. Elle lui adresse un grand sourire qui fond comme neige au soleil lorsque son regard se pose sur moi, puis se signe.

Carrément ?

Alvaro s'approche d'elle et s'appuie sur le comptoir, nonchalant et charmeur.

— *Nana* chérie. Tu n'aurais pas glissé un petit cadeau dans la chambre de Faustine, par hasard ?

Concepción manque de s'étouffer.

— Un cadeau ? Pour elle ? Tu es fou ! Je ne rêve que d'une chose : qu'elle déguerpisse.

Hé ! Ho ! Je suis là !

— Justement, enchaîne Alvaro avec un sourire enjôleur, tu ne l'aurais pas poussée à partir ?

Waouh ! Super doué en séduction-pour-aveu, en plus !

Mais Concepción joue du monosourcil et grimace.

J'échange un regard avec Alvaro. Nous sommes d'accord. Elle ne voit sincèrement pas où il veut en venir…

— Qu'est-ce qui se passe, *cariño* ? demande Paloma, interdite.

— Quelqu'un a déposé une enveloppe dans ma chambre. Une enveloppe contenant une carte pas très sympa et, surtout, une araignée.

— Une araignée ? ¡ *Pobrecita* ! Qui a osé ? s'indigne Paloma. Dans mon hôtel ! Alors que j'étais si ravie de t'accueillir ! Si j'attrape le *tonto* qui a fait ça, je te jure que je l'étouffe de mes propres mains !

— Nous avons de bonnes raisons de soupçonner Rosa, en fait, avance Alvaro.

Concepción se lève brusquement.

— Jamais ma *pequeña* ne ferait ça ! C'est cette *perra venenosa* qui t'a mis ces idées en tête ! C'est comme ça que le diable s'y prend ! Il nous dresse les uns contre les autres !

Paloma, la voyant s'agiter, la rejoint derrière le comptoir, pose une main apaisante sur son épaule, et la force à se rasseoir.

Je tempère :

— En fait, nous n'en sommes pas sûrs.

— Oui, on dit peut-être n'importe quoi, approuve Alvaro, visiblement gêné d'avoir mis Concepción dans tous ses états. On s'emballe. Pour le moment, nous allons vérifier que cette araignée n'est pas dangereuse. Tu viens, Faustine ?

Nous avançons dans les corridors tortueux et encombrés menant à ma chambre, en échangeant nos impressions. Non, Concepción n'est pas coupable. Rosa semble être toute désignée... Soudain, des bruits de voix nous font ralentir.

D'un même mouvement, nous nous planquons à l'angle du couloir pour épier. Devant ma chambre, deux garçons d'une dizaine d'années chuchotent furieusement. L'un d'eux tient une enveloppe. Une grosse enveloppe rouge.

— En rafale ! Il ne faut lui laisser aucun répit !

— Oui, mais dépêche-toi. On ne doit pas se faire choper. Et on ressortira par la fenêtre du couloir, comme la dernière fois.

— Ce sont les jumeaux Dispiré, murmure Alvaro. Je les connais ! Tu les as déjà rencontrés ? Pourquoi est-ce qu'ils s'amusent à te terroriser ?

— C'est ce qu'on va découvrir.

Je jaillis devant eux, telle une justicière de grande envergure, suivie d'Alvaro.

— Salut les garçons ! Qu'est-ce que vous m'amenez de beau, dites-moi ?

Ce que je regrette de ne pas avoir de cape, à cet instant...

Terrifiés, ils me contemplent, n'osant bouger. Silence de mort. Ils nous regardent. Nous les regardons. Ils nous regardent. Nous les regardons. Puis l'un d'eux nous tire la langue et s'échappe en courant. Immédiatement, Alvaro se lance à sa poursuite. Je reste avec le deuxième, qui n'en mène pas large.

— Alors ? Pourquoi est-ce que ton frère et toi, vous vous amusez à déposer des araignées dans ma chambre ?

Il secoue la tête, incapable de prononcer un mot.

Je dois être vachement terrifiante.

J'en profite pour enfoncer le clou. Oui, c'est un gamin. Oui, ce que je m'apprête à faire n'est pas glorieux. Mais je m'en fous comme de ma première paire de tongs.

— Tu peux attendre la présence de ton avocat pour parler, mais j'espère que nous n'en arriverons pas là. Appelons la police, si tu le souhaites. Je pense que si tu coopères, tu ne récolteras que deux ans de maison de redressement. J'y suis déjà allée, tu sais. Les souvenirs de mon séjour là-bas me hantent encore ! Ce gars qui avait décidé de m'écraser le nez avec ses fesses… Cette fille qui me piquait tous mes repas et ne me laissait que ses déchets. J'en ai été réduite à me nourrir d'arêtes de poisson et d'emballages de chips… Crois-moi, le plastique, ça craint pour la digestion ! Il faut vraiment avoir un mental d'acier pour s'imposer. As-tu cette force en toi, petit homme ? Ou est-ce que tu préfères que nous réglions ça à l'amiable ?

Il devient livide. Sa mâchoire tremble.

— Je vais tout vous dire ! s'écrie-t-il, pile au moment où Alvaro revient en tenant l'autre par le collet.

— Entrons, nous serons mieux pour discuter.

Une fois que nous sommes dans la chambre, nous les faisons asseoir sur le lit et nous nous plaçons face à eux, droits, impitoyables.

— Faustine, je te présente Justin et Pierric. Alors ? Qui vous a envoyés ? leur demande Alvaro d'un ton sec.

Il est vraiment convaincant dans son rôle de redresseur de torts ! Top hot, aussi, avec son regard de braise et ses bras croisés sur le torse…

— C'est…, commence Pierric.

— On ne connaît pas son nom, l'interrompt Justin.

— Elle est blonde.

— Blonde ?

Rosa n'est pas blonde…

— Une blonde avec une belle voiture…

— Et des seins énormes ! s'écrie Pierric, l'air rêveur.

Quelques secondes de doute, et la lumière se fait dans mon esprit.

La garce !

J'aurais dû m'en douter.

J'AURAIS DÛ M'EN DOUTER !

Je demande, avec la précipitation de celle qui a mis le doigt sur la vérité, la vraie :

— Elle ne s'appelle pas Vanessa, par hasard ?

— Je ne suis plus du tout ! constate Alvaro en m'interrogeant du regard.

— Vanessa est une comédienne de l'équipe, qui voudrait prendre ma place de super méchante.

— La garce ! s'exclame Alvaro.

Nous sommes sur la même longueur d'onde. C'est magique.

— Alors ? C'est bien elle ? Elle vous a dit son nom ?

— Non. On se baladait tranquillement dans la rue, hier, quand elle s'est garée près de nous, répond Pierric.

— Elle nous a offert des bonbons et nous a demandé de venir faire un tour avec elle, renchérit Justin.

— On sait que c'est pas bien de parler aux inconnus, encore moins de monter dans leur voiture… Mais elle était tellement belle !

Oui, si on met de côté ses airs de psychopathe…

— Qu'est-ce qu'elle vous a dit ? les recadre Alvaro.

— Elle nous a proposé un marché. On devait surveiller ta maison, Alvaro. Quand on voyait une petite brune pas très jolie avec de longs cheveux auburn et des grosses cuisses…

Je pousse un cri révolté.

— Tu es très jolie, et tes cuisses ne sont pas grosses, me souffle Alvaro.

Mon indignation se meut en chamallowerie.

— Continuez, dis-je aux deux garçons avec un sourire… niais, certainement.

— Elle nous a donné une boîte remplie d'araignées et un paquet d'enveloppes rouges. Notre mission était de te filer jusqu'à ton hôtel et de trouver ta chambre. C'est ce qu'on a fait. On a rendu visite à Paloma, l'air de rien, et on s'est renseignés discrètement sur le numéro de ta chambre. Ensuite, on devait déposer un maximum d'araignées sous ta porte.

C'est impossible… Comment Vanessa a-t-elle su… ? Par quel moyen… ?

— Mais pourquoi est-ce que vous avez accepté ? s'indigne Alvaro.

— Elle nous a regardés… On était comme hypnotisés ! Et puis, elle nous a montré ce qu'elle nous donnait en échange…

— Quatre kilos de bonbons ! s'exclame Justin. On n'en a jamais eu autant d'un coup !

— Vous vous êtes fait acheter avec des *bonbons* ?

Les deux garçons baissent la tête, soudain penauds face au regard noir d'Alvaro.

— C'est vrai que c'était nul…

— Et maintenant, j'ai un peu mal au ventre.

— Ma langue pique…

— Je ne crois pas que je mangerai à nouveau du sucre de toute ma vie…

Je les écoute à peine, trop occupée à découvrir comment cette dingue s'y est prise. Ça cogite, là-dedans. Ça mouline…

Et je comprends enfin.

Quand j'étais chez Alex et Anthony, Alex a précisé qu'il avait appelé Teddy pour lui dire que j'étais déjà en route pour rencontrer Alvaro. Teddy, encore aux studios, a dû l'annoncer aux autres. Vanessa, affolée puisqu'elle comptait récupérer la place de méchante, a mis alors son abominable plan d'action sur pied !

— Filez maintenant, et libérez-moi ces araignées ! leur ordonne Alvaro.

Les deux garçons s'excusent et quittent la chambre au pas de course. Je me laisse tomber sur le lit, soufflée par la virtuosité criminelle de Vanessa.

— Je n'y crois pas ! Cette fille est bonne à enfermer.

— C'est dingue qu'elle en soit arrivée là pour un simple rôle, s'étonne Alvaro.

— C'est comme ça entre nous depuis longtemps…

Et me voilà en train de lui raconter mes années de galère au cours Florent. Bien sûr, j'évite de mentionner mon surnom. Même si les rumeurs étaient infondées, je n'ai aucune envie qu'il s'imagine que je me suis un jour trimballé des champignons vaginaux…

Lorsque j'ai fini mon récit, il m'observe d'un air compatissant… et légèrement machiavélique.

— Ça te tente, une petite vengeance ? me demande-t-il avec un sourire engageant.

— Une petite vengeance ?

— Une petite vengeance à la Tina ?

— Tu regardes vraiment *Amour-passion-trahison*, alors !

— Seulement quand je rends visite à ma grand-mère ! C'est d'accord ? On le fait ?

— Pourquoi pas ?

— Tu as le numéro de cette nana ?

— Bien sûr. Comme ceux de tous les membres de l'équipe.

— Donne-moi ton téléphone.

Je trouve Vanessa dans mon répertoire et tends mon portable à Alvaro. Quelques secondes plus tard, j'entends mon ennemie jurée piailler un « Allô » suraigu par le haut-parleur.

— Bonjour, commissaire Santiago à l'appareil, répond Alvaro froidement. Je vous contacte au sujet de Mlle Taillefer. Très bientôt, des agents se présenteront à votre domicile, mais je voulais vous dire deux mots avant. Il se trouve que Mlle Taillefer est à l'hôpital. Elle a été victime d'une morsure d'araignée de type B. Elle est au plus mal, et nous savons que vous avez fait le coup, madame.

— Quoi ? Je n'ai rien à voir là-dedans ! rétorque Vanessa d'un ton angoissé.

— Bien sûr que si. Nous avons pris vos deux sbires la main dans le sac. Ils ont tout avoué. Ne me demandez pas comment, ce serait trop compliqué à expliquer, mais nous avons des preuves : vous êtes derrière tout ça.

— C'est impossible ! Je suis amie avec Faustine et…

Je manque de m'étouffer. Alvaro me jette un coup d'œil et ses traits se durcissent.

— Non, tu n'es pas amie avec elle. Et moi, je ne suis pas flic. Je m'amusais juste à t'emmerder, comme tu aimes emmerder Faustine. Mais sache qu'actuellement elle n'a plus du tout peur des araignées. D'ailleurs, en ce moment même, elle est en train d'en cajoler une. Et si tu veux à nouveau t'en prendre à elle, je te signale, juste comme ça, juste en passant, que je suis arachnologue et que, dans mon labo, j'en détiens de vraiment, vraiment dangereuses… Si je jouais à t'envoyer des courriers, moi aussi ?

— Vous êtes malade !

— Tu n'as pas idée d'à quel point, ma petite.

Sur ces mots, il raccroche. Un silence… Et nous voilà gagnés par un fou rire irrépressible.

— Cajoler une araignée ? Sérieusement ?

— Tu n'en es pas loin, non ? répond Alvaro après avoir repris son sérieux. Enfin, pas vraiment… Pour ça, il faut poursuivre la thérapie.

Il me tend les mains. Je les attrape et me lève.

— Avec plaisir…

Nous restons un instant figés, un grand sourire aux lèvres, liés par une réelle complicité.

— Merci, Alvaro.

— Pas de quoi, *guapa* !

Chapitre 6

Il y a des actrices qui, au hasard de la vie, trouvent leur Spiderman.

Après avoir retrouvé l'araignée — totalement inoffensive — qui squattait ma chambre, Alvaro et moi regagnons sa maison. Nous nous installons dans le salon, qui offre, selon lui, « un contexte plus agréable qui me permettra de me détendre et de mener les opérations à bien ». Et le voilà en train de déposer devant moi un truc beigeasse répugnant.

— Faustine, je te présente la mue. La mue, Faustine.

On se croirait à un rendez-vous arrangé. *Il a tellement envie que ça colle entre nous…*

— Tu peux toucher, ce n'est pas vivant, ajoute-t-il.

Ce n'est pas vivant, ce n'est pas vivant… C'est lui qui le dit ! Je garde les mains résolument calées sous mes cuisses, malgré le regard encourageant d'Alvaro. Celui qui m'envoûte, abaisse toutes mes barrières…

Et je capitule.

— OK, OK. Je vais poser le doigt sur ce machin. Il me faut juste cinq minutes de préparation mentale.

Un quart d'heure se passe sans que je ne bouge d'un pouce.

— Je te rappelle que tu as dormi avec une araignée, une vraie, dans ta chambre. Tu peux surmonter ça !

Je hoche la tête comme un automate.

— Oui.

— Allez… Si tu la touches, je t'avoue un truc.

Cet homme est redoutablement malin. Il a compris que j'étais curieuse et use de ma faiblesse pour me motiver.

Ayant conscience de serrer les lèvres au point de les transformer en une ligne blanche, et de me montrer encore une fois sous un jour anti-sexy au possible, j'effleure enfin la chose. Je vais tourner de l'œil, agoniser, claquer d'une crise cardiaque… Rien de tout ça. On dirait du papier calque, en fait. Je pose alors le doigt dessus plus fermement.

— Ton aveu ?

— Je regarde *Amour-passion-trahison* un peu plus que de temps en temps.

Je glousse.

— J'en étais sûre ! Je l'ai senti ! Dès le départ !

Alors que je repousse la mue et que je me renfonce sur le canapé, il m'en présente une deuxième, plus grosse.

— Allez !

— Une autre confidence pour me récompenser ?

Il pointe du doigt la momie arachnéenne.

— Touche-la d'abord.

J'y vais plus franchement, surprise de mon audace. Ou pas… Je désire en savoir plus sur lui, comme je voudrais qu'il apprenne tout ce qui me concerne. Toutes ces choses du quotidien qui remplissent ma vie : Alex et Anthony, les vodka-pomme-petits pois, mon amour pour Toulouse, mes plantes Exter et Minator, mes envies de tour du monde, mon addiction aux classiques du XIXe…

— Dans cette série, je trouve que la plus jolie, c'est toi. Même si ton personnage est complètement ravagé.

Je rougis, touchée. Jamais on ne m'a dit que j'étais la

plus jolie. La plus tordue, oui. La plus démoniaque, assurément. Mais jamais la plus jolie. J'ai toujours pensé que je ne méritais pas ce titre. Mais lui me fait sentir que si.

— Seulement à l'écran ?

— Dans la vie réelle aussi, même avec ta petite robe trempée de sueur, répond-il avec tendresse.

Mes joues s'enflamment alors que je savoure le compliment. Mais je n'ai pas le temps de le remercier : il quitte la pièce et revient avec une cage planquée sous une couverture. Il me tend des gants, puis dépose la cage devant moi.

— Dernière étape. Tu es prête ?

Non, pas du tout. Du tout !

Souhaite-t-il vraiment que je tripote une araignée ?

C'est angoissant, réellement…

Mais je suis jolie. Je suis la plus jolie de la série…

Un sourire béat s'affiche sur mon visage, sourire qu'il prend pour un signe de hardiesse.

Merde, merde, merde… il pense que je suis enthousiaste à l'idée de câliner son monstre !

— Tu vas y arriver, Faustine. Enfile les gants.

Je me lève, passe ces trucs en latex, et fais face à l'épreuve de ma vie. Alvaro se poste à côté de moi, puis ôte la couverture. Dans le bac, une araignée de taille moyenne, très très très laide, se tient immobile. Elle est abominable. Comme au ralenti, je vois Alvaro ouvrir le couvercle.

— Je ne te demande pas de la prendre sur toi, ni de la toucher. Tu mets ta main, c'est tout. Je te garantis qu'elle ne te grimpera pas dessus. Et je te promets un dernier secret, ensuite.

Tremblante, j'approche le bras, puis le replie sur la poitrine. Un regard d'Alvaro. Je retente. Je replie. Je reretente. Je rereplie. C'est une torture. Enfin, au bord de la crise de nerfs, j'ose.

Voilà, mes doigts touchent le fond du bac.

La peur me prend à la gorge. C'est pire que de voir *L'Exorciste* en version intégrale. Une flopée de gouttes de sueur perlent sur mon front. Mes genoux font des claquettes.

Mais je le fais. JE LE FAIS ! Et l'araignée ne bronche pas !

Je demande d'une voix tremblante :

— Tu… tu es sûr qu'elle est vivante ?

— Certain ! Tu peux enlever ta main, maintenant. C'est terminé.

Je m'exécute rapidement, me débarrasse des gants dans la foulée, puis, au moment où il referme le couvercle, je laisse éclater ma joie et sautille sur place.

— J'ai réussi ! J'ai réussi !

Ma dignité a rendu l'âme, mais je m'en contrefous ! J'ai réussi !

— Avec brio, me félicite Alvaro. Bravo !

— Et ton secret ?

Je m'immobilise et j'attends. Il plonge alors son formidable regard dans le mien, et me sourit.

— Je t'ai entendue soupirer quand j'ai précisé que j'étais célibataire…

Quand je disais que je devrais devenir fumeuse…

— Est-ce que c'était de soulagement ? s'enquiert-il sans me lâcher du regard.

Sans un mot, j'acquiesce. Il me dévisage alors avec douceur.

— Tant mieux, murmure-t-il. Parce que j'ai une envie terrible de t'embrasser.

Et c'est ainsi qu'il s'approche de moi, qu'il pose ses lèvres sucrées sur les miennes, que nos langues se lient dans un baiser sensuel et enivrant, sous l'œil placide de l'araignée.

Épilogue

Scénario de l'épisode 300 de ***Amour-passion-trahison en Méditerranée***

Diffusion : vendredi 19 juillet 2016
Intérieur snack — vers 20 heures
TINA — serveur — clients

Installée seule dans le coin le plus sombre du restaurant, Tina a les yeux dans le vague. Pour une fois, son visage n'exprime pas la cruauté. Un serveur lui apporte un hot-dog géant, triple saucisse sauce moutarde, et le dépose sur la table. Elle ne le remercie pas, toujours plongée dans ses pensées. Elle s'empare du hot-dog, croque dedans. A ce moment-là, elle devient blême et tousse. La bouchée passe mal : elle s'étouffe. S'agrippant à son siège, elle lève faiblement le bras pour demander de l'aide. Personne ne la remarque. Son teint vire au rouge (ou bleu => à voir avec l'équipe make-up). Elle parvient à s'extraire de la banquette sur laquelle elle est assise, mais tombe. Elle rampe un peu sur le sol graisseux.
CLIENT 1 *(se retournant et réalisant ce qui se passe)* : Mon Dieu ! Cette dame s'étouffe ! De l'aide ! Vite ! Une ambulance !

AUTRES CLIENTS : HAAAA ! HOOOO ! HIIII ! QUELLE HORREUR ! *(cris hystériques)*
Un client redresse Tina et lui appuie sur le thorax. Elle crache le bout de saucisse. Un instant passe. Elle repousse son sauveur avant d'épousseter sa robe.
TINA : Toi ! Ne me touche pas avec tes mains pleines de ketchup ! Serveur ! Qu'on m'appelle le cuisinier ! Je vais lui coller un de ces procès ! Il aura fini de me payer des dommages et intérêts quand il sera en âge de porter un dentier !

Je brandis un poing victorieux.

— Vous devrez encore supporter les sales coups de Tina un moment !

Mes collègues accueillent ma déclaration avec enthousiasme.

Je l'ai fait ! J'ai sauvé Tina !

Il faut dire que je leur en ai bouché un coin lorsque je suis arrivée avec ma petite boîte contenant une araignée sous le bras. Je l'ai ouverte devant tout le monde pour y mettre la main. Je n'en menais pas large, mais je me suis fait violence. Et j'ai récolté une montagne d'applaudissements, de Teddy en tête. Tous m'ont félicitée… excepté Vanessa, bien sûr, qui broyait du noir en mâchonnant un croissant.

Lorsque je déboule dans la rue après la réunion, j'aperçois Anthony et Alex qui m'attendent, attablés au café d'en face. Je cours pour les rejoindre en mode Rocky après sa grande victoire.

— Alors ? Tu as réussi ? me lance Alex.

Je prends place à leur table.

— Parfaitement ! Me revoilà Tina pour trois ans encore !

— Bravo ! s'exclame Anthony et Alex en chœur.

— Champagne pour fêter ça ! ajoute Anthony.

Je les observe, émue.

Mes deux grands amis.

S'ils n'avaient pas été là…

— Merci à tous les deux, dis-je en saisissant leurs mains pour les serrer dans les miennes. Pour votre gentillesse et pour m'avoir poussée à rencontrer Alvaro.

— C'est vrai que nous sommes uniques ! s'enorgueillit Alex.

— Tout à fait uniques ! renchérit Anthony.

— Grâce à nous, tu es une femme sans peur ni loi… et comblée !

Alors qu'Alex m'adresse un clin d'œil plein de sous-entendus, une tonne d'images me reviennent en tête.

Mes moments de complicité avec Paloma… Mes progrès avec Concepción qui me surnomme désormais *Engendro satánico*… (Quoi ? C'est toujours mieux d'être un suppôt de Satan que Satan en personne, non ?)

Et surtout, surtout, mes conversations sans fin avec Alvaro. Nos nuits. Je ressens encore la chaleur de son corps nu et parfait sur le mien, ses mains caressant mes courbes, s'égarant sur ma poitrine, nos souffles courts se répondant…

Un doux frisson me parcourt tandis que je nous revois faire l'amour. Le moment où il est entré en moi. Celui où nos mouvements de plus en plus rapides m'ont arraché des gémissements de plaisir, un plaisir si fort que je ne pourrais le décrire.

— Faustine ! Réveille-toi ! Ton téléphone sonne !

Alex agite les doigts devant moi, et m'extrait de mon rêve éveillé.

— Il faut l'excuser, notre Faustine rêve de son Spiderman… Je suis sûr que c'est coquin comme pas permis ! commente Anthony avec une indulgence moqueuse.

Je lui tire la langue et attrape mon portable.

Alvaro.

M'éloignant un peu, je prends la communication, le cœur battant la chamade.

— *Alvaro !*

— Ça va, *guapa* ? Alors cette réunion ?

— J'ai récupéré mon rôle ! Je suis si heureuse ! Et tout ça, c'est grâce à toi…

— Et à ta force de caractère indéniable ! Dis-moi, comment se porte ton araignée ?

— Comme un charme, bien enfermée dans sa boîte ! Et ta conférence ? Raconte !

— Moi aussi, je dois te remercier : ça a été un succès. Je n'ai bégayé que trois fois. Ta technique de visualisation des gens aux toilettes est hyper efficace. Même s'il faut se concentrer pour garder son sérieux !

— Génial ! Je suis encore plus heureuse, alors !

— Nous sommes des battants ! J'ai envie de fêter ça, me confie-t-il de sa voix aux accents rieurs.

— Idem !

— Si je prends un train et que je te rejoins, qu'est-ce que tu en penses ? Ça te tente ? demande-t-il après une seconde d'hésitation. Nous n'avons pas parlé de ce qui se passerait après cette semaine passée ensemble, et j'ai une question toute simple pour toi : est-ce que tu veux me revoir ?

— Bien sûr que je veux te revoir ! Evidemment que je veux te revoir !

Puissance mille. Et même plus.

J'affronterais une armée d'araignées en rogne pour le revoir.

Quoique…

N'est-ce pas grâce à elles que j'ai trouvé Alvaro ?

Rencontre non préméditée

Cécile Chomin

Chapitre 1

Elle regarde son réveil
Lui a perdu le sommeil
Elle a son boulot
Lui pas trop.

Elle sort doucement du lit
Quand lui s'accroche à sa nuit
Exhalant de sueur
Elle de fleurs.

YVES JAMAIT / ZAZ — « La radio qui chante »

Je me lève en souriant. Encore une belle journée qui commence. Aujourd'hui, ils vont me contacter ! J'en suis sûre. Le soleil brille, les oiseaux chantent, je recevrai un message dans la journée, à moi d'ouvrir les yeux. En attendant, il faut bien aller bosser, car s'ils veulent me trouver, autant que je sois à l'endroit habituel. C'est vrai, quoi. La DGSE est certes censée recruter sur concours, mais ça, c'est pour brouiller les pistes ! Le reste du temps, ils font comme dans les films. L'intrigue de la série *Alias* ne peut pas être sortie tout droit du cerveau d'un scénariste hollywoodien, il y a forcément du vrai. Donc, oui, je suis en fac de droit, officiellement pour me spécialiser et devenir juge d'instruction, mais officieusement dans le fol espoir que la Direction générale de la sécurité extérieure, autrement dit la CIA française, fasse appel à mes services. Et aujourd'hui, je le sens bien ! En attendant, au programme, j'ai une sortie avec des copines ce soir. Toujours avoir une longueur d'avance, c'est la règle. Il y aura certainement Max ; peut-être que je passerai la nuit avec lui, ou peut-être pas. En tout cas, c'est toujours sympa de se sentir désirable. D'autant plus quand cela vient d'un homme qui peut avoir toutes les filles qu'il veut. Je sais que ce n'est pas raisonnable, que ça ne mène à rien. Il sort avec une fille différente tous les soirs. Pour lui, c'est un jeu, un concours avec ses copains, et toutes mes copines me disent d'arrêter de lui tourner autour. Mais je ne lui tourne pas autour, c'est lui qui vient me chercher à chaque fois. Après tout, je sais à quoi je m'expose, je ne suis pas naïve, alors autant en profiter. Et surtout, je ne veux pas d'une histoire d'amour, oh non ! Pas de place pour ça dans ma vie. Donc, un peu de sexe, c'est toujours bon à prendre, et puis ça flatte mon ego de me dire qu'il repartira avec moi et pas une autre. Sans compter que tout ça reste sous contrôle : avec lui, c'est simple, pas de promesse, pas d'avenir, pas d'entrave à ma réussite !

A vingt-cinq ans, je me trouve plutôt jolie, mais je sais aussi que ça ne durera pas. Nous sommes nombreuses sur le « marché », et la loi de l'offre et la demande n'est pas toujours juste et équitable. Par exemple, quand on voit cette salope d'ex-copine d'Elodie, qui n'a pas hésité à me piquer Manu, on se dit que, parfois, la seule loi, c'est « chacun pour soi et tous les coups sont permis ». Oui mais voilà, moi, je ne suis pas comme ça. Holà non, sûrement pas. Je suis respectueuse des règles, et c'est précisément pour cette raison que je ferai un bon agent secret. De toute façon, les hommes figurent à la dernière place de ma « to do list ». Et des listes, j'en ai à revendre ! Le b.a.-ba de la réussite, c'est une bonne organisation. Si le taylorisme n'avait pas été inventé au siècle dernier, j'aurais adoré le mettre en place sur-le-champ, je suis sûre que j'aurais fait fortune. Bon, du coup, il va juste me falloir un peu de temps. Pour l'heure, comme d'habitude, priorité à la survie pure et dure. Car survivre, c'est bien la seule chose que l'on m'ait apprise. Et ça ne date pas d'hier.

Allez, bouge-toi, Emi. Il est presque 7 h 30, et avant d'aller à la fac, je compte bien aller courir. Ça me fait un bien fou ; quand je cours, je me sens libre, libérée surtout de ma colère destructrice, du spleen qui m'assaille parfois, et une onde de bien-être m'envahit pour la journée. Comme ça. Simplement. En courant. Jusqu'à la prochaine nuit, jusqu'au prochain cauchemar. Mais, le jour, ma volonté me tire vers le haut et me fait atteindre des sommets.

De retour à l'appartement, je me sens vivante malgré l'épuisement, comme une rescapée d'un naufrage. La vie m'appartient, et aujourd'hui, comme tous les matins, je me dis que j'ai de grandes choses à construire. Ils vont enfin me contacter et le cours de mon existence va changer !

Je prends une bonne douche et vais préparer du thé. Je croise ma colocataire, Mélanie, qui se lève à l'instant. La voir la tête dans le cul et les yeux gonflés de ses excès de la veille me fait sourire. D'une voix rauque chargée de vodka, elle me dit :

— Salut Emilie. T'as encore été courir ?

— Comme tous les jours. Et toi, t'as encore fait la fête comme une malade ?

— Comme tous les soirs.

Elle me fait rire. Je la vois roder autour de la cafetière comme un lion fatigué qui hésite à attaquer sa proie.

Elle a encore dû rentrer aux aurores. Je la comprends et j'envie même parfois son insouciance. Mais, moi, je ne peux pas ; moi, j'ai mon plan de carrière. Donc la fête, je la fais à l'occasion, mais ma priorité, c'est un esprit sain dans un corps sain. Pas de cigarettes, jamais trop d'alcool. Surtout l'alcool. Il n'est pas question que je finisse comme « l'autre ». Celle qui m'a mise au monde.

D'ailleurs, ce soir je suis bien disposée à m'amuser, mais sans perdre le contrôle, bien sûr, et en premier lieu celui de mes dépenses. Car de ce côté-là, ce n'est vraiment pas la joie. Et il ne faut pas que je compte sur mon job au fast-food pour pouvoir m'offrir un gueuleton digne de ce nom dans un vrai restaurant, et encore moins une coupe de ce délicieux champagne dont tout le monde parle. Bon, n'exagérons rien, certes, les fins de mois sont difficiles mais, en gérant bien, sans faire d'excès, on s'en sort toujours.

C'est donc souriante et de bonne humeur, en cette belle journée qui s'annonce, que je finis mon thé et saute dans le tram pour aller à la fac.

Oui notre rue est lugubre le matin, oui les SDF m'agressent un peu au passage pour quémander de la monnaie, oui mon quartier peut être qualifié de misérable, mais je m'en fous. Je me demande quand même si mes cours de karaté me serviraient en cas de véritable agression. Ça fait trois ans que j'en prends et je n'ai pas vraiment l'impression d'avoir beaucoup progressé. Mais bon, ce n'est qu'un détail : bientôt, j'aurai sans doute accès à de véritables camps d'entraînement. L'essentiel, c'est le mental ! Je ferme les yeux sur cette misère, place mes écouteurs dans les oreilles et poursuis mon chemin en fredonnant. L'œil aux aguets, toujours.

Quand j'aurai mon diplôme, engagée ou pas à la DGSE, ça signifiera que j'aurai réussi ma vie. J'aurai de beaux tailleurs cintrés, des escarpins à semelle rouge, et alors je monterai dans de belles voitures intérieur cuir qui me conduiront à des restaurants branchés où j'oublierai tout mon passé. Ma vie, je la vois, je la connais.

Je crois que j'ai la gueule de bois. Mais bon, une légère. Rien de grave. J'ai connu bien pire. Gorge sèche, toux rauque, yeux vitreux, et ce putain de réveil qui me vrille les tympans depuis cinq minutes. L'engin de malheur finit enfin par la boucler après un coup de poing bien senti. Au moment de me lever, je sens un truc chaud contre ma jambe. OK, je vois l'idée, je ne suis pas tout seul. J'hésite, soulève légèrement la couette et découvre la brune d'hier soir, qui me paraît soudain nettement moins jolie que dans mes souvenirs. Attends, putain, concentre-toi, Vincent… Ah oui, ça y est, je l'ai : Katia. Un café d'abord, je gérerai après. Je descends de la mezzanine en titubant et atterrit dans le salon, pour trouver mon colocataire endormi sur le canapé-lit, l'air aussi frais que moi. Le cendrier sur la table basse déborde, les bouteilles vides jonchent le sol. Pas franchement ragoûtant au réveil. Mais bon, je décide de m'en foutre. La soirée semble juste mise sur pause ce matin, comme si elle pouvait reprendre d'un instant à l'autre, et c'est ce qui va m'aider à tenir pour cette journée de merde qui s'annonce.

Un café noir dans la cuisine, et je retourne dans le salon, me pose sur le bord du lit, pousse un bras d'Antoine, qui grommelle, et lui tend une tasse brûlante pendant que je bois ma deuxième. Quand il émerge enfin, il attrape à tâtons paquet et briquet qui traînent sur le lit, et s'allume une clope en appui sur son coude.

J'hésite puis finalement, histoire de me donner du courage pour affronter cette journée, j'opte pour le reste du joint qui me fait de l'œil depuis tout à l'heure depuis la table basse et me l'allume en toussotant.

Dans une heure, je serai au boulot, dans cette ambiance pourrie, en compagnie de ces cons. Car même si je déteste ce job de merde à l'usine, je serai à l'heure, comme tous les jours depuis deux ans. Oui, je me relâche sur tout depuis qu'elle est partie, mais, non, je ne serai jamais un connard de branleur. De toute façon, c'est fini, tout ça, dans un mois, ça change, ma vie prend un autre tournant.

La brune descend et nous regarde en grimaçant :

— Si tu passes dans les parages du bar, appelle, mais ne te fais pas chier à vouloir garder le contact, hein. Tant que t'es perché comme ça, je préfère que tu m'oublies. Les losers, j'ai donné, et j'ai plus le courage. Mais t'as une belle gueule et t'es un bon coup, alors pour un one shot, call me.

Puis elle ramasse son sac coincé sous le pied de la table basse et sort en claquant la porte, l'air soulagée de nous quitter.

Seuls dans le salon, Antoine et moi nous regardons pour la première fois depuis ce matin et éclatons de rire devant ce départ précipité qui nous épargne une conversation inutile et au-dessus de nos forces.

Chapitre 2

Elle s'en va courir dehors
Lui surpris respire encore
Elle à pleins poumons
Lui goudron.

Elle prend sa vie à pleines mains
Lui la remet à demain
Jamais de projet
Elle en fait.

Yves Jamait / Zaz — « La radio qui chante »

La fin de la journée arrive enfin. Je suis soulagée, je n'étais pas sûre de pouvoir tenir une minute de plus. Les cours, ce matin, à la fac ont été harassants, et les trois heures au fast-food ensuite, absolument horribles. En plus, il y a eu cet incident stupide. Je suis tellement déçue… Bon, au moins, plus jamais je n'aurai à bosser à des heures indues, avec des gamins braillards ingérables. Maintenant, j'ai tout mon temps libre. Mais comment je vais faire ? Mes économies ne me permettront jamais de tenir les six mois qu'il reste avant ma soutenance. Galère…

— Déjà rentrée ? me demande Mélanie qui me surprend dans mes pensées.

Je sursaute et me retourne, la main sur le cœur.

— Comment ça « déjà » ? Tu te fous de ma gueule ? Tu as vu l'heure qu'il est ?

— Hé, calme-toi, chérie ! Je ne t'attendais pas avant 21 heures, comme tu m'avais dit. Je m'étonne juste qu'il ne soit « que » 20 heures, c'est tout. Et puis c'est quoi cette tenue ?

Elle montre du doigt mon jean et ma chemise, qui ont connu des jours meilleurs.

— Tu n'as pas ton uniforme ? OK. Allez hop, pose-toi sur le canapé et raconte-moi. Il y a eu un souci, c'est ça ? Tu as été virée ? Tu vois que je pourrais faire agent secret, moi aussi !

— Mel, c'est pas le moment de te foutre de ma gueule.

Un soir de grandes confidences entre copines sur le canapé, après sans doute une énième déception amoureuse, j'avais confié à Mélanie mon rêve de devenir agent secret, en détaillant tous les courriers que j'ai envoyés aux divers centres de recrutement, sans oublier le concours que j'ai passé l'été dernier. Celle-ci m'a à moitié crue au début, mais ma motivation a fini par la convaincre que je disais la vérité, ce qui ne l'a pas empêchée de me rappeler gentiment que rien n'arrivait comme dans les films et que je devrais tout simplement attendre sans m'enflammer.

Depuis, c'est un sujet de plaisanterie constant chez elle, même quand je lui rabâche d'arrêter parce qu'elle va finir par griller ma couverture de gentille petite étudiante en fac. Je ne cesse de lui répéter qu'un jour viendra certainement où elle rentrera à l'appart et où je ne serai pas là. Alors elle devra faire comme si elle ne m'avait jamais connue, continuer sa vie sans jamais me mentionner si elle ne veut pas se retrouver otage d'un trafiquant de drogue ou tout simplement se faire lobotomiser par l'Etat pour effacer ce qu'elle sait. Bon, OK, là j'exagère peut-être un peu, mais ce n'est pas parce que le temps a passé et que je suis devenue adulte que mes vieux réflexes de gamine qui préférait ses rêves à son quotidien déprimant se sont évanouis par magie.

— Pardon, ma Mil. Raconte-moi, me dit doucement Mélanie en tapotant le canapé pour m'inviter à m'asseoir.

— Ben, c'était cet enfant…, je commence, penaude.

— Oui ?

— Je pouvais pas savoir, moi ! Des fois, tu sais, ils prennent des enfants, et puis l'autre, avec son physique à la Brad Pitt, on aurait dit un vrai, alors évidemment… Mais bon, j'ai cru que ça y était, que c'était enfin le test. Alors je suis intervenue et j'ai arrêté le sale monstre.

— Milie, tu es bien consciente que ce que tu racontes est absolument incompréhensible ?

— C'est fait exprès. Si tu comprends, tu vas me tuer.

— C'est encore en rapport avec ce concours ? Emilie Davois-Roberts, qu'est-ce que tu as encore fait ?

Oh là là, ça ne sent pas bon du tout quand elle m'appelle par mes deux noms de famille, que je déteste autant l'un que l'autre — celui de mon alcoolique de mère et celui de mon connard de père, qui nous a abandonnées. Et ça, Mélanie, qui est une cousine éloignée de ma mère, le sait parfaitement puisque depuis les cinq années que nous cohabitons, elle a en quelque sorte endossé le rôle de parent de substitution. Et avec ses trois ans de plus que moi, elle se targue d'avoir une certaine autorité dans cet appartement. Même si, dans les faits, ce serait plutôt moi la mère, vu son manque de maturité chronique, mais j'admets volontiers que, dans les moments difficiles, c'est toujours sur son épaule que je vais m'appuyer.

Mais là, l'heure n'est pas aux câlins. Je vais me prendre une soufflante. Je prends une profonde inspiration et reprends, dans l'ordre.

— OK. Dans le resto, il y avait ce type très beau. Quand j'ai pris sa commande, il a dit un truc bizarre, genre « je suis pressé, ma voiture est mal garée », en tout cas j'ai trouvé ça louche. Et puis, tout à coup, je m'aperçois qu'il regarde avec insistance un gamin de douze ou treize ans, j'en sais rien, peut-être dix, qui fouillait dans la poubelle. Enfin, on ne fouille pas dans la poubelle quand on a cet âge-là, non ? Et comme, juste avant, ce beau mec avait jeté un truc dans la poubelle, j'ai compris qu'il y avait mis ce truc *à mon intention*. Vu comme il me regardait, il n'y avait aucun doute ! Alors, j'ai foncé !

— Heu, ça veut dire quoi « j'ai foncé » ?

— Je suis sortie de derrière ma caisse, j'ai poussé le gamin et je l'ai engueulé pour qu'il comprenne qu'on ne me la faisait pas, puis j'ai récupéré ce qui traînait dans la poubelle…

— Je te poserai des questions plus tard, d'accord ? Vas-y, continue…

— Eh bien c'est là qu'Hervé, mon directeur, est arrivé. Le gamin pleurait, les parents me hurlaient dessus comme quoi j'avais brutalisé leur enfant. Une scène un peu de crise, quoi. Après une heure de scandale, Hervé a calmé les parents en leur disant que j'étais virée. Mais le pire, c'est pas ça.

— Ah bon, c'est quoi ?

— Je crois que c'était une fausse alerte… J'ai dû rendre le jouet que le gamin avait fait tomber dans la poubelle et que j'avais récupéré. En fait, il tentait juste de le sortir. Et le Brad Pitt avait l'air complètement effrayé en me regardant. Je crois qu'il m'a prise pour une folle…

— Tu m'étonnes.

— Ce qui veut dire que non seulement ce n'est pas un agent de l'Etat mais qu'en plus j'ai aussi grillé toutes mes chances avec lui…

— Rappelle-moi son « mot de passe » ? me fait Mélanie en mimant des guillemets.

— « Je suis pressé, ma voiture est mal garée »…

Je baisse les yeux en disant ça car je prends conscience du ridicule de la situation.

— Et à aucun moment il ne t'a traversé l'esprit que cet homme était mal garé et donc pressé d'aller reprendre son véhicule ?

Mélanie est en colère, ça se voit à la façon dont elle a élevé la voix.

— Mais Mel…

— Je sais pas, moi : « les cerises sont rouges en automne » ou « attention, quatre moins le quart, l'Italie est en danger, appelons Dora », oui ça, ça pourrait être un mot de passe ! A supposer qu'ils emploient vraiment des mots de passe, d'ailleurs, mais passons. Mais attaquer un enfant sans défense dans un fast-food sous prétexte qu'il fait les poubelles et qu'un beau mec t'a dit « je suis pressé, ma voiture est mal garée » ? ! Emilie, je suis sérieusement inquiète pour toi. Tu ne m'avais encore jamais fait un truc comme ça !

— C'est bon ! Tu ne crois pas que je le sais ?

Je me mets à crier moi aussi, en me redressant, et je suis au bord des larmes mais, comme d'habitude, je les retiens.

— OK OK, assieds-toi, ma chérie. Je crois que ça s'appelle un acte manqué. Tu es en plein burn out. Tu bosses comme une malade, tu as besoin de repos et ce boulot, c'était la goutte d'eau. Alors réfléchissons : as-tu assez d'argent pour survivre pour les six mois qui restent ?

— Je crois, oui. Il faut que je regarde, mais l'argent que mon connard de père m'avait viré sur un compte quand il s'est tiré devrait suffire. Je ne comptais pas y toucher, mais bon… à mon avis il doit y avoir dans les quatre mille ou cinq mille euros.

— Ah oui, c'est impressionnant ce que la culpabilité est généreuse chez ton père. Bon, passons. J'ai autre chose à te dire, ma belle, mais ça fait peut-être beaucoup pour toi ce soir.

— Quoi ? Vas-y, au contraire, je préfère tout encaisser d'un coup.

— Ben tu sais, ce salon de coiffure un peu high-tech qui devait ouvrir et qui voulait mes services ?

— Oui ?

— Eh bien il ouvre ! Et ils me veulent.

— Oh ! C'est une super nouvelle, Mel !

— Pas ici. A Bordeaux.

— Qu… quoi ?

— Je vais partir, ma chérie. Mais j'ai bien réfléchi depuis les quatre jours que j'essaye de t'en parler. Je peux continuer de t'aider et payer le loyer les trois prochains mois. Je ne t'abandonne pas. Je viendrai te voir régulièrement. J'aurai un super salaire, presque le double, si ça marche. Toi, de toute façon, ton école de la magistrature, elle est à Bordeaux, non ?

— Oui, si je suis admise.

— Mais tu le seras ! Ça te laisse six mois pour te motiver et tout donner sans ce job de merde au fast-food ! Je paierai le loyer pendant trois mois, le temps que mes finances me le permettent, et il te restera juste trois mois de plus à tenir. C'est faisable, non ?

— Mais je ne vais pas te laisser payer le loyer alors que tu n'es plus là !

— Mais si, au contraire, ça me rassurera. Imagine que mes deux mois d'essai ne marchent pas, il faut bien que j'aie un pied-à-terre, non ? Alors toi, tu restes ici, tu attends trois mois et tu prends une colocation pour les trois derniers mois. J'ai pensé à tout.

Et nous nous mettons à parler comme ça, une discussion irréelle car je n'arrive pas à réaliser que Mélanie va partir à la fin du mois. J'ai l'impression que l'on m'abandonne une nouvelle fois. Même si elle va juste à Bordeaux et que, théoriquement, j'y serai dans six mois, moi aussi, je sens une peur incontrôlable m'envahir.

A 22 heures, c'est le moment de sortir mais, malgré tous les arguments de Mélanie, rien ne me décide à la suivre, j'ai besoin de rester seule. Elle finit donc par abandonner et me dit qu'on discutera de tout ça à tête reposée demain.

Elle m'envoie un baiser en me répétant qu'ils seront au Via Brazil ce soir, au cas où je change d'avis, et je la regarde sortir pour rejoindre cet Antoine, un client qu'elle a coiffé la semaine dernière et avec qui elle a rendez-vous. Il sera avec un pote, mais tant pis, je n'ai pas la tête à ça, mais alors pas du tout, du tout.

Chapitre 3

Elle pense que la vie est belle
Lui la trouve trop réelle
Bien trop prosaïque
Trop cynique

Yves Jamait / Zaz — « La radio qui chante »

Je suis prêt. Une bonne douche froide m'a revigoré. Il est 22 heures et on a rendez-vous en ville avec des potes d'Antoine. Techniquement, on devrait y être depuis plus d'une heure, mais la ponctualité n'a jamais été mon fort. Les horaires à l'usine m'emmerdent déjà assez pour ne pas qu'en plus je me prenne la tête le soir. En sortant du boulot à 20 heures, j'ai eu besoin de décompresser un peu. La moitié d'un paquet de clopes et quelques bières plus tard, Antoine et moi montons dans ma voiture.

— C'est qui, déjà, qu'on rejoint ? je demande, de moins en moins motivé par cette soirée.

— Tu sais, Jerem', mon pote de l'armée. Et puis cette fille que j'ai rencontrée la semaine dernière, qui m'a coupé les cheveux. Elle vient avec une copine à elle. Comme ça, ce soir, on en aura une chacun.

— Ouais, super. Toi, tu connais la tienne, moi, je ne

sais même pas à quoi elle ressemble. Ça me fait pas trop envie, tes plans à la con. Je prendrai directement ce que je trouve dans le bar. Moins risqué.

— Mais attends, si la copine est aussi canon que la rouquine, il y a peut-être moyen de s'amuser...

Comprenant à quoi Antoine fait allusion, je fronce les sourcils et réponds méchamment :

— Mais t'es malade, toi ! J'ai pas envie de baiser avec toi, mec. Deux filles pour moi, ça me va, mais pas si t'es dans les parages !

— Oh ! ça va ! Je déconne. De toute façon, tu ne seras plus jamais le même. T'es devenu une vraie poule mouillée depuis...

En entendant cela, j'accélère rageusement et la voiture prend un virage serré qui colle brutalement Antoine contre la vitre.

— C'est bon, c'est bon, arrête, je retire ce que j'ai dit, t'es pas une poule mouillée ! Je n'allais rien dire sur Marina. Putain, mec, c'est pas possible d'être encore aussi susceptible. Ça fait presque deux ans qu'elle est partie, et pour moi aussi, c'est dur. C'était ma cousine, merde ! Mais il faut que tu apprennes à avancer un peu.

— Pas envie.

— C'est bien le problème. Je t'ai pas dit de te marier et de faire des gosses, mais laisse-toi au moins une chance d'être heureux à nouveau.

— Qu'est-ce qui te fait croire que je ne suis pas heureux ?

— Je ne sais pas... Ton air lugubre de tous les jours, peut-être ? Ah, note, ça marche, hein ! Les filles, tu les attires comme un aimant, sauf qu'au bout de deux jours ta charmante moue renfrognée, ça finit par les gonfler, si tu ne les as pas larguées avant, bien sûr. Et ta vie ? Quand est-ce que tu décides à la prendre en main ? Moi, ça me va d'habiter avec toi et de faire la fête tout le temps, je suis encore étudiant. Mais toi ? Tu vas bosser dans cette usine merdique toute ta vie ? Tu as complètement abandonné l'idée d'ouvrir ton garage ?

— Ouais.

— Ouais quoi ?

— Ouais, j'ouvrirai jamais de garage. Ça, c'était avant.

— Je ne vois pas le rapport, c'est complètement con.

Je lui jette un regard noir, et il se tasse légèrement sur la banquette.

— Plus de tunes, dis-je simplement en ouvrant la fenêtre pour allumer une nouvelle clope.

— Emprunte à tes parents.

— Hors de question ! Ça, je l'entendrais toute ma vie. Mais j'ai des projets, je te rassure.

— Ah bon. Et on peut savoir ce que c'est ?

— L'armée.

— Hein ?

— J'entre dans l'armée le mois prochain.

— Tu déconnes ? Et tu comptais m'en parler quand ?

— Ben je t'en parle, là.

— Mais comment je vais faire ?

— Je te ferai remarquer que tu squattes chez moi, déjà.

— Mais je te paie un loyer ! Et puis c'est l'appartement de tes parents…

— Qui ne m'en font pas cadeau ! Je paie le loyer plein pot, rassure-toi, et ce n'est pas ta faible participation qui me permet de vivre largement. Mais je m'en fous, ça a toujours été le deal. Mais le problème n'est pas là. En fait, je t'ai trouvé un nouveau colocataire, mais il va falloir changer le bail et, pour le coup, ton loyer va légèrement augmenter puisque tu devras faire moitié-moitié.

— Merde, fait chier que tu partes. Pour combien de temps ?

Ça me touche qu'Antoine rebondisse sur mon départ et pas sur l'augmentation du loyer. J'ai beau jouer les durs, ça fait du bien de se dire que certaines personnes tiennent un peu à vous. Je lui explique que je m'engage dans l'armée de terre, ce qui implique que je devrai partir pour six mois au début, mais je ne sais pas encore où, sans doute en France pour commencer, avant qu'on m'attribue de vraies missions. Enfin d'après ce que j'ai compris.

— S'il te plaît, me dit-il quand on arrive, cette fille me plaît, alors essaye de faire un effort avec sa copine.

— Je ferai un effort. Je prends deux verres, et si je me fais chier, je rentre, et tu te démerdes pour rentrer, c'est clair ?

— Ouais, grommelle Antoine tandis qu'on sort de la voiture.

En entrant, Antoine repère tout de suite la rousse qui l'attire tant, et je dois reconnaître qu'elle est sympa, en tout cas physiquement. Autant il faisait le barbot en me parlant dans la voiture, autant là, maintenant, devant cette chevelure de feu, il semble avoir du mal à aller l'aborder.

Qu'il se démerde, je ne vais pas l'aider en plus. Alors que je me dirige vers le bar, Antoine prend son courage à deux mains et s'approche de la fille, assise sur l'un des canapés au milieu de la salle avec des amis. Je reste derrière lui pour écouter. Mélanie, de son prénom, a l'air contente de le voir, et le présente à ses amis, un Benoît à l'air calme et tranquille, une Hélène qui semble être sa meuf et une Annie, assez quelconque, un tailleur cintré style hôtesse de l'air. J'en ai assez vu, je vais au bar commander deux bières. Une nouvelle arrivante s'approche de Mélanie et capte mon attention. Grande, blonde, élancée, belles jambes : sympa.

Antoine me présente à l'assemblée qui s'est rassise, et Mélanie se lève à contrecœur pour présenter la bombasse qui vient d'arriver et se prénomme Karine. Un peu stéréotypée dans le genre gros seins et taille fine, mais bon, ça peut m'occuper. Antoine me regarde et semble attendre mon verdict. Je ne dis rien et on s'assied tous les deux avec les autres.

— Eh bien voilà, chuchote Antoine à mon oreille, la bachata à fond dans les enceintes couvrant nos voix. Tu pourrais me remercier.

— Pour elle ? dis-je en désignant Karine du menton. Mouais, pas trop de challenge. A mon avis, moyennant quelques verres, elle arrive vite dans ton lit, celle-là.

— Oh ! t'es jamais content !

— Mais si, lâche-moi. Va plutôt draguer ta petite coiffeuse, moi j'ai pas besoin d'avoir une meuf tous les soirs dans mon lit, c'est bon. Je peux très bien passer une bonne soirée juste comme ça, tranquille. Tiens, d'ailleurs il y a Max au bar. Un pote du lycée. Je vais aller discuter un peu et boire quelques bières avec lui.

— Putain, Vince, me laisse pas. Comment je fais, moi ? Je ne connais aucun de ses potes.

— Eh ben, comme tout le monde : tu fais la conversation et tu laisses ton charme agir, dis-je en me levant pour lui tapoter l'épaule avec un petit rire.

— Enculé, me répond-il sobrement.

J'arrive au bar et serre la main de mon pote Max, lequel semble content de me voir. Perchés sur nos tabourets, on échange des banalités tout en regardant la piste où quelques grands Blacks se déhanchent sur les rythmes dominicains en dansant collés-serrés avec leurs partenaires.

Mon regard est soudain attiré par une petite blonde qui vient d'arriver. Elle n'a rien d'exceptionnel à première vue, mais je ne peux m'empêcher de la regarder tandis que je continue à parler avec Max. Elle semble fragile et déplacée dans ce lieu. C'est peut-être ce qui m'attire. En même temps, la façon qu'elle a d'avancer sans hésiter pour se frayer un passage au milieu des danseurs est assez révélatrice d'un caractère bien trempé. Sa taille semble si fine que j'ai une envie irrésistible d'y passer un bras et de pousser tout le monde pour la laisser traverser tranquillement la piste. Un petit haut en dentelle verte laisse deviner une poitrine ni trop menue ni trop grosse, pas vulgaire comme celle de l'autre blonde, mais d'une fermeté qui donne bien envie d'aller tâter la marchandise. Elle se retourne pour parler avec un serveur, et à la vue de son jean qui lui moule si bien les fesses, je suis assailli de nouvelles images lubriques. Serais-je finalement en manque de sexe, pour réagir comme ça, ou juste un crétin de plus assoiffé de cul ?

— Ah, la voilà, tiens ! dis alors Max.

— Qui ça ?

— Celle que tu mates. C'est marrant qu'elle te plaise, je te pensais plus branché bimbos.

— La blonde, là ? dis-je en pointant ma bière dans sa direction, d'un air détaché. Elle a juste un beau cul.

— Ouais, Emilie, qu'elle s'appelle. Elle a l'air fragile et coincée au premier abord, mais je peux te dire que putain, c'est tout le contraire ! Au pieu, elle envoie grave, cette gonzesse. Si tu savais tout ce que…

— Merci, mec ! J'ai pas besoin de savoir.

Max sourit et boit une gorgée tandis que je l'observe avec un léger dédain. C'est quoi ce connard ? C'est l'image que je donne, moi aussi, aujourd'hui ? C'est pas possible, j'ai pas pu tomber aussi bas pour qu'il croie m'intéresser en me racontant ces saloperies ? En tout cas, mieux vaut que j'évite d'approcher de cette gonzesse : vu la manière dont j'ai envie de la défendre sans même la connaître, ça sent le nid à emmerdes. Celle-là, c'est clair, c'est pas un one shot, donc pas le moment dans ma vie. Alors trace ta route, Vince, et ne t'approche surtout pas.

Je ne sais pas ce que je fous là. J'ai passé un début de soirée tellement pourri que j'ai préféré tout envoyer bouler et sortir me détendre. Enfin ça, c'était ma première idée, mais maintenant je le regrette. A peine Mélanie partie, le téléphone sonnait : ma mère. Encore soûle, à pleurer et à faire du chantage au suicide. Mais j'ai appris de ma jeunesse et je sais que je ne peux rien pour elle. Prendre ma voiture et faire plus de soixante-dix kilomètres pour aller la voir dans sa maison de santé ne servirait à rien. Chaque fois que je retrouve mon alcoolique de mère, la seule chose qui évolue, c'est mon moral à moi, et pas dans le bon sens. Bref, ce soir, après une demi-heure au téléphone à tenter de la rassurer — non il n'y aura pas de voleurs cette nuit, non personne ne veut s'en prendre à ta personne, oui tu dois rester encore avec le personnel, non ils ne sont pas méchants et ne t'en veulent pas, oui papy fait ça pour ton bien c'est pour ça qu'il te paie cette « cure permanente »... —, je suis ressortie du coup de fil encore plus épuisée et vidée que d'habitude, mais bien décidée à ne pas passer ma nuit à cauchemarder. Alors je me suis changée et j'ai pris le dernier tram pour rejoindre Mélanie. Tant pis pour les dépenses, tant pis pour la fatigue. Et puis si ça se trouve, j'ai pensé, qui sait ? Peut-être que ce soir je rencontrerai un dangereux criminel que j'appréhenderai et qui me vaudra ma sélection à la DGSE.

En arrivant au bar, je cherche ma copine et nos amis des yeux quand j'aperçois Max, perché au comptoir. Il est accompagné d'un homme brun dont je ne vois d'abord que le dos. Puis le dos se retourne et je me sens sondée en profondeur par d'immenses yeux. C'est comme s'il avait les moyens de m'hypnotiser à distance. J'essaye de ne pas bloquer, mais je me sens happée par ce regard qui me met mal à l'aise. Qu'est-ce qu'il me veut ? Pourquoi me regarde-t-il comme ça ? Hésitant à aller saluer Max d'emblée, je choisis de faire un crochet par la table de mes amis. Pas facile de se frayer un chemin au milieu des couples qui dansent, et il faut ensuite bien regarder où on met les pieds car, à certains endroits le sol est recouvert de sable censé donner l'impression qu'on se trouve sur une plage en été.

Alors que je progresse sur la piste, je sens le regard de l'inconnu qui continue de peser sur moi. *Soit je l'ignore, soit je vais lui demander ce qu'il me veut.* En plus, c'est pas du tout mon genre, les bad boys. Or ce mec est un dangereux vaurien, ça se lit sur lui. Un jean délavé, un T-shirt cintré qui laisse ressortir ses muscles, le genre bodybuildé qui se regarde en faisant du sport, quoi. L'abruti notoire qui n'a rien à offrir mais qui est persuadé d'être le meilleur coup de la planète. Beurk. Cela dit, c'est peut-être aussi celui que je devrais surveiller, il a une vraie tête de dealer. Oui, je vais le garder à l'œil.

En m'arrêtant à la table de Mélanie, je comprends que celle-ci est en charmante compagnie avec cet Antoine, qui a l'air assez sympa au demeurant, mais qui l'accapare. Ne sachant que faire car Hélène et Benoît se bécotent et Annie discute avec son copain Ludo qui vient d'arriver, je me lève et décide d'aller au bar dire bonjour à Max. Et, aussi, afin de découvrir de plus près ce spécimen…

Il est assez charmant, pour qui aime le genre ténébreux, avec un regard sombre et froid qui me donne la chair de poule. Il sent la cigarette, et ses mains, l'une posée sur le comptoir, l'autre qui encercle un verre, me donnent le frisson. On les croirait taillées pour étrangler quelqu'un. Je me penche vers Max pour lui faire la bise. A mon grand désespoir, celui-ci me présente son ami : Vincent. Forcée de pratiquement me glisser entre ses jambes pour m'approcher et lui faire la bise, je sens mon cœur battre plus fort et m'en veux de cette réaction stupide.

Alors que Max commence à me chambrer et à me

faire comprendre qu'il veut rentrer avec moi ce soir, je sens monter en moi une grande lassitude. Non, je n'en ai pas envie. Max ne semble pas piger, mais je ne cède pas. La soirée se déroule bien pour tout le monde, sauf pour moi, qui ne suis pas dedans. Tout le monde boit, trop, tout le monde rit, trop, et je me sens décalée, pas à ma place. Derniers mois de cours de droit pénal à la fac et, ensuite, le concours pour intégrer l'Ecole nationale de la magistrature et atteindre le Graal : trente et un mois de formation qui changeront ma vie. En attendant, je dois tenir. Le problème, c'est que plus la soirée avance, plus je me sens en décalage avec tous ces jeunes fêtards insouciants. Je ne suis pas comme eux. Je ne l'ai jamais été, je crois. Déjà, je ne bois quasiment pas une goutte d'alcool, ensuite j'ai un plan de carrière, ce qui n'est certainement pas leur cas.

Je regarde Mélanie faire les yeux doux à son Antoine tandis que j'essaye de repousser gentiment Max tout en évitant les yeux, toujours rivés sur moi, de ce Vincent, et puis, sans m'en rendre compte, je bois un peu. Le cocktail que Max m'a commandé me fait du bien. J'en avais besoin. Je ne sais même pas ce que c'est. Il y a du rhum, c'est tout ce que je parviens à identifier. Je vais m'asseoir avec les autres ; Max et son pote Vincent nous rejoignent et je comprends qu'il est le colocataire du fameux Antoine qui intéresse tant Mel. Je discute avec Alice et arrive à échanger quelques mots avec Hélène et Benoît, le temps qu'ils reprennent leur respiration avant de recommencer à s'embrasser à pleine bouche.

A un moment, un grand type vient m'inviter à danser. OK, j'aime danser, mais là, tout de suite, ça ne me dit pas, surtout avec celui-là. Je le connais vaguement pour l'avoir croisé ici et avoir dansé avec lui une fois. Il est vraiment collé-serré. Il insiste tellement que je me sens contrainte d'accepter pour être tranquille. A peine est-on arrivés sur la piste qu'il plaque ses mains contre mes fesses et m'adresse le sourire du loup à l'agneau qu'il s'apprête à dévorer. Mal à l'aise, je souris en retour et tente faiblement de le maintenir à distance en calant mes coudes contre son torse. Peine perdue, il me colle de plus en plus et commence même à malaxer mes fesses. Fatiguée, en colère et au bord de la crise de nerfs, j'hésite à le gifler, mais deux esclandres dans la même journée, ça fait peut-être beaucoup pour une seule et même personne, non ? Je jette des regards paniqués vers notre table, mais tout le monde semble trop absorbé dans sa conversation pour saisir ma détresse. Je vais tuer Mel. Alors que j'abandonne et me résigne à patienter jusqu'à la fin de ce morceau interminable, je sens une main puissante se poser sur mon épaule.

— Ça va, mec. Maintenant, ma copine, c'est avec moi qu'elle danse, OK ?

Le type hésite mais, devant le regard noir et déterminé de Vincent, finit par me repousser à regret. Je me sens perdue. Est-ce que je viens d'être sauvée par mon prédateur ? Je n'ai pas le temps de m'appesantir sur la question, car Vincent m'a déjà prise dans ses bras et commence à danser sur le morceau suivant. Il sait danser ? Bon, c'est pas trop ça, mais il est en rythme au moins. Je me rends compte que ça va mieux, je relâche la pression et m'abandonne un peu dans ses bras. *M'abandonne* ? Non, sûrement pas. Je dois le surveiller, je me méfie de lui. Après tout, la première impression est souvent la bonne, non ?

— Merci, m'entends-je dire doucement.

— De rien.

C'est sa seule réponse. OK, en plus, c'est le genre « je suis un gros dur pas bavard », super, on va pouvoir refaire le monde.

Décidément, c'est vraiment pas un mec pour moi.

Trop grand, trop sombre, trop de problèmes, j'en suis sûre. Et moi, j'ai assez des miens.

Un homme passe alors à côté de nous et adresse un signe de tête à Vincent, qui le lui rend. *Tiens tiens*, étrange…

La musique s'arrête et, quand il me lâche, j'ai l'impression que je vais tomber. Je m'étais peut-être un peu trop accrochée à lui.

Alors qu'on rejoint les autres sans un mot, je vois Vincent qui s'arrête pour discuter avec un type. Il se font un signe de la tête et je suis sûre qu'ils ont échangé quelque chose discrètement. Oh putain, c'est un dealer ! Je tiens mon scoop, enfin mon occasion de montrer mon courage, plutôt.

Je m'approche de Mélanie pour tout lui raconter. Je m'accroupis à côté d'elle et chuchote :

— C'est trop bizarre.

— Quoi encore ? dit-elle en adressant un sourire crispé à Antoine, en face d'elle.

— Ce Vincent. Il est louche.

— Oh non !

— Non mais écoute-moi, Mélanie. Il a tendu une enveloppe et…

— Une enveloppe ?

— Non, peut-être pas, mais…

Je n'ai pas le temps de finir, Mel s'est levée, elle me tire par l'arrière de mon haut pour me hisser à mon tour et me pousse sans ménagement vers les toilettes.

— Ecoute-moi bien, Mil. Tu vas arrêter tout de suite ! Il n'y a pas de dealer dans ce bar !

Une fille qui se lavait les mains nous regarde de travers et sort rapidement sans demander son reste.

— Laisse tomber, Mil ! Tu ne crois pas que tu en as assez fait pour aujourd'hui ? Ce garçon est normal, et si tu savais faire autre chose que t'attirer des ennuis, tu le saurais !

Comme je reste bouche bée, choquée, Mélanie s'excuse aussitôt.

— Pardon, ma puce, ce n'est pas ce que je voulais dire. Apprends à relâcher la pression. Tu es à bout. Concentre-toi sur ta fac, ton concours, oublie le reste. Tu me fais une peur bleue, un jour tu vas te blesser à vouloir jouer les justicières, laisse ça aux autres ! Tu ne changeras pas ta vie, tu ne changeras pas ton enfance, alors construis ton avenir, mais sans chercher à décrocher la lune, s'il te plaît.

En disant ça, elle me replace une mèche derrière les oreilles. Je suis vexée. Elle me prend pour une cruche sans cervelle, c'est ça ? Je vais lui montrer, moi. Sans un mot, je sors des toilettes, furibonde.

Cette fille est quand même sacrément étrange. Quand elle est revenue des toilettes avec sa copine, tout à l'heure, elle avait une lueur déterminée dans le regard qui m'a impressionné. De toute façon, tout son regard m'impressionne. Elle a des yeux bleus immenses mais, ce qui me dérange, c'est que j'ai l'impression qu'ils me voient comme un hors-la-loi. C'est comme si tous mes mauvais travers de ces derniers temps étaient encore exacerbés sous son regard. Antoine m'a dit qu'elle était en fac de droit, ceci explique peut-être cela. En tout cas elle n'est vraiment pas pour moi, c'est définitif. Trop mimi, trop gentille, trop fifille, et juste « trop », en fait. Moi, avec toutes mes conneries, un jour je vais me faire choper. D'où le choix de l'armée, d'ailleurs. Un côté maso chez moi, ce besoin de me jeter dans la gueule du loup pour changer de vie. Deux ans que je m'autodétruis, ça suffit.

Je me demande où est passée cette Emilie. Ça fait un petit quart d'heure que je ne l'ai pas vue. Antoine, qui a passé la soirée captivé par sa flamboyante rouquine, me dit qu'il la raccompagne. Comment ? En taxi je suppose ? Ha, la logique implacable des étudiants ! Jamais une tune, mais toujours prêts à claquer cinquante boules dans un taco pour les beaux yeux d'une quasi-inconnue. Je me dis que je ne vais pas tarder à rentrer aussi, rien ne me retient dans ce bar et je suis crevé, la semaine a été rude. La Karine m'a fait du pied plusieurs fois et j'ai son numéro mais, pour l'instant, je n'en ai pas envie. Jolie mais un peu trop vulgaire, en fait.

Je me fraye un passage dans la boîte, où la température est montée d'un cran avec l'alcool, et pousse la porte de sortie. L'air frais me revigore. En roulant mon joint, je jette un œil au coin de la rue car je vois quelqu'un bouger. Merde, on dirait ma petite étudiante en droit coincée. Et en face ? Oh putain, Greg, celui qui m'a vendu mon herbe. Qu'est-ce qu'elle fout avec lui ? C'est pas un enfant de chœur, celui-là. Je m'approche doucement, l'air de rien, pour tâter le terrain.

— Ça va ? dis-je en arrivant à leur portée.

— T'en mêle pas, Vince. Je dois régler quelques détails avec mademoiselle, qui se prend pour une James Bond girl.

— Elle ? dis-je en prenant un air blasé soigneusement calculé.

— Ouais, pourquoi ? Elle me dit qu'elle va appeler les flics, cette petite pute, parce que, selon elle, je serais un dealer. Non mais t'y crois, toi ? Un mec blanc comme moi !

— Ecoutez, je sais me battre et vous ne me faites pas peur. Je signalais juste que je vous avais vu vendre des choses pas très catholiques et que je n'aimais pas ça, OK ?

Waouh, elle a du cran la gonzesse, finalement. Cela dit, elle serait plus crédible si elle ne tremblait pas comme ça. Il faut que j'intervienne car Greg n'a beau être qu'une petite frappe, je ne sais pas de quoi il est capable. Et je n'aime pas trop le regard lubrique qu'il lui lance…

— Ecoute, laisse tomber. Elle a trop bu, tu vois pas ? Je réponds d'elle.

— Tu réponds d'elle ? Et en quel honneur, mec ?

— C'est ma meuf, OK ?

Pour confirmer mes dires, je m'approche d'elle, la plaque contre moi en malaxant vulgairement une de ses fesses et l'embrasse. Elle a un goût de réglisse qui me déstabilise. Je la dévorerais. Quand on y goûte, on ne peut plus s'arrêter.

— C'est quoi ce délire ? Tu fais dans la bourgeoise coincée, maintenant ?

— Je fais dans ce que je veux, alors m'emmerde pas.

— Hé, tu me parles pas comme ça quand tu as besoin de moi, hein…

Ça sent mauvais. Greg se rapproche de nous, l'air menaçant. Je sens Emilie qui tremble contre moi. C'est pas un gros bras, mais il faut toujours se méfier avec ces mecs. Pour l'instant, il est seul, mais les renforts peuvent arriver.

— Il y a un problème ? dis-je en me plaçant au-dessus de lui pour le tancer du haut de mon mètre quatre-vingt-dix.

— Ouais, je crois, mec. Tu vas museler ta chieuse !

— Mais je ne te permets pas ! lance alors Emilie avec un air de défi.

Putain, elle ferme jamais sa gueule, celle-là ? Au moment où je me dis ça, je vois Greg lever le bras, prêt à lui en coller une. Mes réflexes étant encore assez bons, souvenirs lointains de l'époque où je pratiquais la boxe, je parviens à le stopper de mon bras droit avant qu'il ne la gifle, et de ma main gauche, qui vient de lâcher la taille d'Emilie, je lui retourne un coup de poing dans le ventre. Je ne suis pas gaucher, alors le coup porté atteint sa cible, mais pas assez fort pour le déstabiliser. Greg chancelle, légèrement choqué que j'aie levé la main sur lui, et me place un coup de pied dans les burnes. Je n'ai pas le temps de le voir venir, surtout je ne m'y attends pas. Le coup me fait ployer, et il en profite pour me coller un coup de poing au visage. Ma tête tourne violemment sur la droite et la colère l'emportant sur la douleur, je m'apprête à riposter quand je le vois de nouveau armer son poing. Mais, contre toute attente, le pied d'Emilie lui arrive dans les côtes et le projette en arrière. Le coup ne lui fait pas bien mal, mais suffisamment pour me laisser le temps de me reprendre. Je me redresse, pousse Emilie, qui semble elle-même choquée par son propre geste, et je lui colle une vraie belle droite dont j'ai le secret. Cette fois, il ne résiste pas et s'envole en arrière pour atterrir sur le sol dans une gerbe de sang.

— Ne t'approche plus d'elle, dis-je, menaçant.

— Cassez-vous, ta salope et toi, et que je ne vous revoie plus, dit-il à genoux en crachant du sang. Je te garantis, Vincent, si je te revois, ça ne sera plus la même. Ne t'avise plus jamais de frapper à ma porte, connard.

— Viens, on se tire, dis-je à Emilie en lui prenant la main d'autorité.

On marche vite pour arriver à ma voiture. Je la déverrouille à distance et, une fois à sa hauteur, ouvre la portière côté passager et jette Emilie assez brutalement dans l'habitacle.

— Tu ne vas quand même pas conduire ? me dit-elle en me voyant faire le tour.

— Ben si. Pourquoi ? C'est ma caisse.

— Mais tu es blessé et tu saignes.

— Oui, mais là, on n'a pas trop le temps de me soigner, en fait.

Dans le rétroviseur, je vois trois potes de la bande à Greg qui déboulent dans la rue. Il faut y aller, ce n'est pas le moment de traîner. Je démarre en trombe et quitte ma place dans un crissement de pneus.

Chapitre 4

Elle
La radio qui chante
La joie qui l'évente
Malgré tous les bleus.

Lui
Le visage mort
D'artifice encore
De gamins trop vieux

YVES JAMAIT / ZAZ — « La radio qui chante »

Nous échangeons à peine trois mots dans la voiture avant d'arriver à l'appart. J'ai dit à Emilie que sa copine et mon pote étaient partis ensemble, et comme ça ne lui disait pas trop de les retrouver chez elle après ce qu'il venait de se passer, elle a proposé de m'accompagner chez moi pour soigner mes plaies. Ma foi, je dirais bien que c'est la première fois que c'est aussi simple de ramener une fille à la maison, mais le souvenir du coup de pied bien placé et du poing dans la gueule tempère un peu mon enthousiasme.

— Elle est belle.

— Qui ça ? dis-je, alarmé.

— Ta caisse. C'est une Mustang, j'adore. C'est ma voiture préférée. Elle est de 87, non ? C'est la GT, il me semble, un V8, c'est ça ?

J'en reste sans voix. Décidément, cette première de la classe me réserve quelques surprises.

— Quoi ? Je n'ai pas le droit de m'y connaître en voitures, c'est ça ?

— Pas plus qu'en coups de pied. D'ailleurs tu l'as sorti d'où, celui-là ?

— Oh ça, c'est une longue histoire…

— Ça tombe bien, on a toute la nuit, dis-je avec un sourire carnassier qui réveille une légère douleur dans ma joue gauche.

Elle doit me voir grimacer car elle s'approche de la cuisine, dont le bordel me fait soudain affreusement honte, sort des glaçons du frigo et les place dans une poche improvisée avec un torchon à vaisselle.

A sa manière de m'enjoindre de m'asseoir sur mon propre canapé, je me sens presque obligé de lui demander l'autorisation de lever le petit doigt. Elle pousse le cendrier plein à craquer et s'assied sur la table basse avant de m'appliquer le torchon sur la joue. Je ne dis rien, complètement hypnotisé par ses yeux. Ils ne sont pas bleus comme je l'ai d'abord cru, mais gris. Ils sont surtout magnifiques.

— C'est qui ? me demande-t-elle.

Comme ça, sans préambule, de but en blanc, elle désigne la photo sur le guéridon. Et moi, sans réfléchir, alors que ça fait deux ans que je n'en ai parlé à personne, je réponds :

— Marina.

— Elle est belle.

— Etait. Elle est morte.

— C'était ta copine ?

— Presque ma femme.

— T'as quel âge ?

— Vingt-huit.

— Elle est morte quand ?

— Il y a presque deux ans.

— Waouh, t'allais te marier jeune !

Nouvelle surprise. Alors que les rares personnes au courant sont mal à l'aise dès qu'il est question du décès de Marina, elle, elle me sort juste que j'allais me marier trop jeune ! Je la regarde avec un mélange de colère, de stupeur et de je ne sais quoi… De surprise, sans doute. Cette fille me surprend toutes les deux secondes.

— OK. Le tact, c'est pas ton truc.

— Pourquoi ? Qu'est-ce que j'ai dit de mal ? Tu préférerais que je fasse comme tout le monde et que je te dise que je suis désolée ? Je ne la connaissais pas et je ne te connais pas, toi non plus. Et je suis navrée, mais la compassion, c'est pas mon fort. Cela dit, elle était belle et elle est morte trop jeune, ça, c'est sûr.

— T'as pas eu une vie facile, toi non plus, non ?

— T'as fait option psycho à la fac, toi, non ?

Elle se recule et me dit de continuer d'appliquer le torchon sur ma joue sans le lâcher.

— OK, je vois que la conversation va être facile, dis-je en allumant une clope.

— C'est quoi, ce taudis ? Une garçonnière ? Pourtant le quartier est sympa.

— Ouais, c'est mon appart et, désolé, la femme de ménage est en congé.

— Je la comprends. Elle a même dû démissionner, dit-elle en se levant pour aller vider le cendrier débordant dans la poubelle.

Au passage, elle ramasse deux bouteilles vides et les met de côté.

— Tu comptes postuler à sa place ?

— Désolée, réflexe.

— Mais t'es qui, toi ? dis-je en me levant. Une femme de ménage qui se prétend étudiante en droit pour toucher les allocs ou une ancienne alcoolique reconvertie ?

— Ha ha. Drôle. C'est cool, dealer et humoriste, t'as plein de talents cachés.

— Je ne suis pas dealer.

Elle commence à me gonfler, Buffy contre les vampires.

— Ma mère est alcoolique, d'où mon réflexe de virer les bouteilles et les cendriers, me dit-elle contre toute attente, sans cesser de ranger autour d'elle.

Un ange passe. C'est moi qui me retrouve con, cette fois, et qui ne sais pas quoi répondre. Alors, sans savoir pourquoi, la fatigue cumulée de la semaine peut-être, devant cette fille que je n'ai jamais vue, que je ne comprends même pas, je me mets à parler :

— Une maladie rare. Marina est morte d'une maladie rare, diagnostiquée au bout d'un an de notre vie commune. Je l'ai demandée en mariage, mais elle est morte avant qu'on puisse aller au bout de ce projet. Elle voulait mourir « madame ».

Elle s'arrête de ranger et me regarde sans que son visage ne trahisse aucune émotion. Puis, au bout d'un moment, elle se remet à s'activer et me dit juste :

— Eh bien, il ne faut pas se fier aux apparences, t'es peut-être un mec bien, en fait.

— Ma foi, pour un drogué…

— Mon père s'est cassé quand j'avais cinq ans, est-ce que c'est à ce moment-là que ma mère a commencé à boire ? C'est ce qu'elle prétend, mais je pense qu'elle a toujours eu un problème et a toujours été alcoolique, et que c'est pour ça qu'il est parti. Depuis, je m'élève seule et, des fois, j'ai du mal à contrôler mon sale caractère. Tu vois, tu n'as pas le monopole de la vie de merde.

— C'est pour ça que tu joues les justiciers ?

— Hein ?

— Laisse-moi deviner. Tu veux être flic ?

— Moi ? Tu m'as bien regardée ? J'ai de plus grandes ambitions.

— De plus grandes ambitions ? Avocate, alors ?

— Presque ! dit-elle avec un sourire mutin.

Je rêve ou, malgré les circonstances, ce sourire me fait bander ?

Mais qu'est-ce qui me prend de me confier à ce mec ? Je ne sais même pas ce que je fous chez lui ! J'aurais dû lui demander de me ramener à l'appart, quitte à dormir la tête sous l'oreiller pour ne pas entendre la partie de jambes en l'air de Mel. Au lieu de ça, je suis ici, avec ce parfait inconnu et, qui plus est, en train de lui raconter ma vie.

Mais j'aime bien son air taquin. Il est mignon, avec son côté grognon qu'il surjoue. En fait, je pense que c'est un faux méchant.

— Alors, qu'est-ce qu'il y a de plus inutile qu'avocat et de moins con que flic ?

Il me provoque, là. Le problème avec la provoc, c'est que je ne sais pas ne pas y répondre. Et cette fois encore, je démarre au quart de tour.

— Agent secret, monsieur-qui-sait-tout !

Je regrette instantanément d'avoir lâché ça. Ah, elle est belle, ma couverture ! Mais au lieu du fou rire auquel je m'attends, il me regarde et écarquille ses grands yeux marron.

— Tu déconnes ? C'est pour ça que tu cours après les vendeurs d'herbe ?

— Je n'ai pas pour habitude de plaisanter.

Je croise les bras et me mets à bouder, puis me reprends.

— Il vendait vraiment que de l'herbe ?

— Ben oui, tu croyais tomber sur la nouvelle plaque tournante de came de Montpellier ?

— Mais pourquoi il s'est énervé comme ça ?

— Parce que tu l'as insulté et que tu es venu lui chercher des noises ! Ça reste un petit con de revendeur et il a pas envie de se faire chopper et faire de la tôle pour trois grammes de beuh ou un savon dans sa poche.

— Un savon ? C'est quoi le rapport ? Il vend des produits de beauté de manière illicite ?

Il sourit et semble se radoucir. Je crois que j'ai dit une connerie. Pour ne pas passer pour une cruche, je précise :

— La DGSE, c'est ça qui m'intéresse.

— Mais tes études de droit ? Et il ne faut pas un concours pour entrer là-dedans ?

— Oh ! vous m'emmerdez tous avec votre concours ! Je l'ai passé et je l'ai loupé, voilà. J'attends donc qu'ils me recrutent. En attendant, l'année prochaine, je vais faire l'Ecole nationale de la magistrature à Bordeaux, si je suis prise. On ne sait jamais. Et toi, monsieur-je-sais-tout, c'est quoi tes plans ?

— Parce qu'il faut forcément avoir un plan dans la vie ?

— Ben oui, c'est la seule chance de survivre.

— Eh ben non, j'en ai pas. Tu vois, le jour je bosse comme un con dans une usine de recyclage, et le soir je picole et, de temps en temps, je fume des joints pour me changer les idées. Pas de plan, juste la vie. J'en profite, quoi.

— Ah oui, en te défonçant, c'est cool.

— Bon, écoute, tu es venue ici juste pour me faire chier ?

— Je suis pas *venue*, tu m'as *amenée* ici.

— Pour éviter que tu te fasses violer, oui. La prochaine fois, je te laisserai dans la rue.

— Merci, mon chevalier servant, mais j'aurais très bien pu me débrouiller seule.

— Mais bien sûr.

— Bon, allez, je vais te laisser retrouver tes esprits à coups de joint tout seul, je rentre.

— En tram ou à pied ?

— Les deux, je prendrai peut-être même un taxi pour finir.

— Oh ! ça va. Allez, viens, je te ramène.

Il se lève, prend ses clés de voiture sur la table et me regarde debout devant la porte.

— Tu ne peux pas conduire, tu es blessé, dis-je les bras croisés, toujours en position bouderie.

— Ma belle, ne rêve pas, il est hors de question que tu conduises ma caisse. Tu prendras le volant quand les poules auront des dents ou si je suis mort et enterré. Bouge ton joli petit cul maintenant, et rapplique.

Joli petit cul ? Je souris intérieurement en prenant bien garde de ne pas le lui montrer.

Je passe devant lui et précise :

— Enterré ? Tu veux pas te faire incinérer, toi ?

— Non, dit-il en claquant la porte derrière moi.

Dans la voiture, je lui propose un bonbon, un Zan au réglisse. J'en ai toujours dans mon sac, je suis accro. Il refuse en souriant.

— Ah, c'est ça !

— Quoi ?

— Ton goût de réglisse.

Je le vois sourire et j'espère juste que la noirceur de cette nuit sans lune dissimule le rouge qui me monte aux joues quand je repense à notre baiser. Une chose est sûre, ce mec est peut-être un loser mais putain, il sait embrasser !

On arrive à l'appartement que je partage, pour très peu de temps encore, avec Mel. Il trouve une place en bas de l'immeuble — il n'y a qu'à lui que ça arrive, les rares fois où j'emprunte la voiture de Mel, je dois faire trois fois le tour du pâté de maisons avant de pouvoir me garer. Je descends et il me rejoint à la porte.

— Ça va aller ? me demande-t-il.

— Oui, pourquoi ?

— Oh rien, question stupide. Une dure à cuire comme toi a dû en voir d'autres.

Il s'apprête à partir quand je le retiens par le bras.

— Merci. Non, je n'ai pas l'habitude et je crois que je ne t'ai pas remercié de m'avoir défendue. Ça va, ta joue ?

— Ça peut aller.

— C'est vrai, j'avais oublié que tu étais un dur à cuire qui prenait des torgnoles tous les week-ends ! dis-je en parodiant son ton sarcastique avec un sourire.

Il sourit à son tour et me répond en baissant les yeux.

— J'ai super mal en fait. Ça lance, putain.

Je ris et m'approche de lui en descendant la petite marche du palier.

Et là, je ne sais pas pourquoi, quelque chose dysfonctionne dans mon cerveau. Ou peut-être parce que tout simplement je me sens vivante avec lui et que j'aime bien ça, je lance :

— Ben je vais devoir me faire pardonner, alors.

Il lève des yeux surpris, et je vois une flamme s'animer dans ses iris marron.

— Je parlais d'un dîner.

— C'est un bon début, dit-il en s'approchant.

— Oui, et ça s'arrêtera là.

— Ah.

— Tu comprends bien que tu ne peux pas coucher avec une avocate, tu vas être la risée des bas quartiers.

— Ouais, c'est pas faux.

Il s'est encore dangereusement approché de moi. Mais qu'est-ce qu'il fait ? Ce mec est un vrai prédateur, et je n'aime pas être la proie. *Ouvre, ouvre la porte, Emi, ouvre cette satanée porte et fuis.* Mais je ne bouge pas. Je regarde ses lèvres s'approcher des miennes.

— D'autant plus, dit-il très près de mon visage, que j'ai bien vu en t'embrassant tout à l'heure que je ne te faisais aucun effet.

— Aucun…, dis-je à voix haute pour essayer de m'en convaincre.

— C'est con, lâche-t-il en reculant d'un coup.

— Quoi ?

J'avais déjà presque fermé les yeux par anticipation.

— On ne saura jamais ce que la princesse et le bad boy auraient pu donner ensemble.

N'écoutant que mon… Non, n'écoutant rien du tout, justement, je le retiens de nouveau par le bras alors qu'il fait demi-tour pour partir à sa voiture, ce qui l'oblige à pivoter, et je l'embrasse. Ben oui, on est spontanée ou on l'est pas. Et moi, en général, à part pour déjouer les plans de dangereux enfants qui fouillent dans des poubelles minées, je ne le suis pas. Mais là, le trop-plein d'émotions de ce soir a dû avoir raison d'une partie de mes facultés.

Je le sens crispé au premier contact, puis il me prend par la taille et me serre contre lui tandis que son baiser, qui était le mien au départ mais qu'il a vite repris à son compte, s'approfondit.

Holà, holà, alerte, danger. Zone rouge, erreur. Il était temps que mon cerveau m'envoie des signaux de panique, mais là, c'est un peu tard. Je le repousse doucement en décrochant mes lèvres des siennes, ce qui est, au demeurant, une torture. Je le regarde, il a l'air surpris. Tu m'étonnes, je le suis encore plus.

— Voilà, on aura un aperçu, comme ça…, dis-je.

Il me regarde, bouche bée. A vrai dire, même moi je ne sais plus ce que je raconte.

— … de ce qu'il ne faut pas qu'on fasse.

— Ça remplaçait le dîner ?

— Non, bien sûr que non. Demain soir ? Viens à la maison avec ton copain, on dînera tous les quatre.

Je prends son numéro sur mon portable et ne retrouve une respiration normale que quand je suis entrée dans le hall de l'immeuble et que j'entends le V8 ronronner et s'éloigner dans un bruit assourdissant.

Mais qu'est-ce que j'ai fait ? Agent secret : nul. Pétasse : toutes mes chances. Carrière en bonne voie : on refroidit. Danger, direction les problèmes : à fond les ballons ! Waouh, c'était vraiment pas ma journée !

Chapitre 5

Elle pense que la vie est belle
Belle belle
Lui pas trop

Yves Jamait / Zaz — « La radio qui chante »

Le lendemain soir arrive plus vite que je ne l'aurais cru. Antoine est ravi, il a l'air de bien s'entendre avec Mélanie, mais moi, je ne sais pas sur quel pied danser. Cette fille, Emilie, a le don de me surprendre, mais je ne suis pas sûr que ce soit ce qui m'intéresse le plus. D'autant que je ne me vois pas construire une histoire alors que je pars dans un mois.

On fait quoi quand on est invité chez des filles ? On apporte des fleurs ? C'est ringard, non ? J'en suis là de mon débat intérieur quand je pose la question à Antoine, qui se fout de moi. On apportera du vin, selon lui, c'est le mieux.

On arrive à peu près à l'heure, soit avec une heure dix de retard. C'est pas notre faute, Antoine a voulu prendre sa vieille caisse, une Fiat Ritmo avec laquelle il s'amuse parfois. C'est un vrai gamin, il ne supporte pas la vitesse quand c'est moi qui conduit, mais lui n'a aucune limite.

Comme on est partis à la bourre de l'appartement, il a voulu rattraper le retard sur la route. Il a surtout voulu se faire plaisir dans un virage serré qu'on connaît bien et, résultat, la Fiat s'est retrouvée dans le fossé. On a galéré à la sortir, à coups de marche arrière et avant pendant que je poussais, mais elle patinait dans le vide. Finalement, avec des planches, on a réussi à la sortir, mais résultat des courses : on est en retard et j'ai les mains noires. On a bien rigolé, en tout cas, et quand je vois nos dégaines dans le couloir quand on sonne à la porte, j'étouffe un fou rire. Antoine est débraillé, j'ai les cheveux en vrac, ma chemise n'est pas dans un meilleur état que celle de mon pote et je pue le cambouis. On a fait mieux, pour un rencard. Mais bon, je me console en me disant que c'est pas vraiment un rencard. Quand elles ouvrent, on comprend à leur tête que ça va pas être une partie de plaisir. Antoine embrasse Mélanie sur la bouche, elle se détourne légèrement, et Emilie m'attend dans la cuisine avec une cuillère en bois. Pour quel usage ?

L'atmosphère se détend un peu à l'apéritif et, en fait, c'est surtout Mélanie et Antoine qui font la conversation. Emilie semble ne pas être dans son assiette et moi, je ne suis jamais très bavard et je ne sais surtout pas trop quoi lui dire. L'apéro est bizarre, elles ont fait des biscottes à la brandade de morue, je ne savais même pas que ça se mangeait froid. Il y a également des grands trucs longs et secs, des « gressins », comme c'est écrit dessus, mais pas de cacahuètes ni de saucisson. Les gressins ne sont pas mauvais, en tout cas je préfère ça aux tomates cerises, n'ayant jamais été très attiré par ce qui est trop rouge ou trop vert ou trop jaune. En fait, soyons clairs, je n'aime rien en accompagnement, à part les pâtes et les pommes de terre. Je sens que le repas va être sympa rien qu'à l'odeur. Ça pue, c'est horrible.

Emilie nous dit qu'elles ont fait des « assiettes repas ».

Je crois imaginer le principe mais, apparemment, je me trompe : je n'ai jamais rien vu de semblable aux assiettes qu'elles nous collent sous le nez. Elles semblent contenir absolument de tout. Mais de tout ce qui ne va pas ensemble, et dans une version particulièrement mal cuisinée. Devant notre air ahuri, les filles se regardent, inquiètes.

— Oh ! sympa, finit par lâcher Antoine. Bon appétit.

Je n'ose dire quoi que ce soit et prends ma fourchette en essayant d'identifier le contenu de l'assiette. Il y a du chou-fleur, ça, c'est reconnaissable. Une croquette de poisson, brûlante mais si dure qu'on dirait qu'elle n'a jamais été décongelée. Un bout de steak qui a sans doute connu des jours meilleurs et dont la couleur grisâtre me fait soupçonner une cuisson micro-ondienne. Quant au truc sur le côté, là, je sèche.

Personne ne parle, et seul le bruit des fourchettes raclant les assiettes vient combler le silence. Je grimace en mordant dans une texture étrange et manque d'exploser de rire en voyant Antoine faire pareil. Bon, nous sommes d'accord, c'est tout simplement immangeable. Je lève les yeux vers Mélanie, qui essaye péniblement de déglutir après avoir mâché trente fois un machin qui semble particulièrement élastique. Seule Emilie ne bouge pas et semble attendre le verdict, un verre d'eau à la main. Quand Antoine porte sa fourchette à la bouche, j'ai soudain une révélation.

— C'est de l'œuf ! je m'exclame, comme si j'avais trouvé la solution d'une énigme compliquée.

Je me rends compte trop tard de ma boulette, et Antoine part dans un fou rire incontrôlable, ce qui manque de lui faire recracher son œuf (car c'est bien de cela qu'il s'agit) caoutchouteux. Incapable de me retenir, j'éclate de rire à mon tour, bientôt rejoint par Mélanie. Emilie semble franchement en colère.

— Mais vous vous foutez de ma gueule ? Vous croyez que c'est facile de cuisiner quand les invités arrivent avec plus d'une heure de retard ?

Essayant sans grand succès de contrôler mon fou rire, je lui réponds :

— On… est… désolés… pardon… Mais c'est quoi, ça ?

— Je ne suis pas très douée en cuisine, admet alors Emilie, en esquissant un sourire elle aussi.

— Pas très douée en cuisine ? intervient Antoine, qui a retrouvé son souffle. C'est un euphémisme ! Je connais des prisonniers qui mettraient fin à leurs jours si on leur servait un truc pareil.

— Bon, OK, je suis nulle ! Mais Mel est rentrée trop tard du boulot pour m'aider, et puis elle n'est pas vraiment meilleure que moi.

— D'accord, répond celle-ci, mais je t'avais dit que tout mélanger, c'était pas une bonne idée !

Nous éclatons de rire en chœur, ce qui a le mérite de détendre l'atmosphère. Emilie débarrasse les assiettes, ouvre la porte de l'appartement et frappe à la porte des voisins. Lorsque celle-ci s'ouvre, elle dit quelque chose, dépose les assiettes sur le palier et nous voyons alors un gros labrador s'avancer en remuant la queue. L'animal s'arrête net devant les assiettes, les flaire un instant puis fait demi-tour sans en avoir touché un morceau. Nouvelle crise de fou rire.

Au bout de quelques minutes on se rend compte que c'est bien gentil, tout ça, mais qu'on a tous très faim. Je me lève alors et déclare que nous allons nous faire pardonner. Dans la cuisine, je trouve des pâtes, de la crème fraîche, du gruyère, que je râpe, ainsi que des lardons, et j'improvise une petite sauce que je fais mijoter. Emilie semble impressionnée. Je lui explique que j'aime bien cuisiner et que je ne m'en sors généralement pas trop mal. En tout cas, apparemment, ce soir tout le monde se régale. A la fin du repas, Antoine est de corvée de vaisselle et Mélanie va l'aider. Je me retrouve seul au salon avec Emilie.

— Je suppose que c'est non fumeur ?

— Exact, monsieur le drogué.

— Je voulais juste griller une clope.

— C'est quand même non. Mais viens, on a un balcon.

Elle m'emmène alors sur le côté de l'appartement, où un minuscule balcon me donne la possibilité, en me contorsionnant, de fumer en jetant la cendre dehors. Elle se cale à côté de moi. J'aime bien son parfum. Qu'est-ce que c'est ? De la pêche ? Si seulement je m'y connaissais mieux en fruits.

Bon, malgré la fraîcheur de l'hiver, cette promiscuité sur le balcon me donne un peu chaud, là. Quand je pense que j'ai failli ruiner toute la soirée, avec mon dîner... Mais c'est pas uniquement ma faute, merde, ils avaient plus d'une heure de retard ! En même temps, je m'en fous, j'ai rien à lui prouver, non ?

— Tu fumes souvent ?

— Des clopes, oui.

— Mais du reste ?

— Des joints, non, juste le week-end. J'ai fait des trucs dont je ne suis pas fier mais j'ai arrêté mes conneries, je fume juste un ou deux joints pour me détendre par-ci par-là, mais plus de shit.

— C'est quoi la différence ?

— T'es sérieuse ? T'es en fac de droit, tu veux entrer à la DGSE et tu sais même pas ce que c'est ?

S'ensuit une discussion fort intéressante mais dont je suis certaine de ne rien retenir sur les différences entre les divers sous-produits du cannabis et leurs appellations variées. Vincent m'explique ensuite que consommer un peu de « beuh », comme il dit, lui a été bénéfique après la mort de Marina, pour l'aider à « se déconnecter » et à « planer » un peu. Mais il regrette, il sait que ce n'est pas bon et que ça finit par détruire les neurones. D'après ce que je comprends, aujourd'hui, dans sa vie, il n'a plus trop le courage pour grand-chose. A vingt-huit ans, c'est dommage, quand même.

Je me mets à me confier, moi aussi, et on quitte le balcon pour se réfugier dans la chaleur du canapé, que Mélanie et Antoine ont abandonné pour s'éclipser dans la chambre. Moi qui ne me livre presque jamais, je lui parle de mon enfance. Les heures d'angoisse à guetter la respiration de ma mère et à me demander si elle va se remettre de sa dernière cuite. Toutes ces nuits où je suis allée me coucher sans rien dans le ventre. Ce que j'aime, c'est que Vincent ne s'apitoie jamais, au contraire. J'ai même droit à ma petite pique :

— Et malgré tout ça, tu n'as pas développé un instinct de survie pour, mettons… apprendre à cuisiner ?

— Ah ah. Je sais cuisiner, en temps normal.

— Tu déconnes ? Même le chien n'en a pas voulu !

— Oui, mais lui, il serait arrivé à l'heure.

Je lui lance le coussin que j'ai sur les genoux. Il rit et prétend que j'ai heurté sa joue blessée. Quand je m'approche, confuse, il m'embrasse par surprise. Bon. Bilan de la soirée à ce stade : ça fait deux heures que j'échange des confidences sur un canapé avec un presque parfait inconnu qui, de plus, n'est absolument pas dans mon plan de carrière, et la seule question qui me vient à ce moment, c'est : va-t-on encore s'embrasser ? Et quand il le fait à nouveau, je ne me pose plus aucune question mais je profite de l'instant présent comme si tout était normal. Ça doit être le fait d'avoir vu Mélanie et Antoine se bécoter tout au long du repas, forcément, ça finit par donner des idées. C'est pas ma faute, je suis simplement victime de la théorie du binôme. Quand on est deux plus deux, dont deux sont ensemble, qu'est-ce qu'il reste à faire aux deux autres ?

Enfin, je crois surtout que ça me rassure de me dire ça. En attendant, qu'est-ce que j'aime qu'il m'embrasse.

De fil en aiguille, je ne sais pas trop comment (je n'ai pas pris de note), on continue de s'embrasser et on se dirige vers ma chambre. La suite est classée X. Je me vois juste lui retirer son T-shirt avec fébrilité, et aussi une certaine difficulté, car ses muscles saillants compliquent l'opération. Quand il est torse nu, je dois cligner des yeux pour croire ce que je vois. Il est vraiment baraqué, mais pas à la façon des fanas de muscu, comme je le pensais au début. Il est assez sec et c'est encore plus beau et ciselé. Je me demande si je vais lui plaire. Après tout, je ne suis pas le genre des bombes atomiques qu'il doit avoir l'habitude de fréquenter, mais son soupir d'extase quand il m'embrasse les seins me rassure. J'ai quand même un peu d'abdos et je suis assez ferme, grâce à mes footings réguliers. Alors qu'il retire son jean, dévoilant une anatomie décidément parfaite, mon angoisse monte encore d'un cran.

— Tu es magnifique, dit-il en me déshabillant.

Ces trois mots suffisent à m'embraser corps et âme. On fait l'amour comme ça, sur mon lit, simplement mais intensément. Il est câlin, contrairement à ce que j'aurais pu imaginer. Il se montre tendre et patient, et s'occupe énormément de moi et de mon plaisir. Tout l'inverse de l'image qu'il peut donner. Je n'ai pas souvent eu l'occasion de me sentir aussi bien au lit avec un homme. Sans avoir une expérience de malade, je suis parfaitement consciente d'une chose, c'est que je suis en train de vivre un moment rare, qui ne se reproduira pas de sitôt entre les bras d'un autre. C'est comme si j'avais trouvé mon âme sœur, mais au lit. Je préfère ne pas trop réfléchir à ça, là, maintenant, dans ses bras. Après l'amour, on se remet à discuter tout naturellement. Je m'aperçois que c'est plus simple de me livrer à un inconnu avec qui il n'y a aucune perspective d'avenir, aucun enjeu. Je lui parle de mes études, de la maison de mes rêves, et en s'amusant à décrire la forme et la taille de la piscine, on se rend compte qu'on visualise à peu près la même maison. Un grand U, avec une piscine en U également, qui suivrait le contour de la façade. Mais la discussion est légère, comme si on ne parlait pas de nous, car on sait très bien tous les deux que de « nous » il n'y a pas et n'y aura jamais.

Cette fille est un vrai volcan. On ne sait jamais quand elle va entrer en éruption mais, lorsqu'elle démarre, rien ne peut l'arrêter.

C'est incroyable, ce que je suis en train de vivre. On a fait l'amour deux fois entre deux discussions. Elle semble si perdue et si forte à la fois, avec tout ce qu'elle a traversé. J'ai une envie irrépressible de la tenir serrée dans mes bras et de ne jamais la relâcher. Mais la réalité de la vie nous rattrape au petit matin. Dans six mois, elle s'en va et moi, je pars dès le mois prochain. J'ai pris ma décision, je ne reviendrai pas en arrière. Quand on parle de son plan de carrière, curieusement, elle se renferme. Je ne sais pas si elle se rend compte de la froideur avec laquelle elle décide de son avenir, comment elle trace une ligne et n'en démord pas. Mais elle ne semble pas avoir vraiment réfléchi à la finalité de tout cela et au fait que ça ne lui plaît peut-être même pas tant que ça. Ce qu'elle veut, c'est une forme de confort. Confort financier déjà, celui qu'elle n'a jamais eu lorsqu'elle était enfant, puis professionnel, pour se prouver qu'elle est capable de réussir. Quant à son obsession de devenir agent secret, elle est facile à décrypter. C'est encore ce besoin de sécurité, de justice, qu'elle n'a pas connues dans son enfance. Quand je lui expose mon analyse, elle semble surprise : eh oui, ma belle, je n'ai pas qu'un physique. Ça la fait sourire. Elle me dit que je l'ai bien cernée, mais qu'elle n'a pas envie d'en parler. C'est comme ça, elle a pris sa décision et puis c'est tout. Je ne suis pas là pour bouleverser sa vie et ses plans, donc je n'insiste pas.

Le matin arrive vite, beaucoup plus vite que je ne l'aurais souhaité. L'espace d'une nuit, je me suis à nouveau senti vivant. Sans alcool, sans excès, sans rien. Sans une once de culpabilité.

Je suis seul dans ma voiture, ma seule fierté dans la vie, et je roule sans but précis. C'est dimanche, je ne bosse pas aujourd'hui. Antoine et Mélanie étaient sortis quand on s'est levés, ils n'ont pas osé nous déranger, je pense. J'ai senti toute la fragilité d'Emilie et j'ai préféré partir pour éviter d'empiéter sur son espace intime, surtout après tout ce qu'elle m'a confié. Je l'ai donc quittée, en l'embrassant mais sans un mot, sans une promesse. Je ne lui ai pas dit que j'allais partir à l'armée, je ne sais pas trop pourquoi. Sans doute parce que ça n'aurait servi à rien. Autant qu'elle me voie comme le mec sans projet, qui n'entre pas dans ses plans, c'est plus facile comme ça pour elle. Enfin je pense.

La journée se passe, interminable, et je tourne en rond comme un lion en cage. Antoine rentre en fin d'après-midi et me trouve sur le canapé, télé éteinte, en train de réfléchir. Je sens qu'il veut me poser des questions mais qu'il n'ose pas et tourne autour du pot. Je souris intérieurement, seul moment de distraction de ma journée. Et puis de toute façon, qu'est-ce que je pourrais bien lui dire ? Je ne peux pas lui raconter cette nuit sans qu'il ne croie que je suis bêtement tombé amoureux, ce qui n'est absolument pas le cas. J'ai juste été bien. Très bien. Antoine part se doucher et revient me voir.

— Tu n'es pas prêt ? me dit-il simplement.

— Hein ? Pourquoi ? On va où ce soir ?

— Ta copine ne t'a pas dit ? On sort. On va se promener, je leur ai promis une balade en voiture.

— Tu déconnes ou quoi ? Et c'est dans *ma* voiture, je suppose ?

— Ah ben oui, la mienne est beaucoup moins vendeuse de rêve.

— Mais quand est-ce que tu vas grandir ?

— Tu es bien placé pour me dire ça, tiens.

— Et puis, c'est pas ma copine !

— Ah bon ? Pourtant j'avais cru que cette nuit…

— Eh bien tu as mal cru !

Je sais que j'ai été un peu sec, mais il m'énerve, et je me sens stressé, tout à coup. Sous pression. Comment ça « on » sort ? Tous les quatre ? Comme deux jolis petits couples ? C'est quoi ces conneries ? J'entends de loin Antoine bougonner et je comprends juste : « Quel con, tu as toute ta vie de merde pour pleurer, alors pour une fois… », mais je ne comprends pas la suite parce qu'il est retourné s'enfermer dans la salle de bains.

Je finis par aller prendre une douche, moi aussi, et quand on entre dans la voiture, l'odeur de nos deux parfums se répand dans l'habitacle. On dirait deux jeunes crétins en route pour leur bal de promo. Ridicules. Vraiment. Mais pour être honnête, je crois bien que ce petit truc que je ressens au fond du cœur ressemble à de la bonne humeur…

Quand on arrive en bas de chez elle, ce n'est plus de la bonne humeur que je sens, mais une putain d'angoisse sourde. Qu'est-ce que je vais faire ? Je ne peux pas arriver et l'embrasser comme ça, cash. Je ne peux pas non plus faire le gros lourd qui l'a baisée la veille et passe à autre chose ce soir. De toute façon, le fait que je sois là montre bien que je ne m'en fous pas, non ? Ou alors, si ? J'en sais rien, moi, en général j'arrive à comprendre les filles, mais alors celle-là, c'est une autre paire de manches.

Je reste en bas, appuyé sur ma caisse, clope à la main, pendant qu'Antoine sonne à l'interphone. J'ai envie de fumer un truc plus fort. En même temps, non, j'ai dit que j'arrêterais mes conneries, alors c'est peut-être le moment. Pour une fille comme elle, peut-être que je pourrais... *Mais ça va pas, Vince ?* Tu la connais même pas et tu la reverras jamais, alors laisse tomber les plans sur la comète. Passe à autre chose. C'est pas parce qu'il y a eu des confidences sur l'oreiller que c'est le début de quelque chose. *Oh putain, elle arrive !*

Je ne réfléchis pas, je fais le mec blasé appuyé sur sa voiture, et puis merde. Je m'avance et lui prends le menton pour l'embrasser. Elle semble surprise mais se laisse faire docilement.

On passe une excellente soirée. Dans la voiture, on parle peu mais on rit beaucoup, car les filles doivent se tasser sur les sièges arrière ridiculement petits. On grimpe au mont Saint-Clair, à Sète, une idée à moi. C'est romantique, mièvre, mais après tout, autant y aller à fond.

On contemple la belle vue sur la mer et le port au loin. Je la garde dans mes bras ; encore cet instinct de protection quand je suis à ses côtés.

Et puis le retour se fait en silence. Je ne sais pas trop ce qui est prévu, Mélanie bosse tôt demain et Antoine a un partiel important mais, en fin de compte, il décide de rester dormir chez Mélanie. Alors que je me trouve dans une situation à la con sans savoir quoi dire, Emilie me surprend à nouveau.

— Tu m'emmènes chez toi ?

Je souris sans répondre et me contente de lui passer ma veste sur les épaules. Les deux autres entrent dans l'immeuble tandis qu'on remonte en voiture. C'est encore Emilie qui rompt le silence :

— Pas de projet, pas d'avenir. Je crois que j'en ai besoin, mais je t'avoue que ça me fait une peur bleue. On ne parle pas du futur, on sait que ça ne mènera à rien et on se contente d'en profiter tant que ça dure, OK ? Ça te va comme deal ?

Je me demande ce qui lui fait une peur bleue, c'est moi ? Je ne dis rien mais j'acquiesce sans la regarder. Ça me va. Elle a raison, il faut prendre ce qu'il y a à prendre, profiter de l'instant présent. Pour ma part, ça faisait très longtemps que ça ne m'était pas arrivé.

Elle dort à la maison, on fait l'amour plusieurs fois et je suis écœuré à l'idée de l'imaginer dans les bras de Max. Je ne sais pas pourquoi je pense à ça, là, maintenant, mais quand je me rappelle la manière dont il a parlé d'elle, ça me hérisse le poil.

En pleine nuit, elle pousse un cri qui me glace le sang. Je me redresse d'un bond, prêt à arracher les yeux du cambrioleur. Mais il n'y a personne, à part Emilie, qui dort encore et a sans doute fait un cauchemar. Je lui parle doucement, la prends dans mes bras ; je suis paralysé, sans savoir quoi faire. Faut-il la réveiller ? Doucement, je sens ses muscles se relâcher et sa respiration reprendre un rythme normal. Elle semble apaisée, elle sourit dans son sommeil et se blottit contre moi. Je n'ose pas bouger.

Lundi matin. Je me réveille avec une présence chaude et rassurante à mes côtés. A vrai dire, j'ai très peu dormi, paralysé par la crainte de la réveiller après son cauchemar. Sa présence dans mon lit me fait du bien, je ne saurais expliquer pourquoi et, en même temps, cela m'inquiète au plus haut point. Quand le réveil sonne, je l'éteins aussitôt et me lève d'un bond. Je descends faire du café et mon regard s'arrête sur la photo de Marina. Marina. Que me dirais-tu ? C'est con, mais j'ai l'impression de te trahir, et pourtant, ton souvenir me paraît désormais parfois si lointain. Je pars bosser en laissant un mot sur la table basse avec les clés de l'appartement. On verra bien ce soir…

Je me lève d'excellente humeur. J'ai bien dormi, sans cauchemar. Ah si, juste un, mais qui est vite passé. A mesure que j'émerge, je prends conscience que je ne suis pas dans mon lit tandis que les souvenirs remontent. La nuit d'amour, bien sûr, mais aussi ses bras autour de moi quand j'ai fait mon cauchemar. Putain, dans quelle merde je me suis fourrée ? *Ne jamais baisser la garde, Emilie, jamais ! Tu le sais, c'est la règle, tu l'as toujours su.* Et puis c'est un étranger ! Pourquoi l'ai-je laissé s'approcher comme ça ? Du sexe, comme avec Max, c'était bien suffisant. Pas le temps pour autre chose. Pas la place.

Je m'emmitoufle dans une couverture et descends doucement. Où est-il ? Il est parti bosser ? Il y a une feuille pliée en deux sur la table basse et je m'approche en voyant mon prénom.

« Emie. J'ai dû partir bosser, c'est con, des fois, mais c'est ce qui paie mon loyer. Fais comme chez toi, enfin un chez-toi plus crade et bordélique. Pas d'avenir, pas de promesse, juste l'instant présent, OK. Mais si tu veux revenir ce soir (sans faire à dîner, je m'en occupe), ce serait sympa. C'est pas trop l'avenir, ce soir, si ? Bon courage à la fac. »

Je souris. C'est mignon. Non, c'est pas mignon ! C'est dangereux !

J'ai juste le temps de repasser à l'appartement prendre une douche et me changer avant le début des cours. Je suis très peu concentrée, ce qui me vaut les remontrances de certains profs. Aujourd'hui, c'est une présentation détaillée du travail du magistrat. Je me fais chier comme pas possible et me rends compte que, finalement, tout ça m'intéresse très peu. Mais c'est ce que j'ai prévu. Vu que ces derniers temps, les agents secrets se font rares et leurs messages, pas très clairs, on dirait bien que je suis partie pour finir juge d'instruction.

En fin de journée, je suis avec trois jeunes étudiants de première année à qui je donne des cours particuliers de temps en temps. J'apprécie leur compagnie, et leurs progrès, depuis les trois mois que je les suis, sont vraiment gratifiants. Ils n'arrêtent pas de me dire que je suis faite pour ça, l'enseignement, mais je n'y ai jamais vraiment réfléchi. Jusqu'à ce soir, quand je croise un de mes profs, à la sortie.

— Mademoiselle Davois-Roberts ?

— Oui, monsieur Pilegramme.

— Dites-moi, où vous en êtes alors de votre préparation au concours ?

— Ça progresse.

— Hum, oui. Ce n'est pas évident, n'est-ce pas ?

— Non, en effet.

— Vous avez bien conscience que la magistrature demeure un univers fermé où mieux vaut bénéficier d'un passe-droit ?

— Oui, j'ai cru comprendre.

— Ce n'est pas tant pour intégrer l'école que pour trouver un stage de fin d'études. C'est un peu comme chez les notaires : si vous n'êtes pas « fille de », c'est toujours plus compliqué.

— Ah, c'est sûr que moi, je ne suis la fille de personne.

Je me demande où il veut en venir, à part pour me saper le moral. Le droit de cuissage est toujours en vigueur, ou quoi ?

— Je vous dis ça parce que, si vous changiez d'avis d'ici là et que vous ne saviez pas quoi faire, je m'apprête à mettre en ligne cette annonce. Vous êtes la première à la voir, me dit-il en me tendant un papier.

C'est une offre d'emploi de chargé de TD stagiaire à l'université.

— Enfin, je vous montre ça comme ça, poursuit-il. Mais il me semble que vous avez tout à fait le profil. Attention, je ne veux pas vous détourner de votre but, mais réfléchissez-y.

Puis, sans attendre de réponse, il s'éloigne d'un pas rapide.

Professeur ? Je n'y ai jamais vraiment réfléchi sérieusement mais, après tout, j'aime le contact avec les élèves et j'aime la recherche. Ça demanderait encore de nombreuses années d'études, comme le précise l'annonce, mais je pourrais commencer comme stagiaire et poursuivre ma formation en même temps…

J'y pense tout au long du trajet pour rentrer chez moi, et c'est seulement en arrivant que je m'aperçois que j'ai reçu un texto de Vincent. Il me demande si j'ai bien eu son mot. Je lui réponds que oui, et que j'ai ses clés. Il me répond presque immédiatement qu'il a un double, que ce n'est pas pressé. Merde, ça veut dire quoi ? Il ne veut plus me voir ce soir ? Mais avant que je m'inquiète trop, je reçois un autre message me demandant s'il passe me prendre. En souriant, je réponds juste « oui ».

Je passe, ou plutôt « on » passe une semaine agréable, puis une autre… Avec lui, c'est assez simple, je n'ai pas à réfléchir. Je me laisse porter. C'est dangereux, je sais, mais ça me fait du bien. Il m'interroge un soir sur mes terreurs nocturnes, je lui réponds en avoir toujours eu, et il ne me pose pas plus de questions. Antoine est vite de retour à l'appartement, son idylle avec Mélanie a tourné court. Je m'inquiète, au début, des répercussions de la fin de leur histoire sur notre aventure mais, en fait, il n'y en a aucune. Antoine est un grand garçon, Mélanie, une grande fille, et Vincent s'en fout complètement, donc je décide que moi aussi. Il me rejoint parfois le midi, pour déjeuner près de la fac, et je vois tous mes amis étudiants me regarder bizarrement dès que le bruit de la Mustang se fait entendre au bout de la rue. Au début, ça me met un peu mal à l'aise, mais je m'aperçois très vite qu'ils ne regardent pas Vincent de travers, comme je l'ai d'abord cru, mais sont simplement jaloux, alors je fais abstraction. Là où moi, je voyais un loser sans avenir, mon entourage voit un mec qui s'assume et qui bosse déjà quand eux sont tous étudiants à plus de vingt-cinq ans. Et pour ne rien gâcher, il a une belle gueule et une belle voiture, alors il n'en faut pas plus pour les faire parler.

Un soir, Mélanie m'entreprend pour me demander si je compte habiter chez lui. Je lui réponds sèchement que ça ne la regarde pas, et sa réponse me refroidit brutalement :

— Fais attention, ma Mil.

— Quoi ? Pourquoi ?

— C'est pas un homme pour toi ! Il est plus vieux…

— De trois ans, je la coupe.

— Tu sais bien que ce n'est pas ce que je veux dire… Il a sa vie ici, qui ne changera jamais. Toi, ta vie est à Bordeaux, avec tes études. Il n'a pas d'avenir, toi, si.

— Ah oui ? Et au nom de quoi tu dis ça ? D'où tu le connais si bien ? Et moi ? Visiblement, tu en sais plus sur mon avenir que moi-même. Et si j'avais changé d'avis ? Peut-être que Bordeaux, c'était juste pour fuir. Peut-être que ma vie, elle est ici. On m'a proposé un poste d'enseignant, et si c'était ça, mon avenir ?

— Milie, tu me fais peur ! Moins d'un mois que tu connais ce type, et tu veux déjà arrêter tes études ? C'est bien ce que je disais, tu es trop naïve et …

Là, c'est la goutte d'eau qui me fait entrer dans une colère noire.

— Naïve ? C'est comme ça que tu me vois ? Pas toi, Mel, s'il te plaît. Pas après tout ce qu'on a traversé et ce que tu m'as vue endurer !

— Non, Emilie, ce n'est pas ce que je voulais dire… Pardon.

Elle tente de s'approcher de moi, mais je la repousse.

— Emilie, je pars dans deux jours et je m'inquiète pour toi. Je me trompe peut-être, ce type a l'air bien, mais il est tellement différent de toi. Tu ne vas pas… je ne sais pas, moi… t'ennuyer, au bout d'un moment, avec lui ? Et puis cette nouvelle idée de rester ici pour devenir prof, ça sort d'où ? C'est lié à lui, non ? Tu ne vas pas le regretter ? D'autant que, puisque tu le connais si bien, tu dois savoir qu'il part la semaine prochaine à l'armée pour une durée indéterminée… Tu comptes faire quoi pendant ce temps-là ? L'attendre ? Combien de temps ?

— Qu… quoi ?

— Et s'il part à l'étranger ? Tu vas aussi l'attendre ? Laisser tomber tes ambitions et lui faire un enfant pour être sûre qu'il revienne te voir ? Je suis désolée d'être crue, ma chérie, mais j'ai entendu ça si souvent…

Mais je n'écoute plus. Je ne parviens pas à assimiler l'information qu'elle m'a donnée. Elle doit se tromper. Partir ? Vincent ? La semaine prochaine ? Il ne m'en a jamais parlé…

Je ne sais pas quoi dire, je sens ma gorge qui se noue et les larmes qui montent. Non, c'est impossible, ça fait des années que je n'ai pas pleuré. Alors pas là, pas maintenant. Je ne vais pas en plus m'abaisser à pleurer. Pas pour un connard de menteur qui s'est foutu de moi. Je renifle fort pour reprendre une contenance, mais une sensation d'étouffement m'envahit. Mélanie interrompt enfin sa leçon de morale, s'approche de moi et me prend dans ses bras.

— Ma chérie, tu ne savais pas ? Je suis désolée…

Mais je n'entends plus rien, au fond de moi un grand trou noir s'est ouvert qui absorbe tout autour de lui.

Chapitre 6

Elle continuera donc seule
Lui fera toujours la gueule
Ces deux-là ne se croiseront pas
Faut quand même un minimum pour
Construire une histoire d'amour
Ça s'passera pas comme au cinéma

Yves Jamait / Zaz — « La radio qui chante »

Plus d'une semaine qu'elle ne me répond pas. Au téléphone, Mélanie m'a ordonné de ne plus m'approcher d'elle, mais elle n'a rien voulu me dire d'autre. Mais qu'est-ce que j'ai bien pu faire ? Je ne comprends pas. Elle s'est foutue de moi, c'est ça ? Quand elle en a eu marre de son *toy boy*, elle l'a rangé dans le placard car il ne faisait pas assez bien sur la photo avec ses copains étudiants fils à papa ?

Je suis à la fois fou de rage et malheureux comme les pierres.

Antoine rentre au moment où j'allume ma dixième clope de la soirée, censée accompagner mon deuxième verre de whisky.

— Bon, ça suffit, le cadavre, dit-il en m'enlevant la cigarette du bec.

Je lui jette un regard menaçant.

— Et ne me fais pas ces yeux-là, OK ? C'est plus un appart, ici, c'est un funérarium. Tu oublies que le salon, c'est aussi ma chambre, et même si mon loyer n'est pas élevé, je paie quand même, alors montre un minimum de respect, s'il te plaît !

— Tu me fais chier.

— Mais oui, mais oui. A part ça, j'ai des infos. Tu les veux ou je te fais trop chier ?

— Sur quoi ?

— Sur elle.

— Je m'en fous.

— Alors ça, ça m'étonnerait.

— Je te répète que je m'en fous. On n'est pas du même monde, OK ? Elle me l'a bien fait comprendre. De toute façon, les termes étaient clairs : pas d'avenir, pas de projet.

— Et depuis quand tu t'arrêtes à des contrats à la con, toi ?

— Depuis longtemps.

— Oh ! c'est bon, arrête tes conneries, Vince ! Ce soir, je n'écouterai pas tes pleurnicheries. Ce soir, quitte à me prendre ton poing dans la gueule, je vais te dire ce que j'ai à te dire. Marina est *morte*. Elle est MORTE, et tu n'y peux rien ! Et culpabiliser d'être à nouveau heureux deux ans après, c'est complètement idiot. Alors je ne sais pas, va voir un psy, si ça peut t'aider à faire ton deuil et à y voir plus clair, et ensuite j'espère que tu te rendras enfin compte que vous n'étiez même pas faits pour être ensemble. Tu l'idéalises parce qu'elle est partie, mais vous n'auriez pas tenu deux ans ensemble ! Je le sais, c'était ma cousine la plus proche, je la connaissais bien. Elle n'était pas faite pour toi et tu n'étais pas fait pour elle.

Antoine a un mouvement de recul quand je me lève

d'un bond. Je suis très en colère, mais je ne sais pas contre qui. Je réalise que ce n'est pas contre lui et qu'au fond il ne m'apprend rien. J'ai toujours su que Marina et moi, on n'était pas faits l'un pour l'autre, mais je ne voulais pas l'entendre. Docilement, je me rassieds et le laisse poursuivre.

— Mais Emilie, elle, c'est différent. Je ne sais pas pourquoi, cette fille est tarée complet et vous êtes certainement les deux plus exacts opposés qu'on puisse trouver sur terre, mais il semble que ça fonctionne comme ça : comme deux aimants libres qui s'attirent. Et je ne t'ai jamais vu aussi bien que quand tu es avec elle. Pas même avec Marina. Alors laisse ma cousine reposer en paix et fais ta vie. Sois heureux, c'est ce qu'elle aurait voulu, c'est con à dire mais j'en suis sûr, parce que Marina et toi, vous étiez plus comme des frère et sœur que comme des amants. Vous vous connaissiez depuis si longtemps… Elle n'aurait jamais supporté l'idée que tu restes seul par fidélité à sa mémoire ou je ne sais quelle connerie mystique. Alors maintenant, tu vas retrouver ta psychopathe et tu essayes d'arranger les choses.

Je vide mon verre, regarde les glaçons tourner au fond mais ne bouge pas.

— Tu attends quoi ?

— Qu'elle accepte de me parler, peut-être ! Elle ne veut plus de moi. Contrairement à toi, elle, elle a bien conscience que je ne suis pas fait pour elle, alors elle a tourné la page. Et elle a certainement eu raison : regarde-moi, je ne suis bon à rien. Je ne suis pas de son niveau.

A peine ai-je fini ma phrase que je vois un truc sur le point de m'atterrir dans la gueule. Je lève les mains pour me protéger mais trop tard, le coussin qu'Antoine m'a lancé s'écrase sur moi.

— Mais t'es con, ou quoi ?

— Je sais pourquoi elle ne te répond plus, crétin ! J'ai croisé Mélanie hier soir.

— Vous vous parlez ?

— Ben on couche plus ensemble, mais c'est d'un commun accord. On est restés potes. Enfin bref, l'important, c'est pas ça. Mélanie m'a avoué qu'elle avait lâché à Emilie que tu partais à l'armée la semaine prochaine. Et ta petite copine s'est sentie trahie. A vrai dire, Mélanie était plutôt contente car elle voulait que votre histoire s'arrête, elle pensait que tu avais un effet négatif sur elle. Enfin ça, c'est pas l'essentiel non plus, précise-t-il devant mon regard noir.

Il marque une pause, le temps que je me calme.

— En tout cas elle regrette. Mélanie, je veux dire. Elle n'a jamais vu Emilie anéantie comme ça et elle se dit qu'avec le recul elle, Emilie, avait l'air enfin sereine quand elle était avec toi. Apparemment, elle faisait même moins de cauchemars, mais il semble qu'ils aient repris de plus belle depuis…

Il n'a pas le temps de finir que je suis debout en train de prendre mes clés et de décrocher mon manteau.

— Tu vas où ?

— La chercher.

— Mais où ?

— Chez elle !

— Mais non voyons, attends !

Antoine me court après dans la cage d'escalier et me rejoint in extremis dans la voiture.

— Au Via Brazil ! C'est la soirée de départ de Mélanie, on les trouvera là-bas.

Eh bien soit, puisque c'est là que tout a commencé, retournons sur les lieux du crime.

*
* *

Je ne suis vraiment pas en forme, mais pas question de me défiler ce soir. C'est le pot de départ de Mélanie, et bien que ça me torture doublement d'être ici, là où je l'ai rencontré il y a à peine un mois, je dois faire un effort pour ma copine dont le départ me déchire encore plus.

Max est là et me gonfle avec ses avances lourdes. Mais qu'est-ce que j'ai bien pu lui trouver ? Quand je demande à Mélanie, elle me dit qu'elle aussi se pose la question. Mais alors pourquoi m'a-t-elle laissée faire ?

— Parce que quand tu as décidé quelque chose..., me répond-elle en souriant.

— Au fait, tu as revu Vincent ? demande-t-elle de but de blanc.

— Mel, pourquoi tu parles de lui maintenant ? Bien sûr que non. C'est hors de question. C'est un menteur, un connard sans nom. Tu avais raison, je ne le laisserai plus jamais m'approcher de moi.

— Raison raison, j'ai jamais dit ça, moi. J'avais des doutes sur ce qu'il pouvait t'apporter mais, après tout, je peux me tromper, tu sais. En tout cas, malgré ses clopes, il était plus sain que tous les mecs qui te tournent autour ce soir. Et en tête, ce con de Max. Peut-être que tu devrais lui laisser le temps de s'expliquer, non ?

— S'il voulait m'expliquer ou justifier quoi que ce soit, il aurait trouvé un moyen de me parler, non ?

— Ben, si tu le dis. Tu coupes ton téléphone, tu n'ouvres jamais tes mails, et depuis que tu révises pour essayer de décrocher ce job, tu n'es pas à l'appart plus de deux heures par jour...

— Il y a toujours un moyen pour les gens honnêtes...

— Oh ! la voilà qui recommence, je plains tes élèves avec tes leçons de morale.

— C'est un peu le but, figure-toi. Mais bon, de toute façon, il doit s'être engagé depuis, alors c'est fini. Et que ça te plaise ou non, Max m'aidera à tourner la page.

Décidée, du moins en apparence, je me dirige vers Max dans l'idée de me faire offrir le verre censé me donner du courage.

Sa façon à peine voilée de me proposer de rentrer avec lui m'écœure. Il tente de me prendre par la taille, mais je lui dis non et tente de le repousser doucement. Au lieu de le calmer, mon refus semble l'exciter davantage. Il a bu, ou quoi ? Effectivement, son haleine le confirme quand il tente de m'embrasser.

— Elle ne veut pas, je crois, dit une voix grave derrière moi.

Je vois juste une énorme main se poser sur l'épaule de Max et, à la manière dont celui-ci grimace, je comprends que le geste n'est pas amical.

— Vince, arrête, lâche-moi. Tu veux quoi, là ? Je l'ai vue en premier, j'ai la priorité.

— Emilie n'est la priorité de personne, sale con. Maintenant, si tu veux qu'on en parle et qu'on se mette d'accord, je t'attends dehors.

Quand Max me lâche enfin, je me retourne pour regarder Vincent, mais je vois juste deux immenses yeux sombres qui n'ont pas l'air de plaisanter. Max semble hésiter puis se ravise.

— Ça va, mec, on va pas se prendre la tête pour une gonzesse. Viens plutôt boire un verre.

— Certainement pas avec un con comme toi.

Oh ! merde, là, Max n'a vraiment pas aimé. Il se lève, prêt à en découdre. Mais Antoine arrive derrière lui, l'attrape par les épaules et lui commande une bière pour détourner son attention. Comme Max ne fait plus attention à lui, Vincent semble se radoucir et finit par me regarder dans les yeux.

— Emie…

Mais je ne suis pas prête à lui parler. Je ne sais même pas quoi lui dire. J'ai trop peur qu'il ne m'invente un bobard et que, comme une idiote, je finisse par me faire avoir à nouveau.

Je récupère mon manteau sur une chaise et sors en bousculant un type.

Quand j'arrive dehors, le froid me saisit au visage et je ne sais même pas où aller. J'entends les videurs derrière moi souhaiter bonne nuit à un certain Greg et, avant que je comprenne ce qui m'arrive, je sens quelqu'un me pousser dans le bas du dos.

— Comme on se retrouve, ma jolie. Alors comme ça tu as fini par revenir ? J'ai l'impression que tu n'as plus ton garde du corps, par contre.

Mince, ce con de petit revendeur, c'est lui que j'ai bousculé en sortant. Il n'est pas seul, en plus, et son acolyte n'a pas l'air de plaisanter.

— C'est elle, la pétasse qui se prend pour une justicière.

Je ne peux rien dire, la rue est sombre et assez malfamée, et les videurs, qui ont refermé derrière eux, n'entendraient rien si je criais. La peur me paralyse et je me rends compte qu'ils m'ont poussée dans une ruelle juste à côté du bar. Eh bien voilà, on y est. Mon heure de gloire, où je vais me faire violer ou tuer, ou les deux, sans pouvoir rien faire. Chapeau, 007 ! Mais avant que je puisse réagir — de toute façon je ne comptais pas faire grand-chose —, je vois la silhouette imposante de Vincent se découper derrière le copain de Greg, lequel se retourne pour prendre une droite en plein visage. Puis tout va très vite. Greg en colle une à Vincent, qui n'a pas eu le temps de réarmer son poing, et un autre mec arrive derrière mais, malheureusement, pas de notre camp. Je crie pour appeler à l'aide mais m'aperçois vite que ça ne sert à rien. Vincent rend pas mal de coups mais se prend quand même une bonne dérouillée par les trois autres. Et là, je ne sais pas ce qu'il me prend mais je me dis soudain que mes talons aiguilles ne doivent pas servir qu'à augmenter ma taille de dix centimètres. Je lève le pied d'un geste que je n'ai jamais réussi à placer en entraînement et je réussis à déstabiliser le plus petit. Je colle un deuxième coup d'escarpin à Greg, à côté, et Vincent en profite pour sortir de l'emprise du plus gros qui le ceinturait en lui mettant un coup de boule par-derrière. A ce moment, la police arrive et, avant que les trois agresseurs ne puissent détaler, tout le monde est arrêté et le calme revient vite. Malheureusement, dans le doute, Vincent est menotté également. Il saigne de la bouche et a l'air assez amoché mais en bonne santé. Alors que je fonce vers lui, inquiète, un policier m'arrête dans mon élan.

— Madame, s'il vous plaît, ne vous approchez pas.

— Mais c'est le gentil, lui ! dis-je en suppliant.

— On éclaircira ça après.

Je suis au maximum de ce que l'adrénaline peut fournir à un corps : épuisée, en colère, et en même temps folle amoureuse de ce type quand il me regarde, les mains dans le dos, en souriant, et qu'il me dit :

— On s'ennuie vraiment jamais avec toi !

Alors qu'une grande partie du bar est sortie, attirée par le raffut, Mélanie se précipite vers moi, folle d'inquiétude, et me prend dans ses bras. Derrière elle, Antoine, portable à la main, m'explique :

— Vincent a vu Greg te suivre quand tu es sortie, il m'a dit d'appeler la police immédiatement avant de te rejoindre. Mais vu la gueule de Vince, ils ont mis le temps pour débouler !

Chapitre 7

Et je me dis que c'est toi
Et pour la toute première fois
Pardonne-moi mes doutes et colères
Le temps fera l'affaire
Et toi et moi
Oh ça ira

JOYCE JONATHAN — « Ça ira »

Vincent nous rejoint enfin : la police a fini par le libérer après avoir vérifié la version d'Antoine et la mienne.

— Toujours sur les bons coups, toi ! dit-il à Antoine en se frottant les poignets.

— J'étais au téléphone, j'expliquais la situation pour que la cavalerie débarque ! A quoi ça aurait servi que je vienne m'en prendre une avec toi si les renforts n'arrivaient jamais ?

— Ouais, c'est ça.

Mélanie sourit et Vincent me prend dans ses bras. Ça fait un bien fou de sentir son odeur. Mais je réalise que tout n'est pas si simple. Je me dégage doucement et lui dis :

— Ça ne règle pas le problème de ton mensonge !

— Quel mensonge ?

— Tu t'engages dans l'armée ?

— Dans cet état ? Je dois avoir deux côtes cassées, ça m'étonnerait qu'ils me prennent.

Il sourit, m'embrasse et me reprend dans ses bras.

— J'ai changé d'avis, ça arrive, non ? Et si tu étais moins têtue et bornée, on aurait pu en parler. Peut-être que l'armée, c'était juste ma façon à moi de fuir. Et peut-être qu'une fille courageuse que j'ai rencontrée m'a montré que fuir, ça ne servait à rien et qu'il suffisait d'un bon plan dans la vie. Alors j'ai fait des plans et j'ai même rencontré un banquier qui me suivrait pour prendre un petit local sympa où je pourrais monter mon garage.

— Et depuis quand, ça ?

— Disons que ça fait deux semaines…

— Et tu comptais m'en parler quand ? dis-je en le frappant dans le ventre, ce qui lui arrache un petit cri de douleur que je regrette aussitôt.

— Quand ç'aurait été certain. Je ne voulais pas te parler dans le vide. Et puis, en plus, mon garage, c'est pas l'essentiel, je peux le monter ici ou… à Bordeaux.

Sans avoir besoin d'en entendre plus, je me jette contre lui, en lui pétant probablement une côte de plus, et je l'embrasse.

Il rit, me rend mon baiser et me demande :

— Tu n'avais pas dit « pas de projet, pas d'avenir » ?

— Oui, eh ben il n'y a que les imbéciles qui ne changent pas d'avis, hein. Et si une fille avisée que tu as croisée t'a fait changer de plan, un mec bourru que j'ai rencontré m'a pas mal retourné le cerveau aussi. Au fait, il paraît que je suis faite pour l'enseignement, alors peut-être que Bordeaux, finalement, ça ne servira à rien…

— Oui, ben ça, on verra. Je mise tout sur vous, madame : c'est ta carrière avant tout ! Alors pèse soigneusement tes choix, et on avisera ensuite. En attendant, on rentre à la maison.

— A la maison ?

— Oui, à la maison ! Ne compte pas dormir dans un autre lit que le mien, ou je vais me mettre très en colère…

— J'aimerais voir ça, dis-je en souriant de toutes mes dents.

Je me retourne pour voir Mélanie, qui me fait un clin d'œil. « Il est peut-être pas si mal », me chuchote-t-elle en souriant.

— Mais tu vas supporter de vivre avec un mec comme moi ? me demande Vincent en s'appuyant sur moi pour s'aider à marcher.

— Un macho bourru ? Je ne sais pas… Pour une princesse comme moi, ça va être compliqué !

— Princesse ? Avec ce que j'ai vu ce soir ? Je ne voudrais pas être ton ennemi.

— Oh non, tu as bien raison. D'ailleurs…, dis-je en m'approchant de sa voiture, côté passager.

Je m'arrête, me dégage du bras qu'il a passé par-dessus mon épaule et tends la main.

— Oh non ! Sûrement pas, fait-il en comprenant.

— Oh que si ! Et c'est sans compromis. Demain aussi, ce sera moi quand on ira à la gendarmerie valider nos dépositions. Et les jours d'après aussi, selon ce que disent les médecins, et même…

— Ça va, ça va, dit-il en me lançant les clés. Cette fille aura ma peau…

Je souris et prends place dans le petit bolide. Finalement, il suffit de vouloir les choses très fortement pour que ça arrive ! Même quand tout semble s'y opposer.

Au moment où je mets la clé dans le contact, quelqu'un frappe à la porte. Je lève les yeux, un type de la gendarmerie nationale.

Je regarde Vincent, qui hausse les épaules en signe d'incompréhension, et je sors de la voiture. Comme il fait froid, je referme la porte derrière moi pour que Vincent reste au chaud.

— Mademoiselle Davois-Roberts ?

— Oui ?

— Le Pr Pilegramme a un message pour vous : vous avez dû recevoir un courrier recommandé.

— Oh oui, mais je n'ai pas eu le temps d'aller le chercher. Je suis désolée, je sais que ça fait longtemps mais la poste est loin et…

Je m'arrête de parler. Depuis quand la gendarmerie s'occupe-t-elle des services de la poste ?

— Mademoiselle Davois, quand vous ferez votre déposition, demain, rendez-vous directement au bureau 5B, s'il vous plaît. Demandez Dora.

Puis il me salue d'un signe de tête et s'éloigne d'un pas pressé.

Le charme de l'interdit

Sara Agnès L.

Chapitre 1

Je déposai le dernier carton contenant mes affaires dans un coin de mon nouvel appartement pendant qu'Isabelle se laissait tomber sur le canapé de façon peu gracieuse.

— Enfin ! soupira-t-elle.

— Arrête. Je n'avais pratiquement rien à déménager ! rigolai-je.

Après vingt-deux années à habiter chez mes parents, je m'installais à Paris avec le minimum requis : mes vêtements, mes draps et l'ancienne batterie de cuisine inutilisée de ma mère. Heureusement, l'appartement était meublé ; cela compensait un peu le fait qu'il était minuscule et affreusement cher. Le confort douillet de ma chambre allait me manquer, mais il fallait voir le bon côté : je n'étais qu'à vingt minutes de mon lieu de stage, l'hôpital Cochin. D'après mon professeur, j'avais même une chance d'y être embauchée comme infirmière auxiliaire si je faisais mes preuves auprès de mon maître de stage.

Lorsque je m'assis près d'Isa, sur mon canapé, elle tourna un visage lumineux vers moi.

— Tu te rends compte ? T'es à Paris !

Je lui répondis d'un simple sourire. Oui, j'étais à Paris. Voilà qui était affreusement dépaysant. De mes fenêtres ouvertes, je percevais le bruit de l'extérieur : des coups de klaxon, des moteurs de voitures, les voix des gens installés à la terrasse du café du coin, et de la musique.

— Une chose est sûre : ça change d'Auvers, dus-je admettre.

Mon regard bifurqua vers la fenêtre d'où provenaient tous ces sons. Le calme allait-il revenir à la nuit tombée ? Il fallait bien que les gens dorment, après tout…

Isa se releva, récupéra son sac très tendance et me fit signe de l'imiter.

— On va se chercher un truc à bouffer ? Je meurs de faim. Après, je t'aiderai à ranger l'essentiel, mais je ne veux pas repartir trop tard.

— Je comprends, dis-je en me redressant à mon tour. Allons faire le tour de mon nouveau quartier. On se prendra un sandwich, ce sera plus rapide.

Je vérifiai mon reflet dans le miroir, replaçai légèrement mes cheveux, puis posai mon sac à main rose sur mon épaule. Je sortis de mon petit appartement et lâchai un cri de stupeur lorsque je me retrouvai face à un type hyper baraqué. Une véritable armoire à glace, tatouée pratiquement partout sur le haut du corps. Aussitôt, je reculai d'un pas, écrasant le pied de ma meilleure amie qui lâcha un cri de douleur.

— Hé ! Doucement, Blondy ! railla l'homme devant ma porte.

Blondy ? Venait-il vraiment de m'affubler d'un surnom ridicule à cause de la couleur de mes cheveux ? Je relevai des yeux mauvais vers lui, prête à le rembarrer, mais je fus incapable de lui jeter la moindre réplique cinglante. Et pour cause : il était effrayant ! Sa carrure impressionnante — il devait faire dans les un mètre quatre-vingt-dix — tout en muscles… et en tatouages ! Sans oublier ses cheveux longs, attachés en bun sur le dessus de sa tête alors que tout le reste de son crâne était rasé. Il ressemblait vraiment à un type tout droit sorti de prison. Ma bouche s'ouvrit sous la surprise. Ce type me fichait les jetons !

Se postant à ma droite, Isabelle tendit une main en direction de l'inconnu.

— Salut, je suis Isa, et elle, c'est Danielle, mais tout le monde l'appelle Dany.

Il nous jaugea du regard à tour de rôle avant d'arborer un sourire étonné.

— Un couple de lesbiennes ? Voyez-vous ça…

Quoi ? ! Il s'imaginait que j'étais en couple avec Isa ? Et à voir la façon dont il nous dévisageait, l'idée ne lui déplaisait pas du tout.

— T'es un petit rigolo, toi, répliqua ma copine, nullement choquée par ses allusions. Malheureusement, je suis au regret de t'annoncer que nous ne sommes pas un couple, et encore moins lesbiennes. J'ai juste aidé Dany à emménager.

Le type haussa un sourcil intrigué.

— Dany-Blondy est ma nouvelle voisine, alors ?

— Je m'appelle Danielle, le repris-je, choquée qu'il persiste à m'affubler de ce surnom ridicule.

— Seb, dit-il simplement.

Du menton, il pointa la porte à côté de la mienne.

— J'habite juste là.

Je déglutis nerveusement. Ce type baraqué était donc mon plus proche voisin… Pourquoi cela ne me rassurait pas ?

— Cool, jeta Isa. Comme ça, si Dany a besoin de sucre, elle saura à qui s'adresser.

— Sans façon, marmonnai-je.

Je fis les gros yeux à ma copine pour qu'elle se dépêche de sortir. Je n'avais pas la moindre intention de faire la connaissance de ce colosse tatoué. Hors de question qu'il vienne quémander du lait ou… qui sait ? Avec ma chance, il tenterait de me voler mon sac à main pour le refourguer au premier revendeur du coin. Voilà le genre de voisin avec qui je n'avais pas du tout envie de fraterniser.

Je verrouillai ma porte pendant qu'il ouvrait la sienne mais, au lieu de le laisser filer, Isa l'apostropha de nouveau :

— Hé, Seb ! Tu peux nous dire où on peut trouver un endroit sympa pour manger dans le coin ?

Il pivota pour reporter son attention sur nous, puis nous indiqua l'adresse d'un petit bistrot abordable.

— C'est environ à dix minutes de marche, mais ça vaut le détour. L'endroit n'est pas bondé de touristes, le café est bon et ne coûte pas la peau du cul.

— Merci ! C'est gentil !

Je suivis Isabelle qui regagnait l'escalier et j'attendis d'être dans la rue pour lui demander :

— Ma parole ! Tu draguais ce type ?

— Moi ? Non ! Mais c'est ton voisin, c'est normal d'être aimable.

Elle s'engagea avec détermination dans une rue adjacente, à croire qu'elle savait parfaitement où nous allions, puis reprit :

— Il a des yeux magnifiques, tu n'as pas remarqué ?

Malgré moi, je grimaçai devant son commentaire.

— Dany ! Ouvre-toi un peu au monde ! Je suis sûre que tu n'as vu que ses tatouages.

— Hé ! Ce n'est quand même pas ma faute s'il ressemble à un prisonnier ! Il a la moitié du crâne rasé et des tatouages partout… Et même un piercing, là !

Je pointai mon sourcil, comme si ce bijou, bien visible sur la tête de mon voisin, était pire que tout le reste.

— Arrête de faire ta prude. Son piercing lui va super bien.

Je levai les yeux au ciel pour éviter de la contredire, mais mon avis était fait sur mon nouveau voisin : moins je le verrais, mieux je me porterais. Et je comptais bien m'assurer d'avoir bien verrouillé ma porte, la nuit.

Une fois installée à une table en terrasse du café indiqué par Seb, Isabelle reprit :

— Vraiment, Dany, je ne te comprends pas. Tu vas avoir un super stage à l'hôpital et tu habites dans un appart à Montparnasse. Il faut que tu en profites à fond !

— Qu'est-ce que tu racontes ? Je sais très bien la chance que j'ai !

Ma copine se mit à rigoler franchement en récupérant le menu que le serveur lui tendait. Dès qu'il s'éloigna, elle se moqua ouvertement de moi.

— Non, mais tu t'es vue devant ce type ? T'es à Paris, ma poulette ! Jette tes œillères et lâche-toi un peu ! Tu vas finir par devenir vieille fille.

— Hé ! grognai-je. Le fait que le baraqué aux tatouages ne m'intéresse pas ne signifie pas que je suis aveugle.

— Oh ! arrête ! C'est quand la dernière fois que t'es sortie avec un garçon, tu peux me le dire ?

Je tentai de faire un calcul rapide dans ma tête avant de proposer :

— Sylvain ?

— Ah oui, M. Net, se remémora-t-elle en faisant une moue. Un incapable au lit qui refusait les cunnis ! Et ça fait quoi, cette histoire ? Deux ans ?

— Désolée d'avoir fait passer mes études avant les garçons, raillai-je.

— De là à faire une croix sur ta vie sentimentale, quand même ! Remarque, ce n'est pas comme s'il y avait eu beaucoup de choix à Auvers.

Je retins ma réplique cinglante. Isabelle avait pratiquement « testé » toute la marchandise intéressante à Auvers. Résultat : elle en était aujourd'hui au même point que moi, soit célibataire, avec — en prime — une réputation qui n'avait rien d'enviable.

— Une chose est sûre : ton voisin est vachement canon. Je suis sûre que c'est un super coup.

Je grimaçai avant de faire un signe vague de la main.

— S'il te plaît tant que ça, libre à toi.

— T'as vraiment de la merde dans les yeux, toi. Crois-en mon expérience : ce gars, c'est de la bombe !

Je portai mon attention sur le menu pour essayer de clore la discussion, et elle grogna de plus belle :

— Tu sais ce que tu es ? Une fichue coincée !

— Ce n'est pas parce que je n'ai pas envie de flirter avec un voisin qui ressemble à un taulard que ça fait de moi une fille coincée !

Elle me pointa du doigt.

— Tu le juges sans le connaître ! Si ça se trouve, c'est un mec très bien.

Un sourire malicieux apparut sur ses lèvres, et elle ajouta :

— Et avec un corps comme le sien, le reste ne doit pas être vilain…

Sentant le rouge me monter aux joues, je secouai la tête.

— Toi, alors ! Tu ne penses qu'à ça !

— Devant un type pareil ? Evidemment. La prochaine fois que tu le croiseras, regarde-le mieux : tu verras qu'il transpire le sexe à plein nez.

Je grimaçai de nouveau et lui fis signe de se taire.

— Tu peux arrêter ? Si tu continues, tu vas me couper l'appétit.

Dans un rire gras, elle hocha la tête. Pour ma part, je ne voulais surtout pas revoir mon voisin. Et encore moins vérifier l'odeur qu'il dégageait !

Chapitre 2

J'étais lessivée en rentrant du travail. J'avais fait deux heures supplémentaires et mes pieds me suppliaient de les laisser tranquilles malgré mes Converse roses dans lesquelles j'avais toujours été confortable. Même si je savais que ça ne réduirait pas l'attente, j'appuyai à répétition sur le bouton qui appelait l'espèce de monte-charge vieillot de l'immeuble, pompeusement appelé « ascenseur ». Quelle idée de prendre un appartement au quatrième étage !

Quand je me faufilai dans le petit espace confiné, il me tardait déjà de retrouver mon canapé et ma couverture doudou en peluche rose mais, avant que les portes se referment, un corps massif se rua à l'intérieur de l'ascenseur. L'armoire à glace avec les cheveux réunis en chignon ne me laissa aucun doute sur l'identité du nouveau venu.

— Hé ! Blondy ! me salua-t-il avec un sourire en coin.

— Bonsoir, dis-je poliment avant de détourner la tête.

Si j'espérais mettre un terme à notre conversation, Seb ne semblait pas en avoir envie. Il me détailla de la tête aux pieds avant de demander :

— Alors, Blondy…

— Danielle.

— Ouais, enfin… comment tu trouves ton nouvel appart ?

— Ça va.

Je relevai les yeux pour vérifier à quel étage nous étions. Ce trajet était interminable ! Et vu la petitesse de l'endroit, j'avais l'impression que ce type prenait toute la place. Pourquoi faisait-il si chaud, soudain ?

— C'est vrai qu'on paye un peu cher pour le quartier, mais ce n'est pas trop mal. Remarque, quand j'habitais dans le 10e, je payais le même prix mais j'avais des visiteurs indésirables en prime.

Je tournai un visage dégoûté vers lui avant de répéter :

— Des… visiteurs indésirables ?

— Des cafards, ouais, confirma-t-il dans un rire. Inutile de dire que j'ai fichu le camp à la première occasion.

Je restai un moment scotchée à son regard, puis je grimaçai et reportai mon attention autre part. Pour une fois, Isabelle avait raison : les yeux de Seb étaient jolis, verts ou gris, une couleur qu'on voyait rarement, quoi, sauf que tout le reste était… beaucoup trop… imposant ! Je baissai la tête et jetai un œil discret à son bras dénudé sur lequel je pouvais apercevoir quelques tatouages. Fallait-il vraiment qu'il en ait autant ? Sans tout cet attirail, il aurait été bien plus mignon…

Visiblement aussi pressé que moi d'atteindre l'étage, Seb appuya de nouveau sur le chiffre 4 avant de soupirer :

— D'habitude, je prends l'escalier mais, là, j'arrive d'une fête bien arrosée… Et comme l'ascenseur était là…

— Hum, dis-je simplement en détournant de nouveau les yeux.

Pourquoi étais-je étonnée ? Un type comme Seb passait probablement son temps à faire la fête, ça me paraissait évident. Et moi qui venais de me taper neuf heures de travail… On ne vivait vraiment pas dans le même monde !

Quand il reporta son attention sur moi, je m'empressai

de fixer autre part, même si je sentis son regard me balayer de nouveau.

— Je suppose que tu es trop bien pour ça, toi.

Je tournai un visage intrigué vers lui. Est-ce qu'il venait de m'insulter ?

— Quoi donc ? vérifiai-je.

— Boire de la bière, expliqua-t-il. Aller en boîte. Danser. Faire des trucs cool, quoi.

Il fit un geste de la main, me montrant comme une vulgaire marchandise.

— Tu es une jeune fille bien, ça se voit tout de suite.

Choquée par ses mots, je répliquai sèchement :

— Tu dis ça comme si c'était une mauvaise chose !

— Je n'ai rien dit de tel.

— Ce n'est pas nécessaire, le ton que tu as employé était très clair.

— Moi ? Et toi, alors, tu te rends compte de la façon dont tu me regardes ? s'énerva-t-il. On dirait que tu as peur que je te viole !

Je ne répondis pas, parce qu'il n'avait peut-être pas tort sur le sujet. Chaque fois que je le croisais, je déviais les yeux et serrais mon sac à main contre moi. C'est à peine si je répondais à ses bonjours.

Quand la porte s'ouvrit enfin sur notre étage, je sortis la première, d'un pas pressé, et je soufflai :

— C'est juste que… Oh ! et puis… laisse tomber.

Devant ma porte, je regrettai de ne pas avoir préparé mes clés, et je fouillai rapidement dans mon sac pour pouvoir les dénicher. Quelle idiote je faisais ! Dire que j'avais trouvé de jolis yeux à Seb ; et lui, à la première occasion, il m'insultait !

— Du calme, Blondy ! Je ne voulais pas te froisser, lâcha-t-il en s'accoudant contre sa porte. A part ton côté fétichiste du rose, t'es plutôt mignonne en fait…

Je le fusillai du regard, agacée par ce surnom ridicule dont il m'affublait constamment, et aussi par ce compliment… tout aussi ridicule ! Intimidée par la façon dont il m'observait, je m'empressai de revenir à ma tâche : je déverrouillai ma porte sans lui répondre et me réfugiai dans mon appartement avant de claquer la porte, le souffle court.

Quel énergumène, ce type ! Dire que je l'avais presque trouvé intéressant… J'aurais vraiment dû me fier à ma première impression.

Chapitre 3

Je gribouillais dans mon carnet quand un bruit désagréable attira mon attention. Quelqu'un tentait de forcer la porte de la voisine, Blondy. La fille coincée qui m'avait pratiquement fait une crise de nerfs dans l'ascenseur, trois jours plus tôt. Elle venait probablement d'un bled pourri où elle n'avait jamais vu de types tatoués ; une sorte de bourgeoise provinciale. Il suffisait de la voir se pavaner avec ses vêtements griffés et ses accessoires roses pour le deviner.

Le bruit recommença, et je cessai de dessiner pour me lever du canapé. J'ouvris la porte pour vérifier que ce n'était pas un paumé qui essayait d'entrer chez la voisine en douce, et je tombai sur Blondy qui bataillait avec ses clés. Quand elle me vit, elle sursauta, puis tourna un visage dépité dans ma direction.

— Ma serrure est coincée, avoua-t-elle.

Elle donna un coup de hanche près de la poignée pour essayer d'enfoncer la porte avant de recommencer à s'acharner.

— Tu risques de tout casser si tu continues, la prévins-je.

Dans un rugissement, elle cessa de vouloir ouvrir sa porte et soupira, visiblement à bout de nerfs.

— T'as le numéro de l'agence de location ? me questionna-t-elle.

— Attends, je vais déjà…

Je fis quelques pas pour venir la rejoindre et je tentai de vérifier sa serrure qui retenait fermement sa clé en otage.

— Hum… si je force, je risque d'abîmer la serrure, constatai-je en percevant la fragilité du mécanisme.

— Merde, siffla-t-elle à voix basse.

Je la scrutai, étonné que ce type de fille jure de la sorte.

— En voilà un vilain mot pour une gentille fille, raillai-je.

Au lieu de rire de ma blague, elle me jeta un regard à me fendre en deux.

— J'ai fait douze heures aux urgences, puis une heure de marche pour rentrer à cause des grèves de la RATP. J'ai les jambes en compote, je meurs de faim, et je n'arrive pas à rentrer chez moi ! Je ne peux pas croire que la serrure me lâche à un moment pareil !

— Bah, c'est un vieil immeuble, répondis-je comme si je devais défendre le mobilier.

Voyant que mes paroles ne l'amadouaient en rien, je songeai à foutre le camp et à la laisser se démerder, puis je remarquai son expression : elle avait l'air au bout du rouleau.

— Viens, lâchai-je. Je vais te donner le numéro de l'agence.

Elle fronça les sourcils et bredouilla un « merci ». Je m'engouffrai dans mon propre appartement. C'était bien ma veine, pour une fois qu'une fille venait chez moi, il fallait que tout soit en bordel !

Je fouinai dans les tiroirs, récupérai la carte de l'agence de location, et la posai sur le bout de la minuscule table de cuisine. Je remarquai que Blondy était restée plantée sur le seuil de mon appartement. S'imaginait-elle que j'allais lui sauter dessus à la seconde où nous serions seuls ? Ma parole, elle me prenait vraiment pour un enfoiré ! Agacé, je lâchai :

— Tu veux que je te prête mon téléphone, aussi ?

Ma réplique eut le mérite de la faire sortir de sa torpeur, et elle entra chez moi en laissant la porte ouverte derrière elle. D'une main, elle récupéra son portable, rangé dans un étui rose, et se mit à composer le numéro. J'attrapai deux bières dans mon frigo avant d'en déposer une devant elle. Pendant qu'elle expliquait son problème au type de l'agence en parlant à toute vitesse, elle secoua la tête pour refuser mon offre. A quoi je m'attendais ? J'aurais dû me rappeler que cette fille se croyait trop bien pour de la bière... Il suffisait de voir son petit air hautain chaque fois qu'elle croisait mon regard. Laissant la bouteille devant elle, je décapsulai la mienne et la portai à mes lèvres. Tant pis pour mes bonnes manières ; j'en avais fait suffisamment. Je retournai sur le canapé pour reprendre mon dessin pendant qu'elle essayait de convaincre le type de l'agence que le problème était urgent. Quand la communication s'arrêta, elle jura de nouveau :

— Merde, merde, merde.

— Encore une tuile, Blondy ? demandai-je sans relever les yeux de mon carnet de croquis.

— Il est en dehors de la ville et ne peut pas venir avant demain.

Ouais. Elle était vraiment dans la merde, mais cela ne me concernait pas.

— D'après ce qu'il dit, il faudra sûrement remplacer la serrure, alors si tu la casses, ce n'est pas très grave, lâcha-t-elle encore.

— Hum, dis-je simplement.

Je laissai le silence prendre possession de mon appartement. Blondy soupira de plus belle.

— Ecoute... je suis crevée, alors... si tu pouvais me filer un petit coup de main...

Je savourais la situation, prenant un malin plaisir à la savoir ainsi dépendante de mon bon vouloir. Je plongeai mes yeux dans les siens et lâchai :

— Je pourrais effectivement te donner un coup de main, mais j'en ai marre que tu me regardes comme un primate sur le point de te sauter dessus. Si t'as un problème avec les types tatoués, tu peux aller chercher de l'aide autre part.

Mes paroles semblèrent faire effet, car Blondy les encaissa en affichant une expression dépitée. D'un coup, elle récupéra la bouteille que je lui avais proposée et la décapsula avant d'en boire une bonne rasade. Elle paraissait vraiment crevée, et assoiffée. Malgré moi, je l'observai pendant qu'elle avalait la moitié de sa bière cul sec. Quand elle reposa la bouteille sur la table, elle essuya sa bouche du revers de la main.

— Bien. Merci quand même.

Elle remonta son sac sur son épaule et me tourna le dos avant de se diriger vers la sortie.

— Attends !

Sur le seuil, elle reporta son attention sur moi et j'aurais pu jurer qu'elle était sur le point de se mettre à pleurer. Tout compte fait, je n'avais peut-être pas choisi le bon jour pour lui faire des reproches…

— Tu veux que je démolisse ta porte ? m'entendis-je demander.

Sa voix trembla lorsqu'elle me répondit :

— N'importe quoi, du moment que je peux retrouver mes affaires. Et prendre une douche. Et dormir, aussi.

Elle paraissait vraiment épuisée, et c'est peut-être ce qui me donna le courage de me relever. Je la suivis devant la porte de son appartement et tentai à nouveau de bouger sa clé, bien coincée au fond de la serrure.

— C'est bloqué, constatai-je de nouveau. J'essaie de l'enfoncer ?

— Ouais.

D'un coup de hanche bien placé, je fis sauter le loquet, et son trousseau tomba sur le sol pendant que la porte s'ouvrait. Avec une mine soulagée, Blondy le récupéra et m'offrit un regard empreint de gratitude.

— Merci.

— Il n'y a pas de quoi, Blondy.

— Danielle, me rappela-t-elle.

— Dany, ouais. J'avais oublié.

Avec un sourire las, elle se faufila à l'intérieur de son appartement. Puis elle pivota, ayant visiblement trouvé un prétexte pour pouvoir me refermer la porte au nez :

— Ecoute, je suis crevée, alors…

— Pas de souci, la coupai-je.

Je tournai les talons et filai en direction du mien quand sa voix résonna de nouveau :

— Hé ! Merci !

En guise de réponse, je lui fis un signe de la main et je retournai dans mon appartement, déterminé à finir mon croquis en cours. Autant me concentrer sur ce satané dessin, puisque ma propre voisine n'arrivait pas à me parler plus de trois minutes. En même temps, venant d'une fille guindée tout juste arrivée de sa campagne et qui semblait faire une fixation sur la couleur rose… à quoi je pouvais m'attendre ?

Chapitre 4

Je remerciai tous les saints que je connaissais pendant que l'eau ruisselait sur ma tête. Après cette journée interminable, j'aurais préféré un bain, mais il n'y avait pas de baignoire dans cet appartement. De toute façon, j'étais affamée, et mes pieds exigeaient que j'arrête de piétiner. Je sortis de la douche, enfilai un pyjama — mon préféré : celui avec des petites fleurs roses — puis j'allai fouiner dans mon frigo. Pendant que les lasagnes chauffaient au four à micro-ondes, je regardai défiler les secondes, complètement amorphe, avant de me sortir de cette torpeur pour me servir un immense verre d'eau. Enfin, je m'affalai sur le canapé, mon plat posé sur un petit coussin pour éviter de me brûler, et je cherchais la télécommande quand, malgré la chaise que j'avais mise pour bloquer ma porte, je m'aperçus qu'elle était entrouverte. Aussitôt, je mis mon repas de côté pour tenter de la refermer… en vain. Le coup de hanche de Seb avait probablement été trop brutal, car ma porte restait obstinément ouverte.

Dans un grognement, je récupérai une seconde chaise et bloquai tant bien que mal mon entrée, puis je retournai sur le canapé pour dévorer mon repas à grandes bouchées. Impossible de suivre les images qui défilaient à la télévision, je ne pouvais m'empêcher de jeter des coups d'œil nerveux à mon installation de fortune. Quelle plaie, cette serrure ! Malgré mon bricolage, il restait un espace entre la porte et le cadre par lequel on pouvait regarder à l'intérieur de mon appartement.

Une vingtaine de minutes plus tard, je sursautai lorsqu'un courant d'air fit trembler ma porte. Je laissai ma tête tomber en arrière avant de soupirer bruyamment. Allais-je pouvoir dormir dans ces conditions ? Même si les probabilités qu'un type vienne me cambrioler cette nuit étaient faibles, je détestais l'idée de dormir avec la porte non verrouillée. Si mes pieds n'avaient pas été aussi douloureux, je me serais réfugiée à l'hôtel le plus proche et j'aurais refilé la facture à l'agence de location. Au lieu de cela, je me levai pour déplacer ma table contre mon agencement, tentant maladroitement de créer un obstacle, au cas où quelqu'un entrerait par effraction. Lasse, je me résignai à me coucher ; j'éteignis les lumières, mais me refusai à fermer la porte de ma chambre, préférant savoir si quelqu'un essayait d'entrer chez moi. Enfin, je m'installai sur le rebord de mon lit. Incertaine de pouvoir dormir, je pris trois bonnes minutes avant de m'étendre sous les draps, mon téléphone bien posé sur ma table de chevet. Malgré ma fatigue, je jetais de fréquents coups d'œil en direction de la porte d'entrée qui laissait filtrer la lueur discrète du corridor dans mon appartement.

— Dors ! m'intimai-je en pivotant dans mon lit pour cesser de voir la lumière.

Un rire lointain me fit sursauter. Etait-ce celui de Seb ? Quand un nouveau courant d'air fit claquer ma porte, je me redressai de nouveau. Je détestais la peur qui s'insinuait en moi. Comment une simple porte arrivait-elle à me rendre aussi vulnérable ? J'étais pratiquement certaine que, de l'extérieur, personne ne pouvait remarquer que la serrure était brisée. Enfin… presque.

Dix minutes, puis vingt passèrent. J'étais épuisée, mais mon corps refusait de se détendre. Mes oreilles aux aguets épiaient chaque son qui me parvenait du couloir. Les appartements n'étaient déjà pas bien insonorisés mais, dès que l'on prêtait attention aux bruits et à leur provenance, on distinguait une multitude de nuisances sonores. Dans un grognement, je me redressai dans mon lit, puis je perçus des éclats de rire dans l'appartement d'à côté. Que faisait mon voisin ?

Une idée ridicule traversa mon esprit. Je me levai, enfilai mon peignoir en pilou rose, puis défis mon système de protection artisanal pour sortir de mon appartement. J'inspirai un bon coup avant d'avoir le courage de frapper à la porte voisine de la mienne.

Quand il ouvrit, je clignai des yeux, abasourdie : il était à moitié nu ! Enfin... sans T-shirt. Et il avait un torse impressionnant : musclé, complètement imberbe, et presque entièrement recouvert de tatouages.

— Encore un problème, Blondy ?

Détachant mon regard de tous les dessins qui ornaient sa peau, je bredouillai :

— Euh... ouais.

Seigneur, j'avais oublié ce que j'étais venu lui demander ! Il faut dire qu'il était vraiment imposant. Et costaud. Et aussi... assez séduisant dans son genre. Une once de raison traversa mon esprit. Bon sang ! C'était la fatigue, forcément ; je ne pouvais pas sérieusement le trouver attirant.

— Je suis désolée, je... je ne sais pas... ce qui m'a pris de venir. Pardon.

Les joues rouges de confusion, je fis mine de repartir en direction de mon appartement, mais mon voisin m'arrêta.

— Dis-moi au moins ce que tu voulais !

Je soupirai avant de prendre appui contre le mur.

— Ma porte n'arrête pas de bouger à cause des courants d'air et… ça m'effraie. Voilà, je l'ai dit.

Mon voisin fronça les sourcils.

— T'as essayé de la bloquer avec une chaise ?

— Ouais, mais… ça m'empêche de dormir. Et pourtant, je suis vraiment épuisée.

— OK. Et ta super idée, c'est quoi ? Tu veux squatter mon canapé ?

Je le scrutai avec la bouche ouverte. Dormir chez lui ? Euh…

— C'est que… toi, ta porte se ferme, donc ton appartement ne craint rien. Alors que moi…

— Ah. Je vois. C'est moi qui vais devoir me taper ton canapé.

— C'était une mauvaise idée. Pardon pour le dérangement, répondis-je, dépitée par sa réaction.

Je fis un pas vers l'intérieur de mon appartement quand il m'interpella :

— J'arrive, donne-moi deux minutes.

Je reportai mon attention sur lui. Quoi ? Est-ce qu'il songeait sérieusement à me filer un coup de main ? Et, surtout, avais-je vraiment envie qu'un parfait inconnu dorme sur mon canapé ? Un type aussi baraqué, qui plus est ?

— T'as un truc à bouffer ? me questionna-t-il. Sinon, il faudra que j'aille me chercher un sandwich avant de venir faire le vigile dans ton salon.

— Il me reste une part de lasagnes.

Son visage s'illumina.

— Ouais. Contre des lasagnes, je veux bien me tuer le dos sur ton canapé. Je reviens, je vais récupérer quelques trucs pour passer le temps.

Je rentrai chez moi et embrassai mon salon du regard. D'accord, il était similaire à celui de mon voisin, et un peu moins bordélique, mais j'avais du mal à imaginer mon voisin sur mon canapé, surtout avec ces énormes coussins fuchsia. Quelle idée stupide ! Malgré ma fatigue, je doutais très sérieusement de pouvoir dormir avec ce type tout près.

Cinq minutes plus tard, Seb entra chez moi et jeta un coup d'œil à ma porte.

— Ah ouais. Elle est plutôt mal en point, constata-t-il en actionnant la poignée.

Il avait enfilé un T-shirt, mais mon regard se promenait sur les tatouages qui dépassaient du vêtement. Comment pouvait-il en avoir autant ? C'était une drogue, ou quoi ? Quand il remarqua où se fixait mon attention, il plissa les yeux.

— Ça t'impressionne on dirait.

— Plutôt, ouais, fus-je contrainte d'avouer.

— C'est que des dessins.

— Permanents, lui rappelai-je.

Il lâcha un rire avant de hocher la tête.

— Ouais, mais ça reste des dessins quand même. Ça n'a rien de méchant.

Comme si tout était dit, il referma la porte et la coinça avec l'une de mes chaises avant de se diriger vers mon canapé sur lequel traînait toujours mon plaid rose que je m'empressai d'aller récupérer.

— T'as vraiment un problème avec le rose, on dirait, dit-il.

— Hein ? Non. C'est juste que…

Je me sentis rougir avant d'avouer :

— C'est ma couleur préférée, c'est tout.

Il fit une moue avant de venir déposer son sac sur ma table basse, et je réalisai que j'étais seule avec un homme dans mon propre appartement. Mon anxiété grimpa en flèche.

— Tu sais… tu n'es pas obligé de… Je sais bien que

c'est ridicule d'avoir peur étant donné que la porte en bas est verrouillée…

— Ce n'est pas grave, me coupa-t-il en venant se poster près de mon canapé. Je n'avais rien à faire, ce soir, de toute façon.

— Mais… euh… tu vas faire… quoi ?

Il fit tomber le contenu de son sac sur la table basse : un carnet et quelques crayons.

— Je vais dessiner, annonça-t-il. Et écouter de la musique. Peut-être même la télé, si ça ne te dérange pas.

— Aucun problème.

Pendant près d'une minute, je l'observai s'installer sur le canapé, virant mes coussins roses qu'il empila dans un coin. Il paraissait visiblement à son aise, alors que moi, je ne l'étais pas du tout. Quand il reporta ses yeux dans ma direction, je me raidis. A croire que j'étais prise en faute alors que j'étais chez moi.

— Je croyais que t'étais fatiguée ?

— C'est vrai. C'est juste que… je n'ai pas l'habitude d'avoir un quasi-inconnu dans mon appartement.

— Hum… bah… Pendant que je goûte à tes lasagnes, t'auras qu'à me faire passer un interrogatoire.

Les lasagnes ! Voilà ce que j'avais oublié. Aussitôt, je tournai les talons, les récupérai dans le frigo, et les mis à chauffer. Dire que j'étais chez moi, en train de faire à manger à un type qui ressemblait à un prisonnier, alors que je portais un pyjama à fleurs roses et un peignoir.

— Qu'est-ce que tu fais comme boulot ? me demanda-t-il.

— Je suis en stage à l'hôpital Cochin en tant qu'infirmière.

— Voilà qui explique tes douze heures de travail.

Je m'adossai contre le plan de travail pour mieux le voir. Il était confortablement assis sur le canapé et venait de détacher ses cheveux bruns, drôlement longs, et légèrement ondulés aux pointes. De ses doigts, il les démêla sans la moindre difficulté.

— En fait, une fille a dû s'absenter d'urgence alors on m'a demandé de rester plus tard. Si je veux décrocher un CDI, j'ai intérêt à montrer que je suis très impliquée.

Il grimaça.

— Je suppose que tu ne seras même pas payée pour tes heures supplémentaires.

La sonnerie du micro-ondes m'empêcha de répondre, mais il avait raison. En tant que stagiaire, je n'avais droit qu'à un montant forfaitaire, quel que soit le temps que j'investissais dans mon stage. J'avais promis de faire mes preuves, je devais donc tenir parole, peu importe ce qu'il m'en coûtait. Espérant que la discussion s'éteindrait d'elle-même, je vins déposer le plat sur ma table basse, et mon voisin huma le parfum qui s'en dégageait.

— Fait maison ? Waouh ! lâcha-t-il, impressionné. Moi qui pensais que tu allais me filer un surgelé.

— J'aime bien cuisiner, avouai-je.

— Contre des plats faits maison, je veux bien te rendre service souvent.

Malgré moi, je souris. Etait-ce vraiment la seule chose qui l'intéressait alors que nous étions seuls dans mon appartement ? Voilà qui était plutôt rassurant. Pendant qu'il goûtait mes lasagnes, je restai debout, près de lui, à attendre son verdict, mais il tapota simplement la place à côté de lui.

— Installe-toi, dit-il.

Je m'exécutai, même si je trouvais que nous étions bien trop proches sur mon petit canapé soudain devenu très étroit, surtout à cause de la taille de mon voisin. Je ne pouvais pas m'empêcher de fixer les tatouages sur ses bras chaque fois qu'il remplissait sa fourchette.

— C'est bon, annonça-t-il. T'es douée.

— Merci, dis-je timidement.

Ses longs cheveux tombaient vers l'avant chaque fois qu'il se penchait pour manger ; il se leva pour m'annoncer :

— Je vais me chercher une bière ; je t'en rapporte une ?

— Oh ! mais... tu peux... je dois en avoir au frigo !

Il haussa un sourcil surpris.

— Mademoiselle Blondy boit de la bière ?

— Mais... ouais ! J'en ai même bu dans ton appartement ! lui rappelai-je.

— Bah, je pensais que tu voulais frimer. T'as l'air plutôt distinguée, le genre de fille qui préfère le vin blanc et les cocktails trop sucrés.

Sans attendre, il ouvrit mon frigo avec un sans-gêne qui m'étonna, puis il récupéra deux canettes de bière et se tourna vers moi.

— Tu m'accompagnes ?

— Euh... OK.

En réalité, je n'avais pas la moindre envie de boire, mais peut-être que cela allait m'aider à dormir ? Car, pour le moment, je n'osais pas prendre congé de mon invité pour aller me glisser dans un lit alors qu'il était tout près, sur mon canapé, en train de manger mes lasagnes.

La bouche pleine, il marmonna :

— Allez, vas-y.

Ma canette dans une main, je le fixai sans comprendre.

— Pose-moi tes questions, insista-t-il. Tu me regardes comme si j'allais te sauter dessus ! Vide ton sac !

— Non, je... enfin...

Je me mis à rougir comme une idiote, puis je me décidai à demander :

— T'as fait de la prison ?

Sur le point de boire une gorgée de bière, il se figea et tourna un visage sombre vers moi.

— Tu te fous de ma gueule ?

Il posa la bière sur la table dans un claquement sourd et se leva prestement.

— Je crois qu'il vaut mieux que je retourne chez moi.

Consciente de l'avoir blessé, je fis un signe de la main pour le retenir.

— Attends ! C'est que… les types tatoués, d'habitude…

— Ma parole, mais tu sors d'où, toi ? Du Moyen Age ?

— Quoi ? Je ne peux pas te poser la question ? demandai-je simplement. D'accord ! Alors, dis-moi ce que tu fais comme boulot.

Il me scruta avec un air mauvais.

— Je te signale que c'est toi qui es venue me demander de l'aide, s'énerva-t-il. Je te rends service et toi, tu m'insultes !

Je baissai la tête, et il grogna avant de récupérer ses affaires. D'accord, j'avais dépassé les bornes. Je tentai rapidement de me justifier :

— Ecoute, je suis fatiguée… Et tu m'as demandé de t'interroger, et c'est la première question qui m'est venue à l'esprit. Je te jure que je ne pensais pas à mal.

Il se redressa, prêt à partir, et j'ajoutai :

— Pardon, OK ?

Il s'immobilisa en scrutant mon visage. Est-ce que je paraissais désolée ? Je l'ignorais. J'étais tellement lessivée que j'avais la sensation que mes fesses étaient collées dans ce canapé.

— Je n'ai pas fait de prison, annonça-t-il rudement. Et si j'ai autant de tatouages, c'est parce que c'est mon boulot.

— Quoi, tu… tu fais des tatouages ? repris-je, incertaine d'avoir bien entendu.

— Ouais. A mi-temps.

Il ouvrit le carnet qu'il avait apporté et me montra une série de petits dessins. Incapable de retenir mon étonnement, je répétai :

— T'es tatoueur ?

— Et perceur aussi.

En guise de preuve, il me montra sa langue, au bout de laquelle un bijou argent scintillait. Comme je n'avais jamais vu ça ailleurs qu'à la télé, je m'approchai pour mieux voir avant d'émettre un rire nerveux.

— Je suis… je ne savais même pas que… que c'était un boulot, avouai-je.

— Pourtant, ça paie bien.

Un silence passa, et il soupira avant d'ajouter :

— Bon… qu'est-ce que je fais ? Je reste ou tu préfères que le méchant tatoué retourne chez lui ?

J'hésitai, puis je jetai un œil du côté de ma porte avant de lui répondre :

— Si tu restais, ça me rassurerait.

D'un simple hochement de tête, il revint s'installer sur le canapé pendant que je tentais de m'en extraire.

— Pour ma part, annonçai-je, je vais essayer d'aller dormir. Ça m'évitera de dire trop de bêtises.

Ma remarque eut le mérite de le faire sourire, et je me réfugiai dans ma chambre avant de me glisser sous les draps. Avec un peu de chance, j'allais m'écrouler comme une masse, même si un type tatoué et baraqué comme un videur était assis sur mon canapé. Il fallait juste que j'arrête de penser à lui…

Chapitre 5

Je terminai les lasagnes de Blondy, puis je m'étalai sur son canapé en zappant sur sa télévision sur laquelle elle avait posé une peluche de chien rose. Et c'est moi qu'elle regardait avec effroi ? Cette fille était bien plus timbrée que moi avec sa fixation pour une couleur de gamine !

Comme elle n'avait pratiquement pas touché à sa bière, je me permis de la boire et je sursautai lorsque le plancher grinça derrière moi. Dans un pyjama à fleurs ridicule, rose évidemment, et boutonné jusqu'au cou, Blondy s'approcha avec une tête à faire peur. Avais-je mis la télévision trop fort ?

— Je n'arrive pas à dormir, avoua-t-elle avec une mine épuisée.

— C'est les nerfs, dis-je. T'inquiète, ton corps finira par lâcher.

— Ouais.

Elle resta plantée là, et je me sentis nerveux. Peut-être que ma présence la dérangeait, tout compte fait. Allait-elle me foutre dehors ? Ça ne me surprendrait pas tant que ça, en fait.

— Je peux regarder la télé avec toi ? Généralement, ça m'endort.

Je me déplaçai sur le bord de son canapé, et elle se

réinstalla à gauche. De sa mine de déterrée, elle fixait l'écran, mais j'étais à peu près sûr qu'elle ne suivait pas le film.

— Si tu veux, je te roule un joint, proposai-je.

Etonnée, elle se tourna dans ma direction.

— Ça va te détendre, lui assurai-je. Quand j'ai des insomnies, c'est ce que je fais.

Venais-je réellement de lui avouer que je me droguais régulièrement ? Quelle idée ! Déjà qu'elle me prenait pour un ex-taulard…

— Je n'ai jamais fumé, admit-elle.

— Bah, la mari, c'est pratiquement un produit naturel.

— Je déteste me sentir ainsi, râla-t-elle en passant une main sur son visage.

— Etre crevée et ne pas pouvoir dormir, ouais, je connais, et c'est affreux.

Un sourire las apparut sur ses lèvres.

— Roule ton truc. Je veux bien tester.

Je dus prendre quelques secondes avant de comprendre qu'elle ne se foutait pas de ma gueule tant sa réaction m'étonna. Puis je sortis un sac plastique du fond de ma poche de jean, que je déposai sur sa table basse. Du coin de l'œil, je vérifiai qu'elle n'allait pas me faire une crise, mais elle m'observait rouler mon joint sans dire un mot. Sur le point de l'allumer, je demandai :

— Tu préfères qu'on fume près de ta fenêtre ?

— Mes pieds me font un mal de chien, m'avoua-t-elle. J'aérerai demain.

Ravi de sa réponse, j'allumai le joint et en tirai un coup avant de le lui tendre. Elle hésita, puis tenta de m'imiter, mais elle se mit à tousser comme une débutante, et je fus incapable de retenir le sourire qui s'affichait sur mes lèvres.

— Je suis nulle, dit-elle en voulant me le rendre.

— Mais non, réessaye. C'est normal, la première fois.

Elle scruta le joint avec un air méfiant et, au lieu de le ramener à sa bouche, me jeta un regard interrogateur.

— Je vais faire des bêtises avec ce truc ?

— Ça détend, c'est tout, lui assurai-je.

Pendant qu'elle tirait une nouvelle taffe, j'ajoutai :

— Ne t'en fais pas, si tu m'insultes à nouveau, j'essayerai de ne pas m'en formaliser. On dira que c'est la mari qui te fait délirer.

Elle me dévisagea et se remit à toussoter avant de me rendre le joint, mais je m'empressai de rigoler.

— C'était une blague…

— Je ne voulais pas t'insulter, dit-elle, mais c'est la première fois que je vois un type avec autant de tatouages. Et avec… ce genre de coiffure.

Sa main mima mon bun que j'avais défait en arrivant chez elle.

— Je ne suis pas ton genre, j'ai compris, résumai-je avant de porter mon joint à mes lèvres.

Lorsque je le lui proposai de nouveau, elle refusa, et je me levai pour aller l'éteindre près de son évier. Au lieu de filer en douce en direction de sa chambre, elle me suivit du regard et attendit que je sois de retour sur le canapé pour commenter :

— T'en as beaucoup. Ça a dû faire un mal de chien !

Elle ne cessait de fixer mes tatouages, alors je relevai mon T-shirt pour lui montrer celui situé non loin de mon plexus solaire.

— Lui, il n'a pas été sans douleur, c'est vrai, mais sur le bras, ça va encore.

Visiblement intriguée, elle leva une main vers mon torse avant de croiser mon regard.

— Je peux toucher ou… ?

— Fais-toi plaisir.

De toute évidence, elle ne comprit pas le double sens de mes propos, car elle se mit à faire glisser le bout de son doigt sur la peau de mon épaule. C'était la première fois qu'elle était aussi proche de moi, et j'avais la sensation qu'elle me passait à la loupe.

— Qu'est-ce que ça représente ?

Je vérifiai quel dessin elle touchait, un corbeau, avant de répondre :

— C'est un dessin en l'honneur de mon père qui est mort dans un accident de voiture, il y a trois ans.

Aussitôt, elle retira son doigt, comme si elle venait d'être prise en défaut. Son regard chercha le mien.

— Tous tes dessins ont ce genre de signification ?

— Chaque motif représente un élément important de ma vie, en effet.

Ses yeux se remirent à détailler ma peau avec plus d'intérêt, et sa curiosité me fit sourire.

— Et ce serpent ?

— Un rappel qu'on ne peut pas faire confiance à tout le monde.

Un sourire apparut sur son visage. Quand elle ne me regardait pas comme un monstre, elle était plutôt mignonne dans son genre, surtout quand elle me fixait de ses grands yeux noisette pleins de curiosité. On aurait dit une poupée, avec sa peau lisse et cette bouche en cœur aussi rose que la plupart des objets qu'il y avait dans cette pièce.

— Tu as besoin d'un aide-mémoire pour ça ? me questionna-t-elle.

— Parfois. Mais les principes auxquels je tiens le plus sont tatoués près de mon cœur.

Je relevai mon T-shirt pour lui montrer ce qui était tatoué sur ma poitrine. Je pointai le dessin que j'avais créé, représentant une main et deux ailes.

— La confiance, la liberté, expliquai-je.

— Et ça ? Ce sont… des yeux ?

— Et un cœur, oui, pour me souvenir que l'essentiel est invisible avec les yeux.

— Saint-Exupéry, dit-elle avec un sourire ravi.

— Exact.

— Et dire que moi, je t'ai jugé dès le départ sur ton apparence, marmonna-t-elle d'un air sombre.

— J'ai l'habitude.

Sa main se posa sur le dessin, près de mon cœur, et elle le caressa sans réfléchir. Je dus retenir mon souffle. Se rendait-elle compte que ce geste était très intime ?

— C'est une jolie fresque, murmura-t-elle.

— C'est gentil.

Peut-être remarqua-t-elle notre proximité, car sa respiration s'accéléra, puis elle se rencogna sur le canapé. Je laissai mon T-shirt reprendre sa place, mais ce contact m'avait troublé. C'est vrai que ça faisait un bail que je n'avais pas touché une fille…

— Tu devrais aller dormir, dis-je.

— Je sais, soupira-t-elle, sa tête basculant en arrière. J'aimerais être sûre que je vais pouvoir m'endormir.

— Le joint devrait commencer à faire effet, répondis-je en fixant sa gorge offerte.

— Je me sens détendue, oui, mais on dirait que je n'y arrive pas parce que tu es là.

— Tu veux que je retourne chez moi ?

— Si tu rentres, c'est ma porte qui m'en empêchera, dit-elle en soupirant et avec un air dépité. Je suis bête, hein ?

— Non, tu es juste… tu n'as pas l'habitude, c'est tout.

Son regard s'attarda au niveau de mon visage, et j'eus l'impression de repartir sous sa loupe inquisitrice. J'étais certain de ne pas lui plaire, alors pourquoi m'observait-elle ainsi ?

— Isa a raison. Tes yeux sont vraiment beaux.

Je crus avoir mal entendu. Est-ce qu'elle venait de me faire un compliment ?

— Eh bien… merci. Isa, c'est ta copine, c'est ça ?

— Ouais.

C'était bien ma veine. Voilà que ce compliment venait d'une autre ! Prenant mon courage à deux mains, je lâchai :

— Si tu mettais moins de rose… et des vêtements moins guindés, tu serais bien plus jolie.

Elle pouffa, nullement choquée par mes propos, avant de continuer :

— Désolée, mais j'adore le rose. Je trouve que ça rend la vie plus jolie. Surtout que tout est gris, par ici.

J'opinai avec une moue étonnée. Si elle venait de la campagne, possible qu'elle trouve Paris tristounet, certains jours. Mais du rose ? Elle n'aurait pas pu faire une fixation sur le bleu ? Ou le jaune, à la limite…

— Et j'ai l'habitude qu'on me traite de coincée, poursuivit-elle. Ma copine Isa passe son temps à me le répéter. C'est sûr que, contrairement à elle…

Ses mots restèrent en suspens, et je me surpris à avoir envie de connaître la suite.

— Contrairement à elle ? insistai-je.

Elle haussa les épaules avant de jeter :

— Disons qu'elle t'aurait fait ta fête.

Je souris comme un con avant de souligner :

— Mais pas toi, évidemment.

— Oh non ! rigola-t-elle. Moi, je suis… tu sais bien ! Trop coincée pour ce genre de trucs !

Elle était si détendue que je la soupçonnai d'être légèrement bourrée, ou alors c'était mon joint qui la rendait bizarre. Et ça ne me déplaisait pas du tout.

— Ce n'est pas une fatalité, il suffit de ne plus l'être, et voilà.

Je ne fus pas aussi subtil que je le pensais, car elle me lança un air inquisiteur.

— Est-ce que… c'est une proposition ?

— Quoi ? Non ! Tout ce que je dis, c'est que… si tu es coincée, c'est que tu veux bien l'être.

Je changeai de position sur le canapé, sentant un début d'érection se pointer dans mon caleçon. Voilà qui n'aidait pas du tout ma cause.

— Remarque, l'orgasme est un moyen bien plus efficace pour se détendre, lâchai-je comme un con.

La bouche de Blondy s'ouvrit, et je crus que ma voisine allait me jeter hors de chez elle en criant. D'accord, j'avais peut-être un peu dépassé les bornes. C'était sûrement le joint qui commençait à faire effet…

— Et je suppose que tu sais comment faire jouir une femme ? me questionna-t-elle subitement.

A mon tour de la fixer comme un imbécile. Est-ce qu'elle me mettait au défi ? Et surtout, pourquoi ma queue espérait que ce soit le cas ? Devant son visage qui prenait une teinte bien rouge, je ne fus plus tout à fait certain qu'il s'agissait d'une invitation.

— Parce que… tous les types que… enfin… ils ne savaient pas… zéro, quoi.

J'essayai de décrypter ses propos avant de répéter :

— Quoi ? Personne ? Jamais ?

Elle secoua la tête, et nos regards restèrent rivés l'un à l'autre pendant pratiquement dix secondes avant qu'elle se détourne prestement.

— Merde. Je délire complètement ! Il vaut mieux que… que j'aille me coucher…

Elle se leva et se dirigea vers sa chambre. Et moi, je fixai son cul qui n'était certainement pas à son avantage dans ce pyjama ridicule, mais qui m'hypnotisait quand même.

— Je veux bien… être le premier, lâchai-je.

Blondy s'arrêta et se retourna avec une expression étrange sur le visage. Je me sentis forcé d'ajouter :

— Enfin, si tu veux… Ne va pas croire que je vais t'obliger à quoi que ce soit.

Je bafouillai comme un idiot et je repris mon souffle avant de réitérer ma proposition en feignant de rester détaché :

— Si t'as envie d'un orgasme, y'a qu'à demander.

Elle éclata d'un rire franc. Si vif que je crus qu'elle se fichait de moi. Puis sa réponse tomba :

— Je… d'accord.

Chapitre 6

Dès que j'acceptai la proposition de Seb, je sentis mon rythme cardiaque augmenter en flèche. J'étais devenue folle, ou quoi ? Jamais je n'aurais osé faire un truc pareil avec un quasi-inconnu ! Encore moins avec un homme aussi impressionnant que mon voisin ! Dès qu'il se leva de mon canapé, je me raidis comme s'il était sur le point de se jeter sur moi. Mais, en réalité, tout se déroula très lentement. Il s'approcha et maintint une certaine distance entre nous avant de replonger son beau regard dans le mien. Quelle plaie qu'Isa ait raison ! Anxieuse à la perspective de ce qui s'annonçait, je bafouillai :

— Je suis… nerveuse.

— Moi aussi, avoua-t-il simplement. Mais on va y aller doucement.

Son préambule me plut, et je hochai la tête pour le lui signifier. Dans un geste délicat, il remonta ses doigts vers mon visage et caressa furtivement ma joue.

— Tu es trop jolie pour être coincée, Blondy.

Je fronçai les sourcils, mais je n'eus aucun besoin de préciser l'origine de ma contrariété, car il se reprit aussitôt :

— Dany. Désolé. J'ai un peu de mal avec les filles qui portent des noms de mec…

Un rire m'échappa, et il en profita pour poser son

autre main sur ma taille. En moins de deux, je me retrouvai collée à son corps musclé, sa bouche tout près de la mienne. Mon sourire s'évanouit et ma respiration s'emballa.

— Tu es vraiment… très musclé, murmurai-je.

— Trop pour toi ?

Du bout des doigts, je touchai son torse, puis je posai mes mains à plat sur sa peau pour en capturer la douceur. Au creux de mon ventre, un nœud se forma, troublant. Encore une fois, ma copine avait raison : ce garçon était terriblement viril. Et si cela m'effrayait cet après-midi encore, voilà que j'appréciais la fermeté de ce corps chaud et massif contre le mien.

— J'aime bien, dis-je enfin.

Pour le lui prouver, je tirai son T-shirt vers le haut, et il me relâcha pour lever les bras. Puis je scrutai chaque carré de peau tatouée avant de revenir caresser cette fresque vivante. A son tour, il me ramena contre lui, et son nez vint doucement se frotter contre le mien. Tout s'enchaînait naturellement et je n'eus qu'à relever la tête pour que sa bouche gourmande accède à la mienne. Son baiser, s'il fut délicat au départ, s'enflamma rapidement. Contre le bout de ma langue, je sentis son piercing, puis je sursautai lorsqu'il s'attaqua au haut de mon pyjama.

— Tu ne perds pas de temps, dis-je en sentant ma nervosité grimper d'un cran.

— Ce serait triste que tu t'endormes avant que j'aie pu t'entendre jouir, expliqua-t-il avant d'ouvrir indécemment mon vêtement.

Je fermai les yeux quand il empoigna l'un de mes seins. Que m'arrivait-il ? Ça ne me ressemblait absolument pas ! Est-ce qu'il fallait que je le repousse ? Pourquoi n'en avais-je pas la moindre envie ?

— Comment oses-tu dormir avec un truc pareil alors

que c'est aussi joli en dessous ? dit-il avant de se pencher pour venir embrasser ma pointe.

Je sursautai lorsque la boule de métal frais de son piercing se posa sur mon sein, puis j'expirai pour tenter de chasser ma nervosité. Me trouvait-il réellement jolie ? De son corps imposant, il me fit reculer jusqu'au mur le plus proche, et je laissai ma main s'enfoncer dans sa chevelure épaisse. De mes doigts, je contournai cette tête et fus surprise par la douceur de son crâne rasé. Sans prendre le temps de me retirer mon bas de pyjama, Seb glissa une main sous le tissu pour descendre entre mes cuisses, et je sursautai lorsqu'il atteignit mon sexe. Machinalement, mes doigts écrasèrent sa tignasse pendant que son regard remontait vers le mien.

— Trop rapide ? demanda-t-il.

— Je ne sais pas.

Mon cœur s'emballa et mes yeux s'écarquillèrent lorsqu'il pressa doucement mon clitoris. Sa bouche revint contre la mienne et je me laissai emporter par son baiser pendant qu'il me caressait de façon indécente. C'était affreusement… excitant. Je lâchai un gémissement contre ses lèvres avant de croiser son regard ravi.

— C'est bien, chuchota-t-il. Pendant une seconde, j'ai cru que tu allais me repousser…

Je ne répondis pas. Je laissai ma tête cogner contre le mur derrière moi lorsque ses doigts me pénétrèrent doucement. D'accord, peut-être avais-je eu une petite hésitation lorsqu'il s'était aventuré dans mon bas de pyjama mais, en percevant la douce chaleur qu'il générait au creux de mes reins, voilà que je n'en avais plus aucune. D'une bouche vorace, il vint embrasser mon cou et cette simple caresse fit naître un peu plus de décharges électriques autour de ses doigts, qui s'activaient plus bas.

— Encore ? me questionna-t-il.

— Oh oui, dis-je en enserrant sa nuque d'une main.

Si mon corps était las auparavant, voilà que je le sentais tout léger, prêt à décoller dans la seconde. Un râle s'échappa de mes lèvres et je me laissai porter par la vague de plaisir qui montait.

— Oh… bon sang ! Qu'est-ce que… ?

Ma voix trembla et je serrai les lèvres pour gémir, la tête enfouie quelque part dans les cheveux de Seb. Tout s'embrouilla soudain dans mon esprit, mon bas-ventre s'embrasa, et je lâchai un long gémissement. Puis tout se calma. Dans mon corps d'abord, puis dans ma tête. Je me forçai à ouvrir les yeux sur le visage radieux de celui qui venait de m'expédier au septième ciel. Le souffle court, je demandai, émerveillée par les sensations qui venaient de m'envahir :

— C'est donc ça ?

Il lâcha un petit rire avant de froncer les sourcils.

— Attends… c'est vraiment la première fois qu'on te file un orgasme ?

— Oui, confirmai-je, encore sous le choc.

— Eh bien… ça a été un vrai plaisir, Blondy, répondit-il avec un sourire charmeur.

J'étais surprise de sa réaction : j'avais eu peur qu'il ne se moque de moi. Je ne tiquai même pas sur ce surnom stupide mais ris de plus belle, et je me serrai contre ce colosse aux doigts magiques. Quel bien-être il venait de créer dans mon corps… !

Chapitre 7

Même si j'avais déjà filé des orgasmes à certaines filles, jamais je n'avais offert le premier à l'une d'elles. Du moins, jamais elles n'en avaient fait mention. C'était puéril, mais je me sentais fier comme jamais. La réaction de Dany quand son corps avait succombé… ç'avait été vraiment magnifique à voir. Pour un peu, j'aurais continué de la caresser juste pour avoir droit au replay. Elle tourna des yeux lumineux vers moi et me demanda :

— Tu crois que c'est la drogue qui me rend aussi sensible ?

Je pouffai avant de secouer la tête.

— Si la mari donnait des orgasmes, tu peux me croire : je passerais mon temps à fumer.

Elle rigola avec moi, visiblement détendue entre mes bras. Même si j'avais une envie furieuse de coucher avec elle, j'étais relativement calme. Le regard de Blondy me paraissait différent maintenant que je l'avais expédiée au septième ciel. Et j'adorais ça.

— Tu es… très étonnant, avoua-t-elle, les joues rouges.

— Je te retourne le compliment.

Elle gloussa avant de se blottir contre moi et, soudain, elle m'apparut fragile. Et réellement fatiguée. Est-ce qu'il fallait que je joue au type galant en lui permettant d'aller se coucher ? Avais-je seulement le droit d'exiger une contrepartie pour ce que je venais de lui offrir ? J'en avais bien envie…

— Tu veux… qu'on aille dans la chambre ? me proposa-t-elle soudain.

Je fus soulagé qu'elle me fasse cette proposition, et je la laissai m'entraîner dans la petite pièce du fond, similaire à la mienne, qui accueillait son lit recouvert d'une couverture affreusement rose.

— Tu sais… je ne suis pas très douée, alors… il va falloir me guider.

Tant pis pour sa chambre de fillette, je reportai mon attention sur elle. Sa nervosité était perceptible, et c'était un spectacle tout à fait adorable. Pour ne pas la brusquer, je repris sa bouche et j'attendis que son corps se détende avant de la faire tomber sur son lit. Elle noua ses bras autour de mon cou et se laissa embrasser docilement. Je laissai mes lèvres descendre vers sa poitrine, bien plus généreuse que je ne l'avais cru au départ, et dont les pointes réagissaient à chacun de mes coups de langue.

— Ton piercing est… c'est vraiment bizarre, dit-elle dans un rire. Ça fait… comme un choc quand…

Elle se tut pendant que je tapotai une de ses pointes avec ma tige de métal.

— Tu disais ? me moquai-je.

Son rire reprit et, soudain, mon plan pour les prochaines minutes changea drastiquement.

— Tu aimerais le sentir autre part ?

Dany couina, mais ne parut pas comprendre le sens de mes propos. Lorsque je lui retirai ce bas de pyjama immonde et que je positionnai ma tête entre ses cuisses, elle lâcha un rire nerveux et se masqua les yeux.

— Je ne peux pas croire que tu vas faire un truc pareil, balbutia-t-elle.

— Première fois pour ça aussi ?

— Oui. Mon ex était… il refusait de… faire ce genre de choses.

Malgré sa nervosité, j'approchai doucement de son sexe et vins glisser ma langue contre son clitoris qui se tendit dès que mon bijou en métal le toucha.

— Oh… bon sang ! rugit-elle.

Confiant, je relevai les yeux vers elle.

— Je continue, alors ?

— Oui !

Ma langue retourna faire vibrer son sexe chaud, et je profitai de ma position pour la pénétrer de deux doigts. Tout son corps se raidit à ce simple contact, et Dany écrasa ma tignasse d'une main en se cambrant. Ses cuisses cherchaient à se refermer autour de ma tête, et je les écartai davantage avant de venir m'activer plus fort sur son petit bouton de chair. Un premier cri jaillit dans la pièce, et il me parut plus fort que celui qui avait résonné lorsqu'elle avait raflé son premier orgasme. Parviendrais-je à lui en offrir un second, plus mémorable encore ? Je me démenai comme un forcené, déterminé à la rendre ivre de plaisir. Quand elle se mit à jouir en gémissant, son corps se souleva comme une vague. J'accélérai. Son sexe se contracta autour de mes doigts, puis une série de « Oh » accompagna la fin de son orgasme. Quand je me redressai, Dany était étalée sur son lit et sa respiration était saccadée. Dès qu'elle ouvrit les yeux et me vit, elle marmonna :

— Bon sang, c'est vraiment… génial.

Je me penchai pour venir déposer un baiser sur son genou avant de hocher la tête.

— Oui, et je t'avoue que j'aimerais bien y avoir droit, moi aussi.

A la seconde où je m'approchai d'elle, Dany chercha à ramener ma bouche contre la sienne. Il aurait si facile de me glisser en elle… à deux détails près : j'avais encore ce satané jean, et je n'avais aucune capote sous la main.

— T'as un préservatif ? demandai-je. Autrement, il faudra que j'aille en chercher dans mon appart.

Le souci, c'était que je n'avais pas la moindre envie de m'éloigner de ce lit. Avec ma chance, elle allait s'endormir dans un temps record et j'allais me retrouver seul avec ma main.

— Il y en a dans ma table de chevet, annonça-t-elle.

Cette simple réponse me redonna le sourire et je m'empressai d'ouvrir le tiroir pour récupérer le premier préservatif qui me tomba sous la main. J'étais excité comme un gamin en ouvrant ma braguette ; j'avais intérêt à me calmer, autrement j'aurais du mal à tenir plus de trois minutes !

Chapitre 8

Je me sentais si bien. Si détendue. Isa avait raison : ce type était un amant du tonnerre. Bercée par une douce torpeur, je l'observais pendant qu'il retirait son pantalon, contemplant ce corps qui n'avait plus rien d'effrayant à mes yeux. Il était même magnifiquement sculpté. Seb me vit fixer son sexe d'un air ahuri comme il s'apprêtait à le recouvrir d'un préservatif.

— Quoi ? demanda-t-il en percevant ma réaction de surprise.

— Là… aussi ?

Il frotta son gland duquel émergeait une autre tige de métal terminée par une bille argentée scintillante.

— C'est un apadravya. C'est joli, tu ne trouves pas ? En plus, ça augmente les sensations.

D'accord. C'était vraiment bizarre, mais je ne pouvais nier que son bijou avait un certain charme, ou alors c'était le fait qu'il se masturbait devant moi sans gêne aucune. Encore sous le choc de cette découverte, je l'observai recouvrir son sexe de latex, et son corps revint se poser au-dessus du mien. Lentement, son gland se fraya un chemin en moi avec une facilité déconcertante, je me mordis les lèvres de plaisir et me raidis lorsqu'il fut tout au fond.

— T'es toujours là ? vérifia-t-il avec une pointe de moquerie.

Même si je ne compris pas tout à fait sa question, je hochai la tête et cela parut lui suffire. D'une main, il ramena ma jambe plus haut, la cala sur sa hanche avant de donner un coup de reins entre mes cuisses. Un sursaut m'anima et je fixai Seb qui demanda de nouveau :

— Trop fort ?

— Je… non, ça va.

Un sourire ravi s'inscrivit sur ses lèvres, et il me pénétra de nouveau, plus rudement cette fois. Mes yeux se fermèrent et j'eus la sensation qu'il venait d'envoyer une décharge électrique au milieu de mon corps.

— J'adore, souffla-t-il en recommençant une nouvelle fois.

Il me soutira un petit cri et je me retins à son épaule tellement sa dernière pénétration avait été rude. Pourtant, loin de moi l'idée de m'en plaindre ! C'était délicieux, rien à voir avec mes précédentes expériences ! Deux pénétrations et un gémissement plus tard, il chuchota :

— Accroche-toi.

Ma main raffermit sa prise sur son bras pendant que Seb me soulevait et m'installait à califourchon sur lui. Ses mains se posèrent sur mes fesses et me guidèrent dans cette position bizarre.

— Suis le mouvement, ma belle, haleta-t-il.

Je tentai de répondre à ses gestes, bougeant mon bassin au rythme qu'il imposait, mais des tas de sensations accaparaient mon esprit. Mon regard s'accrochait aux images tatouées sur son torse et certaines de ses pénétrations m'arrachaient des cris de plaisir. Mes doigts glissaient sur sa peau recouverte d'une fine pellicule de sueur, et je décidai de les nouer autour de son cou.

— Dis-moi que ça te plaît, fit-il.

— Oui ! C'est…

Les mots s'étranglèrent dans ma gorge pendant qu'il me soulevait, puis me plaquait contre le mur au bout de mon lit. Son prochain coup de reins me fit émettre une plainte ridicule que je fus pourtant incapable de retenir.

— Ça, c'est mieux, dit-il en accélérant la fréquence de ses pénétrations.

Bon sang ! Il avait raison. C'était fort et j'avais parfois la sensation de ressentir ce bijou qu'il enfonçait en moi.

— Allez ! rugit-il avant de venir dévorer mon cou.

Ses doigts enflammaient ma peau, mais ce n'était rien en comparaison de la fougue qui animait son corps. Et si les orgasmes qu'il m'avait offerts m'avaient comblée, ils me paraissaient désormais bien doux en comparaison du feu que je sentais désormais couver entre mes cuisses. Noyée sous les sensations qui m'envahissaient, je lâchai :

— Oui !

Ce simple mot sembla le rendre fou, car il accéléra le rythme et me prit encore plus fort. Mon esprit s'embrouilla pendant quelques secondes et tous les muscles de mon corps se contractèrent avant de se relâcher dans un même souffle. Epuisée, je retombai contre lui, comblée comme jamais.

Seb me ramena sur le matelas, s'étala à mes côtés et expira bruyamment.

— Ce n'était pas mal, dit-il en glissant un bras musclé derrière sa tête.

Au lieu de profiter du sentiment de quiétude qui m'habitait, je tournai un regard interrogateur vers lui.

— Pas mal ?

— Pour une première fois, expliqua-t-il. La prochaine devrait être meilleure.

Je répétai mentalement ces mots et un sourire ridicule apparut sur mes lèvres. Donc, il y aurait une prochaine fois…

— Tu ne m'as pas… trouvée trop coincée ?

— Tu n'as pas fait grand-chose, c'est vrai.

Lorsque mon sourire disparut, il s'empressa d'ajouter :

— On va mettre ça sur le compte de la fatigue.

— En fait… je n'ai pas tellement d'expérience.

— Bah. Si tu veux apprendre, ça devrait le faire. Et tu t'es déjà laissée sauter par un type tatoué alors… disons que ça prouve que tu n'es pas aussi coincée que tu le crois.

Je lâchai un petit rire charmé et je hochai discrètement la tête. Apprendre avec ce type follement doué au lit ? Que oui !

Chapitre 9

Le soleil éclairait la pièce quand j'ouvris les yeux. Je restai un bon moment à me remémorer nos ébats de la veille jusqu'à ce que le corps chaud de Dany bouge entre mes bras. La lumière la gênait, et elle se cacha dans mon cou. Je retins un rire. Ses cheveux blonds me chatouillaient, mais j'aimais leur odeur. Ça faisait un bail que je n'avais pas dormi avec une fille.

Une chose était sûre : quand j'avais accepté d'aider Dany avec sa porte, jamais je ne me serais douté qu'elle allait me tomber dans les bras. En plus, cette nuit avait été mémorable. Dire que je lui avais offert ses trois premiers orgasmes ! Et elle m'avait pratiquement percé un tympan sur le final. Le pied complet ! Mon ego en avait certainement pour un moment avant de redescendre sur terre…

Dany bougea pour trouver une position plus confortable, et se retourna sur le dos. Ses seins bien galbés apparurent. Elle était sacrément mignonne, en fait. Quelle idée de porter des vêtements qui ne la mettaient pas en valeur ! Un corps parfait, avec une peau vierge, sans aucun tatouage. A bien y réfléchir, je crois que toutes mes conquêtes étaient tatouées. Tiens, encore une première…

Elle gémit et je craignis qu'elle ne se réveille ; j'angoissais à l'idée de croiser son regard au petit matin. Et si elle regrettait notre nuit ? Peut-être pas ses orgasmes, non, mais elle allait peut-être croire que j'avais abusé d'elle ? Après tout, elle était fatiguée, hier soir. Et même si elle n'avait presque rien bu, peut-être que le joint lui avait fait plus d'effet que je ne le pensais ? Au lieu de songer à ce que nous pourrions faire une fois qu'elle serait réveillée, voilà que je ne pouvais m'empêcher de penser qu'elle allait déchanter en me trouvant dans son lit. Valait-il mieux que je m'en aille ? Elle n'allait pas me faire une crise après avoir raflé trois orgasmes, quand même ?

Ses yeux s'ouvrirent, et je cessai de respirer. Comme si cela pouvait me faire disparaître de son lit ! Quand elle tourna la tête dans ma direction, elle parut surprise de me trouver là, puis elle cligna des yeux à quelques reprises avant de marmonner :

— Il est quelle heure ?

— Euh… 10 heures. Enfin, je crois.

Essoufflé d'avoir retenu ma respiration, je récupérai mon téléphone pour en vérifier l'information.

— 10 h 23.

Sa tête retomba lourdement sur l'oreiller.

— Hum. Ça va.

Dix secondes plus tard, elle reporta son attention sur moi.

— Tu ne bosses pas, toi ?

— Euh… non. Enfin si, mais plus tard. Je donne un cours de boxe au centre communautaire à 16 heures.

— Un cours de boxe ? répéta-t-elle, les yeux écarquillés. Je croyais que t'étais tatoueur ?

— Ouais, ça aussi. Et il m'arrive de faire des petits boulots de serveur, à l'occasion. J'ai une cousine qui est traiteur dans de gros événements. Quand elle manque de personnel, elle me téléphone.

La bouche de Dany s'ouvrit sous la surprise, puis elle lâcha un rire agréable.

— Décidément, tu es très étonnant, Seb-le-tatoué.

— Seb-le-tatoué ? C'est ça mon petit nom ?

— Tu n'arrêtes pas de m'appeler Blondy, il faut bien que je riposte.

Son rire me rassura. Au moins, elle n'avait pas l'intention de me foutre dehors à coups de pied au cul. Lorsqu'elle posa une main sur son ventre et remarqua qu'elle était nue, elle s'empressa de récupérer le drap pour masquer sa nudité. Je l'empêchai de le remonter jusqu'à sa poitrine.

— Tu ne devrais pas te cacher. Tu es superbe, la grondai-je.

Elle émit un rire gêné et j'embrassai son sein dont la pointe se dressa à la vitesse de la lumière. J'adorais qu'elle réagisse aussi vite à mes caresses. Quand mon piercing passa autour de sa pointe, sa respiration s'emballa, puis sa main se posa sur ma nuque et fourragea ma tignasse déjà en bordel.

— Avec toi, je… je ne me reconnais pas.

Intrigué par ses paroles, je relevai des yeux inquisiteurs.

— Et c'est mal ?

— Je ne sais pas, avoua-t-elle d'un sourire timide.

Je la regardai avec attention ; les cheveux étalés et le visage détendu, elle était magnifique après une vraie nuit de sommeil. J'abandonnai mon projet de la prendre tout de suite, et posai simplement ma bouche sur la sienne. Ses lèvres m'accueillirent et sa langue chercha naturellement la mienne. Si, hier soir, elle me paraissait maladroite dans ses baisers, ce matin j'avais la sensation que nous étions parfaitement synchronisés.

— Pour une fille qui n'aimait pas mon genre… je trouve qu'on s'entend plutôt bien, tout compte fait, lâchai-je.

Elle se mit à pouffer, puis ses mains se posèrent de

chaque côté de mon visage et j'eus la sensation qu'elle me voyait pour la première fois.

— Tu es incroyable, Seb. C'est moi qui étais aveugle.

— « L'essentiel est invisible pour les yeux », lui rappelai-je avec une pointe de moquerie.

Un sourire tendre illumina ses traits, puis elle hocha la tête.

— Oui. Merci de m'avoir donné la chance de te connaître.

Je posai un baiser délicat sur ses lèvres avant de chuchoter :

— Merci à toi d'être venue cogner à ma porte…

Le silence qui suivit fut empreint d'émotion, et je me relevai pour tenter de la chasser. Lorsqu'elle assit à son tour, elle demanda :

— Pour le petit dej'… des crêpes, ça te dirait ?

— Je suis incapable de résister à des crêpes, avouai-je avec bonne humeur.

Dany quitta le lit, enfila son peignoir toujours aussi rose et sortit de la chambre. Je la suivis du regard.

Même si j'adorais les crêpes, je commençais à croire que c'était à cette fille que je n'allais bientôt plus pouvoir résister…

Chapitre 10

Seb dévorait sa troisième crêpe pendant que je sirotais mon deuxième café. C'était tellement bizarre de voir ce colosse à ma table. De cuisiner pour quelqu'un, aussi. Après une nuit pareille, je ne pouvais pas rêver mieux.

— Alors… euh… tu donnes des cours de boxe ?

— Ouais. Deux fois par semaine. Ça ne paie pas des masses, mais ce sont des gamins qui viennent de milieux défavorisés. Ça leur permet de canaliser leur colère, ils se font des amis, se sociabilisent… ce genre de trucs, quoi.

C'était un bon samaritain, en plus ? Je le dévisageai la bouche ouverte lorsqu'il se mit à rire.

— Ma parole ! Tu me prenais vraiment pour un sale type.

— Je… non. C'est juste que… tu m'impressionnes, c'est tout.

— Bah, ne va pas t'imaginer que je leur change la vie en leur montrant comment taper dans un vieux sac tout pourri, hein. Mais pendant qu'ils sont au centre, ils ne font pas n'importe quoi. Et toi, alors ? Tu veux devenir infirmière ?

Le sourire que j'affichais s'évanouit d'un trait.

— Oui, enfin… Mes parents auraient préféré que je fasse médecine, mais…

J'hésitai avant d'avouer :

— J'ai raté le concours, la première année, et je n'avais pas le courage de reprendre. Alors j'ai tenté celui de l'école d'infirmière.

Je me sentis bête de lui raconter cette histoire. Mon échec. Pourtant, j'aurais dû me ficher de son jugement.

— Et ce stage ? Il te plaît ? demanda-t-il simplement.

— Eh bien… ça va. C'est très exigeant, c'est vrai, mais on a la sensation d'avoir rendu un million de services à la fin de la journée.

Il me jaugea quelques secondes, puis récupéra son café avant de jeter :

— Finalement, t'es peut-être mieux là que si t'étais devenue docteur.

Je haussai les épaules avant d'avouer :

— En fait, je voulais être médecin, comme mon père. Pour sauver des vies, tu vois ?

— Hum… laisse-moi deviner : il est déçu ?

— Un peu. Il dit que je ne sauve peut-être pas des vies mais, qu'au moins je fais quelque chose d'utile.

Seb grimaça.

— Un métier utile, ouais, répéta-t-il d'un ton sec.

Faisait-il une comparaison avec son travail de tatoueur ? Il s'apprêta à se relever et je posai une main sur son avant-bras.

— Seb, non, je ne disais pas ça pour toi. C'est juste que… c'est le genre de choses qu'on m'a répétées tellement souvent quand j'étais petite que…

Il hésita avant de tourner un visage sombre dans ma direction.

— Il n'y a pas que les médecins qui sauvent des vies, Dany.

— Je sais, dis-je très vite.

Pour une fois qu'il m'appelait par mon prénom, il fallait que ce soit pour me gronder. Et pourtant, il se laissa retomber sur sa chaise et termina sa crêpe. Valait-il mieux me taire ? Moi qui espérais discuter de son travail au centre communautaire pour essayer de lui proposer un rendez-vous, un peu plus tard, voilà que je venais de créer un froid entre nous. Je n'avais jamais été très douée avec les hommes, mais avec celui-là, je battais tous les records…

Je cherchai un moyen de dissiper le malaise qui persistait entre nous lorsque l'on frappa à la porte. Je reconnus le type de l'agence qui jaugeait l'état de ma serrure avec un regard mauvais.

— Vous l'avez détruite ! attaqua-t-il.

— Elle n'a rien fait, intervint Seb. C'est moi. Et la serrure était déjà mal en point.

L'homme de l'agence nous observa à tour de rôle. Est-ce qu'il se doutait que Seb et moi avions passé la nuit ensemble ? Pourquoi est-ce que cela m'embêtait ? Quelle idée d'être restée en pyjama et peignoir !

— De toute façon, poursuivit mon voisin, il fallait la remplacer. Je vous ai juste évité des frais d'hôtel en prime.

— Seb a été très gentil, m'empressai-je de dire. Il a bien voulu rester ici pour que je puisse dormir en paix.

D'une main, je montrai le canapé où, heureusement, les affaires qu'il avait apportées hier soir traînaient toujours.

— Il va falloir que je fasse venir un serrurier, râla le gérant. Et il faudra sûrement raboter la porte.

— Oui, et il faudra le faire vite, annonça Seb avec une voix ferme, parce que les affaires de Danielle ne sont pas en sécurité sans une serrure convenable. Et si elle doit sortir et qu'elle se fait voler un truc, vous en serez tenu pour responsable.

Avec un regard énervé, le type de l'agence tenta de négocier :

— Non, mais il faudra certainement attendre un jour ou deux…

— Elle est en stage à l'hôpital, elle ne peut pas prendre de jours de congé, le coupa Seb.

J'étais estomaquée par la façon dont il me défendait. D'autant plus agacé, le type fronça les sourcils, sortit son téléphone et s'éloigna dans le couloir. De son côté, Seb alla déposer son assiette dans l'évier avant de réunir son matériel.

— Tu t'en vas ? demandai-je.

— J'ai besoin d'une douche, et comme ta porte sera bientôt réparée, ma présence n'est plus nécessaire.

Ses affaires au bras, il faisait quelques pas en direction de la sortie quand je lui barrai le chemin.

— C'est parce que j'ai parlé de cette histoire de métier utile ? Je t'ai blessé ? Ce n'est pas ce que je voulais…

Il soupira avant de répondre :

— Ecoute, c'était sympa, mais on ne vient pas du même monde, toi et moi. Je suis un paumé à tes yeux et…

— Mais non, le coupai-je.

— Et tu n'es pas mon genre de fille non plus.

Là, je ne pouvais rien dire. Est-ce qu'il était vraiment sur le point de tout arrêter ?

— On s'entend quand même… assez bien, bafouillai-je en sentant mes joues rougir.

Seb hocha la tête avec un sourire triste.

— Ouais. C'est vrai. Dans une chambre avec une porte fermée, ça peut sûrement passer. Mais dans la réalité… toi et moi, c'est trop compliqué.

Le type revint. Je le sus dès que Seb fit un pas en arrière, comme s'il voulait s'éloigner de moi pour préserver ma réputation.

— On a de la chance ! Le serrurier peut être là vers 14 heures ! annonça l'agent immobilier, triomphant.

— Super, lâcha Seb avant de me saluer d'un signe de la main.

Je le suivis du regard jusqu'à ce qu'il disparaisse de ma vue, puis je me forçai à sourire. À cet instant, je me sentais tout sauf chanceuse.

Chapitre 11

Contrarié, je claquai la porte en rentrant chez moi. A quoi m'étais-je attendu en couchant avec ma voisine ? Que tout s'arrange comme par magie dès l'aube ? Je n'étais pourtant pas aussi naïf. Quelques orgasmes ne suffisaient pas à changer la nature profonde d'une fille comme Dany. Avec un père médecin, qui plus est ! Autant dire que je m'étais planté en beauté sur ce coup-là !

Quand je me douchai, mon cerveau me renvoya les images de ma nuit torride avec Dany, docile et rougissante sous mes caresses. Putain ! Je ne voulais pas qu'elle m'obsède ! Je voulais qu'elle soit une simple conquête avec qui j'avais passé un bon moment. Rien de plus. Il ne fallait surtout pas que j'en veuille davantage.

Et pourtant, je ne pouvais pas m'empêcher de tendre l'oreille du côté de l'appartement voisin. Le moindre bruit attirait mon attention. Le serrurier arriva plus tôt que prévu et, avec la porte ouverte, je percevais bien plus facilement la voix de Dany qui parlait avec lui. Comme un con, j'allai me poster plus près de mon entrée, juste pour essayer de capter ses mots, puis je reculai, consterné par mon comportement. Je n'étais quand même pas en train d'épier cette fille ? !

Je sursautai lorsque l'on frappa un peu après à ma

porte, et me retrouvai face à ma voisine lorsque j'ouvris la porte. Elle était vêtue avec soin ; trop BCBG à mon goût, avec une petite robe rose qui la rendait beaucoup trop sage pour moi, mais n'était-ce pas sa véritable nature, au fond ? Une poupée, et une fille à papa…

D'une main, elle me tendit un pack de bières, les mêmes que celles qui se trouvaient dans mon frigo.

— Je ne veux pas qu'on soit en froid, dit-elle très vite.

Je fronçai les sourcils. Est-ce qu'elle venait faire la paix avec de la bière ?

— On n'est pas en froid, mentis-je en récupérant néanmoins son présent.

Mes pieds reculèrent, et elle en profita pour entrer, puis pour refermer la porte derrière elle. Pour éviter de soutenir son regard triste, j'allai ranger le pack au froid.

— Alors ? Ta serrure est réparée ? demandai-je pour briser le silence qui suivit.

— Oui. Merci.

— Pas de quoi, dis-je simplement.

Mes mains se crispèrent sur le dossier d'une de mes chaises de cuisine et j'osai enfin relever les yeux vers elle. Un autre silence passa, désagréable, mais je ne fis rien pour le rompre. En réalité, je n'avais pas envie qu'elle parte, même si je n'avais aucune idée de ce qu'elle attendait de moi.

— Je ne veux pas que ça se termine comme ça, lâcha-t-elle soudain.

J'aurais aimé que ses paroles ne me soient pas aussi agréables à entendre, mais je me devais de mettre les choses au clair. Il fallait que je coupe court à cette histoire qui ne nous mènerait à rien avant que ça aille trop loin. Mes doigts serrèrent un peu plus la chaise.

— Tu sais que cette relation ne peut pas marcher, pas vrai ?

— Parce que je suis trop coincée pour toi ?

Je lui fis de gros yeux avant de la ramener à l'ordre :

— C'est moi qui suis trop paumé pour toi.

Elle fronça les sourcils.

— Qui dit ça ?

— Toi, tu le pensais, et pas plus tard qu'hier !

— Mais non. Tu m'intimidais, voilà tout.

A force de serrer la chaise, mes doigts commençaient à me faire mal. Je savais que c'était stupide, mais j'avais envie d'y croire. Enfin… au moins un peu… Je secouai la tête pour tenter de retrouver la raison.

— Le problème, Dany, c'est que tout le monde te dira la même chose : ça ne peut pas marcher, nous deux. On est trop différents.

— Alors c'est ça, ton prétexte ? Tu n'es pas obligé de me sortir ce genre de truc. T'as qu'à dire que ça ne t'intéresse pas de continuer avec moi, et puis voilà.

Quoi ? Parce qu'elle s'imaginait que j'essayais de me débarrasser d'elle ? Avant qu'elle fiche le camp de mon appartement, je m'écriai :

— Hé ! Ça n'a rien à voir ! C'est juste que je vois très bien tous les obstacles qui nous séparent.

— Quels obstacles ? me demanda-t-elle en posant de grands yeux étonnés sur moi.

Je fis un signe vague de la main avant de bredouiller :

— Hier encore, tu… tu avais plein de préjugés contre moi.

— Oui, eh bien… c'était hier. Aujourd'hui, je trouve que tu es…

Elle hésita et rougit de plus belle avant de murmurer :

— Tu es le type le plus cool que je connaisse.

Même si son compliment me fit chaud au cœur, je secouai la tête.

— Tu dis ça uniquement parce que je t'ai fait jouir. Parce que, dans une chambre à coucher, personne ne nous voit ensemble.

Son expression s'assombrit.

— Je ne vois pas le rapport !

— Mais regarde-moi un peu ! m'énervai-je en me frappant le torse. Tu oserais sortir avec un type comme moi en pleine rue ? Me présenter à ton père ? A tes copains ? T'étais déjà mal à l'aise juste à l'idée que le type de l'agence sache qu'on avait couché ensemble ! Comme si ça pouvait lui foutre quelque chose, à ce connard !

Son regard se perdit au loin, puis sa bouche grimaça. Au moins, elle savait que je n'étais pas stupide.

— C'est vrai, je n'avais pas envie d'avoir l'air d'une fille facile, mais ça n'a rien à voir avec tes tatouages et tout le reste. Mais puisque tu crois tout savoir de moi, autant qu'on s'arrête là, tu as raison.

Tel un coup de vent, elle quitta mon appartement en claquant la porte. Et moi, comme un idiot, j'écrasai le barreau de ma chaise entre mes doigts pour éviter de me lancer à sa suite.

— Et merde ! m'écriai-je en me précipitant derrière elle.

Je ne pris même pas la peine de frapper à sa porte, je l'ouvris et vins positionner Dany droit devant moi. Ses cheveux blonds flottèrent dans l'air et ses grands yeux surpris me dévisagèrent. Mais qu'est-ce que j'étais en train de faire ?

— Tu veux qu'on essaie ? demandai-je franchement.

Une lueur d'espoir s'alluma dans son regard, et elle chuchota :

— Oui.

Je détestai la joie qui s'animait en moi. Mais qu'est-ce qu'elle me faisait, cette fille ? Je la connaissais depuis quelques jours seulement et nous n'avions passé qu'une nuit ensemble… pourtant, j'étais déjà accro.

— OK, finis-je par répondre. Qu'est-ce que tu fais, cet aprèm' ?

— Euh… je… rien. Pourquoi ?

— Mets des vêtements confortables. Et beaucoup moins roses, si tu en as.

Je lui montrai sa robe avant de préciser :

— Un truc moins guindé, quoi.

— Pourquoi ?

— Je t'emmène au centre communautaire, annonçai-je.

— A ton travail ?

— Ouais. Ça te pose un problème ?

Pour le principe, je la relâchai pour attendre sa réponse, qui ne tarda pas :

— Au contraire ! C'est super !

Je souris devant son engouement.

— Si t'es sage, je t'inviterai même à manger un truc quelque part, dis-je.

— D'accord. On part à quelle heure ?

— Eh bien… vers 15 h 15 ?

— Je serai prête, promit-elle.

Je souris comme un con, puis je tournai les talons. J'avais furieusement envie de l'embrasser et de la ramener dans sa chambre, mais il valait mieux attendre. Prendre notre temps. Vérifier que je ne me faisais pas des films à propos de cette fille…

Voilà qui n'était pas gagné.

Chapitre 12

Pour me conduire au centre communautaire, Seb me fit monter sur sa moto. Terrifiée, je me collai à lui et le laissai m'emmener où il voulait. Je l'aurai suivi n'importe où. Bon sang ! J'avais la sensation de vivre pour la première fois de mon existence. Et j'adorais ça !

Sans la moindre hésitation, il me présenta à quelques-uns de ses élèves, des ados pour la plupart, mais des très jeunes aussi. J'observai Seb pendant qu'il les entraînait, puis quand il contrait leurs coups. Il était patient et il riait souvent avec eux. Comment avais-je pu voir en lui un type terrifiant ? Sous ce corps musclé et tatoué, c'était la bonté même !

Je rigolai quand les garçons se moquèrent de lui parce qu'il avait osé amener sa petite amie, mais il ne releva aucune de leur blague et, dès la fin de son cours, il m'emmena en moto dans un petit café où il m'offrit une pizza et une bière. Pendant que je me régalais, il posait des regards heureux sur moi.

— Tu sembles avoir passé une bonne soirée, remarqua-t-il.

— C'était génial.

— La prochaine fois, je t'inviterai peut-être à la boutique de tatouages, mais il ne faudra pas me déconcentrer.

— Je suis toujours sage, dis-je sans réfléchir.

Il sourit, et son regard se teinta de désir.

— Pas toujours, non. Heureusement, d'ailleurs…

Je gloussai avant de rougir comme une idiote. Avec lui, je me sentais vraiment désirable, et désirée.

— Si je t'embrasse en public, ça te gêne ? me demanda-t-il soudain.

Surprise, je fronçai les sourcils.

— Pourquoi ça me gênerait ?

— Bah… parce que t'es une gentille fille. Alors que moi, enfin… je nuis à ta réputation, quoi.

Il me montra ses bras couverts de tatouages. Dans un rire, je me levai de mon siège et m'installai sur ses cuisses avant de frotter mon nez contre le sien.

— Tant pis pour ma réputation, soufflai-je avant de venir goûter sa bouche.

Je l'embrassai doucement, heureuse de le sentir aussi réceptif, mais dès que notre étreinte s'enflamma, il recula la tête pour mieux me regarder.

— J'ai attendu ce moment tout l'après-midi, avoua-t-il.

— Que je monte sur tes cuisses ou que je t'embrasse ?

— Que tu m'embrasses, mais je ne te mentirai pas : j'adore aussi quand tu es près de moi, comme ça.

Je couinai, ravie.

— Dire que je n'osais pas faire le premier pas, avouai-je.

— Ose, ma belle. Je ne te dis pas à quel point tu me rends fou à chaque fois.

Touchée par ces mots, je chuchotai, les joues rouges :

— Quand on sera rentrés, je te promets de faire le premier pas.

— Vraiment ?

Je posai ma bouche sur la sienne, dévorai ses lèvres et suçotai l'espèce de bille qui ornait sa langue avant de déclarer :

— Cette nuit, j'ai l'intention de jouer avec tes piercings… et de les sentir un peu partout sur moi…

Le souffle court, il tapota ma cuisse avant de grogner :

— Rentrons.

J'éclatai de rire, mais je le suivis hors du café sans la moindre hésitation.

Chapitre 13

Nerveux, j'observai mon reflet dans le miroir de la salle de bains. Je venais d'enfiler ma tenue de serveur : un pantalon et une chemise blanche dont je remontais les manches jusqu'aux coudes. C'était les seuls habits qui masquaient mes tatouages et m'avaient paru acceptables pour les parents de Danielle. Aujourd'hui, c'était le grand jour : j'allais leur être présenté en tant que petit ami.

Cela faisait deux mois que Dany et moi nous fréquentions, et nos vies avaient changé du tout au tout. La mienne, déjà ! S'il ne pleuvait pas, j'allais la chercher au boulot en bécane, puis nous nous promenions dans Paris uniquement pour le plaisir de rouler. Parfois, je l'invitais au ciné, à un concert, ou à une exposition de dessins intéressante. Dany était curieuse de nature et elle ne se lassait pas de découvrir Paris à ma façon. A l'entendre, elle voyait le monde pour la première fois.

De son côté, elle aimait bien m'accompagner au centre communautaire. Elle s'était même prise d'amitié pour certains des garçons que j'entraînais, et songeait à organiser des ateliers de premiers soins pour les jeunes du centre. Elle ne cessait de me surprendre.

Même si je n'arrivais toujours pas à y croire, ça fonctionnait. Et tellement bien qu'il m'arrivait de me réveiller en pleine nuit pour m'assurer que Dany était là, dans le lit, près de moi. Contrairement à ce que j'avais craint, elle m'avait présenté à ses copines de boulot sans la moindre gêne, et leur répétait à quel point j'étais un type génial. Et à certains moments, quand elle me souriait, j'avais réellement l'impression de l'être…

A quelques reprises, je l'avais invitée à des soirées bien arrosées. Malgré des différences notoires, mes potes l'avaient trouvée sympa. Pour cause ! Depuis que nous étions ensemble, elle avait délaissé certains de ses vêtements roses pour des T-shirts moulants et des jeans qui mettaient ses fesses en valeur. En contrepartie, elle s'était fait teindre une mèche de cheveux en rose, soutenant que ses patients, à l'hôpital, avaient bien besoin d'une touche de folie dans leur quotidien. Et contre toute attente, elle était devenue la touche de folie qui chamboulait ma vie.

Certains soirs, elle m'apprenait à cuisiner en m'initiant à la musique classique. Elle était incroyable ! Elle arrivait même à faire des liens entre certaines mélodies classiques et des groupes de métal que je connaissais bien. Elle me racontait ses journées à l'hôpital, parfois seulement pour m'annoncer qu'un patient était rentré chez lui, ou était décédé. Elle apprenait beaucoup sur elle-même avec ce travail.

Je sortais de sa chambre lorsque je l'aperçus, peaufinant le repas qu'elle cuisinait depuis une bonne partie de la journée pour ses parents. Surprise, elle me dévisagea.

— Tu as mis ta tenue de serveur ?

Pourquoi étais-je soudain gêné d'avoir choisi ces vêtements ?

— Je me suis dit que ce serait mieux pour tes parents…

Vêtue d'une robe toute simple, elle fronça les sourcils.

— Seb, mes parents savent que tu as des tatouages.

— Ouais, mais si je porte un jean et un T-shirt banal,

ils croiront que je leur manque de respect et que je ne fais aucun effort pour tenter de leur faire bonne impression.

— Tu n'as pas à les impressionner ! répondit-elle en rigolant.

— Si, tranchai-je sur un ton sérieux. Je veux que tes parents sachent que notre histoire compte vraiment pour moi.

Dany se figea, et je ne pris conscience qu'à cet instant des mots qui venaient de franchir mes lèvres.

— Tu penses vraiment que c'est sérieux, nous deux ? demanda-t-elle.

Anxieux, je scrutai son visage. N'était-ce pas les filles qui abordaient la question des sentiments en premier, généralement ? Comme un idiot, je fis mine de lisser ma chemise d'une main avant de répondre :

— Bah… comme tu vas me présenter à tes parents, alors… je ne sais pas… je me suis dit que c'était peut-être une étape…

Je la jaugeai du regard mais, au lieu de répondre, elle m'interrogea :

— Une étape vers quoi ?

— Tu sais bien ! m'énervai-je.

Ses lèvres se pincèrent, et je compris qu'elle tentait d'étouffer un rire. Agacé par son petit jeu, je la ramenai prestement contre moi avant de feindre un regard mauvais.

— Parce que tu te moques de moi, en plus ?

— Moi ? Non ! s'esclaffa-t-elle sans la moindre crainte.

D'une main, elle caressa mon torse.

— Ça me touche que tu te fasses tout beau pour mes parents, tu sais ?

Sentant ma nervosité revenir en flèche, j'expirai bruyamment.

— Je sais bien que les vêtements n'y changeront rien, dis-je, et que ton père trouvera quand même quelque chose à redire sur…

Elle posa ses doigts sur ma bouche pour me faire taire, et je fus soulagé de ne pas avoir à terminer ma phrase. A quoi bon lui déclarer que je ne serais sûrement jamais assez bien aux yeux de sa famille ? C'était bien la première fois que j'aurais aimé avoir de l'argent. Et pas pour impressionner Dany, juste pour éloigner les problèmes avant qu'ils n'atteignent notre bonheur.

— Bien, alors… puisque tu ne veux rien dire, je suis forcée de faire le premier pas, annonça-t-elle en défaisant le premier bouton de ma chemise.

Je me demandai ce qu'elle était en train de faire et retins mon souffle lorsqu'elle plaqua un baiser sur la peau de mon torse qu'elle avait dénudé.

— Dany, qu'est-ce que tu fous ? finis-je par demander.

— J'aime tes tatouages… et tout ton corps aussi, gloussa-t-elle avant de lécher mon ventre de façon terriblement sensuelle.

Quand ses doigts s'attaquèrent à la ceinture qui tenait mon pantalon, je bafouillai, paniqué :

— Mais… tes parents vont… ils seront bientôt là !

— Je t'aime, Seb.

Je clignai des yeux avant de vérifier les siens. Sa main plongea dans mon caleçon, mais je restai sous le choc. Comme si ces mots avaient bloqué mon cerveau.

— Attends, tu viens vraiment de dire que… ?

— Ose me dire que tu ne t'en doutais pas un peu ?

Sa voix moqueuse me fit rire. Je frissonnai lorsque ses doigts caressèrent mon gland, se rapprochant de mon piercing. Elle connaissait chacun de mes points faibles.

— Tu… essaies de… de détourner l'attention…

Dans un rire, elle s'accroupit devant moi, et je gémis quand elle me prit entre ses lèvres douces.

— Bon sang, Dany… on ne peut pas…

Ma voix trembla et je cherchai le mur afin de m'y

appuyer et éviter de tanguer tellement elle y mettait du cœur. Elle voulait me rendre fou, ou quoi ?

— Non, arrête... pas comme ça, marmonnai-je.

Je reculai d'un pas, à bout de souffle, et je rangeai maladroitement ma queue raide dans mon pantalon.

— Seb ! Mes parents n'arriveront pas avant vingt minutes, tenta-t-elle de me rassurer. Et puis... tu es trop nerveux. Un orgasme t'aidera certainement à te détendre...

Avec un sourire niais, je lui fis signe.

— Viens là.

Elle se releva et plongea ses grands yeux dans les miens.

— Tu me dis que tu m'aimes et tu ne me laisses pas le temps de te répondre ? demandai-je en feignant d'être choqué.

Une légère angoisse apparut sur son visage, et elle haussa prestement les épaules.

— Tu n'es pas obligé de répondre. Ni d'être... au même stade que moi...

Je la serrai contre moi et me penchai pour lui voler un baiser rapide.

— J'attendais que tu le dises en premier.

— Quelle idée, s'exclama-t-elle. Pourquoi ?

— Je ne sais pas. J'ai toujours cru que... que c'était plus simple quand les filles avouaient leurs sentiments d'abord.

— Plus simple ou moins risqué ?

J'hésitai avant de répondre, mais je fus forcé de lâcher :

— Un peu des deux.

Elle embrassa à nouveau mon torse, puis s'arrêta un instant avant de chuchoter :

— Je n'ai pas l'intention de te briser le cœur, tu sais ?

Je ris comme un idiot, puis la ramenai contre moi pour l'embrasser vraiment, longuement aussi, juste pour qu'elle sente à quel point ses mots me faisaient plaisir. Quand je la relâchai, je me risquai à admettre, la gorge nouée :

— Je suis amoureux depuis un moment, en fait, mais je me disais que… c'était trop beau pour être vrai, tu comprends ?

— Ce n'est pas trop beau, objecta-t-elle dans un rire. C'est juste… parfait.

— Ouais, et c'est bizarre, parce que je pensais que tu finirais par voir que nous étions trop différents, ou que tu te lasserais de moi…

Etonnée par mon aveu, Dany perdit son sourire.

— En voilà une drôle d'idée ! rétorqua-t-elle.

Je la serrai plus fort contre moi, mes doigts affermissant leur prise sur ses hanches.

— J'ai toujours peur que tu ne réalises que je ne suis pas assez bien pour toi. Et maintenant que tu vas me présenter à tes parents…

— Seb ! Je veux justement te présenter à mes parents pour qu'ils sachent à quel point l'homme que j'ai choisi est génial !

— Le serai-je assez pour ton père ? demandai-je, sans masquer mon inquiétude. Lui, il aimerait certainement que je sois un type ultra-diplômé, avec du fric, un super boulot…

— Je me fiche de ce que dira mon père.

— Peut-être, dis-je sans vraiment y croire, mais tu ne peux pas dire que nous ne sommes pas différents, toi et moi. Souviens-toi comment tu me regardais quand tu es arrivée ici.

Elle posa un baiser rapide sur mon menton avant de souffler :

— C'est vrai mais, depuis, j'ai appris à mieux voir.

Dans un soupir, je hochai la tête, puis je vins caresser sa joue en contemplant son visage magnifique.

— J'ai peur de te perdre, chuchotai-je. Peur que tu comprennes que je ne suis pas assez bien pour toi. Peur que tes parents sèment le doute dans ton esprit.

Nouant ses bras autour de mon cou, elle entoura ma taille de ses jambes. Par réflexe, je la retins par les fesses en la dévisageant.

— Fais-moi l'amour, ordonna-t-elle.

— Maintenant ? ! Mais… et tes parents ?

— Ils attendront.

Quand elle prit ma bouche, je cessai de réfléchir et la portai jusqu'à la chambre. Dès qu'elle tomba sur le lit, elle remonta sa robe devant moi et j'abandonnai toute volonté de résistance.

— On va devoir se contenter du minimum, annonça-t-elle en retirant rapidement son string.

Je pouffai avant de sortir à nouveau ma queue du pantalon. Dany fronça les sourcils.

— Ah non, toi, tu vas devoir enlever cette fichue chemise ! Je veux voir tes tatouages quand tu seras en moi. J'ai envie de te lécher…

Il n'en fallut pas davantage pour que mon érection reprenne vie, et je déboutonnai maladroitement ma chemise avant de la faire valser au-dessus de ma tête. Dès que je me retrouvai entre les cuisses de Dany, je frottai doucement mon gland contre son clitoris et observai son air impatient.

— Dis-le, exigeai-je.

Ses mains se posèrent sur mes épaules, et elle étira son cou pour venir me voler un nouveau baiser.

— Je t'aime, dit-elle d'une voix rauque.

Heureux, je m'enfonçai en elle sans la quitter des yeux. Elle lâcha un petit cri et ramena prestement ses jambes de chaque côté de mes hanches pour me presser contre elle. Nous n'avions pas de temps à perdre, alors je la pris avec force, me gavant des râles que je lui arrachais. Quand Dany lécha mon épaule, puis mordilla ma lèvre inférieure, je fermai les yeux, étourdi par toutes ces sensations. J'accélérai encore mais, cette fois, c'était moi qui perdais du terrain et qui sentais venir l'orgasme. Entre deux baisers, je rugis :

— Dany, je suis fou de toi.

— Oui !

Ses jambes me coincèrent pendant qu'elle lâchait un cri assourdissant, et je grimaçai quand ses ongles s'enfoncèrent dans mes épaules. Mon orgasme était si proche que je continuai à la prendre jusqu'à ce que, enfin, mon corps cède. A bout de souffle, je m'accordai quelques secondes avant de retrouver le regard de ma douce, rivé sur moi.

— Je t'aime, Dany. Tu le sais, hein ?

— Oui, fit-elle, tout sourire. Je le sens.

Je me laissai tomber à ses côtés et la ramenai de nouveau contre moi avant de déposer des tas de baisers sur ses cheveux. Pour la première fois depuis longtemps, j'étais heureux. Comment avais-je pu croire que Dany n'avait pas remarqué à quel point j'avais besoin d'elle ? Chaque jour, j'allais frapper à sa porte et lui proposais des sorties pour qu'elle passe la soirée avec moi. Tout était si naturel entre nous. Si parfait…

— Tu sais, Seb, je trouve que ce sont nos différences qui font de nous un couple aussi merveilleux…

— Nos différences ?

— Oui, confirma-t-elle. Grâce à toi, j'apprends à voir les gens tels qu'ils sont vraiment sans me fier à leur apparence…

Avec un sourire ému, j'opinai.

— Heureusement, d'ailleurs.

— Et quelque chose me dit que tu apprends à apprécier les petites filles coincées, jeta-t-elle.

— Pas si coincée finalement…, dis-je en riant.

Au lieu de rire avec moi, elle se redressa sur un coude pour mieux me voir.

— Ce que j'essaie de te dire, c'est que nos différences ne

nous éloignent pas, bien au contraire. Elles se complètent et nous rapprochent.

D'une main, je ramenai sa bouche sur la mienne avant de m'écrier :

— Qu'est-ce que je t'aime, toi !

Au loin, je perçus un bruit, et Dany sursauta.

— Merde ! Mes parents !

Elle remit sa culotte précipitamment et se recoiffa pendant que je sautais dans mon pantalon et me battais avec ma chemise. Ma nervosité revint en flèche.

— Et maintenant, je vais avoir l'air d'un idiot ! grognai-je.

— Sois seulement toi-même. S'ils ont une once de bon sens, ils vont t'adorer. Comme moi.

Je fis mine de rigoler et, d'un signe de la main, je l'autorisai à aller ouvrir. Au loin, j'entendis des voix, puis je terminai d'arranger mes vêtements et de vérifier de quoi j'avais l'air. La réponse me fit sourire : d'un homme amoureux.

Chapitre 14

— Bon, bah… ça s'est plutôt bien passé, lança Dany en m'apportant les derniers verres.

Je faisais la vaisselle en essayant de décoder le langage non verbal de Julien, mon nouveau « beau-père », pendant cette soirée. Si j'avais été capable de faire rire Françoise, j'étais sceptique quant à leur jugement.

— Je suppose que oui, finis-je par répondre.

En réalité, il n'y avait pas eu d'esclandres, et Julien avait été plutôt poli avec moi, même s'il avait paru surpris du choix de sa fille. Il avait bien essayé de me faire parler de mes plans d'avenir mais, comme ils se résumaient à ouvrir mon propre salon de tatouages et à suivre des cours d'éducateur spécialisé pour aider les jeunes que j'entraînais, la discussion s'était rapidement éteinte. Du coup, je doutais sérieusement d'avoir fait bonne impression…

Alors que j'avais encore les mains dans l'eau, Dany noua ses bras autour de moi pour me faire un câlin.

— Je suis sûre que ma mère t'a trouvé charmant, dit-elle. Elle était tellement surprise que tu fasses des tatouages pour cacher les cicatrices des accidentés !

— Ouais, mais ça ne sauve pas des vies…

— Non, mais ça permet à certaines personnes de

mieux vivre dans leur corps. Il n'y a pas que les médecins qui sauvent des vies, tu sais ?

Je ris devant sa phrase, la même que je lui avais servie après notre première nuit, puis je récupérai un torchon pour m'essuyer les mains. Une fois face à elle, je fus ravi qu'elle revienne se caler entre mes bras.

— J'ai longtemps cru que ma pire erreur avait été d'échouer à ce concours en médecine, avoua-t-elle.

Elle posa son menton sur mon torse et plongea un regard heureux dans le mien.

— La vérité, c'est que j'adore ce boulot d'infirmière, reprit-elle. Les médecins peuvent sauver des vies, c'est vrai, mais ils n'ont que peu de temps à accorder à leurs patients. Moi, je me soucie d'eux, je les écoute, et j'essaie de faire une différence dans leur vie.

— Et je suis sûr que tu es une infirmière géniale, dis-je avec sincérité.

Elle gloussa.

— Peut-être que mon père aurait préféré que je fasse autre chose, mais j'aime mon travail, et cet appartement. Et toi, aussi.

Ses mots chassèrent mes réflexions sombres et un sourire revint sur mes lèvres.

— Ça tombe bien, parce que je t'aime aussi, annonçai-je.

Elle se lova contre moi, et je la gardai bien au chaud dans mes bras jusqu'à ce qu'elle mette fin au silence paisible qui régnait dans la pièce. Quelques secondes plus tard, son téléphone sonna, et elle s'éloigna pour aller répondre. Je m'apprêtais à finir la vaisselle quand je compris que son interlocutrice était sa mère. Malgré moi, je tendis l'oreille et jetai quelques coups d'œil dans sa direction.

— Allez ! Dis-moi, insistait-elle. Papa a été surpris ? Tu m'étonnes !

Elle couina avant de me regarder.

— Je sais ! Attends de le voir avec des gamins ! Tania va l'adorer !

Pour pouvoir épier sa conversation, je cessai de faire la vaisselle et m'empressai de m'essuyer les mains pour mieux reporter mon attention de son côté. Dany parlait de moi avec un visage rayonnant. Comment pouvait-elle être plus belle qu'en cet instant ?

— Bon, maman, il faut que je te laisse, parce que… j'ai encore un peu de rangement à faire avant de pouvoir aller me doucher, annonça Dany. Oui, je le lui dirai. Allez, bisous !

Dès qu'elle posa son téléphone sur le coin de la table de cuisine, je me risquai enfin à demander :

— Alors ? Quel est le verdict ?

Son rire était beau, apaisant et léger. Voilà qui était bon signe.

— Ma mère t'a trouvé charmant, et joli garçon, chantonna-t-elle avec un air taquin.

— Et ton père ?

Elle fit une petite moue avant de hausser les épaules.

— Il était un peu sous le choc, mais c'est normal : tu es quand même le premier garçon que je lui présente !

— Sérieusement ? ! Mais… tu as sûrement eu des tas de petits amis !

Elle revint se pendre à mon cou en rigolant.

— Une chose est sûre : aucun ne valait le coup d'être présenté à mon père. Et ne t'en fais pas pour lui, il finira bien par se laisser apprivoiser.

Me raccrochant à cette idée, je hochai la tête.

— Ouais, après tout, il a fait une fille géniale. Je suppose qu'il y a de l'espoir pour lui aussi…

— Et tu ne sais pas la meilleure : dans trois semaines, il y a un repas de famille pour fêter l'anniversaire de ma tante. Tu es invité, bien sûr. Ma cousine, Tania, a deux gamins de douze et quinze ans qui jouent au foot.

— Ah… je vois. Je vais devoir épater la galerie avec ces jeunes.

— Tu as tout compris. Qui pourra te résister quand tu auras impressionné deux ados ? Et que tout le monde aura vu ta magnifique musculature ?

Ses mains se mirent à caresser mon torse.

— Tant que, toi, tu ne me résistes pas, ça me va, dis-je simplement.

— Et si on allait au lit, maintenant ? proposa-t-elle avec un regard gourmand.

Il n'en fallait pas plus pour que je la suive dans la chambre…

Épilogue

Cinq mois plus tard

Dany se reposait contre moi. Nous avions terminé de rapatrier nos affaires dans un appartement du même immeuble. C'était un peu plus cher, mais surtout plus grand. Dans les faits, ça n'allait pas changer grand-chose, puisque nous passions notre temps à vivre chez l'un ou chez l'autre mais, aux yeux de tous, c'était une étape importante. J'emménageais avec ma copine.

— Dis ? Tu ne voudrais pas me faire un tatouage ?

Etonné par sa question, je tournai la tête pour vérifier son visage, incertain d'avoir bien entendu.

— J'aimerais un truc discret, poursuivit-elle, et pas trop gros. Un dessin qui me représenterait. Quelque chose d'unique, tu vois ?

Encore sous le choc, je la scrutai.

— En fait, je n'ai que la phrase de Saint-Ex en tête, reprit-elle.

— « L'essentiel est invisible pour les yeux », récitai-je.

— Oui. J'aime beaucoup cette phrase. Elle me rappelle à quel point j'ai eu de la chance de te connaître. Parce que tu m'as appris à voir avec le cœur.

Touché par ses paroles, je remontai mon T-shirt et

guidai sa main sur mon cœur, le seul endroit dépourvu de dessins.

— C'est bizarre que tu me parles de ça, parce que… je songeais aussi à faire un autre tatouage. Juste là, tu vois ? Un tout petit.

Dany se redressa sur un coude.

— C'est vrai ? demanda-t-elle, surprise.

— Oui. Je pensais y mettre un cœur rempli d'encre rose, avec des ailes de chaque côté.

Quand elle afficha une moue sceptique, je m'empressai de poursuivre :

— Un cœur qui me rappellerait une fille qui adore le rose, et dont l'amour m'a… libéré.

Les yeux exorbités, elle caressa doucement l'endroit avant de souffler :

— Waouh… !

— Je me sens tellement bien avec toi, Dany. C'est comme si ce que nous partagions comblait un vide en moi.

Elle sourit et posa un regard empreint d'émotion sur moi.

— J'aime bien l'idée du cœur avec des ailes, lâcha-t-elle enfin. On pourrait se faire tatouer le même ?

— C'est exactement ce que j'espérais, avouai-je.

— Alors ce sera ça.

La Parisienne et le bûcheron

Louisa Méonis

*Paris, quelque part dans le 13e*

Par un froid matin de février, Sophie affrontait les éléments parisiens. Ses magnifiques bottes Louboutin foulaient l'asphalte, faisant écho au brouhaha de la ville qui s'éveillait. Rien ne lui faisait peur. Ni la pluie glaciale, ni la perspective de cette réunion, qui marquerait sans aucun doute un tournant décisif dans sa vie d'éditrice. Ce jour était son jour. Elle en était certaine. Déjà parce qu'elle avait lu et relu les meilleurs livres de développement personnel, mais aussi parce qu'elle alliait à la perfection, ce matin, le glamour à la sophistication de la parfaite Parisienne. Avec ses cheveux noirs coupés en un élégant carré plongeant, son manteau Prada et ces bottes créées par Dieu en personne, plus rien ne pouvait l'atteindre. Car, oui, pour Sophie, Christian Louboutin était un dieu vivant…

On ne fait rien d'extraordinaire sans hommes extraordinaires, et les hommes ne sont extraordinaires que s'ils sont déterminés à l'être, je me répète en grimpant d'un pas décidé sur le trottoir.

Je m'arrête devant une vitrine, arrange mes cheveux ébouriffés par le vent et relève le col de mon manteau sur ma grosse écharpe Burberry. Mon Dieu, il fait un froid de canard !

Heureusement, la crème au cacao bio de Body Shop fait des merveilles ! La peau de mon visage ne me tiraille absolument plus…, je pense en me caressant le front.

Je reprends mon chemin le sourire aux lèvres avant de grimacer lorsqu'une bourrasque s'insinue jusque sous mes vêtements.

Je crois que mon string Aubade vient de geler…

Et surtout, que j'ai besoin d'un bon thé bien chaud !

J'accélère le pas en me disant que l'on ne devient vraiment parisienne que le jour où l'on arrive à courir avec des talons de vingt centimètres. Avec classe, bien sûr. Comme Anne Hathaway, par exemple. Pas comme Michel Serrault dans *La Cage aux folles*.

Mais pourquoi je pense à ça ? !

Je passe beaucoup trop de temps à parler avec Lisa.

Lisa. L'angoisse de tous les éditeurs, réunie en une seule et même auteure.

Un frisson me parcourt au souvenir de certaines de ses lubies, mais je me ressaisis rapidement.

Je dois me concentrer sur ma réunion…

Je fronce les sourcils et tente de me rappeler les points abordés lors de ma dernière séance de recentrement sur soi.

1. Efforcez-vous le plus possible de ne faire qu'une chose à la fois.

Je pense « édition », mange « édition » et ne vis que pour l'édition ! La preuve : ce matin, je me suis brossé les dents en relisant un manuscrit.

2. Sortez des habitudes.

Je suis sur la bonne voie. Hier soir, au lieu d'écouter

Cheek to Cheek de Ella et Louis, ma nièce m'a fait subir pendant deux heures une mauvaise reprise de Claude François par Matt Pokora. L'original de *Cette année-là* est déjà un crime auditif mais, là, on était proche de l'enfer.

3. Rajoutez un « petit effort » de quelques minutes à votre quotidien.

Je me suis arrêtée une station de métro plus tôt et, vu le froid polaire, le trajet jusqu'au bureau est digne d'une expédition dans l'Arctique.

4. Boostez votre motivation.

« Fenêtre » !

Si mes rêves se limitaient à un seul mot, ce serait celui-là. Depuis des mois — que dis-je, deux ans ! Cela fait deux ans que, faute de place dans l'immeuble, on a aménagé le cagibi situé à côté des toilettes pour en faire mon bureau. Rien ne m'est épargné : ni les bruits de chasse d'eau ni les relents de… Bref.

5. Définissez des objectifs.

Depuis que j'ai appris que Martine quittait la maison, je me bats bec et ongles pour ce qui va suivre. Une place de sous-directrice éditoriale se libère à la section Milliardaire and Co, et elle est pour moi. Je le sais parce que j'ai travaillé trop dur pour qu'elle me passe sous le nez.

En l'espace de quelques mois, je suis devenue l'experte incontestée du milliardaire russe ou grec, et du malheureux cheikh terriblement sexy mais hélas tellement incompris. J'ai passé des heures à faire des recherches sur les lieux paradisiaques du globe, à étudier les multiples positions du Kamasutra et à définir quelle est la juste dose de virilité qui fait rêver les lectrices. Je n'ai rien laissé au hasard, j'ai lu tous les romans de la collection, je connais les chiffres de chaque auteur par cœur, et j'ai même montré à quel point ma patience était inépuisable : j'ai supporté l'insupportable… Lisa !

Brièvement, je me repasse en mémoire tous les chiffres de vente, les titres de romans, les auteurs phares…

L'image d'un bon thé fumant sur le coin de mon bureau me coupe dans mes réflexions.

Je crois qu'il me reste du thé Mariage au fond de mon tiroir…

Allez, Sophie, tu y es presque ! La félicité théinée est proche…

Je me hâte, traverse en dehors du passage clouté, manque de me faire écraser par une Smart trop pressée et arrive enfin devant la porte de la maison d'édition pour laquelle je travaille depuis maintenant près de six ans. J'y suis entrée en tant que stagiaire et en ai gravi les échelons, comme on grimpe l'Everest. L'ascension a été dure, parfois dangereuse, mais tellement enrichissante.

Je retire mes écouteurs alors que Frank Sinatra entame une nouvelle chanson et pousse la porte en souriant. J'aime l'idée qu'à chaque nouveau roman publié je vais faire rêver des milliers de personnes ; que là, en cet instant précis, quelqu'un ouvre un des livres que j'ai édités et s'évade, souriant de bonheur en se laissant submerger par les mots.

J'inspire profondément, relève la tête et déboutonne mon manteau en appelant l'ascenseur. La cage en inox s'ouvre. J'entre et appuie sur le numéro de mon étage.

Je défais mon écharpe, passe une main dans mes cheveux noirs et, au moment où les portes s'ouvrent, je savoure l'instant. Dans quelques minutes, adieu Lisa et vive mon nouveau magnifique bureau avec fenêtre ! Fini la cage à lapin à côté des toilettes…

Bientôt, j'aurai une fenêtre…, chantonné-je.

Je ravale mon sourire et tente de me composer un visage neutre. Je sais que la promotion est pour moi, je le sens. Mais pour le moment, rien n'est fait, donc restons zen.

— Bonjour, Sophie, me salue ma collègue Athéna avec un grand sourire.

— Hello ! je lui réponds, enthousiaste.

— Tu as sorti les bottes fourrées aujourd'hui, me dit-elle en riant.

— Il fait tellement froid ! Mais heureusement, M. Louboutin pense à mes orteils, je lance en me dirigeant vers mon bureau d'un pas décidé.

Je gémis en entendant mon téléphone sonner.

Déjà ? Il n'est que 8 h 50 et ma réunion est dans dix petites minutes…

— Sophie Lagarde, bonjour, dis-je en pestant intérieurement, sachant pertinemment qui c'est.

— Je suis passée trente-quatrième dans le classement d'Amazon ! Ma vie est un ENFER !

— Bonjour, Lisa, comment vas-tu ?

— Je me sens aussi rayonnante qu'une langouste à Fukushima, grogne-t-elle.

— C'est… positif, dis-je, ne sachant pas trop quoi répondre, tout en retirant mon manteau.

— Le fait que je sois rayonnante ou trente-quatrième ?

— Les deux, je crois, dis-je en enlevant mon écharpe.

— Je crois qu'Amazon me hait…

Je lui explique en saluant mes collègues de la main :

— Mais non, tu dramatises, c'est un très bon classement.

Car en plus d'être à côté des toilettes, mon bureau donne sur la salle de pause. Au moins, comme ça, j'ai la chance de voir tous mes collègues chaque matin.

Karine passe à ce moment-là avec une tasse de café et articule : « Lisa ? » Pour toute réponse, je hoche la tête, ce qui la fait rire.

— Je crois que je vais arrêter d'écrire et me concentrer sur l'éducation de mes caniches nains, reprend Lisa, songeuse.

— Effectivement, si tu sens que tu as besoin de prendre un peu de distance, c'est peut-être une bonne chose.

A force, je vais finir par manquer d'imagination dans mes réponses… Vivement ma promotion !

— Sinon, je pensais écrire une histoire de professeur de yoga serial killer.

Sergio fit la posture du chien et hésita entre la scie manuelle ou électrique. Il repoussa très vite l'idée d'utiliser l'électrique. Elle générerait des ondes négatives qui nuiraient ostensiblement à l'ouverture de ses chakras…

— Je ne suis pas certaine pour le mélange professeur de yoga-serial killer.

— Non, t'as raison. Tuer des gens en pantalon moulant, c'est pas très bon pour recentrer ses énergies internes.

— Certes.

— Et c'est ridicule, aussi.

— Eh bien, le lycra peut avoir certains avantages, selon comment tu le présentes…

— Un peu comme une sorte de super héros serial killer ?

Pourquoi faut-il qu'elle nous mette des psychopathes partout ? !

Est-ce que, si je lui dis de parler avec un professionnel de sa fascination pour les tueurs en série, elle va mal le prendre ?

— Tu n'es pas obligée non plus d'exploiter cette histoire de lycra.

— Tu as raison… Sinon, j'avais pensé à un rugbyman fétichiste, reprend-elle.

— Fétichiste de quoi ? Je regrette immédiatement d'avoir posé cette question.

— J'avais pensé aux pieds, répond-elle.

Rodrigue observait les pieds de Jessica avec envie. Il désirait tant les toucher, sentir la douceur de sa voûte plantaire au creux de ses mains…

— Euh… Je crois que tu peux trouver quelque chose de moins…

… ecœurant !

— Détrompe-toi, il y a plein de zones érogènes au niveau des pieds !

Rodrigue frôla son petit orteil, et Jessica hurla son nom tant son plaisir était intense…

— Lisa, je crois que tu devrais réfléchir à…

— Non, mais c'était une idée comme ça. Ne t'en fais pas, j'en ai d'autres, lance-t-elle.

— Je sais que ce ne sont pas les idées qui te manquent, loin de là ! Simplement, tu devrais peut-être prendre un peu de temps pour toi, te recentrer, tu vois… Tu en es où de tes cours de sophrologie aquatique ?

— J'ai attrapé une otite, alors je n'y vais plus depuis quelque temps.

— Ah.

— Pourtant, je mettais toujours mon bonnet en poils de chamois péruvien. Mais il fait tellement froid en ce moment que…

— Oui, les otites sont tellement imprévisibles, je réponds en voyant mes collègues commencer à se diriger vers la salle de réunion.

— C'est douloureux, et puis il y a le pus aussi…

— Effectivement… Lisa, je suis désolée mais j'ai une réunion. Tu me raconteras cette histoire de… Enfin, plus tard, dis-je, sentant déjà la migraine me gagner.

— Oui, bien sûr, ne t'en fais pas. Je prends des notes, pour mes idées !

— C'est une très bonne chose, dis-je en préparant mon calepin et mon stylo, un peu ailleurs.

— A très vite, alors, ajouté-je en saisissant une pastille à la menthe dans mon sac à main.

— Au re…

Je ne la laisse pas terminer et raccroche.

Super, tout le monde est déjà installé et, comme d'habitude, je suis la dernière !

Et je n'ai même pas eu le temps de me faire un thé ! Je râle en saisissant mes affaires et en courant en direction de la salle de réunion.

J'ouvre la porte et constate que ma place habituelle est prise par Anita.

Qu'est-ce qu'elle fiche là, elle, d'abord ? Depuis quand celle qui s'occupe du courrier assiste aux réunions éditoriales ?

Bon, ce n'est pas grave, je ne vais pas faire un scandale parce que ma place fétiche, celle à laquelle je m'installe depuis près de quatre ans, est prise. Même si j'ai mis deux ans pour l'obtenir, que j'ai dû me battre, et que...

C'est pas le moment, Sophie. Inspire un grand coup, pense à ta fenêtre... La clé de la réussite, c'est de se focaliser sur son objectif...

Je suis sûre qu'Anita ne l'a pas fait exprès. Et puis, vu que tout le monde m'observe, attendant visiblement que je m'installe, je vais me mettre à la dernière place libre, c'est-à-dire derrière la fausse fougère.

Je me faufile et finis par m'asseoir, repoussant une feuille qui me chatouille le nez.

— Bien, puisque tout le monde est enfin installé, commençons, dit la DG.

Je me cale confortablement sur ma chaise et souris.

Sophie, arrête de sourire comme ça, tu as l'air idiote...

Je tente de prendre une mine austère.

En fait, ça n'est pas évident d'avoir l'air concentrée, spirituelle, sexy, incroyablement intelligente... tout ça en même temps.

Fenêtre... fenêtre... fenêtre... Je me répète ce mot en boucle tout en repoussant à nouveau la feuille qui tente désormais de me rentrer dans l'oreille.

— Donc, comme vous le savez tous, Martine nous

quitte pour faire le tour du monde en caravane avec ses deux labradors, Pétronille et Nicolas.

Bon, on le sait, ça… Passons à l'essentiel… Sophie est géniale et elle a la promotion…

— Pour le moment, son poste à la section Milliardaire and Co va rester vacant.

Je m'agite sur ma chaise, repousse à nouveau la fougère, plus brusquement cette fois.

Comment ça, « vacant » ?

Reste calme, Sophie…

— J'en profite pour vous annoncer qu'Anita va venir prêter main forte à l'équipe éditoriale.

Mon cerveau a dû fuir. J'ai cru entendre qu'Anita allait…

Non, j'ai dû rêver…

— Elle assistera les éditrices après le départ de Martine jusqu'au recrutement d'une nouvelle assistante.

Ah non, je n'ai pas rêvé !

Tiens, depuis quand Anita veut être éditrice ? Et pourquoi je n'ai pas le poste de Martine ? Et pourquoi elle est là, cette saloperie de plante ? ! J'ai travaillé comme une folle …

Respire, Sophie… « Le roseau plie mais ne rompt pas »…

— Bien, maintenant que nous avons réglé cette question, passons…

Elle s'interrompt, m'observe, l'air surprise, et me demande :

— Oui, Sophie ?

Elle me regarde, je la regarde.

— Vous avez une question ? insiste-t-elle en désignant mon bras levé.

Je tourne légèrement la tête, remarque ma main qui retient la plante et hésite entre lui demander pourquoi je n'ai pas cette foutue promotion et la vérité, qui est :

« je tiens la plante parce que, sinon, elle me revient sans arrêt dans le visage ».

— Je n'ai pas compris, je dis tout doucement.

— Eh bien, Anita viendra renforcer l'équipe de la section Milliardaire and Co après le départ de Martine.

— Mais alors, qui va s'occuper du courrier ? fais-je un peu trop vivement, lâchant ma prise sur la fausse fougère qui me revient effectivement de plein fouet dans le visage.

— Dorénavant, compte tenu de l'effectif réduit, le standard s'en chargera. D'ailleurs, je compte sur vous pour faire preuve de patience durant cette période de transition, reprend-elle en souriant. Bien, maintenant que ce point est éclairci, passons à… Oui, Sophie ? m'interroge-t-elle, visiblement agacée.

Je regarde ma main qui tient à nouveau la plante et réfléchis à une question, mais rien ne me vient.

— La plante me gêne, j'avoue, embarrassée, alors que mes collègues se mettent à pouffer.

La DG s'efforce de ne pas rire et finit par dire :

— Nous n'en avons plus pour longtemps, Sophie.

— Moui, je chuchote en me sentant rougir.

Je sens ma gorge se serrer et l'amertume m'envahir. Alors, c'est ça ? J'ai travaillé aussi dur pour finalement devenir la risée de mes collègues avec cette fausse fougère ! ?

OK, d'accord, j'en rajoute, mais je plaçais tellement d'espoir dans cette promotion que cette injustice me semble insurmontable.

— Donc…, reprend la DG.

Mais je ne l'écoute pas, trop occupée à ruminer mon absence de fenêtre, les relents de W.-C. qui m'empêchent de me concentrer, Lisa, l'auteure fan de psychopathes…

Ma vie me semble bien terne tout à coup…

Je fais semblant de prendre quelques notes, mais le cœur n'y est plus.

Je reluque encore Anita.

Elle porte des baskets, et même pas de marque.

Non, mais je n'en reviens pas ! Cette fille qui n'y connait rien va devenir assistante éditoriale alors que moi, éditrice aguerrie, je n'obtiens même pas le poste que je méritais ! En plus, elle porte des baskets Carrefour et un jean Tex.

Eh oui, la déception me rend vache…

Et si je restais éternellement dans ce bureau ? Et si mon travail d'éditrice consistait pour toujours à supporter Lisa ?…

Lentement, l'effroi me gagne.

La peur est le chemin vers le côté obscur : la peur mène à la colère, la colère mène à la haine, la haine mène… à la souffrance.

— Bien, maintenant, allons vendre du rêve à nos lectrices ! lance la DG avec un grand sourire, interrompant mes réflexions.

Mes collègues se lèvent, félicitent Anita pour sa promotion tout en me jetant quelques coups d'œil. Il semblerait que, même si je n'avais jamais clairement dit que je voulais ce poste, tout le monde s'en était rendu compte. Ce qui accroît mon sentiment d'injustice et, surtout, de nullité internationale.

Encore, si j'étais la seule à apprendre ma défaite, je pourrais faire comme si de rien n'était. Et même faire semblant d'être contente pour Anita. Mais là, je vais avoir droit à : « Ne t'en fais pas, c'est pas ce coup-ci, mais ça sera le prochain », « De toute manière, cette boîte est naze, la preuve, nos tickets restau ne font que cinq euros quarante ». Ou alors à pire : « Je suis désolée pour l'odeur, je fais un régime riche en fibres »à la sortie des toilettes.

Sophie, reste positive…

— Sophie ? m'interpelle la DG.

— Oui ? je réponds en tentant de sourire alors que le cœur n'y est pas.

— Vous me suivez dans mon bureau ?

Elle va me virer ? Mettre carrément mon bureau dans *les toilettes ?*

Oh ! mon Dieu ! Je vais devenir la Dame pipi de l'édition sentimentale !

— Bien sûr, je réponds en me levant.

Je la suis tranquillement tandis que mon imagination repart au quart de tour.

Lorsque Sophie alla pointer au Pôle Emploi du haut de ses escarpins Louboutin, elle sut qu'elle aurait dû laisser la fausse fougère prendre possession de son visage. Dorénavant, là serait sa place, entre un obèse exhalant la transpiration et une femme se curant les dents avec un ongle non manucuré.

Nous passons devant le bureau que je me pensais destiné jusqu'à il y a quelques minutes et je jette un rapide coup d'œil au parquet qui orne le sol.

Ne regarde pas, Sophie, tu te fais du mal.

Mais pourquoi, pendant la réunion, ai-je sorti cette histoire de courrier…, je songe, atterrée, en entrant dans le bureau de la DG.

— Asseyez-vous, me dit-elle en désignant un siège.

Je m'installe en silence tandis qu'elle ferme la porte.

— Je vous sens déçue, lance-t-elle sans préambule.

— C'est une chance pour Anita, je réponds avec un sourire aussi convaincant que possible.

Et c'est bien la vérité. Je suis déçue, mais Anita mérite d'évoluer. Je sais qu'elle travaille dur, aussi, et que cela fait un moment qu'elle a demandé à changer de service. Sauf que j'aurais préféré que cela ne se fasse pas à mon détriment.

— Donc si je vous proposais le poste de Martine, vous le refuseriez ?

Je l'observe, ne sachant pas trop quoi répondre.

— Je ne me permettrais pas de refuser une telle opportunité, je tente.

Ce qui la fait rire.

— Comme vous êtes drôle, ma chère Sophie !

— On me le dit souvent, je rétorque, ne comprenant absolument pas ce qui la fait tant rire.

C'est faux, personne ne me trouve drôle, en vérité !

Je suis végétarienne, je ne mange pas de gluten ni de produits industriels, j'écoute du jazz et de la musique classique, je raffole des livres de développement personnel et, le must du must selon ma nièce, c'est que j'adore le tricot.

Donc, non, je ne suis pas drôle.

— Je vous avoue qu'au départ j'ai immédiatement pensé à vous pour le poste de Martine. Mais je me suis demandé ensuite qui je pourrais placer au vôtre…

— Je suis certaine que vous auriez trouvé une personne merveilleuse pour s'occuper de la collection numérique, je sors, de plus en plus crispée.

Note pour moi-même : demander à Lou, à l'institut des Thermes du paradis, un massage Mojito zen…

— Sophie, vous êtes incroyable, lance-t-elle en rigolant à nouveau.

— On me le dit souvent aussi.

Toujours pas vrai, je ne suis ni incroyable ni drôle. Mais je n'en souffle mot, car elle a le pouvoir de me renvoyer — ou pire, de mettre mon bureau *dans* les toilettes.

— En fin de compte, je me suis dit que vous étiez plus utile à votre poste.

Bon sang, me faire venir dans son bureau pour en arriver à la conclusion que je n'ai ni fenêtre ni promotion, mais que, grâce à moi, elle se marre bien… !

— Là, maintenant, je me sens déçue, je souffle.

— Il ne faut pas. Connaissez-vous KJ ?

Je fronce les sourcils, fouille dans les tréfonds de ma mémoire, mais je ne vois pas…

— KJ est un jeune auteur qui comptabilise plus de cent mille fans sur l'une de ces nouvelles plates-formes d'écriture à la mode.

— Ah oui, je me souviens ! Je sais que Marissa a tenté de prendre contact avec cet auteur, mais pas plus.

Marissa est la directrice éditoriale de la section numérique. Sa spécialité est de rechercher des auteurs autopubliés ou qui font le buzz sur Internet.

— Eh bien, je vous nomme sous-directrice de la collection numérique si vous le faites signer chez nous.

— Sous-directrice ?

— Vous aurez le bureau de Martine et une augmentation de dix pour cent.

— Vingt pour cent ?

— Allons pour vingt pour cent !

Un sourire éclaire mon visage.

Avant de vouloir devancer les autres, il faut savoir se dépasser soi-même.

Et c'est ce que je compte faire. Evoluer, atteindre l'objectif que je m'étais fixé. Ce n'est pas le poste que je voulais au départ, mais le résultat sera le même : j'aurai un vrai bureau !

D'ailleurs, je vais aller fêter ça avec une nouvelle paire d'escarpins jaunes. C'est bientôt le printemps, et Louboutin a sorti des nouveautés. C'était un signe !

Paris, quelque part dans le 13e, dans un bureau qui sent les toilettes

Sophie était au bord du gouffre du désespoir. L'avenir si doré qu'elle s'était imaginé ce matin en se brossant les dents sur une chanson de Ray Charles s'étiolait au fil des minutes. Aucune issue ne lui semblait favorable, et le bureau avec fenêtre lui échappait toujours un peu plus, inexorablement. Elle avait amassé de nombreuses informations sur son mystérieux auteur, mais aucune ne lui permettant de le retrouver. De plus, pour une raison qu'elle ignorait, sa boîte mail ne désemplissait pas.

— Je suis désolée pour ta promotion. Je sais à quel point tu la voulais, me dit doucement Caroline en me tendant une madeleine sans gluten, sans matière grasse et sans sucre, mais faite maison.

J'attrape le gâteau, l'observe une seconde et réponds :

— Finalement, je vais l'avoir. Ce n'est pas le poste que je voulais, mais le résultat sera le même. J'aurai mon bureau avec fenêtre.

— Alors pourquoi as-tu l'air aussi abattue ?

Je mords dans la madeleine, avale et explique :

— C'est que… je fais comment pour le retrouver, ce KJ ?

— Tu as demandé à Marissa toutes les informations le concernant ? me demande-t-elle en me tendant une autre pâtisserie.

Je la prends et soupire en me laissant retomber dans mon fauteuil.

— Selon elle, il ne répond à aucun mail, et personne ne sait qui c'est, je dis avec une moue de dépit avant de soupirer.

— Je change complètement de sujet, mais tu ne m'as pas dit si le nouveau Febreze que je t'ai ramené du Japon fonctionnait bien.

Caroline, maquettiste, amoureuse du Japon, cuisinière hors pair et également amie d'éditrice fanatique de chaussures et de mode. Je l'adore, et pas juste parce qu'elle me fait des pâtisseries à tomber et me ramène des cadeaux plus fous les uns que les autres. Je l'adore parce que c'est la gentillesse personnifiée.

— Bien, je dirais. Tu ne sens pas ? Il n'y a plus cette odeur d'égout.

— Effectivement, maintenant que tu me le dis, on se croirait plutôt à Arcachon.

— Tu trouves que ça sent les huîtres ?

— Oui, mais les huîtres fraîches du bord de mer.

— Pourtant, c'est censé être le parfum fraîcheur Fuji, je dis en scrutant le logo. Il y a même une montagne dessus.

— Le bon côté, c'est qu'on n'a plus l'impression d'être dans les toilettes !

— Au moins, on progresse sur ce point, dis-je avant de soupirer et de dévorer ma madeleine.

— Tu sais, si c'était possible, j'échangerais mon bureau avec le tien, mais je ne peux pas vu qu'on n'est pas dans le même service.

— Ne t'en fais pas, Caroline. Et je ne désespère pas d'avoir mon propre bureau avec une fenêtre et un magnifique parquet.

— Et si on traquait KJ grâce à son adresse IP ? me sort tout à coup Caroline, les sourcils froncés.

— Euh… je ne veux pas gâcher l'ambiance, mais je te rappelle que je suis éditrice, et pas informaticienne ou je-ne-sais-quoi !

— Je sais, mais je connais peut-être quelqu'un, m'explique-t-elle alors qu'un bruit de chasse d'eau retentit juste à côté de mon bureau.

J'appuie machinalement sur la télécommande de mon détecteur Febreze, la mine déconfite.

Il me faut cet auteur. Où qu'il soit, je le retrouverai ! me dis-je, résolue.

Le destin n'est pas une question de chance, mais de choix.

Et c'est vrai que, maintenant que Caroline l'a dit, il y a une odeur d'huîtres dans la pièce.

— Tu pourrais contacter cet ami, s'il te plaît ? je lui demande.

— C'est comme si c'était fait ! s'exclame-t-elle, enjouée.

— Bien, je conclus en me frottant les mains.

Finalement, les choses ne sont pas si mal parties que ça. Il ne faut pas se décourager, la promotion reste à portée de main…

— Ton téléphone sonne, me dit Caroline en quittant mon bureau avec son assiette de gâteaux, me tirant de mes rêveries.

Je fixe le combiné et reconnais immédiatement le numéro.

— Sophie Lagarde, bonjour, dis-je sans entrain alors que je sais pertinemment qui c'est.

— C'est encore moi ! Tu n'as pas répondu à mon mail ! Je te l'ai envoyé il y a trente-quatre minutes.

— Je viens de sortir de ma réunion, à vrai dire. Donc dès que je l'ai lu, je te réponds, Lisa.

Quand j'aurai ma super promotion, je prendrai une assistante uniquement dédiée à Lisa !

— Donc, tu verras, j'ai entièrement supprimé cette histoire de lycra, et du coup, je suis partie sur une histoire d'amour torride dans un camp de naturistes…

Biiiipppp…

Ceci est le bruit de mon cerveau qui vient officiellement de décéder.

— Vu qu'ils sont déjà nus, je gagne du temps dans la rencontre et tout le blabla, alors je pense partir sur une nouvelle.

— Je vais…

Me pendre !

— … lire ça et je reviens vers toi, je réponds en me pinçant l'arête du nez.

Au moins, pour une fois, il n'y a pas de tueur en série. Elle s'améliore !

— Tu verras, c'est une belle romance. Ils se rencontrent lorsque l'héroïne découvre la tête de sa meilleure amie sous un tas de Mister Freeze.

J'ai parlé trop vite !

— Ah, oui, c'est… inattendu !

— Mais ne t'en fais pas, le congélateur était bien fermé, les glaces sont encore bonnes.

Non, mais là, qu'est-ce que je suis censée répondre ?

— C'est bien, j'avais peur que le lectorat soit choqué par… ce gâchis.

Je m'épuise moi-même.

— Je savais que ça te plairait, lance-t-elle, visiblement satisfaite.

— Ecoute, je vais lire tout ça et je reviens vers toi dès que possible. Je risque de m'absenter pendant quelque temps, mais n'hésite pas à faire appel à…

Je réfléchis à qui je pourrais bien refiler Lisa, mais je sais d'avance que personne n'en voudra.

Sauf une jeune assistante éditoriale inexpérimentée…

Une idée machiavélique me traverse l'esprit.

Non, je n'oserais pas…

— Anita. Je t'envoie son numéro de portable tout à l'heure.

Et puis, si, j'ose !

Ce n'est pas si méchant. Elle a besoin de se former, après tout !

— Tu pars où ? me demande-t-elle, intriguée.

Loin, très loin, dans un endroit très très perdu où tu ne pourras pas me joindre !

— Je ne sais pas encore, mais je risque d'être difficilement joignable. Mais Anita sera à ta disposition jour et nuit.

J'en fais peut-être un peu trop, là…

— D'accord, pas de soucis, je m'adresserai à Anita. Tu reviens quand ?

— Je ne sais pas encore.

— Tout ça me semble bien mystérieux, souffle-t-elle.

Je n'ose même pas imaginer ce qui se passe en ce moment dans son cerveau de cinglée…

— Il faut que j'y aille, je lance en éloignant déjà le combiné de mon oreille.

— Bien sûr, je te dis à très vite, au re…

Trop tard, j'ai raccroché.

Je m'affale dans mon fauteuil, entends la porte des W.-C. s'ouvrir, appuie sur ma commande de Febreze et soupire.

Je dois absolument retrouver cet auteur. Caroline a eu une bonne idée. Une très bonne idée. J'espère simplement que son ami se montrera coopératif… J'ai beau réfléchir, je ne connais aucun professionnel en informatique.

Je tripote machinalement ma souris, perdue dans mes pensées.

Mon écran s'allume sur ma boîte mail et je me résigne à me mettre au boulot.

Promotion ou non, je dois avancer !

Paris, quelque part dans le 13e, dans une ruelle sombre

— Tu es sûre que c'est ici qu'il t'a donné rendez-vous ? je demande à Caroline en lorgnant avec une grimace de dégoût une poubelle prête exploser.

Elle sort son téléphone portable, le fixe les sourcils froncés, le tourne dans tous les sens, le lève à bout de bras.

— Je dirais… quasiment.

— Quasi… Quasiment ? je répète, la mâchoire crispée.

— Je ne sais pas, mon téléphone ne semble pas certain ! reprend-elle en escaladant un amas de déchets.

Je me pince l'arête du nez, cherchant en moi la motivation nécessaire pour ne pas l'étriper.

— Tu sais, depuis que je l'ai fait tomber dans une fontaine, il ne fonctionne plus très bien.

— Et comment as-tu réussi à le faire tomber dans une fontaine ?

— En jouant à Pokémon Go. J'ai pas fait attention, je me suis pris les pieds dans un truc, et *vloup*. En plus, je suis passée à deux doigts de Salamèche. Je ne te raconte pas le drame : mon téléphone trempé et mon Pokémon envolé !

— Effectivement, je sors, dubitative.

Soudain, un *pssst* me fait sursauter.

Je tourne sur moi-même, scrutant les alentours, mais ne remarque rien.

— Pssst…

Je sursaute à nouveau et finis par apercevoir un homme à l'air louche qui nous observe, à demi caché derrière une benne à ordures.

— Vous êtes Caroline et Sophie ? nous demande-t-il en se montrant un peu plus.

— Pourquoi vous vous cachez ? demande Caroline en l'éclairant avec son téléphone, un sourcil relevé.

— On avait dit pas de question ! lance-t-il en chaussant une paire de lunettes de soleil.

J'avoue, je trouve ça de plus en plus bizarre. Dans quoi je me suis encore embarquée ? !

— Vous avez ce que je vous ai demandé ? nous interroge-t-il en sortant totalement de sa cachette.

Entre son long manteau noir et ses lunettes, il semble tout droit tiré de *Matrix*.

— Euh, oui, c'est dedans, je dis en tapotant le sac que je porte en bandoulière.

— Je veux les voir ! me souffle-t-il.

— Qui nous dit que vous avez ce que nous vous avons demandé ? lui demande Caroline en le menaçant avec son téléphone.

— Vous me prenez pour qui ? C'était un jeu d'enfant, s'énerve-t-il. Maintenant, je veux les voir !

Je descends le sac de mon épaule et l'ouvre.

— On avait dit dédicacés..., dit-il en abaissant légèrement ses lunettes de soleil.

— Ils le sont tous, au nom de Link2.0, je dis en lui montrant la première page.

Il regarde, me prend le sac des mains et me tend une feuille de papier pliée en quatre.

Je l'ouvre, lis et grimace.

— Sérieux ? ! Non, mais c'est une blague ?

Je tourne et retourne la feuille dans tous les sens, relève la tête et me rends compte qu'il est déjà parti.

— Qui aurait cru que les hackers étaient fans de Kristan Higgins..., souffle Caroline, les bras croisés sur sa poitrine.

— Qui aurait cru qu'avoir un bureau avec fenêtre était si compliqué...

— Pas faux, mais tu vois, se retrouver dans cette ruelle te montre qu'il y a encore des endroits pires que ton bureau.

— Oui, mais au moins, on est entre deux restos chinois !

— Maintenant que tu le dis, j'ai faim. On va manger ?

— Je ne sais pas... Il y a un petit restaurant végétarien à deux pas, il me semble.

— Pourquoi pas.

— Bon, allez, va pour un resto ! je dis en soupirant.

Je scrute la feuille de papier une dernière fois. Hors de question que j'abandonne maintenant, me dis-je.

Quoi que tu rêves d'entreprendre, commence-le. L'audace a du génie, du pouvoir, de la magie.

Il faut quand même que je regarde où ça se situe, le glacier de la Vanoise…

Quelque part en Savoie, entre un producteur de pommes et de reblochons…

L'apocalypse s'était installée en Savoie. Sophie était concentrée sur la route. Car Sophie, tel James Bond (en bien plus féminin, mais avec un sens du style tout aussi certain) avait une mission. Elle avait traqué sa proie jusqu'ici, dans ce qui était pour elle le coin le plus paumé du monde. Elle n'avait pas hésité à abandonner son élégance toute parisienne pour un look casual chic plus provincial. Elle n'avait rien laissé au hasard : en plus de sa doudoune Quechua rose, elle avait investi dans une paire de boots noires à paillettes…

Je ralentis, colle mon nez contre le pare-brise de ma Mini dernier cri, fronce les sourcils et tente d'apercevoir ce qui est censé être une route.

Super, j'ai fichu mon nez tellement proche de la vitre qu'il y a de la buée, maintenant !

Je la chasse d'un revers de main et grimace lorsque le phénomène se reproduit.

Je décide alors d'ouvrir la fenêtre. J'appuie sur la commande de la portière et me prends une nuée de flocons dans la figure.

Je crois que mes cils viennent de geler…

Génial, voilà qu'il neige dans ma voiture !

Et pourquoi les flocons se logent-ils de préférence dans mes narines ? !

Sophie est ce que l'on appelle une éditrice de l'extrême.

Rien ne l'arrête dans sa recherche de nouveaux talents. Sa famille vit dans l'angoisse à chaque nouvelle mission...

Je ralentis encore.

Qu'est-ce qu'il faut pas faire de nos jours pour un bout de parquet et une fenêtre...

Je roule aussi vite que ma grand-mère quand elle dort.

Je jette un rapide coup d'œil au GPS, qui m'indique que je suis proche de ma destination finale. Mais alors que je me demande comment je dois l'interpréter — car je ne vois rien qui peut ressembler à un hôtel dans les environs —, c'est le drame.

Une sorte de gros rat jaillit juste sous mes roues.

Je freine brusquement, mais dérape, encore et encore. J'ai l'impression de voir ma vie défiler au ralenti !

Heureusement, la voiture finit par s'immobiliser. Tremblante, je garde mes mains rivées au volant.

Je ne suis pas morte...

Un bruit me tire de mes songes.

Il me faut quelques secondes pour comprendre qu'il provient de ma fenêtre. Je tourne la tête et sursaute en distinguant dans l'entrebâillement un visage rond surmonté d'un bonnet rouge.

— Bonjour, me salue une jeune femme en souriant.

— J'ai dérapé ! je dis d'une voix suraiguë.

— Dérapé ? répète-t-elle, surprise.

— Je roulais tranquillement et j'ai vu tout à coup un gros rat ou un sanglier, je ne sais pas trop... et la voiture est partie dans tous les sens !

Elle m'observe, semble avoir du mal à garder son sérieux et finit par exploser de rire.

— Mais pourquoi vous riez ? je l'interroge, vexée.

— Parce que ça fait bien vingt minutes qu'on vous regarde et qu'on se demande ce que vous faites sans bouger en plein milieu de la route.

— Pardon ? !

— Vous êtes parisienne ?

— Quoi ? Hein ? ! Oui, pourquoi ?

Elle recule et hurle sur sa droite :

— T'y avais raison ! C'est encore un monchu !

— Un mon… Quoi ?

— Je crois pas que vous devriez conduire ce tantôt, continue-t-elle.

— Je dois souffrir d'un traumatisme crânien, je ne comprends rien à ce que vous me dites…

— Adieu, ma p'tite dame. Elle y va où ce tantôt ? me demande un vieux monsieur en approchant à son tour son visage de ma fenêtre.

— Je… je m'appelle Sophie, je suis éditrice chez Love et paillettes, je cherche mon hôtel qui s'appelle Le mazot, je débite, ne comprenant rien à ce qu'ils me racontent.

— Ah ! T'y es une monchue de compet', toi ! reprend le vieux.

— Pardon ? Est-ce que vous pouvez m'indiquer le chemin, parce que le GPS me dit que je suis arrivée mais je ne vois rien ici, à part un vieux chalet et une maison en pierre.

— C'est bien ce chalet, me dit la jeune femme en tentant de ne pas exploser à nouveau de rire.

J'abaisse complètement la vitre, passe ma tête par la fenêtre, scrute la vieille bâtisse en bois menaçant de s'effondrer à chaque instant et ne peux réprimer une grimace.

— C'est impossible, je travaille pour une grande maison d'édition, et ça, ce n'est pas un hôtel !

— Non, c'est un mazot, me dit à nouveau la jeune femme.

— Un mazot ? je répète en jetant un nouveau coup d'œil.

— Oui. Un *mazot* est un chalet, m'explique-t-elle.

— Alors, il y a dû y avoir un problème de réservation.

Est-ce que vous pourriez m'indiquer l'hôtel le plus proche, s'il vous plaît ? je demande en attrapant mon GPS.

— Je dirais... à la station, à cinquante kilomètres.

— Je vous demande pardon ? ! je m'écrie.

Pour toute réponse, elle hausse les épaules. Je me pince l'arête du nez et réfléchis...

Sophie, chaussée de ses boots à paillettes, fendait la neige avec conviction. Rien ne l'arrêterait. Ni les rats géants ni les autochtones au langage étrange. Elle repartirait victorieuse, son contrat sous le bras. La nouvelle star de la romance était pour elle — et la fenêtre aussi !

— Bon, elle y fait quoi, la monchue, elle va pas rester là ! me coupe le vieux monsieur.

— Où est la route qui monte au chalet ? je demande, d'un ton décidé.

Ma Mini et moi, rien ne nous arrête !

— Il va falloir monter à pied, elle n'a pas été déneigée, m'informe la jeune femme.

Bon, alors, mes boots et moi ! me dis-je, me sentant un peu moins résolue.

— Je me gare où alors ?

— Bastien ! hurle à nouveau la jeune femme.

Non, mais vraiment, elle est obligée de crier sans arrêt ? !

— Mon frère va s'occuper de votre voiture, m'explique-t-elle.

— Je peux le faire. Je ne roulerai pas vite, c'est tout, je rétorque, vexée.

— C'est justement le problème ! Vu l'allure à laquelle vous allez, lorsque vous y grimperez au mazot, il fera nuit, m'explique-t-elle.

— Vous savez, je sais conduire.

Elle m'observe.

C'est moi, ou elle ne semble pas convaincue... ?

— Qu'est-ce qui se passe ? intervient une voix grave.

— Bon, la madame, elle y sort de la voiture ? demande le vieux monsieur.

Exaspérée, je soupire, attrape mon bonnet et mes moufles, ouvre la portière, pose mon pied sur le sol et dérape soudainement. Je me retrouve la tête la première dans un monticule de neige. Je tente de me relever, mais sans grand succès, et ne fais que m'enfoncer un peu plus. Heureusement, deux mains m'enserrent la taille et me soulèvent, comme si je ne pesais pas plus lourd qu'une plume. On me repose sur mes pieds et, lorsque j'ai enfin retrouvé mon équilibre, je m'essuie vivement le visage et me retrouve nez à nez avec un torse. Un immense torse, en fait !

« C'est un roc !… C'est un pic… C'est un cap ! Que dis-je, c'est un cap ?… C'est une péninsule ! »

Je recule un peu.

Ah, oui, la montagne, ça vous gagne !

Bon sang, elle est pas un peu petite, cette chemise à carreaux ?

— Vous allez bien ? m'interroge la voix grave.

Je lève le nez et… C'est pas mal, la Savoie, finalement !

Son visage semblait sculpté par les dieux en personne. Jamais Sophie ne s'était retrouvée face à une telle beauté teintée de virilité brute. Tout en lui semblait murmurer de sombres promesses de nuits passionnées. Malgré ses yeux rieurs, ses lèvres restaient closes, attendant certainement d'être embrassées avec fougue…

— Cherche pas, elle est bizarre ! lance la jeune femme.

— Je… Non… Mais ça glisse, je baragouine, si peu dignement que je me fais honte à moi-même.

— Je vois… Jolies chaussures ! dit-il en se mordant les lèvres pour ne pas éclater de rire.

— Allez, la monchue, venez, on va vous réchauffer, sort le vieux monsieur en m'envoyant une tape dans le dos.

J'en perds l'équilibre et glisse sur les fesses une cinquantaine de centimètres plus loin.

— Papi ! le réprimande la jeune femme.

— Non, mais ça va, je vais bien. J'adore me rouler dans la neige.

— Ah, c'est pour ça ! s'exclame-t-elle.

— Pourquoi quoi ?

— Vos vêtements !

Je regarde tour à tour mon jean, mes boots et ma doudoune assortie à mes moufles et à mon bonnet.

— Tout ce rose, c'est pour qu'on vous retrouve plus facilement, continue-t-elle en m'aidant à me relever.

— A priori, je lâche, ne sachant pas trop quoi répondre.

— Ils sont fous, ces monchus. Moi, je vous le dis, lance le vieil homme en passant devant nous.

Une fois debout, j'observe le colosse savoyard à la chemise trop serrée à côté de ma Mini.

Je me demande s'il va réussir à rentrer… Je devrais peut-être lui montrer comment la décapoter…

Il s'y insère avec difficulté, referme la portière et démarre. Bien, Hercule le Savoyard rentre dans une Mini Cooper.

Et je dois me rendre à l'évidence, il est bien plus doué que moi, me dis-je alors qu'il s'engage dans un chemin pentu et se gare sans mal.

— Je vais m'occuper de mes affaires, je dis alors que le colosse attrape mes bagages et se dirige vers nous.

— Non, laissez, Bastien s'en charger réplique la jeune femme. Vous avez déjà du mal à rester sur vos pieds, alors je crois pas que ce soit conseillé !

— Pas faux, j'ai l'impression d'être Bambi le premier jour de l'hiver, dis-je en me retenant à un rocher pour descendre les quelques marches qui mènent à la maison.

— C'est que vous êtes une marrante, vous ! lance-t-elle en riant.

Décidément, c'est la deuxième personne qui me le dit en l'espace de trois jours. Serais-je devenue amusante sans m'en rendre compte ?

Je pose mon pied sur une marche et le retire quand je constate que ça glisse trop. Je tente un autre angle d'approche, sans plus de succès.

— C'est moi, ou l'on distingue de moins en moins la maison ? je demande alors qu'un épais brouillard nous enveloppe.

— Allez, courage, il ne vous reste plus que trois marches. Après, il y a une légère pente, mais elle se descend bien, me répond la jeune femme.

— Ça glisse, tout de même ! Et puis, maintenant, je ne vois plus du tout la maison, je m'écrie, à bout de souffle, sans lâcher ma prise sur le rocher.

J'ai l'impression que la jeune femme au bonnet est déjà entrée !

Sophie entendait au loin les hurlements des loups. Des bruits de pas approchaient dans la neige. Elle ferma les yeux et pria, espérant une fin rapide et sans douleur…

Je distingue une main dans la brume, l'attrape. Elle est énorme, et chaude. Je ressens sa chaleur dans toutes les fibres de ma moufle… mais glisse quand même !

Une autre main se pose sur ma hanche et me dirige.

— Sophie ? C'est ça ? me demande la voix grave.

— Oui, je miaule.

C'est moi, ou cette histoire de brouillard savoyard devient torride ?

— On arrive, me rassure-t-il alors que la neige me semble plus dure.

Les mains de Sophie s'agrippèrent à sa chemise. Elle soupira d'aise alors que la chaleur de son corps l'enveloppait. Sophie voulait sentir la douceur de sa peau, laisser ses doigts explorer ce corps musclé… Bastien sembla entendre sa prière silencieuse, car il la plaqua fermement contre son torse…

— Attention au…

Ma tête heurte violemment un mur ou je-ne-sais-quoi.

— Nom d'un… ! je lâche en portant la main à mon nez douloureux.

— Désolée, il y avait un poteau, chuchote-t-il.

— Voui, merchi, je l'ai bien chenti ! je crie en tentant de ne pas pleurer de douleur.

En réponse, il pose à nouveau ses mains sur mes hanches et me soulève.

Je m'agrippe de ma main libre à sa nuque et me répète en boucle :

On ne tâte pas les inconnus… On ne tâte pas les inconnus… Sophie, garde tes mains où elles sont !

Ça fait combien de temps, déjà, que je n'ai pas eu de rapport sexuel ?

Il toussote, et je me rends compte que je suis en train de lui caresser les cheveux juste au-dessus de la nuque. Je retire ma main prestement tandis qu'il me repose au sol.

Dis quelque chose, Sophie…

— Merci. Vous avez les cheveux très doux, je chuchote.

Je crois que le poteau n'a pas frappé assez fort, finalement…

Il ne répond pas, et je ne peux même pas voir sa réaction à cause du brouillard

Il a peut-être aimé que je lui caresse les cheveux avec mes moufles…

Elles sont très douces et de bonne qualité, après tout !

Il ouvre la porte, et une odeur de…

Mon Dieu, qu'est-ce que ça peut être ? Des vaches ? des chaussettes ? un animal mort ?

— Nous fabriquons le fromage juste à côté, donc l'odeur peut surprendre, m'explique-t-il alors que je reste immobile sur le seuil.

— Effectivement.

— On s'y habitue. Dans quelques minutes, vous n'y ferez plus attention.

Pour toute réponse, je hoche la tête. Tout à coup, je me sens bien loin de chez moi…

Je rêve, ou il y a des minisaucisses qui pendent au plafond ?

— Bastien ira chercher la clé du mazot demain matin mais, en attendant, vous passerez la nuit chez nous, lance la jeune femme en se réchauffant devant la cheminée allumée.

Elle est bien plus jolie sans son bonnet…

Je la dévisage un instant. Elle doit avoir dans les vingt-cinq ans, ses cheveux châtains sont retenus en un chignon désordonné, ses beaux yeux sont verts, et elle est très fine.

— Excusez-moi mais je ne comprends pas bien, pour le chalet. Je sais que la réservation a été faite sur Internet par l'assistante de direction, donc pourquoi est-il fermé ?

— Eh bien, on peut pas dire qu'on soit dans une grande ville, alors les Martin savaient qu'on allait forcément vous voir arriver, dit-elle.

— Les Martin ?

— Les propriétaires. Ils vivent un peu plus bas.

— Pourquoi ne vous ont-ils pas laissé les clés ? je l'interroge.

— Ils ont dû oublier que vous veniez. La vieille perd complètement la boule depuis quelque temps.

Là, je ne sais pas quoi répondre. En plus, les saucisses au plafond me perturbent… Moi qui ne mange pas de viande, je suis servie !

L'audace réussit à ceux qui savent profiter des occasions.

Et aujourd'hui, j'ai justement l'occasion de dormir chez l'habitant ! Ça peut être l'occasion d'en apprendre un peu plus sur notre mystérieux auteur…

— C'est gentil à vous de m'accueillir, dis-je en ôtant mes moufles et mon bonnet. Avec un temps pareil, je ne sais pas ce que j'aurais fait toute seule.

— Tenez, ma p'tite dame, me lance le vieux monsieur en me tendant un verre à liqueur rempli d'un liquide vert.

— Qu'est-ce que c'est ? je demande.

— Du génépi, me répond-il en buvant son propre verre cul sec. C'est moi qui le fais !

Je toise le verre et ravale une grimace. Si je veux qu'ils répondent à mes questions, je dois me montrer polie et accepter leurs traditions. Même si elles consistent à suspendre au plafond des morceaux d'animal mort !

Bon, eh bien, allons-y alors… Vivent les spécialités régionales !

Je porte le verre à mes lèvres et laisse le liquide couler dans ma gorge. Mes yeux s'agrandissent, mon œsophage puis mon thorax me brûlent, je ne respire plus…

— Ça va ? m'interroge une voix lointaine.

— On devrait peut-être l'asseoir…

Je n'entends plus que des murmures…

Quelque part, dans une maison qui sent le reblochon

Sophie ouvrit les yeux, fixa le plafond, remarqua les poutres apparentes et se demanda où elle était. Aurait-elle été kidnappée ? Vivait-elle un remake de Misery *de Stephen King ? Un violent mal de tête lui rappela que non, qu'un simple liquide vert avait eu raison d'elle.*

On se croirait dans un des livres de Lisa, me dis-je tout à coup.

Et si on avait vraiment tenté de me nuire ? Où sont mes affaires ?

Je palpe frénétiquement mon corps et constate que j'ai encore tous mes vêtements.

L'image du beau Bastien me traverse l'esprit et, pendant un instant, je me sens légèrement déçue.

Non, mais quand même, ça fait pas si longtemps que ça ?

Je me triture à nouveau les méninges, cherche dans mes souvenirs.

Ah, si, tout de même !

Ma dernière fois, c'était il y a deux ans, au nouvel an chez mon amie Maddie. Et ça avait été tellement décevant… Compte tenu de la taille de… son attirail.

Après réflexion, je ne suis même pas certaine que ça compte !

Parce que, finalement, on ne peut pas dire qu'il soit vraiment rentré…

Bon, enfin bref, tout ça n'est pas à l'ordre du jour ! Je dois trouver mon mystérieux auteur, le faire signer et ensuite rentrer à Paris. Et pour mon premier jour dans mon tout nouveau bureau avec fenêtre, je mettrai mes escarpins jaunes. A part s'il pleut, évidemment. Je mettrais mes bottines.

Allez, Sophie, motivation !

Je me lève, puis me recouche.

J'ai la tête qui tourne, c'est horrible !

C'était quoi, déjà, le liquide vert ? Ah oui, du génépi.

Un bruit attire mon attention.

Je retente ma chance et chancelle jusqu'à la fenêtre.

Oh ! la vache !

Je reste bouche bée. Mes yeux ne savent plus où se poser… Il y a de la neige partout. C'est incroyablement beau !

Et au milieu… Il y a Bastien, torse nu, une hache à la

main, en train de couper du bois. Il la lève, les muscles de son dos se contractent, et il l'abaisse lourdement.

Il a l'air si… Et puis si…

Je comprends mieux pourquoi sa chemise était si serrée !

Y'a pas ça, à Paris…

Et ce tatouage sur son épaule droite, qui descend le long de son bras jusqu'à son poignet…

Il se tourne, regarde dans ma direction.

Zut !

Je me baisse, me retrouve à quatre pattes sous la fenêtre.

Je crois qu'il a vu que je le reluquais.

Re-zut ! je ne suis pas certaine !

Je me relève légèrement, reste accroupie, et constate qu'il regarde toujours dans ma direction.

Et maintenant, il sourit. Il n'en faut pas plus pour éveiller mon imagination…

Sophie émergea en douceur de son profond sommeil. Elle reconnut le bruit qui provenait de l'extérieur. Sans plus attendre, elle traversa la maison pieds nus et alla à sa rencontre. Elle retrouva Bastien dehors. Une fine pellicule de sueur recouvrait ses muscles puissants. Dès que Bastien l'aperçut, il jeta sa hache sur le côté et fixa avidement Sophie, vêtue d'une nuisette légèrement transparente. Le désir à l'état pur illuminait son regard. Sophie, brûlante, se sentait déjà nue. En deux enjambées, il était devant elle. Et sans un mot, il commença à faire glisser les fines bretelles…

Je sursaute lorsque j'entends frapper à ma porte.

Je soupire, agacée d'avoir été interrompue dans mes rêveries érotiques, et vais ouvrir d'un pas traînant.

— Bonjour ! me lance la jeune femme de la veille avec une tasse de café fumant sur un plateau.

Je m'efface pour la laisser entrer et dis :

— Je suis désolée pour hier soir. Il semblerait que le génépi ne m'ait pas réussi.

— Ah oui, on a vu ça ! Vous vous êtes écroulée comme une merde.

— On peut dire ça comme ça..., je réponds, les sourcils froncés.

— C'était impressionnant. Bastien a dû vous porter jusqu'à votre lit, du coup.

Aiguillonné, mon esprit continue sur sa lancée...

Sophie était blottie dans les bras puissants de Bastien. Il la serra contre lui avant de la déposer en douceur sur le matelas. Pendant un instant, il se figea devant la beauté naturelle de Sophie. Il la déshabilla du regard, dévorant chaque courbe de son corps...

— Bastien est allé récupérer la clé du mazot, et Papi déneige l'allée pour que vous puissiez vous y rendre ce tantôt.

— Merci, vous êtes tous adorables..., je commence quand, soudain, je remarque l'espèce de rat géant d'hier entrer tranquillement dans la pièce.

Je me mets à hurler et bondis sur mon lit.

— N'ayez pas peur ! C'est Freeskies, m'explique-t-elle.

— Vous avez un rat géant domestique ? je hurle.

— C'est pas un rat, c'est une marmotte.

Je l'observe alors qu'elle attrape sans peine l'animal et le caresse comme si c'était un gros chat.

— Ça n'est pas... courant.

— On l'a trouvée bébé. La pauvre bête, elle était complètement perdue. On l'a récupérée et nourrie au biberon. Elle est très gentille, conclut-elle en s'approchant de moi pour que je la caresse.

Qu'est-ce que ça mange, déjà, les marmottes ?

J'espère que mes affaires sont en hauteur ! Si elle a touché à mes boots, j'en fais du pâté !

— Elle n'est pas censée hiberner ? je demande.

— Comme elle est domestiquée, elle dort beaucoup plus qu'en été mais n'hiberne pas.

Je descends prudemment du lit, m'avance, hésite un instant, puis passe ma main dans son pelage dru. L'animal m'observe un instant puis ferme les yeux.

— Donc, c'est elle qui est à l'origine de mon dérapage d'hier, je dis en la caressant, un peu plus confiante.

— Vu l'allure à laquelle vous alliez, je ne suis pas certaine que le terme « dérapage » soit justifié.

— Je n'ai pas l'habitude de conduire, et encore moins sur la neige.

— On avait compris ! lance-t-elle en riant.

Je finis par sourire en me disant que je dois leur paraître aussi étrange qu'ils le sont pour moi.

— Vous êtes ici pour les vacances ? me demande-t-elle en posant la marmotte dans un panier dans le coin de la chambre.

— Non. Je cherche quelqu'un, à vrai dire, je lui dis en m'emparant de la tasse de café.

— Ah bon ? Qui ? Je connais tout le monde ici. C'est un petit village. Nous ne sommes qu'une vingtaine d'habitants.

— Un auteur, KJ. Vous connaissez ?

— Non… Que je sache, personne n'écrit, ici.

— Vous savez, beaucoup de gens écrivent sans le dire.

— Probablement, mais je ne connais pas non plus de KJ.

— Vous connaissez peut-être quelqu'un qui aime lire ?

— Pratiquement tout le monde. On capte assez mal la télévision, donc beaucoup lisent.

— Je vois…

La tâche risque d'être plus difficile que prévu.

— Je peux organiser une réunion avec les habitants, si ça peut vous aider.

— C'est une très bonne idée…

Oh ! mon Dieu ! Je ne connais pas son prénom ! C'est

terrible, j'ai dormi chez des gens sans même connaître leur identité.

— Désolée, mais je ne sais même pas comment vous vous appelez, je finis par avouer, au comble de l'embarras.

— Moi, c'est Géraldine. Papi, tout le monde l'appelle comme ça, et mon frère, c'est Bastien.

Rien qu'à l'évocation de son prénom, j'en ai des frissons…

— En tout cas, c'est pas à Paris que vous avez des paysages pareils ! lance-t-elle en pointant son index vers la fenêtre.

— Non, effectivement ! je réponds en me sentant rougir des pieds à la tête.

Sophie, tu n'es qu'une effrontée !

— La vue est vraiment magnifique, je renchéris en repoussant loin, très loin, la vision de Bastien torse nu en train de couper du bois.

Trop tard !

Sophie laissait ses mains parcourir les muscles puissants. Elle plongea un instant dans ce regard ténébreux, et le temps suspendit son cours. Plus rien n'existait en dehors de ces yeux intenses qui la scrutaient avec envie. Bastien effleura lentement ses bras de ses doigts. Déjà, Sophie sentait le feu de la passion l'envahir. Elle n'avait plus la patience d'attendre. Elle ne pensait qu'à une chose : parcourir son tatouage de sa langue et dévorer son corps musculeux…

— Vous allez bien ? me demande Géraldine, les sourcils froncés.

— Oui, je réfléchissais à cette histoire de… réunion.

Et menteuse, maintenant !

— Je vais voir ce que je peux faire alors, lance-t-elle avec un grand sourire.

— Merci. Et merci aussi pour le café, il est délicieux.

— Avec plaisir ! Je vais demander à Bastien de vous aider à monter vos affaires jusqu'au mazot.

— En tout cas, je vous remercie encore de m'avoir accueillie cette nuit. J'espère ne pas vous avoir trop dérangés.

— Non, il n'y a pas de problème. Bastien a dormi sur le canapé devant la cheminée.

— Ah, donc… c'est sa chambre ? je demande, curieuse — et tout excitée à l'idée d'avoir dormi dans son lit.

— Oui. Moi, je ne vis plus ici. On n'avait pas prévu de recevoir quelqu'un, et comme mon ancienne chambre sert à moitié de débarras, c'était trop le bazar pour vous la prêter.

— Je vois… Et donc, Bastien vit ici ?

Sophie, la discrétion assurée !

— Oui ! lance-t-elle, visiblement amusée.

Silence gênant.

— Je mets mes chaussures et j'arrive ! dis-je en chantonnant presque.

— Très bien, dit-elle en quittant la chambre toujours en souriant.

J'observe un instant la marmotte qui dort dans son panier, puis retourne à la fenêtre.

Bastien… Mes yeux caressent son torse et suivent chacun de ses mouvements.

Je sais, je devrais me concentrer et ne penser qu'à ma mission, mais… imaginons que… je dirais même que dans l'hypothèse… enfin, si l'occasion se présente… Je pourrais un peu avoir une mini-aventure, toute petite… Ça ne changerait rien au fait que je suis une professionnelle de l'édition — et une fille bien !

Je grimace. Après tout, je ne sais rien de lui.

Il a peut-être une femme et quatre enfants. Ou même, une petite amie qui est en train de se battre contre le cancer. Ou alors, il est gay.

Sophie dévorait Bastien du regard, mais celui-ci ne semblait pas s'en soucier. Il était trop absorbé par le beau Léandro qui courait torse nu dans la neige. Cet adepte du trail passait tous les jours à la même heure et, comme à chaque fois, Bastien le suivait avidement du regard. Sophie ressentit le feu de la jalousie la dévorer de l'intérieur…

Je secoue la tête pour chasser mes rêveries.

Je suis certaine qu'il n'est pas gay !

Enfin, je ne crois pas…, me dis-je en faisant le lit.

Je scrute les oreillers, regarde à droite, à gauche.

Personne, et je suis sûre que Freeskies ne répétera rien.

J'attrape l'oreiller et le renifle les yeux fermés.

Pendant un instant, je m'imagine dans ses bras et souris, avant de me dire que je suis excessivement pathétique.

Je remets le coussin à sa place et pars à la recherche de mes boots. Je les trouve en bas, rangées dans l'entrée, à côté de mes affaires. Je les enfile, ainsi que ma doudoune, mon bonnet et mes moufles. J'attrape mes bagages, ouvre la porte et tombe nez à nez avec… un torse !

— Bonjour, me lance une voix grave.

Ne le touche pas, Sophie !

On garde les moufles éloignées de ce magnifique torse… Très très très loin…

Je relève la tête, détaille ses yeux sombres, à nouveau son torse.

Il n'y a pas à dire, couper du bois, ça maintient en forme !

— Bonjour, je finis par miauler, ce qui a l'air de l'amuser.

— Je vais vous aider à monter, si vous me laissez quelques minutes pour enfiler quelque chose.

Est-ce qu'il s'agit d'une question ? Parce que si c'est le cas, je ne suis pas certaine d'avoir envie qu'il enfile quelque chose…

— Bien sûr ! Il ne faudrait pas que vous… vous enrhumiez…

Super, de mieux en mieux, Sophie ! Qu'il s'enrhume ! Tu n'as rien trouvé de mieux.

Je reste hypnotisée par son torse, qui monte et descend tandis qu'il rit.

« L'amour ne voit pas avec les yeux, mais avec l'âme. »

Je suis certaine que Bastien a une… âme magnifique !

— J'arrive, dit-il alors qu'il passe devant moi en riant toujours.

Je regarde aussi discrètement que possible son postérieur et soupire.

Quelle belle âme… !

Quelque part en Savoie, sur un chemin enneigé

— Tout va bien ? me crie-t-il, deux cents mètres devant moi.

— Oui… Je… j'admire le paysage ! je lâche, à bout de souffle.

Au bout de ma vie aussi !

Je me souviens pourquoi le seul sport que je pratique est la marche entre deux stations de métro. Je n'aime pas transpirer, et mes poumons ne suivent pas.

— Oui, c'est magnifique. Ce n'est pas à Paris que vous verrez ça.

Allez, Sophie, plus que… Je ne sais plus !

Est-ce qu'il va me juger si je me couche par terre ?

Pourtant, au départ, ça ne me semblait pas insurmontable.

— Je… Oui, c'est… grandiose ! dis-je en me rapprochant.

— Paris est une ville merveilleuse, mais je ne m'imagine plus y vivre, continue-t-il.

Pourquoi il n'est pas fatigué, lui ?

Il porte ma valise à roulettes, la sacoche de mon ordinateur portable, mon sac à main et ma doudoune, et il continue de parler, même pas un brin essoufflé !

— Vous connaissez Paris ? je demande en m'adossant un instant à un arbre.

— J'y ai vécu quelque temps, répond-il vaguement.

Bastien avisa un platane qui prenait racine en bord de Seine et sortit sa hache…

Je secoue la tête. Non, ça ne colle pas, même dans mon esprit pourtant très imaginatif.

— Ça n'est pas le lieu rêvé pour un bûcheron.

— Non, c'est sûr ! s'exclame-t-il, amusé.

Demande-lui ce qu'il faisait à Paris, Sophie !

— Du coup, vous devez vous sentir plus à l'aise ici… avec… tous ces arbres, je lance finalement.

Dégonflée !

— Effectivement, souffle-t-il en me regardant avec un sourire.

C'est bien, en plus de briller par mes talents sportifs, je brille par mon intelligence.

— Un peu fatiguée, peut-être ? se moque-t-il alors que je reste affalée contre le tronc d'arbre.

— Non… Je… Bon, OK, je n'en peux plus ! je finis par avouer.

Il rit de bon cœur et pose mes affaires dans la neige. Il me dévisage un instant et me demande :

— Géraldine m'a dit que vous cherchiez un auteur.

— Oui, KJ, vous le connaissez ?

— Absolument pas. Pourquoi ne pas lui avoir tout simplement envoyé un message ?

— Il ne répond pas. Je lui ai envoyé plusieurs mails, mais je n'ai eu aucune réponse.

— Peut-être que votre maison d'édition ne l'intéresse pas, tout simplement.

— Ma maison d'édition est la meilleure !

— Quel est son nom, déjà ?

— Love et paillettes.

— Je ne connais pas.

— Nous sommes numéro un sur le marché du roman sentimental. Nous sommes distribués dans toutes les librairies, ainsi que dans les grandes et moyennes surfaces.

— Et donc, vous, vous êtes éditrice ?

— J'espère bientôt devenir sous-directrice de la collection numérique.

— Est-ce que cette future promotion a un lien avec le fait de signer avec cet auteur ?

— Je vous trouve bien curieux pour un bûcheron.

— Et moi, très charmante pour une éditrice parisienne.

Ne rougis pas, Sophie… Ne rougis pas…

Je me mords les lèvres pour ne pas sourire comme une idiote, mais c'est peine perdue.

— Je crois que vous vous êtes suffisamment reposé. On devrait y aller, je lance en souriant.

Il me suit du regard tandis que je reprends ma pénible ascension.

— Et mutine, avec ça, souffle-t-il.

Je fais comme si je n'avais pas entendu et continue mon chemin.

Depuis quand la montagne, c'est aussi sexy ? !

— Allez, Sophie, plus que quelques mètres, et vous y êtes ! me lance-t-il tout en ouvrant la porte du mazot.

Il la referme immédiatement et m'observe d'un air bizarre.

— Qu'est-ce qu'il y a ? Vous avez trouvé une armée de marmottes ?

— Non ! Mais je crois que nous sommes montés pour rien.

— Comment ça ? je l'interroge en arrivant à sa hauteur.

Je tente de regarder par la fenêtre mais ne vois rien à part des meubles en bois et une cheminée.

— Qu'est-ce que vous avez vu dans cette maison ? je demande alors qu'il referme à clé.

— Mis à part une bonne dizaine de chauves-souris ?

— Non ? ! je m'exclame en regardant à nouveau par le carreau.

— Je peux vous laisser vérifier par vous-même, si vous le souhaitez.

— Je vous fais confiance !

— C'est bien ce que je croyais.

— Quand je pense que j'ai fait tout ça pour rien !

— Pas pour rien, vous avez profité de cette vue magnifique et fait un tour de luge.

— On n'a pas fait de luge.

— Pas encore !

Il sort une vieille luge en bois de sous une bâche et me sourit, l'air victorieux.

Bon, là, j'avoue qu'il me fait complètement craquer !

Il la positionne en haut de la pente, place ma valise à l'arrière et me dit, avec un sourire à tomber :

— Madame, votre carrosse est avancé !

Je ne peux réprimer un sourire idiot tellement je le trouve charmant à cet instant. Mais je me reprends et demande :

— Ça n'est pas un peu dangereux ?

— Au pire, on tombe dans la neige, au mieux, on descend autrement qu'à pied.

Je fixe à nouveau son sourire ravageur.

Et puis, zut !

Je le contourne, m'installe entre ses longues jambes,

et retiens mon souffle quand il passe les mains autour de moi pour attraper le vieux morceau de ficelle.

— Prête ?

Je cale bien mes fesses sur la luge, appuie mon dos contre son large torse et ferme les yeux.

— Ne ferme pas les yeux, me chuchote-t-il.

Je les ouvre, me mords la lèvre et inspire un grand coup quand nous nous élançons à toute vitesse dans la pente. Mes fesses décollent à chaque bosse, mais je ne pense à rien d'autre qu'à ses bras autour de moi et à son torse contre mon dos. Le paysage défile autour de nous. Nous ralentissons un peu en traversant les quelques mètres de plat de la route, puis j'émets un petit cri lorsque je comprends qu'il ne compte pas s'arrêter là, mais bel et bien descendre jusqu'à chez lui. Nous franchissons les marches d'escalier d'un bond. Je suis presque affalée sur lui, mais peu importe ! Un fou rire s'empare de moi lorsque la luge dérape juste devant le perron de sa maison.

— Alors, heureuse ? me glisse-t-il à l'oreille avant de rire à son tour.

— Je ne me suis pas autant amusée depuis bien longtemps, je lance entre deux hoquets.

— Bienvenue en Savoie, dit-il doucement avant de poser délicatement ses lèvres dans mon cou.

Je ferme les yeux et, pendant un instant, plus rien n'existe à part ses lèvres sur ma peau, ses jambes autour de moi, ses bras enserrant ma taille, la chaleur de son corps…

Je crois que, finalement, rien ne va se passer comme prévu…

« C'est le moment d'être heureux. C'est l'endroit pour être heureux. Et pour être heureux, rendez les autres heureux. »

Quelque part en Savoie, dans une salle des fêtes

Sophie ne savait plus où elle en était. Son cœur battait la chamade pour le beau bûcheron tatoué. Jamais auparavant elle n'avait ressenti cette attirance quasi animale pour un homme. Sa tête savait qu'elle n'était que de passage et que, bientôt, elle repartirait mener sa vie parisienne, mais son cœur, lui, semblait l'ignorer…

Je secoue la tête.

Assez rêvassé, Sophie !

— Bonjour à vous tous ! En premier lieu, je vous remercie d'être venus aussi nombreux.

Concentre-toi, Sophie, ne le regarde pas.

Et cesse de penser à cette foutue luge aussi !

Et cesse d'être vulgaire !

— Je me présente, je m'appelle Sophie Lagarde. Je suis éditrice pour la prestigieuse maison d'édition Love et paillettes. Je suis ici car nous avons repéré un auteur qui publie actuellement sur Internet sous le pseudonyme de KJ. Nous lui avons envoyé plusieurs messages et ne connaissons pas son identité, mais nous serions réellement heureux de pouvoir le compter parmi nos auteurs, je déclare tout en souriant.

En vérité, je suis crispée ! Tellement crispée que mes muscles en sont douloureux…

Personne ne parle, tout le monde m'observe. C'est excessivement embarrassant comme situation.

Pense à ta fenêtre, Sophie…

En fait, non, parce que, en cet instant, ce n'est pas la fenêtre qui hante mes pensées. Je ne pense qu'à lui, qui est installé devant moi, et qui sourit comme s'il voulait me déshabiller, là, tout de suite.

Ne pas penser à son torse puissant, ni aux incroyables

muscles de ses bras, ni à la sensation de ses lèvres sur mon cou…

ARRETE DE PENSER A LUI, SOPHIE !

— Bon, ben, puisque c'est fait, on passe à l'apéro, lance Papi en tapant des mains avant de se lever.

Géraldine se lève à son tour et me rejoint.

— Je suis désolée, mais je ne crois pas que ton auteur soit ici.

— Je suis sûre qu'il est ici, dis-je en lâchant un soupir.

— Comment tu peux en être certaine ? demande Bastien en arrivant à ma hauteur.

Je me mords les lèvres, hésite et avoue :

— J'ai demandé à ce que l'on traque son adresse IP.

— Ce n'est pas illégal, ça ? demande Géraldine en me dévisageant, les sourcils froncés.

— Si, mais il ne répond pas à mes messages ! Et ma maison d'édition est vraiment super. Je suis sûre que l'on peut lui apporter le succès qu'il mérite.

— Oui, enfin, c'est quand même illégal, conclut-elle avant de partir en direction du buffet.

Je soupire, fixe mes boots à paillettes et souffle :

— Il faut donc que j'accepte l'idée que Love et paillettes n'intéresse pas KJ…

— Peut-être que cette personne ne veut pas du succès dont tu parles. Ce n'est pas tout le monde qui rêve d'être connu.

— Si c'est l'anonymat qu'il ou elle veut, on le respectera. On n'est pas obligé d'afficher sa photo lorsque l'on est auteur. Ce qui compte, ce sont les mots, pas son portrait.

— Il écrit si bien que ça, ce KJ ? demande-t-il en croisant les bras devant lui.

— Bien sûr, sinon je ne serais pas venue.

— En tout cas, s'il est vraiment ici, tu lui as montré à quel point vous le vouliez chez…

— Love et paillettes.

— Oui, Love et paillettes ! répète-t-il en riant.

— Ne te moque pas de ma maison d'édition !

Il lève les mains en l'air avec un sourire en coin.

Pourquoi faut-il qu'il soit aussi sexy…

— Du coup, tu vas profiter un peu de notre beau pays ? me demande-t-il, les yeux rivés sur mes lèvres.

— Oui, je ne peux pas rentrer tout de suite. Il faut que je montre que j'ai tout tenté, tu vois.

— Je vois. On pourrait aller skier demain ?

— Je ne crois pas que je vais trouver mon auteur en haut des pistes.

— Non, mais quitte à être là, autant en profiter.

Je plonge dans son regard et me demande s'il parle seulement de la région.

Ses mains rugueuses se faufilèrent sous sa jupe. Elles caressèrent la lisière de ses bas. Sophie se mordit les lèvres avant de le supplier de continuer. Bastien répondit à sa prière et souleva l'étoffe, dénudant ses fesses…

— Alors, qu'en penses-tu ? dit-il en me sortant de mes rêveries.

Je me sens rougir de la pointe des cheveux jusqu'au bout des orteils.

— OK, je réponds en dissimulant un sourire.

— Bien, mademoiselle Lagarde, nous irons donc skier demain.

— Bien… monsieur ?

— Karle.

— Vendu, monsieur Karle.

— Alors comme ça, vous êtes éditrice chez Love et paillettes ? me demande une vieille dame en venant vers nous.

— Tout à fait, vous connaissez ?

— Oh oui, pour sûr ! Je raffole de la collection avec tous ces milliardaires tellement sexy, ajoute-t-elle en rougissant.

— Mais dites-moi, madame Favot ! se moque gentiment Bastien.

— Ce sont de très bons livres ! Ils nous font toujours passer de bons moments, continue-t-elle. Récemment, j'ai lu un livre de cette auteure très drôle. C'était quoi, déjà, son nom… Une histoire de tueur en série…

— Lisa Jourdan ?

— Oui, c'est bien elle ! Qu'est-ce qu'elle est drôle… !

Un peu plus tard, j'observe en coin Bastien qui discute avec un homme au buffet.

Il faut que j'en apprenne plus sur lui.

Je ne sais toujours pas ce qu'il faisait à Paris. En tout cas, pas bûcheron, c'est certain !

Quelque part en Savoie, sur une piste de ski

Sophie avait beau avoir mené son enquête, le superbe bûcheron restait un mystère. La veille, elle avait interrogé divers habitants tout en mangeant des tartines de reblochon et de la salade de pommes de terre. Mais rien, elle n'avait rien découvert, hormis que Bastien était un amoureux de sa région, et qu'après avoir mangé du reblochon, on sent mauvais de la bouche, même après s'être brossé les dents. C'était d'ailleurs dans un état proche de l'explosion gastrique que Sophie s'était endormie, accompagnée de Freeskies, la marmotte. Sophie se le tenait pour dit : les Savoyards ne rigolaient pas avec les buffets !

— Donc, contre toute attente, tu ne m'avais pas menti : tu sais skier, me dit Bastien en m'observant, l'air amusé.

— On va dire que j'arrive à rester debout durant cinq minutes.

— C'est vrai. Mais tes chutes sont tellement spectaculaires que je suis heureux de t'avoir proposé cette sortie.

— Ce n'est pas beau de se moquer ! Bon, j'avoue que ça faisait un moment que je n'avais pas chaussé de skis, j'explique en le suivant en haut de la piste.

Je commence à descendre, plante un bâton, y prends appui et tourne maladroitement. Je souris quand je retrouve mon équilibre après le virage.

— Moi qui espérais pouvoir te tripoter en descendant la piste, je suis déçu, lance-t-il avant de se mettre à rire.

Je lui jette un regard noir — qui, en fait, n'en est pas un — et lui tire la langue en guise de réponse.

— Je viens ici depuis que je sais marcher, voire peut-être avant, et je ne me lasse toujours pas de la vue, dit-il, le regard perdu à l'horizon.

Je contemple les montagnes à mon tour et, à cet instant, je me dis que même le plus talentueux des poètes ne pourrait rendre justice au paysage.

— C'est grandiose, je souffle.

— C'est pas Paris.

— Paris est magnifique, c'est juste une autre beauté. La Savoie, c'est une beauté brute créée par la nature. Mais Paris, c'est des siècles d'histoire, d'art, créés par l'homme.

— Tu aimes Paris ?

— Oui, j'aime faire les boutiques, sortir avec mes amis, boire un café en terrasse, flâner dans les rues animées et me dire que certains des plus grands écrivains y sont passés. Par contre, je n'y ai jamais croisé de bûcheron. Qu'est-ce que tu faisais, là-bas ? je finis par demander.

Il m'observe avec un sourire énigmatique et souffle : « Je me suis perdu » avant de se laisser glisser dans la pente. Je le regarde slalomer avec aisance et pars à mon tour. Je grimace quand je me fais doubler par un enfant qui doit avoir à peine quatre ans, manque de chuter à plusieurs reprises, finis même, un moment, par skier de dos et arrive enfin au bas de la piste, devant le café Joseph.

— Alors, ça te plaît ? me demande-t-il en déchaussant.

— Moins que la luge, j'avoue en me mordant la lèvre.

Il me dévisage, ouvre la bouche, puis semble se raviser.

— Ça te dit de boire un thé ? me demande-t-il finalement.

— Bien sûr, je réponds en déchaussant à mon tour.

Je le suis jusqu'à une petite table au fond de la terrasse. Ce qui est pénible, avec ces grosses chaussures de ski, c'est que, déjà, ça pèse terriblement lourd, mais qu'en plus on a l'air idiot quand on marche. Sauf Bastien, évidemment. Mais moi, oui ! J'ai l'impression d'être Robocop.

— Tu t'en sors ? lance-t-il en me regardant, les sourcils froncés, alors que je lève haut les jambes pour marcher.

— J'ai un peu mal aux cuisses, en fait.

Durant quelques secondes, il se retient difficilement de rire, puis finit par s'y autoriser de bon cœur.

Je me mets à rougir en me demandant comment lui avouer qu'il faut que j'aille en plus aux toilettes.

— Je vais…

Je ne termine pas ma phrase, montre l'intérieur du restaurant de la main et tente d'accélérer le pas.

— Je me suis permis de te commander un thé bien chaud, me lance-t-il quand je le rejoins, un sourire toujours rivé au visage.

— Pourquoi est-ce que j'ai encore l'impression que tu me caches des choses ? je chuchote en plongeant mon regard dans le sien.

— Parce que c'est le cas, Sophie, déclare-t-il avant de prendre une gorgée de son café.

Non, mais dites-moi que je rêve ! Ce type va me rendre folle…

— Ce que je veux dire, c'est que l'on ne sait rien

l'un de l'autre, donc forcément je te cache des choses, s'explique-t-il.

— Je ne savais pas les bûcherons philosophes…

— Parce que tu en connais beaucoup ?

— Pas vraiment, en fait. Tu es même le seul. Tu aimes ton métier ?

— Oui, j'aime la nature, ne pas avoir de bureau et avoir comme collègues les animaux de la forêt. J'aime ma vie ici, près de ma famille et de ma terre.

— Quand je te vois ici, j'ai du mal à t'imaginer à Paris.

— Et pourtant, j'y ai vécu.

Le serveur apporte mon thé. Je plonge le sachet dans l'eau chaude et observe la couleur se diffuser, l'infusion prendre le dessus sur l'eau. Je retire le sachet avant que le thé ne soit trop fort, lève les yeux et dévisage Bastien.

— Tu es KJ, n'est-ce pas ?

Un sourire fend son visage. Je sais que j'ai raison. Au fond de moi, je le savais depuis le début.

— Tu me plais, Sophie Lagarde, même si tu es parisienne.

— Je te remercie. Et je suis fière d'être parisienne, je lance en buvant une gorgée de mon thé.

— Tu es une jeune femme perspicace et très charmante.

— Pourquoi « KJ » ? « K » certainement pour ton nom de famille, mais le « J » ?

— Qu'est-ce que tu fais dans la vie, hormis ton travail ? Tu as des passions ?

— Tu réponds à ma question par une autre question ? je rétorque, amusée.

— Si tu réponds, je réponds. Une question chacun notre tour, ça te va ?

Le serveur nous apporte l'addition. Je le remercie et réponds à Bastien :

— Et à la fin, tu signeras le contrat ?

— Non.

— Tu n'envisages même pas la possibilité ?

— Non.

Nous nous jaugeons en silence.

Pourquoi refuse-t-il tout net ce contrat ? Il ne l'a même pas lu !

— Alors, Sophie, des passions ?

— Les livres, évidemment, sont ma plus grande passion. Mais j'aime le jazz aussi, la mode en général et j'ai un bonzaï qui s'appelle Edouard. D'ailleurs, l'une de mes sœurs est fleuriste. Alors, pourquoi « KJ » ?

— Tu as un bonzaï qui s'appelle Edouard ? !

Je hoche la tête en rougissant et me demande pourquoi je lui ai raconté ça.

— Et plusieurs sœurs ?

— Je croyais que nous devions répondre chacun notre tour !

— C'est vrai, mais je n'ai pas très envie de répondre à cette question-là.

— Pourtant il le faut, ce sont tes règles.

— C'est vrai.

Il soupire, fixe un moment sa tasse et finit par dire avec un léger sourire, comme s'il s'excusait :

— Ce sont les initiales de ma femme.

Sa femme ? ! SA FEMME ? Sa…

Forcément, j'aurais dû me douter qu'il y avait anguille sous roche !

J'essaie de continuer de sourire mais, pour une fois, j'aimerais arrêter de faire semblant. J'aimerais juste être moi.

— Tu as combien de sœurs, alors ?

— Notre maison d'édition est la mieux placée dans le secteur de la romance, nos chiffres sont là pour le prouver. Vous resterez anonyme, si c'est ce que vous souhaitez, j'articule, la mâchoire crispée.

Il se joue de moi depuis le début ! Je n'ai pas rêvé, il

m'a ouvertement draguée ! Pour finalement m'annoncer qu'il est *marié* !

— « Vous » ? On passe du tutoiement au vouvoiement professionnel ?

— Je ne suis pas ici en vacances, même si le cadre est magnifique et que j'apprécie votre compagnie. Il est évident que le contrat n'est pas figé. Si vous souhaitez prendre le temps pour...

— Nous devrions y aller, me coupe-t-il, visiblement agacé.

Il croyait quoi ? Que, même marié, il avait toutes ses chances ?

Il est très beau et il me fait vraiment — rectification : me *faisait* — beaucoup d'effet. Mais dans tous les cas, marié, ça ne passe pas !

— Effectivement, je dis en attrapant mes skis.

Je le suis jusqu'à la voiture en silence. Je crois que la part en moi qui rêvait encore au prince charmant vient de mourir.

Rien n'arrive pour rien.

Je ne suis qu'une idiote...

Je veux rentrer chez moi...

Quelque part, dans une maison qui sent le reblochon

Sophie regardait la neige tomber par la fenêtre. Son cœur était en lambeaux. Elle qui avait pensé que, pour une fois, l'amour n'était pas qu'une invention littéraire devait réviser son jugement. Elle avait cru voir dans le regard du beau bûcheron cette étincelle qui faisait tant rêver, qui pouvait même, parfois, déclencher des guerres. Mais elle devait l'admettre : elle s'était trompée, et rentrerait à Paris blessée, le cœur en bandoulière...

De retour dans la chambre de Bastien, je branche mon imprimante à mon ordinateur portable, ouvre le fichier contenant le contrat et lance l'impression.

Je soupire.

Je me sens si triste...

A ma sœur qui me demande comment se passe mon séjour en Savoie je réponds vaguement que j'y suis juste pour le travail. C'est bien d'essayer de me convaincre avec des phrases toutes faites...

Mon regard se perd par la fenêtre et j'observe les flocons voleter jusqu'au sol.

Je ne devrais pas ressentir autant de peine, ça n'est pas normal.

Mais... c'est que ça faisait tellement longtemps que je ne m'étais pas sentie bien avec quelqu'un...

Tu es trop fleur bleue, Sophie...

Finalement, j'espère qu'il ne signera pas ce contrat. Je préférerais l'oublier. Car s'il signe, je devrai travailler avec lui. Je préfère passer ma vie dans une pièce sans fenêtre emplie d'odeurs nauséabondes que d'entendre à nouveau sa voix.

Soudain, on frappe à la porte. Je prépare mon sourire « Sophie, éditrice de l'année » et lance un « oui » qui sonne faux.

Bastien entre timidement dans la pièce — ce qui semble paradoxal avec sa stature de colosse. Il ne me regarde pas directement et se frotte les mains. Il semble nerveux.

— Je suis désolé, Sophie, souffle-t-il en refermant la porte derrière lui.

— Tu n'as même pas lu le contrat, je sors, faisant semblant de ne pas avoir compris.

Sophie, il est marié... marié...

Il relève la tête et m'observe avec un léger sourire.

Ne fais pas attention à ses larges épaules, à son sourire ni à ses yeux…

— Tu ne me vouvoies plus. Je ne sais pas si c'est bon signe, reprend-il timidement.

Bon sang, il me fait craquer…

La marmotte, regarde la marmotte…

Purée, elle n'est pas là ! Et mon cœur est prêt à exploser !

— J'ai compris que ça ne te plaisait pas. Désolée. Malgré son chiffre d'affaires, Love et paillettes reste une maison d'édition humaine, proche de ses auteurs, et je suis ravie que nous ayons eu tous ces moments pour apprendre à nous connaître.

— Ces… moments ?

— Tout à fait. Et je pense t'avoir montré à quel point tes textes nous tiennent à cœur.

Il soupire, se passe une main dans les cheveux, mais ne dit rien.

— Je n'aime pas l'image que tu as de moi en ce moment. Je n'aurais pas dû te dire comme ça que je suis marié, parce que… en fait, je pensais… Non, je ne sais pas à quoi je pensais, en réalité.

— Bastien, ça devient confus…

— Je ne suis plus marié. Enfin, légalement si, mais plus pour longtemps. Je suis en train de divorcer. J'ai été très maladroit, parce que tu me plais beaucoup.

Je croise les bras sur ma poitrine, ne sachant pas trop comment réagir.

Il n'est plus marié et je lui plais…

— Marié ou non, je suis désolée mais ça ne change rien.

— Si tu fais référence au contrat avec ta maison d'édition, je te l'ai dit, je ne le signerai pas.

— Pourquoi ?

— Tu as combien de sœurs, Sophie ?

Je soupire.

Une question, une question…

— J'ai deux sœurs. En fait, demi-sœurs. Mes parents se sont séparés quelques mois après ma naissance. Mon père s'est remarié et a eu deux autres filles. A toi : pourquoi tu refuses de signer ?

— Parce que ce n'est pas moi qui ai écrit ces textes.

Je crois que j'ai mal entendu !

— C'est ton ex-femme ? Mais tu as dit que tu étais KJ !

— Tu as quelqu'un dans ta vie ?

Bon sang, il me tape sur les nerfs avec son interrogatoire !

— Je ne veux plus répondre à tes questions sur ma vie personnelle, je lance, agacée.

— Pourtant, toi, tu me demandes d'y répondre.

— Ce n'est pas pareil !

— Ah bon ? On est en train de parler de mon ex-femme. En quoi est-ce différent ?

— … Non, je me résigne à répondre, agacée. Qui a écrit ces textes ?

— C'est moi qui les mets en ligne, mais ce n'est pas moi qui les ai écrits.

— Mais qui, alors ?

— Quel est ton livre préféré ?

— J'en ai marre de jouer, Bastien !

— Je ne joue pas. Une fois que tu sauras tout, tu vas partir, et je veux te connaître, Sophie.

— *Orgueil et préjugés*, de Jane Austen.

— C'est un classique. C'est ma sœur qui les a écrits.

— Géraldine ?

— Quel est ton film préféré ?

Je sens ma patience s'étioler au fil des questions…

— *Rabbi Jacob.*

— Tu es sérieuse ?

— Oui, j'adore Louis de Funès.

— J'avoue que je ne m'attendais pas à ça.

— Tu dois répondre, Bastien. Qui écrit ?

— Non, ce n'est pas Géraldine. C'est Chloé, mon autre sœur, plus jeune. Elle est décédée d'un cancer des os il y a quatre ans maintenant.

Ma bouche s'entrouvre sous le choc. Je tente de rassembler les morceaux…

— Je ne comprends pas, je finis par dire, de plus en plus perdue.

— Mon ex-femme, Joyce, a découvert les carnets de Chloé. Elle a ouvert un compte sur une plate-forme d'écriture en ligne pour les publier. En voyant que ça marchait bien, elle a voulu s'en attribuer le mérite. Lorsque j'ai découvert le pot aux roses, c'était trop tard. Ses textes avaient déjà été lus par des milliers de personnes. Joyce avait commencé à contacter des maisons d'édition, mais je l'ai fait tout arrêter. Peu de temps après, je l'ai quittée.

— Et tu as continué à publier les textes sur la plateforme. Pourquoi ?

— Pour Chloé. Elle aimait tellement écrire… Elle mérite que tous ces gens l'aiment et puissent lire ses mots. Et parfois, je me dis que c'est une manière de la faire revivre.

Il inspire et reprend :

— Elle était toujours souriante, heureuse de vivre malgré sa maladie. Parfois, elle devait rester couchée pendant des semaines, mais elle ne voyait jamais le côté négatif des choses. J'allais dans la forêt pour elle et, quand je rentrais, je devais tout lui raconter dans les moindres détails. Le bruit du vent dans les feuilles, l'odeur de la terre mouillée, la sensation que l'on a lorsque l'on s'enfonce dans la neige, la vue depuis les montagnes et comment la lumière joue sur le lac ou avec les nuages.

Il baisse la tête, se passe une main sur le visage.

— Chloé était un ange. Elle t'aurait adorée, avec tes boots à paillettes. Elle aurait inventé une histoire où tu serais devenue une héroïne hors du commun. Une de ces histoires de filles avec des chaussures à talons, des cocktails colorés au nom de grandes villes américaines, et des histoires d'amour impossible.

— J'en suis certaine.

Son regard se trouble quelques instants. Il semble tellement triste.

— Lorsque tu es sortie de ta minuscule voiture et que je t'ai vue, j'ai tout de suite pensé à Chloé, et à comment je lui aurais parlé de toi. La fille aux grands yeux bleus qui ne sait pas marcher dans la neige et qui porte des chaussures brillantes. Même ta voiture lui aurait plu !

Sophie, ne fais pas ça…

Trop tard !

Je m'avance vers lui, le prends dans mes bras et ferme les yeux quand il niche son visage dans mon cou. Il passe une main rugueuse dans le bas de mon dos et me serre fort contre lui.

Je tente de faire taire le désir qui me submerge en cet instant, mais toutes mes barrières s'effondrent lorsqu'il relève la tête et me dévisage de ses yeux sombres.

Juste un baiser…

Juste…

Ses lèvres se posent doucement sur les miennes.

Une simple caresse…

Je veux plus…

Je passe ma langue sur ses lèvres et, lorsqu'il soupire, j'approfondis mon baiser. D'abord avec douceur, puis avec rage, nos langues s'entremêlent dans un ballet langoureux.

De toute manière, aucun de nous deux ne veut mettre fin à ce baiser.

Ses mains glissent sous mon pull, caresse mon dos nu avec douceur. Je laisse échapper un soupir et rejette la tête en arrière quand ses lèvres se posent sur mon cou et m'embrassent avec passion. Mes mains agrippent ses cheveux. Il empoigne mon pull et me le retire vivement. Ses lèvres se posent à nouveau sur mon cou, puis sur ma poitrine encore enfermée dans sa prison de dentelle. Il effleure mes seins, les embrasse, encore et encore.

Je le veux… Maintenant…

Il passe ses mains sous mes fesses, me soulève. Mes jambes ceignent ses hanches et je manque une respiration lorsque je sens son érection. Sans perdre de temps, il me pose sur le lit. J'attrape son T-shirt et dénude enfin son torse qui me fait tant rêver. J'en dessine les contours du bout des doigts, admire un instant son tatouage et mords dans son épaule. En réponse, il me repousse sur le matelas, me faisant légèrement rebondir, passe sa main dans mon dos et me retire mon soutien-gorge d'un coup sec avant de défaire mon jean avec la même efficacité.

— Tu es magnifique, Sophie, souffle-t-il en embrassant l'intérieur de ma cuisse et en me caressant les fesses.

Il se redresse d'un coup, ferme les yeux et semble reprendre son souffle.

— Ça va ? je demande, les sourcils froncés, alors qu'il ne bouge plus.

Mais qu'est-ce qu'il fait ? !

— Désolé, ça fait… longtemps que… C'est très gênant, avoue-t-il en rougissant légèrement.

— En fait, moi aussi, alors si tu veux passer les préliminai…

Je n'ai pas le temps de finir ma phrase qu'il est déjà debout en train d'enlever son pantalon et son boxer. Je me mords les lèvres pour ne pas rire tandis qu'il attrape un préservatif dans la table de nuit. Il l'enfile avec hâte, se recouche sur moi, et je ne ris plus. Je plonge mon regard dans le sien. Je ne veux plus le quitter. Il passe deux doigts dans ma culotte, la fait glisser le long de mes jambes avant de me pénétrer d'une seule poussée. Il s'immobilise et murmure avant de m'embrasser :

— Je suis désolé. Promis, je serai plus délicat la prochaine fois.

La prochaine fois…, je répète mentalement en m'abandonnant à ses caresses et à ses puissants coups de reins.

J'enfonce mes ongles dans ses fesses musclées, rejette la tête en arrière, me mords les lèvres et je jouis en soufflant :

— La prochaine fois…

Ça sonne comme la promesse d'un avenir sans nuage.

Quelque part, dans une maison qui sent le reblochon, dans les bras d'un beau bûcheron

Sophie devait se rendre à l'évidence : son cœur appartenait désormais à la Savoie. Mais sa raison, elle, où était-elle, alors que le beau bûcheron la dévorait de baisers et berçait son cœur tendre de ses mains rugueuses ? La passion avait pris le dessus, cette nuit, et ne voulait plus la quitter, même si sa tête semblait vouloir la faire taire.

J'effleure du bout des doigts ses cheveux légèrement bouclés.

Je ne veux pas le réveiller.

Je ne veux pas partir.

Je ne veux pas le laisser.

J'observe nos jambes emmêlées, nos corps enchevêtrés, sa main possessive sur ma hanche.

Et si je restais ? je me demande, avec un léger sourire qui s'efface presque aussitôt.

Si je reste, je perds mon travail, ma vie à Paris, mes amis, tout ça pour un homme que je ne connais pas.

Je scrute chacun des traits de son visage endormi et tente de les graver dans ma mémoire.

J'avale ma salive avec difficulté et m'écarte de lui. Une fois au bord du lit, je me lève et m'habille.

Il vaut mieux que je parte maintenant, sinon je n'aurai plus jamais le courage de le faire, je me répète en terminant d'enfiler ma doudoune et mes boots.

Je récupère ma valise, la housse de mon ordinateur et mon sac à main. Je regarde une dernière fois Bastien endormi et m'en vais sur la pointe de mes boots à paillettes.

Je souris en repensant à sa sœur pour qui j'aurais été une héroïne de chick lit avec mes chaussures brillantes. Compte tenu que j'ai autant de chance que ces filles avec les hommes, je dirais « peut-être » ! Mais au moins, elles, elles finissent toujours avec le beau gosse à la fin du livre.

J'ouvre la porte sans faire de bruit et contemple le jour qui se lève sur la montagne enneigée.

La Savoie va me manquer, me dis-je, mélancolique.

Je tire un peu plus la valise à moi pour refermer la porte. Le battant claque avec un bruit sourd, ce qui a pour conséquence de m'ensevelir sous un tas de neige qui dégringole du toit.

Forcément ! Sinon, ce ne serait pas drôle !

Je recrache un peu de neige et tente hâtivement de m'extirper du monticule. Je rampe, essaye de me relever, chute à nouveau, creuse dans la neige pour récupérer mes affaires, tire sur ma valise, jure une ou deux fois en me demandant pourquoi j'ai laissé mon sac à main ouvert. Je n'ai pas encore atteint ma voiture que je n'en peux déjà plus !

Je me traîne jusqu'à la route en halant la valise. Quand j'y arrive, j'ai presque envie de crier victoire.

Je retire ma doudoune et l'attache autour de ma taille. Je ne comprends pas comment je peux avoir aussi chaud alors qu'il fait moins je ne sais pas combien.

Je suis trempée et épuisée.

Bien, au tour de la voiture, maintenant…

Je parcours la route dans un sens, puis dans l'autre, reviens une nouvelle fois sur mes pas, m'arrête au beau milieu, scrute l'horizon les sourcils froncés… Je crois deviner que ma Mini Cooper se cache sous la neige !

Je sors la clé de mon sac à main, appuie sur le bouton d'ouverture automatique et tente de la repérer au bruit.

Sophie tendait l'oreille. Heureusement, au cours de ses diverses missions toutes plus périlleuses les unes que les autres, elle avait acquis une audition hors du commun, qui faisait d'ailleurs d'elle la meilleure chasseuse de cet animal rare qu'est la Mini Cooper décapotable non décapotée.

Je m'arrête au niveau d'un tas de neige, fronce les sourcils, appuie une fois encore sur le bouton. Ainsi, cette petite colline enneigée est ma voiture ? Il fallait la trouver !

Je m'arrête sur le bas-côté, pose un pied, incertaine, constate que ça glisse, essaie un autre endroit et finis par glisser tout court sur les fesses.

Heureusement, il y a un sapin pour arrêter ma chute ! Sauf que je suis à nouveau ensevelie et que, cette fois-ci, j'ai des épines emmêlées dans les cheveux.

Bon, ben rebelote !

Je rampe, essaye de me relever, chute à nouveau, creuse dans la neige pour récupérer mes affaires. Je me demande au passage pourquoi mon sac à main n'est *toujours* pas fermé et finis par atteindre le monticule qui semble être ma voiture.

Bon, je n'en peux plus ! Je ferais bien un somme.

J'enlève mon pull, que je mets de côté avec ma valise et ma doudoune.

Je tourne autour de la Mini/colline, observe ce qui est censé être le chemin et réfléchis.

Comment vais-je bien pouvoir la sortir de là ?

Je ne vois qu'une solution…

J'enfile mes moufles et entreprends de déneiger à la main.

Je grimpe sur le capot, puis fais le tour du véhicule, m'enfonçant par moments dans la neige, mais rien ne m'arrête.

Au terme d'une lutte acharnée, j'admire le résultat, à bout de souffle.

Alors le bon côté, c'est qu'on voit la voiture, le mauvais, c'est que je ne suis pas certaine de pouvoir remonter la pente, même avec mes pneus neige…

— Un café ?

Je sursaute, me retourne et tombe sur Bastien qui m'observe, deux tasses de café fumant dans la main et un sac en papier de boulangerie sous le bras.

— Mais… Qu'est-ce que… Tu es là depuis quand ?

— En fait, tu m'as réveillé quand tu as fermé la porte et déneigé le toit par la même occasion. Du coup, j'ai pris une douche, bu un café avec Papi et Géraldine, je les ai déposés en ville, puis j'ai acheté des croissants en remontant et, ensuite, je me suis dit que tu voudrais un café avec, finit-il avec un sourire.

Je le regarde et ne peux m'empêcher de le trouver incroyablement beau avec ses deux tasses et son sourire en coin.

— Avant de le boire, tu devrais remettre ton pull, ajoute-t-il, les yeux rivés sur ma poitrine.

J'y jette un coup d'œil et rougis à la vitesse de l'éclair. Mon débardeur est transparent !

Je me rue sur mon pull, m'étale dans la neige au passage, et entends Bastien pouffer. Je me relève et me rhabille en tentant de prendre un air digne, puis j'attrape la tasse.

— Merci, je lâche, la tête haute.

— De rien. Je te proposerais bien de petit-déjeuner

dans la maison, mais vu le temps que tu as mis pour arriver jusqu'ici…

— Ce n'est pas facile de se déplacer dans la neige ! je peste.

— J'ai vu ça. Je dois dire que tu m'as impressionné lorsque tu as rampé à quatre pattes jusqu'à la route.

— En tout cas, je constate que tu n'es pas particulièrement blessé par le fait que je sois partie comme une voleuse.

— Tu n'es pas partie, lance-t-il en ouvrant le sac et en me tendant un croissant.

— Tu cherches à me retenir ? je lui demande en prenant la viennoiserie.

Depuis que je suis ici, j'ai fait une énorme entorse à mon régime alimentaire. Du gluten, du beurre, du fromage… Bon, par contre, pas de viande. Il ne faut pas abuser non plus !

— Non, parce que c'est à toi de prendre tes propres décisions.

— Donc, si je te dis que je veux partir, tu m'aideras à dégager ma voiture ?

Son visage se crispe, mais il souffle :

— Oui.

— Tu veux que je parte ?

— Je veux que tu restes avec moi. Si c'est ce que tu veux aussi.

— Tu es un bien étrange bûcheron, je lâche en le détaillant, sa tasse de café à la main, ses croissants sous le bras, sa chemise à carreaux trop serrée, ses yeux rieurs et ses cheveux dans tous les sens.

— C'est parce que je ne suis pas qu'un bûcheron.

— Vraiment ?

— Non.

— Qui es-tu, alors, Bastien ? Qu'est-ce que tu faisais à Paris ?

Il me sourit d'un air énigmatique.

— Qui je suis ? C'est une question ardue. Je suis moi, tout simplement. J'ai vécu longtemps en faisant ce que l'on attendait de moi et, un matin, je me suis regardé dans la glace et je n'étais plus moi-même.

— Donc, tu es venu vivre ici, avec Papi et Géraldine.

— Quelque chose comme ça.

— Tu sais qu'il faut que je parte…, je souffle en me sentant triste tout à coup.

— C'est ce que tu veux ? Rentrer et travailler huit heures par jour dans un bureau sans fenêtre ?

— J'aime être éditrice.

— Tu ne réponds pas à la question.

— Et si je reste, qu'est-ce qu'il se passera ?

Mon imagination semble en avoir déjà une vague idée…

Les premières lueurs du jour filtraient à travers les volets. Sophie ouvrit les yeux et sourit quand une main se posa sur son ventre arrondi. Bastien l'embrassa avec tendresse mais, déjà, des pas menus se faisaient entendre dans le couloir. Sophie savait qu'elle ne profiterait pas de ses caresses ce matin, car il fallait qu'elle s'occupe de sa famille. Bastien lui souffla de rester au lit et de se rendormir. Mais Sophie préférait se lever et passer du temps avec les siens, car c'était comme cela qu'elle était heureuse…

— Tu le sais très bien, déclara-t-il en posant sa tasse de café et le sac de croissants dans la neige, comme s'il partageait les mêmes idées.

Mon cœur se met à battre vite, très vite, alors que Bastien s'approche de moi.

— J'aime être éditrice, je dis plus faiblement.

— Je sais, mais tu peux être éditrice partout, et moi, je peux t'offrir une vie pleine de fenêtres.

— J'aime le parquet aussi…

— Et de parquet, souffle-t-il en passant sa main sur ma nuque.

— On ne se connaît pas vraiment, on devrait se laisser…

Ses lèvres sont déjà sur les miennes et ma langue enlace la sienne. Avant que j'aie le temps d'ajouter quoi que ce soit, il me soulève et me met sur son épaule.

— Qu'est-ce que tu fais ? ! je crie tandis qu'il rit aux éclats.

— Je te ramène à la maison, où je vais te faire l'amour jusqu'à la semaine prochaine. Ou peut-être même jusqu'au mois prochain !

— Non ! Je dois rentrer à Paris et… et ça ne se fait pas… de faire des choses comme ça !

— Ah bon ? Tu brises mes rêves, Sophie. Pour moi, c'est ça, la vie. On suit son instinct et on vit pour être heureux. Et là, tout de suite, mon instinct me dit que te faire beaucoup l'amour va me rendre très heureux !

Il ouvre la porte, monte l'escalier.

— Mais on ne se connaît même pas ! Je ne vais pas tout abando…

Il me jette sur le lit.

— Tu as tout abandonné au moment où nos regards se sont croisés, Sophie.

— Mais, Bastien…

Mes mots meurent quand il pose sa bouche sur la mienne et que son corps recouvre le mien.

De toute manière, ma voiture est bloquée dans la neige…

Il retire mes boots, déboutonne mon jean et me l'enlève en même temps que ma culotte.

Et je ne peux pas la sortir toute seule, la route est impraticable…

Il dépose un chemin de baisers le long de l'intérieur de ma cuisse. Ses mains attrapent mes fesses et ses lèvres embrassent mon intimité avec passion.

Et je ne peux pas, là, je suis trop occupée...

Mon bas-ventre se contracte et l'orgasme menace déjà d'exploser.

Je partirai demain... Ou après-demain...

Quelque part, en Savoie, au sommet d'une montagne

Le regard de Sophie se perdait à l'horizon. La neige fondait, laissant place aux arbres en fleur. Le lac reflétait l'azur du ciel, et son cœur vibrait d'amour pour Bastien. Elle était heureuse, et sa tête et son cœur avaient fini par tomber d'accord...

— C'est beau, n'est-ce pas ? me demande-t-il en me serrant contre lui.

Il passe ses mains sur mon ventre, et je souris quand il resserre légèrement son emprise et que je me retrouve prisonnière de ses bras.

— Magnifique, je souffle.

Si un jour quelqu'un m'avait dit que j'aurais une telle vue depuis ma fenêtre, je ne l'aurais pas cru une seule seconde.

— Tu ne m'as pas dit si tu avais réussi à faire signer l'auteur que tu voulais, lance-t-il avant de m'embrasser doucement dans le cou.

— Parce que la réponse était évidente ! je lâche en souriant.

Il rit, dépose un nouveau baiser sur ma gorge et ajoute :

— Je suis ravie que ton nouveau bureau te plaise. Tout comme j'ai été ravi de t'avoir fait croire que le mazot était rempli de chauve-souris.

— Comment ça ? Il n'y avait pas de chauve-souris ? !

— Bien sûr que non ! Ce chalet est magnifique, en vérité.

— Mais pourquoi… Et pourquoi tu ne me le dis que maintenant ?

— Quand on grimpait la colline, je n'arrêtais pas de penser que tu allais partir bientôt, que je voulais profiter de ta présence, et que ta place était dans mon lit. Alors, je t'ai menti. Et puis, je suis un garçon plein de surprises, ajoute-t-il avec un clin d'œil.

— C'est…

Je secoue la tête, et finalement lui pose la question qui me brûlait les lèvres il y a des mois de cela.

— Et alors, en parlant de surprises, qu'est-ce que tu faisais à Paris ?

Il se met à rire et me dit :

— A ton avis ? ! Je m'occupais des espaces verts.

Je me tourne, le scrute un instant et ris à mon tour.

— Je comprends mieux pourquoi tu as détesté ta vie parisienne. Rien à voir avec les forêts d'ici !

— Qu'est-ce que tu es belle quand tu ris, souffle-t-il en caressant ma joue de ses doigts rugueux.

Je plonge mon regard dans le sien et murmure :

— Je t'aime aussi, Bastien.

Ses lèvres frôlent doucement les miennes et il finit par m'embrasser avec passion.

— Tu ne regrettes pas d'avoir quitté Paris et d'avoir monté ta propre maison d'édition ? me demande-t-il avec une pointe d'inquiétude dans la voix.

— Pas du tout ! Rien de grand en ce monde ne s'est accompli sans passion. Et moi, je t'aime passionnément.

Tu m'as trouvée

Angéla Morelli

Chapitre 1

Un cri déchirant transperça le silence de la nuit.

Raphaël se réveilla en sursaut, le cœur battant à tout rompre. Un instant désorienté d'avoir été arraché si brutalement au sommeil, il regarda autour de lui, cherchant dans les objets qui l'entouraient une certaine familiarité qui lui permettrait de comprendre où il se trouvait. Les rayons de la lune qui balayaient le sol dessinaient les contours des meubles qui prenaient des allures fantomatiques. Une commode bancale, un fauteuil démodé, un tapis élimé… Pas de doute, il était bien dans la chambre pourrie de la baraque pourrie de cette région pourrie où il avait été exilé bien malgré lui.

Un deuxième cri déchira le silence. Ou plutôt une espèce de beuglement inhumain. Raphaël frissonna et s'empara du téléphone portable posé sur la table de nuit.

4 h 12.

Ça faisait donc très exactement trois quarts d'heure qu'il avait réussi à s'endormir, grâce aux effets conjugués de ses amis Somnifère et Whisky et voilà qu'un débile fini venait interrompre une nuit qui s'annonçait déjà bien merdique.

Raphaël hésita un instant sur la conduite à tenir. Tenter de se rendormir ou descendre faire taire l'abruti qui s'amusait à troubler la douce quiétude des trois habitants et des deux vaches du village ? A vrai dire, le terme de « douce quiétude » était plutôt mal choisi. Depuis qu'il avait échoué dans ce patelin, la semaine précédente, c'était plutôt « ennui total et nuits blanches ». Il s'emmerdait comme un rat mort dans cette campagne reculée et passait ses nuits à tenter d'écrire un album censé être aussi bon que les cinq précédents, album qui, hélas, ne venait pas. Autant dire que cette mise au vert forcée était pour l'instant un flop total. Artistiquement parlant, du moins. Pour le reste…

Il en était encore à se demander s'il ne ferait pas mieux de se lever pour de bon lorsque le rugissement d'outre-tombe retentit à nouveau.

— Putain, mais c'est pas vrai ! marmonna-t-il tout en repoussant le vieil édredon d'un coup de pied rageur.

Si même dans le trou du cul du monde, on ne pouvait pas avoir la paix !

Il lui fallut quelques secondes à peine pour enfiler le T-shirt, le jean et la paire de Doc qui traînaient au pied du lit et sortir de la pièce. Parvenu sur le palier, il hésita à réveiller Marcus qui occupait la chambre mitoyenne. Il passa la tête par l'entrebâillement de la porte : son meilleur ami/garde du corps/ intendant/nounou/cuisinier dormait du sommeil du juste, étalé en étoile de mer dans le petit lit trop étroit pour sa formidable carrure d'ancien champion de judo.

— Marcus ? murmura Raphaël. Tu dors ?

Pour toute réponse lui parvint un ronflement sonore dont l'écho se répercuta jusque dans l'étroit couloir. Raphaël referma la porte en soupirant, jaloux : pourquoi Marcus continuait-il à pioncer, indifférent au vacarme ? Il descendit l'escalier, traversa la cuisine vieillotte, s'empara de son Perfecto posé sur le dossier d'une chaise et ouvrit la porte qui donnait sur le jardin à l'instant même où un cri affreux déchirait la nuit pour la quatrième fois.

— Mais c'est pas vrai, bordel, qui est-ce qui peut bien brailler comme ça à 4 heures du mat' ?

Il fit quelques pas sur le gravier. Il faisait super froid pour un mois d'avril — merci la Normandie — et l'air était saturé d'humidité. Manquerait plus qu'il se mette à pleuvoir, songea-t-il en scrutant l'obscurité. D'où pouvaient bien venir ces hurlements ? En dehors de la vieille maison dans laquelle Marcus et lui avaient élu domicile, il n'y avait que des champs et encore des champs, qu'il distinguait mal à la lueur de la pleine lune. Il était en train de se demander vers où porter ses pas lorsque de nouveaux hurlements retentirent dans la nuit. Quel que soit celui qui éprouvait le besoin de prouver son existence à la face du monde, il ne savait manifestement pas que la plus élémentaire courtoisie voulait qu'on attende qu'il fasse jour pour emmerder ses voisins.

Raphaël se dirigea résolument vers la source du bruit. Il contourna la maison, parcourut la cour, franchit le portail, traversa la route et aperçut alors une vive lueur de l'autre côté du champ, dans une bâtisse qui ressemblait à... à quoi d'ailleurs ? Il n'en savait foutre rien. Après tout, il était musicien, pas diplômé ès campagne. Bon. Restait plus qu'à aller constater de visu ce qui se tramait là-bas. Pour la première fois, l'idée que quelqu'un puisse avoir besoin d'aide l'effleura, même s'il ne comprenait pas pourquoi la personne en question, si c'était le cas, n'avait pas plutôt l'intelligence de hurler « Au secours », histoire que les choses soient claires dès le début.

Il enjamba la barrière basse qui clôturait le champ en grommelant — *Qu'est-ce qu'on lui faisait pas faire, putain* — et avança d'un pas vif vers le bâtiment éclairé. Le bas de son jean se trouva rapidement trempé par la rosée déposée par la nuit, et il manqua se tordre la cheville dans une déclivité du terrain, mais il finit par arriver devant l'espèce de grange moche qui se trouvait en plein milieu de nulle part. De la lumière se déversait par toutes les fenêtres, mais ces dernières étaient trop hautes pour qu'il puisse voir ce qui se tramait à l'intérieur. Il contourna la bâtisse jusqu'à la grande porte à double battant devant laquelle étaient garés un pick-up foncé et une Fiat Panda.

L'idée lui vint alors qu'il s'apprêtait peut-être à interrompre un rendez-vous amoureux entre deux partenaires pour le moins démonstratifs, mais le vagissement qui franchit la porte fermée le ramena à la réalité. *No way.* Aucun être humain normalement constitué ne pourrait faire ce boucan-là en baisant. Pas sur Terre, en tout cas.

Il poussa donc la porte, et le spectacle qui s'offrit à lui le cloua sur place.

Dans l'espèce de grange, ou d'étable — l'heure était trop grave pour chercher exactement ses mots —, juste face à lui, une vache, allongée sur le flanc, était en train de se faire triturer par une étrange créature toute de bleu vêtue dont le bras droit disparaissait jusqu'à l'épaule *dans* la vache. Littéralement.

L'irréalité de la scène atteignit son paroxysme lorsque l'espèce d'extraterrestre en bleu de travail se tourna vers lui et brailla dans sa direction :

— Vous entrez ou vous sortez, mais fermez cette putain de porte !

Chapitre 2

Il fallut quelques secondes à Alice pour que le courant d'air en provenance de la porte de l'étable lui fasse tourner la tête.

Ce vêlage s'annonçait difficile.

Elle avait été appelée un peu après 3 heures du matin par Hervé, l'éleveur de vaches allaitantes. Stella avait des difficultés à mettre bas. Les coliques avaient commencé plus de six heures auparavant et le veau n'avait toujours pas pointé le bout de ses sabots ni de son museau. La pauvre bête souffrait visiblement et, malgré son expérience, Hervé n'avait pas réussi à la soulager ni à déterminer d'où venait le problème. Il avait fini par se résoudre à réveiller Alice.

Cette dernière s'était aussitôt mise en mode urgence : sauter du lit, chausser ses lunettes, enfiler un jean, un sweat-shirt et une paire de bottes en caoutchouc, attacher ses cheveux à la va-vite, s'emparer de son matériel, qu'elle laissait dans l'entrée et non plus dans sa voiture depuis qu'un camé l'avait fracturée l'année précédente, pensant trouver de la drogue de substitution dans sa sacoche. Elle avait fait le trajet qui la séparait de la ferme d'Hervé le plus rapidement possible, vitre baissée pour achever de se réveiller, la radio à fond déversant la « Chevauchée des Walkyries ».

Une fois sur place, elle avait rapidement enfilé une combinaison bleue jetable histoire de ne pas se salir, tout en demandant à Hervé de lui expliquer de manière détaillée ce qui s'était passé et ce qu'il avait déjà fait. Elle avait ensuite examiné Stella, et tout de suite diagnostiqué une dystocie : la pauvre bête éprouvait des difficultés à mettre bas en raison d'une mauvaise posture du veau, recroquevillé dans la poche amniotique. Elle avait alors glissé le bras tout entier dans la vulve de la vache pour tenter de redresser le veau sans avoir besoin d'avoir recours aux lacs de traction. Elle n'y était toujours pas parvenue, malgré deux tentatives, lorsqu'elle avait senti un courant d'air froid en provenance de la porte de l'étable.

Elle tourna machinalement la tête.

Elle s'attendait à tout sauf à ça.

Un homme se tenait sur le seuil. Elle le détailla rapidement, interloquée : il était grand et maigre, tout de noir vêtu, et ses cheveux sombres retombaient en vagues, effleurant ses épaules et encadrant un visage étroit aux pommettes saillantes et aux yeux clairs très en amande. Avec son Perfecto et ses Doc, il était curieusement déplacé dans cette étable, comme s'il était tout droit débarqué d'un bar branché de la capitale par la grâce d'un vortex magique.

Il ressemble à un oiseau de proie, songea Alice, avant de balayer cette idée saugrenue.

Pour l'instant, l'oiseau de proie avait surtout l'air sidéré par ce qu'il voyait.

Un vagissement de douleur la ramena à l'instant présent.

— Vous entrez ou vous sortez, mais fermez cette putain de porte ! s'exclama-t-elle avant de reporter son attention sur Stella sans vérifier si l'homme en noir lui obéissait.

Elle se concentra de nouveau sur sa tâche. Le bras plongé dans le liquide amniotique, elle replaça le veau dans le bon sens et le tira brusquement à elle : le museau fit son apparition .

— Hourra ! cria Hervé, qui n'avait pas quitté la tête de Stella, qu'il caressait pour la calmer.

Alice acheva de tirer le veau à elle : quelques secondes plus tard, il était allongé, gluant et meuglant, sur la paille de l'étable. Elle l'examina rapidement : malgré la naissance difficile, il était en pleine forme.

Alors seulement, elle leva les yeux sur ce qui l'entourait : dans leurs box, les autres vaches assistaient au spectacle, placides. Un mouvement derrière elle lui rappela soudain la présence de l'inconnu. Elle se retourna, prête à le ranimer : elle avait vu des éleveurs aguerris tourner de l'œil devant des vêlages difficiles. Mais l'homme en noir, adossé à la porte de l'étable, contemplait la scène avec une nonchalance non feinte et, même, crut-elle deviner, une certaine curiosité.

— C'est bien la première fois que je vois une vache se faire fister, dit-il, un sourire narquois aux lèvres.

Il avait une belle voix, riche et sonore, qui se déploya dans l'étable.

— J'ai comme l'impression que c'est la première fois que vous voyez une vache tout court, rétorqua Alice en repoussant une mèche de cheveux qui s'était échappée de sa queue-de-cheval.

Contre toute attente, l'inconnu éclata de rire.

— Touché. Et pour tout vous avouer, je trouve ça assez décevant.

— La pauvre Stella n'en dormira pas de la nuit.

— Parce qu'elle a un nom en plus ?

— Comme tout le monde. Je parie que même vous, vous en avez un.

— Re-touché. Je m'appelle Raphaël. Je ne vous serre pas la main, vu d'où elle sort.

— Alice, répondit-elle avant de se détourner.

Elle aida la vache à expulser le placenta puis, ôtant ensuite les gants en latex qui lui montaient jusqu'aux coudes, repoussa pour la deuxième fois la mèche de cheveux qui refusait de rester coincée derrière son oreille. Ce faisant, elle étala davantage le mucus qui lui maculait la joue.

— Qu'est-ce qu'il y a de si drôle ? demanda-t-elle en voyant l'inconnu réprimer un sourire.

— Rien.

— Et puis d'abord, qu'est-ce que vous faites ici ?

Tout à sa tâche, elle n'avait pas songé à lui poser la question avant.

— J'ai vu de la lumière et je suis entré, répliqua-t-il en haussant les épaules avec désinvolture.

— Eh bien, maintenant que vous avez assouvi votre curiosité, et à moins que vous ne vouliez nous aider à remettre de l'ordre dans l'étable, vous pouvez repartir comme vous êtes venu.

— A vos ordres, princesse.

Sur ces mots, Raphaël fit demi-tour et disparut dans la nuit. Alice eut l'impression de l'entendre rire.

Chapitre 3

— C'était qui ce type ? demanda Alice à Hervé, occupé à déblayer la paille souillée de sang et de mucus.

— Aucune idée. Depuis que les Morvan sont morts, leur fille loue la baraque à des touristes. Elle l'a mise sur un site, un truc à la mode, Air je ne sais trop quoi, et c'est le défilé. Ça doit être le dernier en date. Encore un Parisien venu contempler l'herbe qui pousse. Ces gens n'ont rien de mieux à faire, faut croire.

Alice rangea son matériel tout en songeant à l'inconnu qui avait surgi de la nuit. Il était accoutré comme un hipster, barbe en moins. Ridicule. Le combo Perfecto + jean skinny + DocMartens devrait être exclusivement réservé aux chanteurs anglais. Sans parler des cheveux longs. Malgré tout, il y avait quelque chose d'inexplicablement attirant chez lui. Sa nonchalance, peut-être. Elle était bien obligée de lui reconnaître ça : il avait fait preuve d'un sang-froid étonnant pendant le vêlage. Mais bon, elle avait mieux à faire que de penser à cet inconnu qu'elle ne reverrait jamais.

Elle ôta sa combinaison jetable et la roula en boule.

— Bon, dit-elle à Hervé, après une naissance aussi

difficile, il y a des risques élevés de métrite. Je passerai dans la journée pour vérifier son état de santé.

— D'accord. Merci, Alice. N'oublie pas de m'envoyer la facture.

— C'est pas mon genre, tu le sais bien, répliqua cette dernière en souriant. A demain. Enfin, à tout à l'heure.

Puis elle regagna sa voiture, la Fiat Panda rouge flambant neuve garée devant la grange. Elle balança sa sacoche dans le coffre puis se mit à farfouiller sur la banquette arrière : elle était persuadée d'avoir laissé un paquet de biscuits entamé quelque part. Elle trouva des gobelets de café vides, une paire de chaussettes sales, des emballages de pizzas et de McDo, du papier alu froissé, une bouteille d'eau à moitié bue, du liquide antigel, un gros pull irlandais plein de taches, des miettes en tous genres, mais de paquet de biscuits, point. Elle soupira, déçue. Les tâches difficiles, de même que le stress, lui donnaient invariablement faim. Elle ouvrit la boîte à gants par acquit de conscience. Alléluia. Un reste de tablette de chocolat traînait là, au milieu de mouchoirs usagés. Elle mit le contact, enfourna deux carrés de chocolat d'un coup et monta le son de la radio. Les premières notes d'« Un bel di, vedremo » de *Madame Butterfly* se déversèrent dans l'habitacle. Alice se mit à fredonner en même temps qu'Angela Gheorghiu tout en faisant un demi-tour un peu brutal devant l'étable. Vingt minutes plus tard, juste au moment où Caruso achevait « Una furtiva lagrima », Alice se garait devant chez elle.

Elle était en train de batailler avec la clé — il fallait vraiment penser à installer une lumière extérieure — lorsque la porte s'ouvrit brusquement, la faisant sursauter.

— Putain, Alexandre, tu pourrais prévenir ! s'exclama-t-elle en portant la main à son cœur.

— Prévenir comment ? demanda son frère. En braillant « Attention, ouverture de porte imminente » ?

— Ben je sais pas, moi, t'as même pas allumé la lumière ! Comment tu voulais que je sache que t'allais ouvrir la porte ?

Alexandre se contenta de hausser les épaules en s'effaçant pour la laisser entrer. Alice appuya sur l'interrupteur de l'entrée.

— Ouah ! s'exclama son frère en cillant. Tu sors d'où comme ça ? Du cul d'une vache ?

Alice tourna les yeux vers le miroir fixé au-dessus du buffet qui servait de console. Elle eut un mouvement de recul. Ses joues étaient maculées de mucus et de sang, et une traînée de substance non identifiable lui barrait le front. Ses longs cheveux blonds étaient en bataille et une mèche, poisseuse de sang, se dressait sur le côté. Une des branches de ses lunettes était sale et, malgré la combinaison jetable, elle avait réussi à tacher son sweat-shirt gris qui proclamait « Chieuse à plein temps ». Il fallait être honnête : elle offrait un spectacle pitoyable.

— Tu ne crois pas si bien dire, répondit-elle en soupirant. Je vais me doucher. Puisque, pour une raison qui m'échappe, tu es debout à 5 h 30 du matin, est-ce que tu pourrais avoir l'extrême obligeance de faire du café, s'il te plaît ?

— C'est pour ça que j'étais descendu, répondit Alexandre. J'ai été réveillé par un rêve très dérangeant, mais que j'ai oublié, et je ne suis pas parvenu à me rendormir.

Alice le regarda s'éloigner vers la cuisine. Alexandre était son jumeau, son meilleur ami et son colocataire. Elle ne s'était jamais éloignée de lui plus de quelques jours. Ils avaient toujours tout partagé. Ils avaient les mêmes amis, avaient passé toute leur scolarité dans la même classe et avaient naturellement commencé à vivre en colocation pendant leurs études. Alice avait intégré l'Ecole nationale vétérinaire de Toulouse après une prépa véto à Rouen, et son frère l'avait suivie sans se poser de question, d'abord à Rouen, puis dans la Ville rose, où il avait fait une formation dans une école d'informatique et des métiers du web. Ils avaient ensuite regagné tous les deux leur Normandie natale et emménagé dans une des dépendances de la ferme de leurs parents. Alice travaillait pour les agriculteurs du coin, couvrant un large secteur et passant beaucoup de temps sur les routes. Alexandre, quant à lui, était community manager dans une entreprise près de Caen.

Tout en se savonnant énergiquement, Alice songea qu'il serait peut-être bon qu'ils finissent par se séparer : ils vivaient ensemble depuis vingt-huit ans — presque vingt-neuf si on comptait les neuf mois passés au creux de leur mère, et cette relation fusionnelle les empêchait peut-être, finalement, de grandir.

Mais elle n'avait pas envie de penser à ça maintenant. Elle préférait se concentrer sur sa journée, qui s'annonçait plutôt tranquille vu que, comme tous les mercredis, elle officiait à la clinique vétérinaire de Lisieux, loin des vaches et des poulets.

Douze heures plus tard, alors qu'elle roulait dans la déprimante campagne normande sous une pluie drue, elle ne pensait plus du tout la même chose.

La journée s'était révélée particulièrement rude. Après avoir englouti l'équivalent de deux cafetières, elle avait ouvert la clinique à 9 heures tapantes. A 13 heures, elle avait déjà opéré un chien victime d'un accident vasculaire, soigné la patte brisée d'un hamster, détartré les dents de deux caniches, rassuré trois propriétaires de chat, examiné un perroquet grincheux qui ne voulait plus dire que « Paquebot » et réceptionné une livraison de médicaments. Elle était en train de compulser le carnet de rendez-vous de l'après-midi pendant que la secrétaire rangeait les croquettes qu'on venait de leur livrer lorsqu'une adolescente était entrée, un goéland ensanglanté dans les bras.

Alice avait levé les yeux au ciel mais accepté néanmoins d'examiner le volatile qui était entré en collision avec un camion — la jeune fille, les larmes aux yeux, lui avait raconté l'accident avec force détails. L'aile brisée du goéland avait occupé l'heure du déjeuner, qu'elle avait oublié de prendre. Lorsqu'elle avait fini par quitter la clinique sur les coups de 18 heures, elle était épuisée et affamée.

Elle s'arrêta au McDo qui se dressait dans la zone industrielle à la sortie de la ville et commanda un menu « Maxi best of », qu'elle posa sur ses genoux et mangea sans cesser de conduire. Quelques frites finirent sous son siège et elle renversa un peu de coca sur le volant, mais elle parvint à manger sans presque rien salir, ce qui, vu la situation acrobatique — les routes de campagne étaient pour le moins sinueuses et il crachinait — était un exploit. La radio, toujours branchée sur de l'opéra, déversait des airs plus ou moins connus qu'elle fredonnait de concert. Elle était presque arrivée à la ferme d'Hervé lorsque la pluie, jusque-là une faible bruine éparse, se transforma en averse. Elle ralentit en jurant entre ses dents. Elle avait beau aimer sa région, le soleil toulousain sous lequel elle avait passé cinq ans lui manquait parfois. Elle abordait prudemment le dernier virage avant d'arriver chez Hervé lorsqu'une silhouette que la pluie rendait floue déboucha soudain en courant devant elle.

Elle pila, le cœur battant la chamade. La silhouette s'immobilisa aussitôt à quelques centimètres de son capot.

Alice sortit comme une fusée de la voiture.

— Vous n'avez rien ? Entre le virage et la pluie, je ne vous ai pas vu, je suis désolée, je…

Elle s'interrompit.

Devant elle, plié en deux dans une position anormale, se tenait le mec de la veille, l'homme en noir au visage d'oiseau de proie. Raphaël.

Chapitre 4

Raphaël n'avait pas vu — ni entendu — la voiture déboucher du virage. La pluie l'avait pris par surprise, mais plus encore que la pluie, ce qui le faisait enrager, c'est qu'il s'était ouvert la main sur une clôture en voulant prendre un raccourci pour rentrer. Et qui disait blessure à la main, disait impossibilité de jouer du piano ou de la guitare, ses deux instruments de prédilection.

Il leva les yeux vers la voiture arrêtée en plein milieu du virage, la main gauche fermée et pressée dans la main droite.

— Vous êtes blessé ?

Il plissa les yeux et reconnut la véto de la veille. Il avait failli ne pas la remettre sans son bleu de travail et ses bottes en caoutchouc, mais sa voix, un peu rauque et traînante, était reconnaissable entre mille. C'était la première fois qu'il croisait une femme avec une voix pareille. Il se demanda si elle l'entretenait à grands coups de Marlboro ou si elle était née avec. Il se demanda aussi si elle chantait, ce qui était une pensée saugrenue au vu des circonstances.

— Ah tiens, c'est vous ? Alice, c'est ça ?

— Oui. Montez, ordonna cette dernière en se réinstallant derrière le volant et en claquant sa portière.

Raphaël resta un instant interdit. Il n'avait pas l'habitude de recevoir des ordres, et encore moins d'y obéir. C'était lui qui régentait son monde d'habitude — enfin, jusqu'à la semaine dernière.

— Vous avez décidé de prendre racine ? demanda-t-elle en ouvrant la portière du côté passager. Je vous préviens, malgré la pluie, rien ne pousse dans le bitume, encore moins les maigrichons en Perfecto.

— Qui est un maigrichon en Perfecto ? rétorqua-t-il en voulant s'installer sur le siège du passager.

Il fut arrêté dans son élan par l'incroyable quantité de déchets qui se dressaient entre lui et le siège.

— Ah, pardon, dit Alice en attrapant une brassée d'ordures qu'elle jeta négligemment par-dessus son épaule.

Elle balaya le siège de la paume de la main.

— Là, voilà.

Il la considéra un instant en silence.

— Je suis peut-être un maigrichon en Perfecto mais, vous, vous êtes une bordélique en Fiat Panda.

— Exact, répondit Alice en haussant les épaules. Toutes les semaines, je me dis que je devrais nettoyer cette voiture, et puis j'oublie. Il y a mieux à faire dans la vie. Et puis, de toute façon, vous êtes trempé et vous allez vous aussi me saloper le siège, alors…

Raphaël s'assit en essayant de ne pas penser à ce qu'avaient bien pu contenir les divers emballages qu'elle avait balancés derrière elle. Il claqua la portière.

— Montrez-moi votre main.

Il haussa un sourcil et la regarda droit dans les yeux.

— Je n'aime pas vraiment qu'on me donne des ordres.

— Ah bon ? répondit Alice sans s'émouvoir. Et si je vous dis « Raphaël, voulez-vous me montrer votre main, s'il vous plaît ? », c'est mieux ? Votre petit ego fragile est moins malmené ?

Il y avait bien longtemps que personne ne lui parlait

plus ainsi. La célébrité avait entraîné dans son sillage tout un cortège d'obséquiosités et de cirage de pompes. Personne ne le remettait jamais à sa place, personne n'était franc avec lui, personne n'osait lui dire quoi que ce soit en face. Sauf parfois Sarah, son agent. Et encore. La façon dont Alice s'adressait à lui était… rafraîchissante, oui, voilà, c'était le terme. Elle le traitait comme un être humain normal, pas comme un demi-dieu qui remplissait les stades sur son seul nom. Il se demanda soudain si Alice l'avait reconnu. Si c'était le cas, elle n'en donnait pas l'air.

Et si elle ne savait pas qui il était, voilà qui était encore mieux. Il sourit à cette idée, et lui tendit la main gauche, paume vers le haut.

Alice s'en empara délicatement, alluma la lumière de l'habitacle et orienta sa main afin de mieux voir l'estafilade qui lui barrait la paume.

— C'est pas très beau. Vous vous êtes fait ça sur une clôture métallique ?

— Oui, répondit Raphaël en essayant de ne pas grimacer sous l'effet de la douleur sourde qui irradiait dans tout son bras.

— Il faut des points. Je vous amène chez le médecin le plus proche. Il y a un cabinet médical à une quinzaine de kilomètres.

— Vous ne pouvez pas me recoudre vous-même ?

Alice le considéra, surprise.

— Techniquement, si, mais ce serait quand même mieux que ce soit un médecin qui fasse ça. Je n'ai pas recousu beaucoup d'humains dans ma carrière, et les animaux se fichent un peu que leurs cicatrices soient belles. Sans compter que la main est un endroit délicat et dont vous avez besoin, comme tout le monde.

Plus que tout le monde, songea Raphaël. Mais se pointer dans un cabinet médical lui faisait courir le risque d'être reconnu. Or, Sarah avait été très ferme sur ce point : « Tu dois faire profil bas, la rockstar, t'as compris ? Je ne veux voir ta gueule nulle part pendant les prochaines semaines, le temps qu'on règle le putain d'imbroglio dans lequel ta conduite immature nous a tous foutus. Tes fréquentations pour les semaines à venir sont Marcus et les vaches, point. *Capito* ? »

— Je veux que ce soit vous qui me recousiez, dit-il sur un ton sans appel. Pas question de faire quinze bornes pour le même résultat.

— Mais…

— Pas de mais, l'interrompit-il. Allons chez moi.

Elle lui jeta un regard dans lequel il lut de la perplexité et un peu d'agacement, puis démarra sans ajouter un mot. Un air d'opéra s'éleva de la radio.

— Qu'est-ce que c'est que cette merde ? demanda-t-il.

— L'*Ave Maria* de Gounod. Et retirez tout de suite ce que vous venez de dire ou je vous laisse pisser le sang sur le bas-côté sans y réfléchir à deux fois.

— C'est la radio ?

— Oui.

— Y a des radios qui passent des airs d'opéra ?

— De la même manière qu'il y a des radios qui passent des chanteurs de merde et de la soupe commerciale.

— J'en déduis donc que vous n'écoutez que ça ?

— C'est un problème ?

— Non, répondit Raphaël en se rencognant contre la fenêtre, un petit sourire aux lèvres.

Au contraire. Son intuition était la bonne. Alice n'avait aucune idée de qui il était. Et il entendait bien que ça reste comme ça.

Il ne leur fallut que quelques minutes pour parvenir devant la maison de Raphaël. Alice se gara le plus près possible de la porte, récupéra sa sacoche dans le coffre, et ils franchirent en courant sous la pluie battante les quelques mètres qui les séparaient de l'entrée. Trois minutes plus tard, Raphaël était assis à la table de la cuisine, main sur la table, et Alice préparait ses instruments. Elle se lava ensuite soigneusement les mains puis enfila une paire de gants en latex et un masque de chirurgien.

— Vous n'avez pas l'impression que vous prenez un peu trop de précautions ? demanda Raphaël.

— C'est la procédure standard. Mais si elle vous déplaît, je peux tout arrêter et vous laisser vous démerder. Avec un peu de chance, la plaie ne s'infectera pas et vous aurez une cicatrice pas trop moche.

— OK, j'ai rien dit. C'est quoi ce produit jaunâtre ?

— De la Bétadine, répondit Alice en préparant un badigeon. Vous n'avez jamais été opéré ?

— Non.

— Eh bien, il y a une première fois à tout. Vous êtes vacciné contre le tétanos ?

— Oui.

— Bien, répondit Alice en ouvrant un petit flacon rempli d'un liquide transparent dont elle emplit une seringue.

— Oh ! oh, oh, vous faites quoi, là ?

Raphaël recula un peu, et sa chaise glissa sur le carrelage marron de la cuisine.

— Je vais vous faire une anesthésie locale. Vous ne voulez quand même pas que je vous recouse à vif, non ?

— Je ne sais pas, je n'aime pas beaucoup les aiguilles, je…

Il sentit le malaise s'emparer de lui. La pièce lui parut soudain plus vaste et les meubles prirent des contours flous.

— Raphaël. Raphaël !

La voix un peu grave d'Alice était comme un fil le rattachant à la réalité.

— Raphaël, regardez-moi.

Il obéit, se concentrant sur son visage. Elle avait abaissé le masque chirurgical, et son regard se posa sur ses lèvres. Elles étaient joliment dessinées, avec un arc de Cupidon assez prononcé, et celle du bas était un peu plus épaisse que celle du haut. *Elle a une jolie bouche*, songea soudain Raphaël. La veille dans l'étable, elle ne ressemblait à rien, entre l'espèce de bleu de travail, la coiffure ni faite ni à faire et les traces de sang qui maculaient son visage. Et lorsqu'elle avait failli le renverser, tout à l'heure, il ne lui avait pas prêté plus attention, obnubilé qu'il était par la douleur qui pulsait dans sa main. Mais là, dans cette cuisine où il se sentait mal, son visage était un point d'ancrage dont il découvrait soudain les détails. Elle avait de grands yeux bleus que ses lunettes ne parvenaient pas à dissimuler, un petit nez bien droit et un visage en forme de cœur. Ses cheveux blonds étaient ramassés en une queue-de-cheval que la pluie n'avait pas réussi à défaire et sa frange balayait joliment son front. *C'est une belle femme*, se dit-il et cette pensée le fit définitivement revenir à lui.

— Raphaël, vous êtes avec moi ?

— Oui, je suis avec vous, tout à vous même…

— Pardon ?

Elle recula un peu et rajusta son masque.

— Et dire que je ne vous ai pas encore injecté l'anesthésiant. Qu'est-ce que ça va être une fois que vous serez drogué et en mon pouvoir ! Tournez la tête. Je ne veux pas avoir besoin de vous ranimer.

— Quel dommage, je ne demande que ça.

Elle lui lança un regard énigmatique par-dessus le masque blanc.

— Flirter, c'est votre façon de combattre l'angoisse, c'est ça ?

— Ah bon ? Je flirte ?

Il ne la quittait pas des yeux, et il devina qu'elle rosissait un peu sous son masque.

— Je vais vous piquer, prévint-elle d'une voix professionnelle.

Raphaël résista à l'envie de regarder sa main, dont la plaie était encadrée par un champ opératoire vert. Il se concentra sur le visage d'Alice, sur ses yeux baissés ourlés par de longs cils, sur le petit pli de concentration qui s'était formé entre ses sourcils, sur l'ourlet de son oreille qui ressemblait à un coquillage, sur…

— Ça y est, l'anesthésie est faite, annonça-t-elle, le ramenant à la réalité.

— Déjà ? Je n'ai rien senti.

— C'est l'idée.

— Vos patients ont bien de la chance d'avoir une vétérinaire qui a la main aussi légère.

— Allez dire ça à Stella. Je ne suis pas certaine qu'elle soit d'accord avec vous.

Raphaël éclata de rire. Décidément, cette femme, avec son humour facile et ses pieds sur terre, lui plaisait beaucoup.

— Je passe aux points de suture. Je pense que quatre suffiront. Je vais utiliser du fil résorbable, comme ça pas besoin de les ôter. Ne regardez pas.

Raphaël n'avait pas besoin d'être rappelé à l'ordre. Il ne quittait pas Alice des yeux.

— Ça fait longtemps que vous êtes vétérinaire ?

— Presque quatre ans.

— Quatre ans ici ?

— N'ayez pas l'air dégoûté, espèce de Parisien. Je suis née ici, j'y ai toute ma famille, c'est une région que j'aime beaucoup. Enfin, surtout les jours où il ne pleut pas.

— Comment vous savez que je suis parisien ?

— Votre sens inné de la mode campagnarde. Le skinny et le Perfecto, ça ne crie pas vraiment « normand ».

— Ah. Et vos sweat-shirts, si ?

Alice baissa machinalement les yeux sur le slogan de son sweat-shirt du jour, qui proclamait « Liberté, égalité, Bizet ».

— Qu'est-ce qu'il a mon sweat-shirt ?

— Rien, répondit Raphaël en réprimant un sourire. Il est drôle.

— Merci. Et vous, vous faites quoi dans la vie ?

Raphaël hésita un instant avant de répondre.

— Guitariste.

— Oh là, répondit Alice en se redressant, le porte-aiguille à la main. Vous auriez dû me le dire plus tôt ! Il ne faut vraiment pas que je vous rate. Pression.

— Je suis certain que vous allez me recoudre à la perfection. No stress.

— Et qu'est-ce que vous faites dans ce trou perdu de la Normandie, monsieur le guitariste parisien ? demanda Alice en se penchant de nouveau sur la paume de Raphaël.

— Je suis venu chercher l'inspiration. J'ai envie de me mettre à composer mes propres chansons, et quoi de mieux que la campagne pour permettre à la Muse d'intervenir.

Alice lui lança un coup d'œil dubitatif.

— La Muse a l'air d'avoir élu domicile dans le whisky, commenta-t-elle avec un geste du menton en direction du plan de travail sur lequel s'alignaient quelques cadavres de bouteilles.

— Les voies de l'inspiration sont impénétrables, rétorqua Raphaël sur un ton docte. Savez-vous que, jadis, on pensait que seule la drogue permettait à certains d'accéder à la création ? Baudelaire buvait de l'absinthe, par exemple.

— Je sais, répondit Alice en s'emparant des ciseaux à bout recourbé. Et est-ce que le whisky vous a ouvert les portes de la création ?

— Pas vraiment.
— Il faut peut-être changer de marque.
Il éclata de rire. Cette femme était décidément très drôle. Depuis combien de temps une femme ne l'avait-elle pas fait rire ? Une éternité.
— Voilà, dit-elle en achevant de fixer un pansement sur la blessure suturée. Ne mouillez surtout pas la plaie. Changez le pansement tous les deux jours. Je vais vous en laisser. Dans sept jours, vous pourrez l'enlever. Les fils devraient tomber d'ici une dizaine de jours environ. Si vous avez mal, prenez un Doliprane. Je ne peux rien vous prescrire d'autre, puisque vous n'êtes pas une vache.
Raphaël sourit.
— Merci. Merci infiniment.
— De rien.
Elle ôta son masque et ses gants, qu'elle jeta dans la poubelle, puis elle commença à ranger les instruments souillés dans une boîte métallique.
— Qu'est-ce que je peux faire pour vous remercier ? demanda-t-il en se levant et en contournant la table pour la rejoindre.
Elle lui lança un regard intrigué.
— Euh… Vous venez de me remercier.
— J'aimerais bien vous remercier d'une manière plus… concrète, dit-il en la regardant droit dans les yeux.
Une légère rougeur se répandit sur les joues d'Alice.
— C'est tout l'intérêt du « merci », vous savez. Une fois que vous l'avez dit, en général, ça suffit.
Raphaël tendit sa main valide et repoussa une mèche de cheveux derrière l'oreille d'Alice.
Cette dernière se figea.
— Donc, dit-elle, j'avais bien raison. Tout à l'heure, vous flirtiez avec moi.
— Oui. En revanche, contrairement à ce que vous avez cru, ce n'était pas pour combattre l'angoisse.

— Ah bon ? Et c'était pour quoi alors ?

— Parce que vous me plaisez beaucoup, mademoiselle la vétérinaire qui sait à la fois fister des vaches et recoudre des guitaristes sans jamais perdre son sens de l'humour.

— Et qui vous dit que c'est réciproque, monsieur le guitariste maigrichon qui pense que le monde lui appartient ?

— Je pense ça, moi ? murmura-t-il en se penchant vers elle.

Il la dominait d'une bonne tête, sensation qui était accentuée par sa minceur, et elle était obligée de lever la tête pour le regarder droit dans les yeux.

— A dire la vérité, je ne sais plus ce que je pense que vous pensez, chuchota Alice.

Son regard avait quitté ses yeux pour se poser sur ses lèvres fines et viriles. Raphaël prit sa réponse pour un assentiment. Il ôta lentement ses lunettes et posa ses lèvres sur les siennes.

La réaction de la jeune femme fut à la hauteur de ses attentes. Elle se lova étroitement contre lui et glissa les mains sur sa nuque pour l'attirer à elle. Elle ouvrit la bouche et leurs langues se mêlèrent. Raphaël sentit monter en lui le désir, encouragé par les gémissements d'Alice.

Lorsqu'ils se séparèrent, un peu essoufflés, Alice le regarda droit dans les yeux.

— Heureusement que mes patients ne me remercient pas comme ça.

Raphaël éclata de rire et l'attira de nouveau à lui.

— Je n'ai pas fini de vous remercier, je…

Il fut interrompu par un toussotement.

Alice et Raphaël tournèrent tous les deux la tête vers la porte qui donnait sur le jardin. Un grand Black aux épaules très larges et au crâne rasé se tenait sur le seuil.

— Décidément, tu n'apparais jamais au bon moment, grommela Raphaël. Alice, je vous présente Marcus, mon meilleur ami, qui m'accompagne dans cette, euh, retraite artistique.

— Enchantée, répondit Alice en tendant la main à Marcus, qui s'était approché.

— De même. Qu'est-ce que tu as fait, encore ?

Le regard de Marcus s'était posé sur le pansement qui barrait la paume de Raphaël.

— Comment ça, qu'est-ce que j'ai fait ? J'aurais très bien pu être attaqué par un ours, ou avoir sauvé une jeune femme d'une agression au péril de ma vie, ou…

— Il s'est ouvert la main sur une clôture, l'interrompit Alice, qui s'était détournée pour achever de ranger ses instruments dans sa sacoche. S'il geint trop, un peu de whisky, un coup sur la tête et au lit.

— Tu vois, Marcus, cette femme ne me connaît que depuis quelques heures et déjà elle sait tout de moi, c'est mon âme sœur.

— Au moins, oui. Sur ce, messieurs, je vous laisse, une vache m'attend.

Elle récupéra l'imperméable kaki qu'elle avait posé sur une chaise en entrant et sortit de la cuisine avec un geste de la main en direction des deux hommes. Quelques secondes plus tard, le bruit du moteur de sa voiture qui s'éloignait leur parvint.

— Tu veux bien m'expliquer ce qui se passe, bordel ? demanda Marcus.

— Tu sais tout. Je me suis blessé, elle m'a soigné.

— C'est pas possible, bon sang, je te laisse un après-midi, un seul après-midi, et voilà ce qui arrive ! Un, tu te blesses, et à la main en plus ! Comment tu vas jouer ? Je te rappelle que tu as un concert dans quinze jours !

— Dans quatorze jours, rectifia Raphaël, placide, en débouchant la bouteille de whisky.

— Ne fais pas le malin, mec. Et deux, tu ne trouves rien de mieux que d'emballer le médecin qui t'a recousu ?

— Elle n'est pas médecin.

Raphaël tendit un verre à Marcus, qui s'en saisit machinalement.

— Comment ça, elle n'est pas médecin ?

— Elle est véto.

Marcus, qui avait bu une gorgée de whisky, recracha un peu de liquide ambré.

— T'es malade, ou quoi ? Tu t'es fait recoudre par une véto ? A la main en plus, qui, dois-je te le rappeler, est ton instrument de travail ?

— Elle a proposé de m'amener chez un médecin en ville, et je me suis dit que mes chances d'être reconnu étaient trop élevées.

Raphaël tourna le dos à son ami et se mit à fouiller dans le placard.

— Ah. Et à quel moment entre l'instant où tu t'es dit ça et celui où tu as fourré ta langue dans la bouche de la véto, tu as oublié les recommandations de Sarah ?

— Lesquelles ? demanda Raphaël en ouvrant un paquet de chips.

— Comment ça, lesquelles ?

Une veine se mit à palpiter sur la tempe de Marcus.

— Calme-toi, mon pote, tu vas nous faire un AVC et je te préviens, je ne sais pas quoi faire si ça arrive. Et je ne suis pas certain que, malgré tout son talent médical, la véto pourra te sauver. Ne me dis pas que tu as envie de crever dans cette baraque pourrie où y a même pas le wifi.

Marcus inspira et expira lentement, les poings serrés. Raphaël aurait pu jurer l'entendre compter jusqu'à dix.

— Sarah t'a demandé de faire profil bas, parvint enfin à articuler Marcus sur un ton presque égal.

— Oui, enfin Sarah m'a aussi dit un jour que toute publicité était bonne à prendre, que le bad buzz était du buzz quand même, que faire la une de *Closer* était une forme de reconnaissance, et j'en passe. C'est quand même pas ma faute si elle a changé d'avis récemment.

— Raph, dit Marcus en employant le ton que l'on réserve en général aux enfants et aux personnes qui ont le QI d'une huître chaude, si Sarah t'a envoyé manu militari te mettre au vert, il y a une bonne raison. Tu te rappelles ?

— Tu me prends pour un con, tout d'un coup ? Tu crois que j'ai chopé Alzheimer sous la pluie normande, ou quoi ? Evidemment que je sais pourquoi je suis là. Ça ne m'empêche pas de ne pas être d'accord avec la façon dont Sarah voit les choses, c'est tout.

— Tu sais qu'il va peut-être y avoir un procès ? Que l'un des pères a porté plainte ?

— Mais, putain, Marcus, les filles étaient majeures ! Un procès pour quoi ? Parce que je ne leur ai pas donné assez d'orgasmes ?

Marcus le considéra un instant en silence. Raphaël soutint son regard tout en continuant à manger méthodiquement des chips.

— Tu sais quoi, Raph ? T'es un enfant gâté. Tu vois, tu prends. Tu te poses aucune question, t'en as rien à foutre des conséquences. Ces femmes se sont retrouvées à la une de la presse people et leur nom a été traîné dans la boue. Tu oublies qu'elles ont une vie, elles aussi.

— Elles savaient très bien ce qu'elles faisaient, crois-moi, en me sautant dessus ce soir-là. Elles savaient qui j'étais et les risques qu'elles encouraient. Ce n'est pas ma faute si l'une des deux a un père millionnaire et très à cheval sur les principes. Je suis persuadé qu'elle a fait ça pour faire chier son père, oui ! Je me suis retrouvé dans une basse histoire d'Œdipe mal réglé et c'est moi qui suis puni, moi qu'on accuse injustement, moi qu'on a envoyé se mettre au vert dans cet endroit tellement reculé qu'il n'y a même pas de wifi ! Et je suis là, à attendre les ordres de Sarah comme un gamin, alors que, putain, je n'ai rien fait, tu entends, rien du tout ! Je me fais chier comme un rat mort dans cette campagne reculée, je n'arrive pas à pondre deux lignes de mélodie et, en plus, je dois me farcir tes leçons de morale !

Sur ces paroles, Raphaël prit la bouteille de whisky et se dirigea vers l'escalier d'un pas rageur. Dix secondes plus tard, la porte de sa chambre claquait.

Marcus soupira et but son verre cul sec. Il espérait de tout son cœur que l'armada de juristes et d'avocats embauchés par Sarah réglerait le problème au plus vite parce qu'il n'était pas prêt à vivre encore longtemps dans cette baraque miteuse et humide avec un Raph mal embouché. Il n'avait pas mérité ça.

Chapitre 5

Tout en se dirigeant vers la ferme d'Hervé, à cinq minutes de là, Alice se repassa le film de ce qui s'était passé dans la cuisine de Raphaël. Ce dernier l'avait prise par surprise. Lorsqu'il avait commencé à flirter avec elle, elle avait vraiment pensé que ce n'était qu'une façon de combattre la peur des aiguilles : dans ce genre de situation, chacun réagissait comme il le pouvait. Mais le flirt avait continué, et il l'avait embrassée, ce qui, ma foi, avait été plutôt agréable. Voire très agréable. Voire excitant. Si Marcus ne les avait pas interrompus, elle aurait été ravie de vérifier, par pur esprit scientifique, que le deuxième baiser était aussi bon que le premier. Il y avait chez Raphaël une sensualité indéniable qui avait su éveiller son désir. Lorsqu'il l'avait attirée à lui, elle avait eu l'impression d'être enveloppée par une source de chaleur qui ne demandait qu'à la consumer tout entière. C'était d'autant plus étonnant qu'il n'était pas du tout son genre d'homme. Elle aimait les hommes bien bâtis, voire musclés, il était maigre ; elle appréciait les hommes en qui elle pouvait lire comme dans un livre ouvert, il était imprévisible ; elle accordait de l'importance à la simplicité, tant dans l'habillement que dans le caractère, il était vêtu comme une rockstar et pensait que le monde tournait autour de lui. Il était nonchalant et désinvolte, ce qui aurait dû constituer pour elle des défauts rédhibitoires. Et, cerise sur le gâteau, il était musicien, autant dire un bon à rien, comme aurait dit son père. Elle avait été élevée par des parents agriculteurs terre à terre et pragmatiques, qualités qu'elle avait toujours cherchées chez les hommes. Et elle était bien persuadée que Raphaël en était cruellement dépourvu. Et pourtant, il lui plaisait. Beaucoup. Et pas que physiquement. Il la faisait rire, et sa peur des aiguilles, qu'il avait avouée sans ambages, l'avait d'autant plus attendrie qu'elle était en contradiction avec l'arrogance dont il faisait preuve d'habitude.

Alice se gara devant chez Hervé et décida de ne plus songer à ce baiser inattendu. Elle était du genre pragmatique et peu portée sur la gamberge : les nœuds au cerveau, très peu pour elle. Peu importe pourquoi Raphaël l'avait embrassée. Ça avait été très chouette et, si l'occasion se présentait de nouveau, elle recommencerait avec plaisir.

Lorsque la sonnerie de son téléphone portable retentit le lendemain matin, Alice ne l'entendit pas. Il sonna de nouveau cinq minutes plus tard. Puis encore cinq minutes après. Ce ne fut que lorsque Alexandre passa la tête par l'entrebâillement de la porte pour protester après la quatrième alarme qu'Alice émergea enfin.

— Bordel, Alice, tu ne peux pas éteindre ton portable ? Entendre quatre fois d'affilée l'« Air de la reine de la nuit » à 7 heures du mat', c'est inhumain !

— Techniquement, il est 7 h 15, marmonna-t-elle en jetant un œil vitreux sur son portable.

— Et techniquement, tu devrais te lever à la première sonnerie, comme tout être humain normalement constitué.

— Si tout le monde se lève à la première sonnerie, pourquoi existe-t-il la fonction « snooze » alors ? protesta-t-elle en repoussant la couette.

— Pour faire chier les frères jumeaux. Je vais préparer le café.

La vérité, c'était qu'elle avait rêvé cette nuit-là de Raphaël et qu'elle n'avait aucune envie de quitter le monde cotonneux des songes dans lequel le guitariste à la voix grave tenait une place de choix. Elle soupira. Elle n'avait pas le temps de rêvasser, une longue journée l'attendait.

Après une journée interminable au cours de laquelle elle avait coursé une poule récalcitrante, échappé de justesse à un coup de sabot d'une jument et été renversée par une vache, Alice était en train de finir de boire un café — le sixième de la journée — dans la cuisine de Jean, le propriétaire de la ponette à qui elle venait de faire une saignée, lorsque son portable sonna. Un numéro inconnu. Merde. Ça sentait l'urgence. Et il était déjà 18 h 30. Elle soupira, salua Jean et sortit tout en décrochant. Le soleil qui avait brillé toute la journée n'avait pas réussi à réchauffer vraiment l'atmosphère, et un nuage de vapeur s'éleva devant sa bouche lorsqu'elle répondit.

— Allô ?

— Bonjour, Alice.

Raphaël.

Elle sentit le rythme de son cœur s'accélérer un peu en entendant sa voix grave et chaude. Avec la journée bien remplie qu'elle avait eue, elle en avait presque oublié le guitariste. La scène du baiser dans la cuisine lui revint soudain en mémoire, et elle se sentit rougir.

— Bonjour. Que puis-je pour vous ? Vous avez un

problème à la main ? s'inquiéta-t-elle soudain. Ça s'est infecté ?

— Non, pas du tout, rassurez-vous, ma main se porte comme un charme. Un charme un peu couturé, certes, mais un charme quand même.

Elle poussa un soupir de soulagement.

— En revanche, celui qui se porte moins bien, c'est Rex.

— Rex ?

— Mon hamster.

— Vous avez un hamster ? s'étonna Alice. Ici, en Normandie ?

— Je ne m'en sépare jamais, expliqua Raphaël. Je le prends avec moi partout où je vais. C'est le hamster le plus globe-trotter du monde. Son passeport est plein, il faut que je songe à lui en faire refaire un.

Alice ne put s'empêcher de rire.

— Et qu'est-ce qu'il a, votre hamster globe-trotter ?

— Je ne sais pas, justement. Il refuse de manger depuis ce matin. Il reste au fond de sa cage, amorphe. Je suis très inquiet.

Alice retint un soupir. Ça sentait le prétexte pour la faire venir. Mais, d'un autre côté, c'était son job de soigner les animaux. Déontologiquement, elle ne pouvait pas se défiler. Et puis, pour être tout à fait honnête, elle n'en avait pas envie. Elle se demandait si Raphaël pensait qu'il y avait entre eux quelque chose d'inachevé qui méritait de l'être ou si le baiser de la veille n'avait été rien de plus qu'un baiser. Personnellement, elle n'était pas contre un deuxième round, bien au contraire.

— J'arrive, répondit-elle. Je serai là dans une quarantaine de minutes.

Le temps de passer chez moi me changer. Ce n'est pas parce qu'elle était véto en milieu rural qu'elle était obligée de sentir la bouse de vache pour aller examiner le hamster d'un guitariste sexy.

Lorsqu'elle frappa à la porte de la cuisine de Raphaël trois quarts d'heure plus tard, ce dernier ouvrit immédiatement.

— Ah, docteur, vous voilà enfin ! Je…

Il s'interrompit, le regard rivé à sa poitrine.

Sur laquelle s'étalait, au-dessus d'un phoque stylisé, le slogan « What the phoque ».

Alice baissa les yeux à son tour. Elle avait pris une douche et s'était changée, certes, mais n'avait pas poussé l'abnégation jusqu'à mettre autre chose qu'un sweat-shirt.

— C'est une passion chez vous, le sweat-shirt à message, on dirait.

— Comme vous et les T-shirts noirs, répliqua-t-elle avec un geste du menton dans sa direction.

— Hum. J'ai la faiblesse de croire que ça n'a rien à voir. Le T-shirt noir est un intemporel élégant, alors que le sweat-shirt à message, lui…

— Je vous conseille de ne pas finir votre phrase si vous voulez que j'examine votre hamster. Où est-il ?

— Dans ma chambre, dit-il en se dirigeant vers l'escalier.

— Dans votre chambre ?

Alice lui avait emboîté le pas, sa sacoche à la main. Il s'arrêta net et pivota vers elle. Elle manqua le percuter.

— Ça vous pose un problème ?

— Non, aucun, répondit-elle en plantant son regard bleu dans le sien.

Ce n'était pas tout à fait vrai. L'idée de se retrouver près d'un lit avec cet homme sexy — car elle le trouvait aussi séduisant que la veille, voire davantage — l'émoustillait considérablement, mais elle ne voulait pas le lui montrer. Il lui lança un regard énigmatique et reprit la montée des marches. Quelques secondes plus tard, il poussait la porte de sa chambre et se dirigeait vers une commode.

— Là, dit-il en faisant un geste théâtral.

Alice suivit la direction qu'il lui indiquait et découvrit effectivement un hamster.

Un hamster… empaillé.

Dans une position étrange, debout sur les pattes arrière, les pattes avant tendues vers le ciel, comme s'il suppliait le taxidermiste de le laisser tranquille et de ne pas lui imposer de passer le restant de l'éternité sur une commode bancale.

Elle considéra un instant l'animal dont les petits yeux vitreux la regardaient sans la voir, puis elle reporta son attention vers Raphaël, qui la dévisageait avec le plus grand sérieux.

— Ah oui, en effet, il est un peu mal en point, votre Rex, fit-elle en posant sa sacoche sur le sol.

— Vous croyez ?

— Oui. Ça a peut-être un rapport avec le fait qu'il est mort.

— Ah bon ? Il est mort ? Vous en êtes sûre ?

Alice regarda tour à tour le hamster et Raphaël, puis elle éclata d'un rire qui se transforma rapidement en fou rire irrépressible. Elle riait tellement qu'elle en avait les larmes aux yeux. Raphaël lui lança un regard amusé et se mit à rire à son tour, un rire bas et séduisant.

— Vous êtes… vous êtes…, hoqueta Alice en ôtant ses lunettes pour s'essuyer les yeux.

— Impayable ? Irrésistible ? proposa-t-il en s'approchant d'elle.

— Unique en votre genre, en tout cas.

Alice se rendit compte soudain qu'il était si près d'elle qu'elle sentait son souffle tiède contre sa joue.

— J'adore ton rire, dit-il en lui prenant le menton. Il est très excitant.

Alice sentit son cœur se mettre à battre si fort que le sang tambourina dans ses tempes.

Embrasse-moi, songea-t-elle. Mais il se contentait de

la regarder, les paupières mi-closes. *Décidément, il faut tout faire soi-même*, se dit-elle en agrippant son T-shirt pour l'attirer à elle. Elle put ainsi vérifier que ce deuxième baiser était tout aussi réussi — voire plus — que le premier. Et le troisième fut encore mieux. Elle glissa les mains sous son T-shirt et lui caressa le dos, surprise de ne pas le trouver aussi maigre que ce qu'elle imaginait. C'était des muscles qu'elle sentait sous ses paumes, et non des os. Puis elle posa les mains sur son ceinturon.

— Tu es une grande impatiente, dis donc, murmura-t-il au creux de son oreille.

— Oh ! non, gémit-elle. Ne me dis pas que tu es nonchalant aussi au lit !

Il recula un peu et la dévisagea, mi-surpris, mi-amusé.

— Disons que j'aime bien faire les choses à mon rythme, madame-je-suis-toujours-pressée.

— Je ne suis pas toujours pressée, répliqua-t-elle en défaisant la boucle de sa ceinture. C'est juste que, pour une raison que j'ignore, tu me mets dans un état pas possible, et j'aimerais autant y remédier…

— Y remédier ? On dirait que tu parles d'une maladie !

Elle leva les yeux sur lui : il souriait et une flamme intense brillait au fond de ses yeux.

— S'il te plaît, dis-moi que tu as des préservatifs, dit-elle en glissant la main sous son jean.

Il ne portait pas de caleçon. Ce fut la goutte d'eau qui fit déborder le vase de son excitation.

— Si tu ne me prends pas tout de suite, je ne réponds plus de moi.

Raphaël éclata de rire et posa de nouveau sa bouche sur la sienne.

— Je vais t'apprendre la patience, assura-t-il en délaissant ses lèvres pour tracer un sillon de baisers brûlants sur son cou. On a toute la nuit devant nous, et je compte bien en profiter.

Alice gémit, autant de désir que de frustration. Raphaël eut un petit rire et la fit basculer sur le lit, dont les ressorts grincèrent.

Toute la nuit.

Chapitre 6

Raphaël contemplait Alice, dont les cheveux dorés s'étalaient en désordre sur l'oreiller. Elle dormait profondément, étendue sur le côté, les deux mains sous la joue, les genoux un peu recroquevillés sous l'édredon. Il repoussa une mèche qui lui barrait la joue d'un doigt léger et acheva son geste par une caresse. Elle ne broncha pas.

Cette nuit avait été pour le moins surprenante. Il y avait bien longtemps qu'il n'avait pas rencontré une femme aussi enthousiaste et abandonnée. Ça faisait des années qu'il ne couchait plus qu'avec des mannequins, des actrices et des people qui ne faisaient rien d'autre que se pavaner grâce à l'argent de papa, des femmes qui lui tombaient dans les bras parce qu'il était célèbre et que sa réputation sulfureuse le précédait, mais qui au fond, il en était bien conscient, ne le désiraient pas pour lui. Elles ne voulaient pas passer la nuit avec Raphaël, mais avec Lord Gunn, le décadent et fougueux leader du groupe de rock français le plus célèbre du moment. Elles se fichaient royalement de ce qu'il était en vrai, sous la nonchalance et le cynisme affichés, elles voulaient juste se vanter auprès de leurs copines d'avoir réussi à choper, ne serait-ce que pour quelques heures, le célibataire le plus en vue de la scène musicale. Avec Alice, tout était différent depuis le début. Elle n'avait aucune idée de qui il était et ne cherchait pas à se glisser dans son lit pour obtenir un quart d'heure de gloire. Et elle avait clairement montré qu'il lui plaisait, qu'elle le trouvait drôle et attirant. Tout ça était nouveau pour lui, ou plutôt, il le redécouvrait. Et il l'appréciait plus qu'il ne l'aurait dû.

Parce qu'il le savait pertinemment, tout ça n'était qu'une parenthèse. Il rentrerait à Paris au plus tard la semaine suivante, laissant derrière lui la Normandie, la pluie, l'ennui… et Alice. A l'idée de ne plus voir la véto drôle et enthousiaste, il sentit monter en lui un sentiment étrange qu'il eut du mal à identifier. Une espèce de regret mâtiné de nostalgie, comme s'il lui disait déjà adieu alors qu'ils venaient juste de se rencontrer. Et ce sentiment résonna en lui comme une mélodie profonde et triste. Une mélodie qu'il devait absolument coucher sur le papier avant de l'oublier.

Il s'empara de l'iPad et du casque posés sur la table de nuit. Quelques secondes plus tard, il composait.

Alice ouvrit les yeux en sursaut. Où était-elle ? Et surtout quelle heure était-il ? A la première question, elle répondit sans problème lorsque son regard se posa sur le hamster empaillé qui n'avait pas quitté son poste d'observation sur la commode. Elle était dans la chambre de Raphaël. En revanche, pour l'heure, il lui fallait retrouver son portable. Elle s'assit, et constata soudain qu'elle était seule dans la chambre. Une lueur grisâtre filtrait par le voilage ajouré. Le jour était levé, comme Raphaël.

Les souvenirs de la nuit remontèrent d'un coup. Le guitariste n'avait pas menti, il l'avait aimée toute la nuit, avec de brèves interruptions pendant lesquelles ils avaient bu de la bière, mangé du fromage et s'étaient raconté des choses sans importance. Chacun avait bien pris garde de ne pas trop se dévoiler, comme s'il était bien entendu dès le début que cette nuit ne serait suivie d'aucune autre. Alice se leva, ramassa ses vêtements éparpillés un peu partout et se rhabilla. Elle trouva la salle de bains à la deuxième tentative et remit de l'ordre dans ses cheveux avant de descendre.

Elle était à mi-chemin de l'escalier lorsque des bruits de voix lui parvinrent en provenance de la cuisine.

— Sarah dit que les négociations sont en bonne voie, dit quelqu'un qu'elle reconnut comme étant Marcus. Tu devrais pouvoir rentrer sur Paris plus tôt que prévu. D'après elle, dès demain.

Alice n'eut pas le temps de se demander qui était Sarah et de quelles négociations il était question. Elle retint juste la dernière phrase de Marcus. *Demain ?* Elle savait que Raphaël devait retourner à Paris, mais elle espérait pouvoir le voir encore une fois ou deux avant son départ.

— Tant mieux, l'entendit-elle répondre et, même si Alice savait bien que c'était dans l'ordre des choses et qu'il n'y aurait pas d'histoire entre eux, juste de jolis souvenirs, elle sentit son cœur se serrer. J'en ai plein le dos de cette baraque pourrie qui fait des bruits chelous.

— En parlant de bruits chelous, dit Marcus j'en ai entendu plein cette nuit en provenance de ta chambre.

Merde, songea Alice. Elle n'avait vraiment pas envie de les entendre parler de ça. Qui sait ce que Raphaël allait bien pouvoir répondre ? Et s'il faisait des commentaires désobligeants sur elle ?

— Tu devrais faire une visite de contrôle chez l'ORL, se contenta de répondre le guitariste.

Alice soupira de soulagement et acheva de descendre

les quelques marches qui restaient. Elle entra dans la cuisine, la tête haute et le sourire aux lèvres.

— Bonjour.

Les deux hommes se tournèrent vers elle. Raphaël lui adressa un sourire chaleureux et déposa un baiser au coin de ses lèvres, tandis que Marcus soupirait en lui faisant un signe du menton.

— Doc, dit-il en désignant une tasse de café fumant. Elle est pour vous.

Alice remercia et but le breuvage d'un coup, manquant se brûler les lèvres : elle trouvait la situation vaguement embarrassante, peut-être parce qu'elle soupçonnait que ce n'était pas la première fois que Marcus rencontrait une conquête de Raphaël au petit déjeuner.

— Je dois y aller, j'ai du boulot, annonça-t-elle en reposant sa tasse à moitié pleine.

— Je t'accompagne à ta voiture, dit Raphaël.

Dehors, le soleil était aux abonnés absents. Le plafond nuageux était bas et dense et la nature était terne sous cette chape grise.

— Je... j'ai passé une très bonne soirée, dit-elle en levant les yeux vers Raphaël.

— Moi aussi.

Il repoussa une mèche de cheveux derrière son oreille et laissa sa main s'attarder sur sa joue.

— Je rentre à Paris demain, annonça-t-il.

— Je sais. J'ai entendu Marcus le dire juste avant d'entrer dans la cuisine. Appelle-moi si Rex fait encore des siennes.

Elle essayait de mettre de la légèreté et de la bonne humeur dans son ton mais, pour une raison qu'elle ne s'expliquait pas, elle sentait monter en elle une envie de pleurer.

— Je n'y manquerai pas.

Raphaël se pencha et effleura ses lèvres. Elle ferma

les yeux et inhala son parfum. La caresse de sa bouche fut si fragile qu'elle crut un instant l'avoir rêvée.

— Ce fut un plaisir de faire ta connaissance, murmura-t-il. Au revoir, Alice.

Elle rouvrit les yeux. Le regard clair de Raphaël était plongé dans le sien, et elle y lut quelque chose de grave et de triste qui la troubla.

Alice passa le week-end à travailler. Elle était d'astreinte, comme tous les mois, ce qui la contraignait à couvrir un secteur plus large que celui qui était le sien d'habitude. Elle fut appelée en urgence dans la nuit de samedi à dimanche dans une ferme des environs de Caen pour soigner un cheval qui avait une forte fièvre et de la toux. Elle diagnostiqua une rhinopneumonie, soigna la bête et conseilla à l'éleveur de faire vacciner tout son troupeau. Elle avait pris le chemin du retour lorsqu'elle reçut un coup de fil d'un éleveur de vaches allaitantes non loin de là pour un vêlage difficile. Le deuxième en quelques jours, songea-t-elle en haussant le volume de la radio pour se maintenir éveillée. Elle avait beau aimer son travail, elle le trouvait souvent trop prenant et surtout épuisant. Les mauvaises semaines, il lui arrivait de ne pas dormir plus de quatre heures par nuit. Et lorsqu'elle était d'astreinte, comme ce week-end, elle ne pouvait pas compter sur une éventuelle grasse matinée pour rattraper le sommeil en retard.

Mais au moins, se dit-elle, le travail l'empêchait de songer à Raphaël. A son rire, à son regard, à ses mains, à sa peau, à son parfum, à son humour, à son flegme, à…

Arrête. Ça suffit. Il n'avait jamais rien promis, il n'avait jamais été question d'autre chose entre eux que d'une histoire de peau et de chaleur, une nuit volée entre deux étrangers qui s'attirent et se brûlent à la flamme d'un désir auquel ils ont choisi de succomber. Rien de plus.

Le problème, c'était que ce coup d'un soir ne ressemblait à aucun autre. Alice avait vu se succéder beaucoup d'hommes dans sa vie. Des liaisons toujours brèves — entre une nuit et quelques semaines — et qui n'avaient jamais marqué son cœur. Elle avait cru être tombée amoureuse plusieurs fois pour découvrir chaque fois qu'il s'agissait plus de passades que d'amour véritable. Et elle avait toujours oublié au petit matin les hommes de passage.

Sauf Raphaël.

Lorsque le mercredi soir arriva, elle dut se rendre à l'évidence : le guitariste avait occupé toutes ses pensées depuis qu'elle lui avait dit au revoir le vendredi matin devant sa voiture. Cinq jours à essayer de ne pas laisser son image, sa voix et son rire se glisser dans la moindre de ses pensées, dans chacune de ses rêveries. Sans succès.

Il était tellement présent que lorsqu'elle pénétra chez elle un peu après 19 heures, elle crut entendre sa voix en provenance du salon.

Voilà que je suis victime d'hallucinations auditives à présent. Génial.

Elle ôta ses bottines, qu'elle balança sur le tas de chaussures, accrocha son imperméable à la patère et traîna les pieds jusqu'au salon.

Où elle trouva son frère en train de boire un verre de vin avec… Raphaël.

Elle se frotta les yeux sous ses lunettes, abasourdie.

— Ah, te voilà enfin ! s'exclama son frère en se levant, tout sourire. Ton ami est passé te dire bonjour.

— Passé me dire bonjour ? répéta-t-elle. Depuis Paris ? Ça, c'est du passage.

— J'avais à faire dans la région. J'ai laissé des choses en suspens, répliqua Raphaël.

Il s'était levé pour la rejoindre et il lui fit la bise de

manière un peu trop appuyée. Toujours sidérée, elle se sentit frémir lorsque sa peau effleura la sienne. Il était toujours aussi sexy, même si, remarqua-t-elle, surprise, il avait troqué son Perfecto contre une veste noire extravagante, brodée de sequins gris, et remplacé son sempiternel T-shirt noir par une chemise noire ajustée. Il lui fallut rassembler tout son sang-froid pour ne pas se jeter sur lui.

— Je me demandais si tu accepterais de dîner avec moi, poursuivit Raphaël.

Avait-il fait la route depuis Paris pour dîner avec elle ? A cette idée, elle sentit monter en elle quelque chose qui ressemblait à s'y méprendre à de l'espoir.

— Avec plaisir. Laisse-moi le temps de me doucher et de me changer.

— Je t'attends. Ah, et s'il te plaît…

— Oui ?

— Pas de sweat-shirt à message.

Elle éclata de rire.

— Promis.

Lorsqu'elle fit son entrée dans le salon une demi-heure plus tard, Alexandre et Raphaël se turent brusquement.

— Tu possèdes donc autre chose que des jeans et des sweat-shirts, fit son frère, sidéré. Je vis avec toi depuis toujours et je ne le savais pas.

— Je suis ravie d'avoir encore la capacité de te surprendre, rétorqua-t-elle en se tournant vers Raphaël.

— Tu… tu… es…

— Et je vois que monsieur-j'ai-réponse-à-tout peut être à court de mots. Si j'avais su qu'une simple robe pouvait faire autant d'effet, je l'aurais sortie de la naphtaline depuis longtemps.

— Sublime, acheva Raphaël dans un souffle.

Elle sourit, secrètement ravie de lui faire autant d'effet. Elle avait sorti pour l'occasion sa seule robe, une merveille de dentelle noire, très sophistiquée, qu'elle avait achetée pour le mariage d'une camarade de promo et jamais portée depuis. Avec sa paire d'escarpins et son manteau en soie brodée, elle se sentait très féminine, bien loin des jeans et des bottes crottées qui constituaient l'essentiel de sa garde-robe.

— Alexandre, je te vole ta sœur. Allons-y, princesse, murmura Raphaël à son oreille.

Il posa la main au creux de ses reins et la guida vers la sortie. Elle se laissa faire, le cœur battant à tout rompre. Elle avait eu beau essayer de comprendre ce qui se passait en se préparant, l'apparition inattendue de Raphaël et son invitation à dîner lui paraissaient complètement surréalistes. Elle dut se pincer à plusieurs reprises pour vérifier qu'elle ne rêvait pas. Ils sortirent de la maison et c'est alors qu'elle remarqua un véhicule, garé légèrement en retrait et qu'elle n'avait pas vu lorsqu'elle était rentrée un peu plus tôt.

Une voiture noire, élégante et racée, vers laquelle Raphaël l'entraîna.

— C'est une… ?

— Une voiture, répondit-il et, malgré la pénombre, elle entendit un sourire dans sa voix.

— Non, mais la marque ?

— Oh ! tu sais, moi et les marques… Ça ne m'intéresse pas vraiment. En revanche, il y a une chose qui m'intéresse terriblement et que j'ai envie de faire depuis que tu es rentrée chez toi, l'air chafouin et le cheveu en bataille…

— Je ne te permets pas ! Je n'ai jamais le cheveu en bataille ! l'interrompit-elle sur un ton faussement indigné.

— Tu as toujours le cheveu en bataille. Et depuis tout à l'heure, je rêve de faire ça.

Il l'attira à lui et l'embrassa. Mais, cette fois-ci, nulle nonchalance dans son baiser. Ses lèvres étaient affamées et exigeantes. Elle entrouvrit la bouche et lui rendit son baiser avec l'intensité et la fougue d'une femme qui a passé cinq jours à ne penser qu'à ça.

Ce fut elle qui rompit le baiser.

— Mes parents, dit-elle, essoufflée.

— Quoi ?

Raphaël la dévisageait sans comprendre.

— Mes parents habitent à cent mètres. Partons d'ici.

Il obéit sans discuter. Trois minutes plus tard, la Porsche roulait sur le chemin de campagne, silencieuse et puissante.

Des dizaines de questions se pressaient sur ses lèvres mais elle ne savait laquelle poser en premier.

— On va où ? finit-elle par demander.

C'était la question qui lui paraissait la plus à même d'obtenir une réponse simple.

— Tu verras.

Elle hésita un instant.

— Pourquoi tu es revenu ?

Elle craignit un instant qu'il ne réponde quelque chose comme « pour le boulot » ou « j'ai oublié mon portable chez les Morvan ».

— Pour te voir. J'ai passé cinq jours à ne penser qu'à toi.

La franchise de son aveu la désarçonna et la ravit tout à la fois.

— Moi aussi, je n'ai pensé qu'à toi.

Elle tourna la tête vers lui : son visage d'oiseau de proie était fixé sur la route assombrie par le crépuscule. Elle avait envie de passer la main dans ses cheveux soyeux, de dessiner du bout des doigts les contours de son visage et de s'attarder sur ses lèvres fines.

— Ne me regarde pas comme ça, dit-il sans tourner la tête. Ça me donne des idées peu compatibles avec la conduite.

Alice gloussa.

— Qu'est-ce que tu as fait de beau pendant ces cinq jours ? demanda-t-il. Combien de veaux, de vaches et de cochons as-tu sauvés ?

— Des dizaines. Sans compter les chiens, les chats, les perruches… et bien sûr les hamsters. A ce propos, comment va Rex ? Toujours mort ?

— Et empaillé. Je crains qu'on ne puisse plus grand-chose pour lui.

Tout en disant ça, Raphaël prit un virage et elle retint son souffle. Au bout de la route se dressait un somptueux château brillamment éclairé.

— Non ? Ne me dis pas qu'on va dîner là ?

— Tu préférerais le McDo ? la taquina-t-il.

Elle ne répondit pas, trop occupée à observer le bâtiment. Ils étaient au Domaine de Saint-Alban, un hôtel cinq étoiles dont le restaurant avait obtenu trois étoiles au Michelin. Le genre d'endroit où elle n'aurait jamais rêvé se rendre et où aucun homme ne l'avait jamais emmenée.

Raphaël se gara devant l'entrée.

— Ne bouge pas, ordonna-t-il.

Il descendit de la voiture, fit le tour du véhicule et lui ouvrit la portière.

— Si madame veut bien se donner la peine…

Elle passa le bras sous le sien, partagée entre la stupéfaction et le ravissement. Où était passé le musicien un peu punk qui portait des Doc et tournait de l'œil en voyant une aiguille ? Elle avait l'impression que c'était un autre homme qui s'était présenté chez elle ce soir. Elle avait envie de lui demander comment un simple guitariste pouvait conduire une Porsche et l'inviter à dîner dans ce genre d'endroit, mais elle avait peur de le blesser. Peut-être avait-il dépensé les économies de plusieurs années pour cette soirée.

Ils gravirent les marches qui menaient au perron et pénétrèrent dans le château. Le hall, très XVIIIe siècle, était richement décoré et éclairé. Un homme se dirigea aussitôt vers eux.

— Bonsoir madame, bonsoir monsieur.

Un autre employé surgit pour les débarrasser de leurs manteaux. Alice lui abandonna le sien, mais Raphaël garda sa veste.

— Si vous voulez bien me suivre.

Ils lui emboîtèrent le pas. Alice se rendit soudain compte que l'homme n'avait pas demandé à Raphaël de décliner son identité. Elle trouva cela étonnant mais ne dit rien. Ce n'est que lorsqu'ils furent attablés dans un recoin intime du restaurant face à deux flûtes de champagne qu'elle lui posa la question qui lui brûlait les lèvres.

— Bon, je suis dévorée par la curiosité. Tu es qui en fait ? Un riche homme d'affaires ?

Raphaël se mit à rire.

— Pas vraiment.

— Je ne veux pas avoir l'air indiscrète ou discourtoise, mais c'est juste que quand je t'ai rencontré la semaine dernière, tu n'avais pas l'air particulièrement plein aux as.

— On m'a prêté la voiture. Et je connais le chef : il me fait une ristourne sur le dîner.

— Ah ! s'exclama Alice. Tout s'explique ! A ta pauvreté, alors, et à mes vaches !

Elle leva son verre.

— Tu es déçue que je sois pauvre ?

— Pas du tout, répondit-elle, surprise. Ça va avec le métier, non ? Il ne doit pas y avoir beaucoup de musiciens qui gagnent bien leur vie.

— Juste. Ce n'est pas un métier, en fait, c'est une passion.

— Tu es guitariste depuis toujours ?

— Oui. Enfin, j'ai fait des tonnes de petits boulots, comme tout le monde. J'ai promené des chiens et des vieilles dames, vendu des sous-vêtements et des sextoys, fait le barman torse nu…

Elle se mit à rire en l'entendant énumérer des jobs tous plus loufoques les uns que les autres. Il était en train de lui expliquer comment il était sorti nu d'un gâteau géant pour célébrer les soixante-dix ans d'une riche cougar lorsqu'ils furent interrompus par le serveur qui se pencha vers Raphaël pour lui murmurer quelque chose à l'oreille.

Raphaël le regarda, et elle crut deviner qu'il était embarrassé par la requête, quelle qu'elle soit.

— Oui, bien sûr, finit-il par dire.

Le serveur lui tendit une feuille de papier sur laquelle Raphaël gribouilla quelque chose. L'homme le remercia et s'éloigna.

— Où en étais-je ? Ah oui, le gâteau…

Alice était persuadée qu'il inventait des histoires au fur et à mesure pour la faire rire et elle le laissait faire, amusée par sa verve et ses talents de conteur. Les plats se succédaient sans qu'elle y fasse spécialement attention, et elle vidait davantage son verre que son assiette. A la fin du repas, Raphaël se pencha vers elle, les yeux brillants, et fit courir son index sur la peau fine à l'intérieur de son avant-bras. Alice frissonna et sentit s'embraser en elle le désir qui couvait depuis le début de la soirée.

— Ils ont des chambres, murmura-t-il.

— Je sais, répondit-elle sur le même ton.

— J'aimerais beaucoup que tu passes la nuit avec moi.

— Je sais, répéta-t-elle.

Raphaël se mit à rire.

— Tu es une femme surprenante. J'aime ça.

— Tu es un homme imprévisible. J'aime ça.

Il avait saisi sa main à présent et en caressait la paume. Elle ne le quittait pas des yeux, tout entière happée par le magnétisme de son regard clair.

— Il paraît que les hommes aux yeux clairs sont plus intelligents que la moyenne, dit-elle soudain.

— Il paraît que les vétérinaires de campagne sont plus sexy que la moyenne, répondit-il en se penchant davantage vers elle.

Ses lèvres étaient tout près des siennes. Elle sentait la chaleur de sa peau et son parfum épicé.

— Montons, dit-elle.

Il se leva aussitôt, lui prit la main et l'entraîna vers l'ascenseur. Lorsqu'ils furent dans la cabine, il la plaqua contre le miroir et l'embrassa avec passion. Alice lui rendit son baiser avec une fougue décuplée par l'attente. Elle avait passé tout le dîner à imaginer ce qu'ils feraient après, et son excitation était à son comble. Elle était tellement perdue dans leur étreinte, sourde au reste du monde, qu'elle n'entendit pas la porte de la cabine s'ouvrir. Elle n'entendit rien, elle ne vit rien, jusqu'à ce qu'une lueur aveuglante lui fasse enfin tourner la tête.

Dans le couloir devant la porte de l'ascenseur se tenait un homme, un énorme appareil photo devant le visage, qui les mitraillait. La lueur aveuglante était celle de son flash.

Alice détourna les yeux, la vision momentanément obscurcie par le flash.

Et c'est à ce moment-là que l'enfer se déchaîna.

Raphaël la lâcha et se jeta sur l'homme à l'appareil photo en criant :

— Efface ces clichés, espèce de fils de pute !

Alice le regarda faire, sidérée. Elle sortit à son tour de l'ascenseur, dont les portes se refermèrent derrière elle.

— Raphaël, qu'est-ce que… ?

Mais ce dernier ne l'écoutait pas. Il essayait d'arracher l'appareil photo des mains de l'autre, qui se débattait avec la fureur du désespoir. Voyant qu'il ne parvenait pas à lui faire lâcher prise, Raphaël lui balança un uppercut sous le menton. L'homme vacilla, manqua trébucher, recula un peu, sonné, puis, contre toute attente, tourna les talons et prit la fuite.

— Merde ! s'exclama Raphaël en se lançant à sa poursuite.

— Raphaël !

Alice le regarda disparaître au bout du couloir, abasourdie. Qu'est-ce qui venait de se passer, exactement ? Qui était ce photographe ? Et pourquoi ce déchaînement de violence de la part de l'homme flegmatique avec qui elle venait de dîner ?

Un employé de l'hôtel se matérialisa soudain à ses côtés comme par magie.

— Si vous voulez bien me suivre, madame.

Trop sidérée pour dire quoi que ce soit, elle obtempéra. L'homme s'arrêta devant la porte d'une chambre, qu'il ouvrit avant de s'effacer pour la laisser passer.

— Monsieur va vous rejoindre.

Elle hocha la tête et pénétra dans la chambre. Le groom ferma la porte derrière elle. Elle ôta ses escarpins et fit le tour de la pièce : elle était luxueuse et décorée avec goût. Une bouteille de champagne attendait sur la table basse, à côté d'une boîte de macarons et d'une corbeille de fruits. Elle s'en servit une flûte : autant attendre agréablement.

Une vingtaine de minutes plus tard, Alice était au bord de l'implosion. Elle avait passé en revue tous les scénarios possibles et imaginables et elle était sur le point de partir à la recherche de Raphaël lorsque la porte s'ouvrit. Elle se leva d'un bond, soulagée et prête à accueillir Raphaël. Sauf que ce ne fut pas Raphaël qui pénétra dans la pièce, mais Marcus. Un Marcus qui avait l'air très mécontent si elle en croyait son regard sévère et sa façon de carrer les épaules. Il semblait prêt à en découdre avec la terre entière.

— Marcus ? Mais que…

— Bonsoir, Alice. Je suis désolé. Je suis venu vous ramener chez vous.

— Me ramener chez moi ? Mais… Où est Raphaël ?

— Il est rentré à Paris.

Alice le dévisagea, bouche bée.

— Mais comment… ? Que… ?

— Je suis désolé, répéta Marcus. Venez.

Alice enfila ses chaussures et le suivit, trop stupéfaite pour prononcer un mot. Elle avait l'impression que la soirée avait viré au cauchemar en une fraction de seconde.

— Est-ce que je peux savoir ce qui s'est passé ? demanda-t-elle d'une voix tremblante tandis qu'il prenait l'ascenseur.

— Croyez-moi, si ça ne tenait qu'à moi, je vous dirais tout. Mais je n'en ai pas le droit.

Pas le droit ? Tout ça ressemblait de plus en plus à une mauvaise plaisanterie.

Parvenus au rez-de-chaussée, ils traversèrent le hall et Alice récupéra son manteau. Une fois sortis, Marcus la guida vers une espèce de 4x4 sombre. Alice chercha des yeux la Porsche de Raphaël et ne la trouva pas. Marcus avait raison : il était bien parti. Elle sentit les larmes lui monter aux yeux. Elle avait l'impression de s'être fait larguer comme une vieille chaussette.

Le trajet du retour se déroula en silence. Marcus la déposa devant la porte de sa maison et lui adressa un au revoir neutre. Il attendit qu'elle ait ouvert la porte pour faire demi-tour et s'éloigner dans la nuit.

Ce ne fut que lorsqu'elle fut à l'abri entre les murs de sa chambre qu'Alice se mit à sangloter.

Chapitre 7

Le lendemain matin, Alice n'eut pas besoin de laisser sonner son portable quatre fois. Elle n'avait pas fermé l'œil de la nuit, tournant et retournant la même question dans son esprit : « Qu'est-ce qui s'est passé hier soir ? » Question à laquelle elle n'avait pas l'ombre d'une réponse.

Elle se doucha, descendit prendre son petit déjeuner un peu avant 7 heures et trouva son frère déjà attablé à la table de la cuisine.

— Ouh là, dit-il en levant le nez de la tablette sur laquelle il lisait la presse, comme tous les matins. La nuit a été si courte que ça ?

— Oui. Mais pas pour les raisons que tu crois.

Il lui jeta un regard intrigué.

— Raconte, sœurette.

Elle lui déballa tout quasiment par le menu, en omettant tout de même les passages où Raphaël et elle s'embrassaient passionnément. Il y avait des limites à ce qu'elle pouvait raconter à son frère.

Ce dernier l'écouta sans piper mot.

— J'étais sûr que cette histoire se terminerait mal, fit-il quand elle eut tout raconté.

— Hein ? Quoi ? Mais pourquoi ?

— Parce qu'il ne t'a pas dit la vérité.

Elle posa sur son frère un regard interloqué.

— Ton Raphaël n'est pas guitariste. Enfin, techniquement, si. Mais c'est surtout le leader d'un groupe de rock ultra-célèbre, les Pénitents.

Elle le dévisagea comme s'il parlait chinois.

— Raphaël ? C'est un chanteur de rock ? Ultra-célèbre ?

— Dont le nom de scène est Lord Gunn. Je l'ai reconnu tout de suite quand il a sonné hier. Tu dois être la seule personne en France à ne pas savoir qui est ce mec. Je sais bien que tu n'écoutes que de l'opéra mais quand même. Ce type remplit des stades sur son seul nom.

— Des stades ?

Elle avait l'impression d'être victime d'un sortilège la condamnant à répéter tout ce que disait son frère comme un perroquet.

— Mais alors, hier soir, le mec avec l'appareil photo… ?

— Un paparazzi certainement.

Un paparazzi. L'énormité de la chose lui apparut soudain.

— Tu veux dire que… ?

— Que si Raphaël n'a pas réussi à lui faire effacer les clichés, ta tête est déjà sur tous les sites people de la toile.

Elle sentit une sueur froide lui couler dans le dos.

— Tiens, dit son frère en lui tendant la tablette.

Il lui fallut moins de dix secondes pour la trouver. En page d'accueil d'un célèbre magazine à scandale s'étalait une photo de Raphaël et d'elle : elle avait le visage tourné vers l'objectif, le regard rendu vitreux par le flash — et par l'alcool qu'elle avait ingurgité pendant le repas —, son rouge à lèvres avait débordé sous l'intensité des baisers de Raphaël, sa queue-de-cheval était légèrement de travers et sa robe bâillait un peu, dévoilant un bout de sein. A ses côtés, Raphaël, d'ordinaire si décontracté, était la vivante image de la fureur. En haut de la photo s'étalait en majuscules : « Qui est la dernière conquête de Lord Gunn ? »

— Le cliché n'est pas flatteur, dit Alexandre sur un ton neutre.

— Putain, Alex, n'en rajoute pas, s'il te plaît. C'est déjà un cauchemar, cette histoire, je n'ai pas besoin en plus de tes commentaires avisés.

Elle passa le pouce sur l'écran pour le faire défiler. Il y avait un texte sous la photo. De mieux en mieux.

> Raphaël Delorme, plus connu sous le nom de Lord Gunn, le sulfureux leader des Pénitents, a été surpris hier dans un hôtel cinq étoiles de Normandie en charmante compagnie. Après enquête, il s'avère que la jeune femme qui a partagé son dîner — et son ascenseur — est Alice Vasseur, vétérinaire rurale de la région. Lord Gunn s'était réfugié en Normandie après le scandale qui a secoué le petit monde de la scène musicale lorsqu'il a été surpris en compagnie de deux jeunes femmes très dénudées et très jeunes dont l'une a affirmé après coup qu'il l'avait contrainte avant de se rétracter.

Alice sentit la nausée la gagner à la lecture de l'entrefilet. Raphaël n'était pas Raphaël. Enfin, si. Mais non. C'était un homme qu'elle ne connaissait pas. Elle tapa « Lord Gunn » dans la barre de recherche. Des dizaines de milliers d'articles firent leur apparition. Proportionnellement, ils parlaient davantage des frasques du chanteur que de sa musique. Elle en parcourut certains en diagonale. « Drogué », « coureur », « don juan », « excès en tous genres », « fans hystériques », « centaines de conquêtes »… Elle posa la tablette sur la table et la repoussa, écœurée. Où était l'homme qu'elle avait rencontré ? Le mec sympa et drôle ? L'homme qui lui avait fait l'amour avec ferveur ? Celui qui lui avait raconté des anecdotes délirantes au dîner ? Celui dont elle avait recousu la main ? C'était un autre homme qu'elle découvrait, un cliché ambulant, celui de la rockstar à qui personne n'osait rien refuser, un enfant gâté qui se consumait entre la drogue, la musique et les femmes.

Une tasse de café fit son apparition devant elle.

— Je suis désolé, sœurette.

— Pas autant que moi. On aurait pu croire qu'il aurait au moins eu la décence de m'appeler, mais même pas. Il m'a laissé tomber comme un paquet encombrant. Je suis blessée. Et humiliée.

Et comme une idiote, je suis tombée amoureuse de lui.

— Je suis stupide.

— Non.

Le ton de son frère était ferme.

— Regarde-moi, Alice.

Elle obtempéra et plongea son regard bleu dans celui, si semblable au sien, d'Alexandre.

— Ce n'est pas toi la fautive dans cette histoire. Il aurait dû te dire qui il était dès le début. Comme ça tu aurais pu choisir de le fréquenter en toute connaissance de cause. Si tu avais eu toutes les informations en main, tu aurais pu choisir de te protéger. Son comportement t'en a empêché. C'est lui qui a déconné. Pas toi.

Elle hocha la tête. Alexandre avait raison. Mais elle avait quand même envie de pleurer.

Le reste de la semaine se déroula pour Alice dans une routine anesthésiante. Le temps s'était brusquement refroidi, et par conséquent les bêtes tombaient davantage malades. Elle croulait sous le travail, partait tôt et rentrait tard. Elle était tellement épuisée qu'elle montait se coucher sans dîner, ce qui ne plaisait guère à Alexandre, qui mettait ce soudain manque d'appétit davantage sur le compte de l'histoire avec Raphaël que de la fatigue. Du reste, elle refusait de prêter attention aux suites de la photo prise le fameux soir où tout avait basculé : une autre rumeur, plus juteuse, aurait bientôt remplacé les spéculations sur son compte, et elle ne voyait pas l'intérêt de se torturer en écrémant Internet à la recherche d'informations sur la façon dont Raphaël — ou plus vraisemblablement ses agents — avait géré le problème. Le samedi, elle remplaça au dernier moment un collègue souffrant et ce ne fut que le dimanche qu'elle put enfin dormir tout son soûl. Elle était en train d'émerger péniblement, un peu après 11 heures, lorsqu'un numéro inconnu s'afficha sur l'écran de son téléphone portable.

Elle décrocha sans réfléchir.

— Bonjour, Alice.

Son cœur s'arrêta momentanément de battre, et elle ouvrit la bouche pour reprendre son souffle.

— Bonjour, Raphaël, parvint-elle à articuler.

Au moins, sa voix ne tremblait pas. C'était déjà ça.

— Comment vas-tu ?

— Super bien.

Un silence plana.

— Je suis vraiment désolé pour ce qui s'est passé l'autre soir.

— Ah oui ? Voilà un sentiment bien tardif.

— Je sais. J'ai mérité tes sarcasmes et ta colère.

Alice ne répondit pas. Que dire ? *Tu es un connard et un menteur ?* Elle ne voyait pas l'intérêt d'énoncer des évidences.

— Je donne un concert mardi soir à Paris. J'aimerais que tu y assistes.

— Pourquoi ?

La question avait jailli sans qu'elle réfléchisse.

— En fait, j'aimerais surtout qu'on discute. Après. Un pass VIP t'attendra à l'entrée.

— Décidément, tu crois toujours que rien ni personne ne te résiste. J'ai un scoop pour toi, Raphaël : je ne suis pas une de tes groupies décérébrées. J'en ai rien à foutre du pass VIP. Ta célébrité ne m'impressionne pas.

— Je sais. Je…

— Je vais te dire un truc : je préfère cent fois la compagnie des vaches à la tienne. Je te souhaite une belle vie, pleine de pass VIP et de connards qui te cirent les pompes. Ne me rappelle plus jamais.

Sur ces mots, elle raccrocha. Elle réfléchit un instant, puis afficha le numéro, fit défiler l'écran jusqu'en bas et appuya sur « bloquer le numéro ». Puis elle posa son téléphone et se mit à pleurer.

Sa crise de larmes dura une bonne demi-heure. Elle ne savait pas trop sur quoi elle pleurait, à part sur son sort. Elle savait depuis le début que cette histoire avec Raphaël ne mènerait nulle part, alors à quoi bon se lamenter ? Que ça se termine comme ça ou autrement, c'était pareil. Sauf que non, bien sûr. Il n'avait pas eu le courage de lui avouer qui il était. Il l'avait lâchement abandonnée l'autre soir, laissant à Marcus le soin de la ramener chez elle. Il avait mis quatre jours avant de lui téléphoner.

Il avait beau être passé dans sa vie comme une météorite, il avait laissé derrière lui un nuage de cendres.

Elle était en train de regarder un film sur son ordi, pelotonnée dans son lit, lorsque son téléphone sonna. Un numéro inconnu. Ça ne pouvait pas être Raphaël, puisqu'elle l'avait bloqué la veille. Elle décrocha.

— Alice ? Marcus à l'appareil.

Elle soupira.

— C'est Raphaël qui vous a dit de m'appeler ?

— Non. J'ai pris sur moi parce que cette histoire m'irrite au plus haut point depuis le début.

Il avait effectivement l'air d'être au bord de l'implosion.

— Je veux d'abord que vous sachiez que Raphaël est mon meilleur ami depuis l'école primaire. Je le connais mieux que sa propre mère. Je l'ai vu passer du statut de guitariste amateur à celui de rockstar en quelques mois. Son ascension a été fulgurante. Et ça fait dix ans qu'il occupe le devant de la scène. Croyez-moi, dix ans, dans ce métier de taré, c'est long.

Alice acquiesça avant de se souvenir que Marcus ne pouvait pas la voir.

— Oui, dit-elle pour lui montrer qu'elle écoutait.

— Raph est un mec bien. Un peu chiant, un peu autocentré, je ne le nie pas, mais c'est resté un mec bien au fond. Il mérite une deuxième chance.

— Je…

— Je sais qu'il a merdé. Et il le sait aussi. Mais il a des circonstances atténuantes.

Alice ne répondit pas.

— Je vais vous envoyer un billet de train électronique pour mardi. Je vous attendrai à la gare Saint-Lazare.

— Ce n'est pas la peine. Je ne viendrai pas.

— Ne prenez pas une décision sous le coup de la colère, Alice. Vous avez vingt-quatre heures pour réfléchir.

Marcus raccrocha sans lui laisser le temps de répondre. Alice fixa l'écran de son téléphone sans le voir. Raphaël méritait-il vraiment une deuxième chance ? Celui qu'elle avait rencontré dans une étable en pleine nuit, oui. La rockstar qui déplaçait les foules, ça, c'était moins sûr.

Et les deux Raphaël lui paraissaient à présent indissociables.

Chapitre 8

Raphaël balança son téléphone portable sur le canapé, furieux.

— Je suis certain qu'elle a bloqué mon numéro, maugréa-t-il. Une sonnerie, et je suis orienté vers la messagerie. C'est insupportable.

— Calme-toi, mec, se contenta de répondre Marcus en levant le nez des *Echos*.

Ils étaient installés dans la loge de Raphaël. Ce dernier avait déjà enfilé son costume de scène — pantalon en cuir et chemise blanche — et il faisait les cent pas dans la pièce. Il avait tout du lion en cage, crinière comprise.

— Pourquoi elle me fait ça ? Je me suis excusé, bordel.

— Un peu tard, non ?

— Tu sais très bien pourquoi je ne l'ai pas fait avant. J'attendais que Sarah ait réussi à faire disparaître les photos et que l'affaire se tasse.

— C'est l'excuse la plus bidon du monde. Tu aurais pu l'appeler dès le lendemain.

— J'étais trop occupé à me faire soigner, rétorqua Raphaël en baissant les yeux sur sa main droite.

Il s'était foulé deux doigts en cognant sur le paparazzi. L'homme avait porté plainte, évidemment. Un scandale de plus à gérer pour Sarah.

— Tu avais encore une main valide pour téléphoner, affirma Marcus sur un ton placide.

Raphaël ne répondit pas. La vérité, c'était qu'il était profondément embarrassé par ce qui s'était passé. Il avait pété un plomb devant Alice avant de la laisser tomber et il ne savait plus où se mettre. Il lui avait fallu quatre jours pour trouver le courage de décrocher son téléphone. Un vrai gamin.

On frappa un coup à la porte.

— Entrez, dit Marcus.

— La première partie commence, annonça la régisseuse en passant la tête par l'entrebâillement de la porte.

Raphaël hocha la tête. Il devait se concentrer. A l'heure qu'il était, il aurait dû être avec ses musiciens, et non à se lamenter sur son sort en songeant à Alice.

Sois pro, mec. Tu as un concert à donner. Ces gens ont payé cher pour te voir. Tu dois assurer.

Il soupira en se passant la main dans les cheveux.

— Bon, je vais rejoindre les gars. A plus, mec.

— A plus.

Une fois Raphaël parti, Marcus jeta un coup d'œil à sa montre. Il était temps de se mettre en route pour Saint-Lazare.

Marcus s'était placé en bout de quai, histoire d'être certain de ne pas rater Alice. Enfin, si cette dernière avait décidé de venir. Il lui avait envoyé le billet de train mais n'avait reçu aucune réponse. Il ne l'avait pas relancée : il devinait qu'elle avait besoin d'espace pour réfléchir tranquillement. Il espérait juste que sa réflexion l'avait poussée à prendre le train pour Paris.

Ce dernier était manifestement bondé : une multitude de passagers remontait vers le bout du quai. Marcus se déplaça un peu pour éviter de se faire bousculer, sans cesser de scruter la foule. Il cherchait une chevelure blonde. Il crut l'avoir aperçue, mais il avait fait erreur, c'était une autre femme, plus âgée. Il était au bord de perdre espoir lorsqu'il la vit soudain. Elle venait droit sur lui, le visage fermé.

— Bonsoir, Alice.

— Bonsoir, Marcus.

Ils firent le début du trajet en silence.

— Je suis content que vous ayez changé d'avis, finit-il par dire en prenant l'avenue de l'Opéra.

— Pour tout vous dire, je ne sais pas trop pourquoi je suis là.

— Certainement parce que Raphaël vous plaît vraiment. C'est réciproque, vous savez. C'est pour ça que je m'en suis mêlé. Parce que je ne l'ai jamais vu comme ça avec aucune femme. Il a essayé de vous contacter des dizaines de fois ces derniers jours, et votre silence l'a rendu fou, lui qui est du genre à enchaîner les liaisons sans jamais s'attacher.

Voilà qui nous fait un point commun, songea Alice. Le premier. Non, le deuxième, si on considérait qu'ils avaient tous les deux le sens de l'humour.

— Il sait que vous m'avez envoyé un billet ?

— Non.

Elle retomba dans le silence. Elle n'avait pas été tout à fait honnête avec Marcus. Elle était là parce qu'elle était amoureuse de Raphaël et qu'elle voulait voir s'il méritait vraiment une deuxième chance. Toute la nuit après l'appel de Marcus, elle s'était fait des nœuds au cerveau, incapable de trancher entre son envie de revoir Raphaël et l'humiliation qu'elle ressentait à chaque fois qu'elle repensait à la manière dont il l'avait traitée. Et puis elle avait fini par se décider. Parce qu'il y avait au moins une chose dont elle était sûre : si elle ne prenait pas ce train, elle le regretterait toute sa vie.

Lorsqu'ils parvinrent au niveau du quai de la Rapée, Alice ne put retenir une exclamation.

— Ne me dites pas que le concert a lieu à Bercy ?

— Si. Raphaël déplace vraiment les foules. Ce n'est pas une métaphore.

— C'est... impressionnant.

— Oui. La ferveur populaire fait toujours cet effet-là.

Marcus se gara à un emplacement réservé, et ils gagnèrent l'entrée des artistes. Le vigile de faction les laissa passer après avoir fouillé son sac, et elle s'engouffra derrière Marcus dans un dédale de couloirs un peu miteux. Plus ils avançaient, plus le son devenait assourdissant.

— Vous voulez l'attendre dans sa loge ou aller l'écouter chanter ?

— L'écouter chanter, répondit-elle sans hésitation.

Elle voulait voir Raphaël dans son environnement. A quoi ressemblait-il sur scène ? Quand il chantait devant des milliers de personnes, était-il toujours un peu l'homme attachant qu'elle avait rencontré quinze jours plus tôt ?

Marcus bifurqua sur la droite et ils débouchèrent sur le côté de la scène, à moitié dissimulée par un rideau noir. Alice se plaça de manière à pouvoir voir le groupe. Raphaël occupait le devant de la scène, et elle sentit son cœur s'accélérer en le voyant. Il était terriblement sexy — il portait un pantalon en cuir et une chemise ouverte sur son torse glabre. Un pendentif qu'elle ne lui avait jamais vu attirait l'œil près de son cœur et elle devina que ce bijou faisait partie du décorum. Et il était en train de jouer de la guitare, ce qui le rendait encore un peu plus sexy, si c'était possible.

Le groupe était composé d'un batteur, d'un deuxième guitariste et d'un bassiste. Ils étaient tous pris dans une chanson qu'elle ne connaissait évidemment pas, un morceau rythmé et sonore dont la ligne mélodique semblait suivre les battements de son cœur. Elle lui prêta une oreille attentive et se rendit compte à sa grande surprise qu'elle aimait bien la mélodie. Les paroles étaient en anglais : la chanson parlait de la difficulté de créer et des affres de l'artiste. C'était étonnant : elle qui avait toujours pensé qu'un groupe de rock ne pouvait chanter que des choses sans queue ni tête…

Le morceau toucha à sa fin, et des applaudissements nourris s'élevèrent du public. Raphaël remercia, posa sa guitare avec précaution puis gagna le piano, qu'Alice n'avait pas vu et pour cause : il se dressait dans un coin de la scène jusque-là plongé dans l'obscurité. Le projecteur suivit Raphaël et ce fut au tour du reste de la scène de disparaître dans la pénombre. Il s'assit devant le piano et cala le micro devant lui.

— Je vais interpréter une chanson du prochain album, qui ne sortira pas avant quelques mois.

Cris de la foule.

— Eh oui, c'est une avant-première exclusive pour vous, public parisien chéri !

Des cris encore plus fournis. Des applaudissements.

— J'ai écrit cette chanson pour une femme très spéciale.

Alice se raidit.

Des sifflets. Des applaudissements.

— Une femme qui a un goût vestimentaire discutable. Très discutable même. Et un sens de l'humour à toute épreuve.

Alice était figée sur le bord de la scène. Savait-il qu'elle était là ? Marcus — qui avait disparu — l'avait-il prévenu d'une manière ou d'une autre ?

— Cette chanson s'appelle *You Found me*.

Il fit courir les doigts sur le clavier, et une mélodie un peu triste s'éleva dans l'immense salle de spectacle.

Puis il se pencha vers le micro.

You found me
When everyone let me go
When the darkness came
When hope left
When I saw my entire life
In the bottom of a glass of whisky
You found me
And you looked at me
Like I was a man
And not a rockstar
And you saw my flaws
My guilt, my failures
And you smiled
You found me
When I was lost
In the darkness of my lies
And you saved me
Because you knew
Something nobody knew
That I needed to be saved
From myself
You found me

La foule, qui avait retenu son souffle tout le long du morceau, applaudit à tout rompre. Alice, quant à elle, pleurait. Elle s'essuya les yeux en reniflant. Comment pouvait-il se comporter comme un connard et écrire une chanson pareille ? Elle finissait par comprendre que c'était là les deux facettes de cet homme complexe et, ce soir, sur cette scène gigantesque, l'homme qu'elle voyait était la fusion des deux : rockstar à l'ego surdimensionné et homme sensible qui écrivait de véritables poèmes d'amour.

D'amour. Elle laissa cette pensée un peu effrayante se déployer dans son esprit. Pouvait-on tomber amoureux de quelqu'un qui était aussi différent ? Elle savait depuis quelques jours que la réponse était oui. Mais elle n'avait pas osé imaginer que la réciproque puisse être vraie.

Cette chanson venait de lever tous ses doutes. Et elle dut se faire violence pour ne pas traverser la scène en courant pour aller se jeter dans les bras de l'homme qu'elle aimait.

Raphaël gardait les yeux baissés sur le piano. Il avait commencé à écrire cette chanson la nuit où ils avaient fait l'amour pour la première fois, et il l'avait finie en rentrant à Paris. Il avait vite constaté que l'absence d'Alice se faisait sentir plus durement qu'il ne l'avait imaginé. Il pensait sans arrêt à elle, à son rire, à sa voix un peu rauque, à la façon dont elle repoussait ses lunettes sur l'arête de son nez quand elle réfléchissait, à la douceur de sa peau… Il aurait aimé qu'elle soit là ce soir, qu'elle entende sa chanson, qu'elle comprenne ce qu'il ressentait et qu'il avait exprimé avec ce qu'il maîtrisait le mieux : la musique. Il leva les yeux du clavier et, soudain, il la vit. Elle était là, de l'autre côté de la scène, à moitié dissimulée par le rideau noir sur lequel ses cheveux blonds se détachaient, flamboyants.

Le temps s'arrêta. Les bruits cessèrent. Raphaël ne voyait rien à part Alice, à quelques mètres.

Plus rien ne comptait que le fil invisible qui les liait l'un à l'autre plus sûrement que n'importe quelle corde.

Un sourire rayonnant éclaira les traits d'Alice, et comme si c'était le signe permettant de rompre le sortilège, Raphaël se leva d'un bond.

Les applaudissements redoublèrent et le bruit reprit ses droits aux oreilles des deux amants. La foule se mit à scander « Lord Gunn ! », « Lord Gunn ! », mais, indifférent à la ferveur qui montait de la salle, Raphaël traversa la scène d'un pas décidé, suivi par la lumière du projecteur qui nimbait sa haute silhouette d'un halo blanc. Il se dirigea droit vers Alice sans se soucier des milliers de spectateurs qui assistaient à la scène.

— Tu es venue.

Dans sa voix, c'était presque une question, comme s'il avait du mal à croire qu'elle était bien là, avec lui, ce soir. Elle leva les yeux vers lui.

— Oui.

— Tu es venue, répéta-t-il en prenant son visage humide entre les mains.

— Je n'avais jamais vu de concert de rock. Je me suis dit qu'il fallait que je répare cette lacune.

Il éclata de rire.

Elle agrippa le tissu de sa chemise et l'attira à elle. Il plongea son regard clair dans le sien.

Lorsque ses lèvres se posèrent sur les siennes, leur baiser déclencha un tonnerre d'applaudissements. Alice ne les entendit pas, trop occupée à profiter de chaque seconde, blottie dans les bras de celui qui était entrée dans sa vie par effraction, et qui, elle l'espérait, y resterait longtemps.

Ce fut elle qui rompit le baiser, essoufflée et rougissante.

— Je t'aime, dit-elle.

— Je sais, répondit-il avec un sourire de voyou qui faisait briller ses yeux. Moi aussi, je t'aime.

Il l'embrassa de nouveau et, cette fois-ci, elle entendit les acclamations de la foule en délire.

Composé et édité par HarperCollins France.

Achevé d'imprimer en mai 2019.

CPi
BLACK PRINT

Barcelone

Dépôt légal : juin 2019.

MIXTE
Papier issu de sources responsables
FSC® C108412

Pour limiter l'empreinte environnementale de ses livres, HarperCollins France s'engage à n'utiliser que du papier fabriqué à partir de bois provenant de forêts gérées durablement et de manière responsable.

Imprimé en Espagne.